TROIE
VAINCRE OU MOURIR

un moment où leur roi, Chiron, s'inquiétait grandement de la survie de leur tribu.

Les Centaures avaient toujours été un peuple à l'écart. Ils menaient une vie difficile dans leurs âpres montagnes, très loin des citadins et des paysans de la plaine. Chiron lui-même était renommé pour sa sagesse et ses talents de guérisseur. Depuis des années, il dirigeait une sorte d'école, à laquelle bien des rois envoyaient leurs fils, pour qu'ils soient initiés dès leur plus jeune âge. Lorsqu'il était enfant, Pirithoos, roi du peuple côtier des Lapithes, avait été son élève, et gardait d'excellents souvenirs de Chiron et de ses Centaures à demi sauvages. C'est pourquoi il les invita à son mariage ; mais, ce jour-là, quelqu'un commit l'erreur de leur donner du vin, dont ils n'avaient pas l'habitude et qui ne tarda pas à les rendre belliqueux. Ils s'en prirent aux femmes assistant à la cérémonie, et une bataille sanglante éclata, au cours de laquelle bien des gens furent tués ou blessés. Les Centaures qui avaient survécu à l'affrontement s'enfuirent dans les montagnes où les hommes les chassèrent comme des animaux.

Aussi n'étaient-ils plus qu'une poignée quand Pélée fut amené devant Chiron. Leur première discussion dura des heures, pendant lesquelles chacun des deux reconnut en l'autre une âme pleine de noblesse, victime de souffrances injustes. Pélée, qui n'avait alors aucune envie de retourner parmi les hommes, accepta avec joie l'offre de Chiron de guérir les blessures de son âme en menant pendant quelque temps une vie simple parmi les Centaures.

Les jours se révélèrent épuisants, et chaque nuit Pélée était visité par des rêves pénibles que Chiron lui apprit à déchiffrer. Il se sentit également guérir grâce à la musique des Centaures, qui semblait reproduire le bruit du vent et de l'eau, et avait quelque chose d'envoûtant. Initié aux mystères par le vieillard, Pélée retrouva le goût de vivre. Et grâce aux liens qui s'étaient noués entre eux, Chiron en vint à espérer qu'un jour, il pourrait assurer la survie de son peuple en renouant de bonnes relations avec les cités de la plaine. Le jeune homme et lui avaient donc foi l'un en l'autre. Ces espérances furent encore renforcées quand, un jour, Pélée dit que, si jamais il avait un fils, il l'enverrait à Chiron, et encouragerait d'autres princes à faire de même.

— Mais d'abord, il te faudra une épouse ! dit le vieillard.

Puis, comme il voyait Pélée se rembrunir au souvenir de Polymèle, il ajouta :

— Cette triste époque n'est plus, une vie nouvelle t'attend. Voilà plusieurs nuits, Zeus, père du ciel, m'est apparu en rêve et m'a dit qu'il était temps que ma fille se marie.

Étonné, Pélée lui demanda qui elle était.

— Thétis n'a pas vécu longtemps parmi nous, répondit Chiron. Elle a suivi sa mère, pour devenir prêtresse du culte de la seiche parmi les peuples du rivage, qui honorent en elle une déesse immortelle. C'est une femme d'une grande beauté, mais qui a juré de ne jamais se marier, sauf à un dieu. Dans mon rêve, toutefois, Zeus disait que tout fils né de Thétis se révélerait encore plus puissant que son père, si bien qu'elle doit être donnée à un mortel. Et cet homme, c'est toi – bien que tu doives d'abord la conquérir. Et pour cela, il te faut suivre ses rites et être initié à ses mystères.

Comme toujours, ces rites ne peuvent être compris que par ceux qui les connaissent, et je ne peux donc que répéter ce qu'Ulysse tenait de Pélée. Sa première rencontre avec Thétis eut pour cadre une petite île au large des côtes thessaliennes. Chiron avait dit que sa fille traversait souvent le détroit sur le dos d'un dauphin. Si Pélée prenait soin de se dissimuler parmi les rochers, il pourrait surprendre Thétis endormie dans une grotte marine du rivage.

Suivant les instructions de son mentor, Pélée se rendit donc sur l'île, se cacha derrière un buisson de myrte, et attendit que le soleil atteigne son zénith. Émerveillé, il vit Thétis se diriger vers le rivage, dans l'écume arc-en-ciel projetée par le dauphin qu'elle chevauchait. Puis elle sauta dans les vagues et parvint sur la plage. Il la suivit de loin, restant hors de vue, jusqu'à ce qu'elle franchisse l'étroite ouverture d'une grotte marine où elle s'abrita des rayons du soleil ardent.

Lorsqu'il fut sûr qu'elle était endormie, Pélée fit une prière à Zeus, s'allongea près d'elle et la saisit fermement. Aussitôt réveillée, et choquée de découvrir qu'il la tenait prisonnière, la jeune femme se transforma en un torrent de flammes : le feu recouvrit les bras de Pélée, brûlant sa chair. Mais Chiron lui avait bien dit que la nymphe tenait de son père le pouvoir de changer d'apparence, et qu'il ne devrait pas desserrer son étreinte un seul instant, quel que soit le danger. Il la serra donc encore plus fort tandis que Thétis, qui se débattait, prenait successivement la forme de tous les éléments.

Pélée fut ainsi englouti par une vague et, à bout de souffle, eut l'impression que ses poumons et ses oreilles allaient éclater ; mais il tint bon jusqu'à ce que la gueule brûlante d'un lion féroce s'ouvre devant lui, avant de céder la place à un serpent qui s'enroula autour de son corps en sifflant, tout en cherchant à rompre leur étreinte. Puis l'animal devint une seiche monstrueuse, qui projeta sur le corps et le visage de Pélée une énorme giclée d'encre sépia. Brûlé, à demi noyé, déchiré par les griffes et les crocs, il fut presque aveuglé, et allait lâcher prise, quand brusquement Thétis céda à ce mortel qui avait résisté à tous ses pouvoirs.

Hoquetant, souffle coupé, Pélée vit la nymphe reprendre sa forme humaine, et sentit qu'elle serrait son corps contre le sien. Leur étreinte se fit plus tendre et plus pressante et, au cours de l'heure de passion qui suivit, leur premier fils fut conçu.

Le mariage de Thétis et Pélée fut célébré à la pleine lune, devant la grotte de Chiron, parmi les hautes crêtes du mont Pélion. Ce fut la dernière fois dans l'histoire du monde que les douze dieux immortels descendirent de l'Olympe pour se mêler gaiement aux mortels. Les trônes d'or qui leur étaient réservés furent placés de chaque côté des époux. Zeus lui-même présenta la mariée, tandis que son épouse Héra levait la torche nuptiale. Les trois Parques assistaient à la cérémonie, les neuf Muses vinrent chanter les hymnes nuptiaux et les cinquante Néréides dansèrent.

Les dieux offrirent à Pélée une armure d'or étincelante, ainsi que deux chevaux immortels, fils du vent d'ouest. Chiron offrit une lance dont la pointe avait été forgée par Héphaïstos, le manche de frêne taillé et poli par Athéna. Toute la tribu des Centaures se rassembla pour l'occasion, et les invités firent honneur au nectar servi par Ganymède, l'échanson de Zeus.

Une déesse était pourtant absente. On n'avait pas invité Éris, la sœur jumelle d'Arès qui, comme lui, se plaît à provoquer fureurs et conflits, en répandant les rumeurs et les ragots qui suscitent envie et jalousie, si bien que les dieux et les déesses, à l'exception de son frère, ne tiennent guère à la fréquenter. Mais tous les immortels ont leur place dans le monde, et l'on ne peut ignorer l'un ou l'autre sans risque.

Furieuse d'avoir été tenue à l'écart, Éris suivit les festivités depuis un bosquet voisin, en attendant le bon moment pour prendre sa revanche. Il vint alors qu'Héra, Athéna et Aphrodite congratulaient le marié. Celui-ci surprit du coin de l'œil une sorte d'éclair de lumière, puis vit quelque chose rouler vers lui. Les trois déesses s'exclamèrent quand il ramassa une pomme d'or à ses pieds. Attirés par leurs cris, les invités se rassemblèrent, curieux, autour de Pélée, et seul Chiron, accablé, aperçut Éris et sa robe à damier disparaître au milieu des arbres.

— Il y a une inscription dessus ! s'écria Pélée. *À la plus belle...*

Il se tourna vers les trois déesses près de lui, et cessa de sourire en comprenant qu'il ne pouvait offrir la pomme à l'une sans offenser aussitôt les deux autres.

— Je suis entouré par la beauté ! dit-il pour gagner du temps. C'est trop difficile de choisir !

Aphrodite eut un grand sourire :

— À la plus belle ? Où est la difficulté ? Cette pomme m'est destinée !

Héra s'exclama aussitôt qu'étant l'épouse de Zeus, maître de l'Olympe, l'objet lui revenait de droit.

— Et moi ? intervint Athéna. Tout juge intègre conviendrait qu'elle est mienne !

Aphrodite éclata de rire, tant cela lui paraissait ridicule : qui donc serait séduit par une déesse perpétuellement casquée, même lors d'un mariage ? Certes, il se pouvait qu'Athéna fût plus sage qu'on ne l'aurait cru à l'entendre, et on ne pouvait douter de la vertu d'Héra, mais aucune des deux ne pouvait rivaliser avec elle en beauté. Et, de nouveau, elle tendit la main vers Pélée qui, consterné, se demandait comment il allait se sortir de ce guêpier.

— Ne vois-tu pas que tu embarrasses notre hôte, à te pavaner ainsi devant son épouse ? protesta Athéna. Quand apprendras-tu donc que la véritable beauté est plus modeste ?

Sentant qu'une querelle allait éclater, Héra intervint pour dire aux deux autres de se dominer, puis sourit à l'adresse de Pélée et suggéra que le meilleur moyen de régler la question était encore de lui offrir la pomme. Aphrodite et Athéna se mirent aussitôt à hurler. Les

Muses cessèrent de chanter, les Néréides de danser, les Centaures se turent, et les mariés accablés furent les témoins d'une dispute qui devenait féroce.

— Si vous ne voulez pas entendre raison, hurla Héra plus fort que les autres, il n'y a qu'un moyen de résoudre la question : Zeus doit décider !

Les deux autres, toutefois, n'entendaient nullement accepter une telle solution – et Zeus lui-même n'était guère enthousiaste. Bien qu'il eût bu du nectar tout l'après-midi, il gardait assez de bon sens pour se rendre compte que sa femme lui rendrait la vie impossible s'il était honnête, et que, s'il ne l'était pas, deux autres déesses s'en chargeraient. Il tourna le dos en espérant que la querelle finirait par s'apaiser. Mais, quelques instants plus tard, les trois immortelles commencèrent à échanger des insultes.

— Cela suffit ! s'écria-t-il d'une voix qui réduisit tout le monde au silence. Si c'est une pomme d'or que vous voulez, chacune en aura un plein verger quand elle voudra !

— Cela n'a rien à voir ! s'exclama Héra. Ce n'est pas cela qui nous intéresse !

— En effet ! ajouta Athéna.

— Alors, pourquoi nous faire honte ainsi ? lança Zeus.

Comme elles ne répondaient pas, il déclara qu'il était temps que les trois déesses se souviennent qui elles étaient, et où elles se trouvaient. Qu'elles cessent de se chamailler et se rassoient, afin que la fête puisse reprendre ! Mais Aphrodite ouvrit de grands yeux et dit que c'était une simple question de justice : elle ne comptait nullement renoncer à un titre dont chacun savait qu'il lui revenait !

Craignant que son époux n'hésite, Héra siffla :

— N'écoute donc pas cette sotte sans cervelle !

— Ne la laisse pas faire ! s'écria Athéna. Sinon, personne ne respectera plus jamais ton jugement !

Zeus se mit à hurler qu'il était hors de question qu'il choisisse puis, se reprenant, ajouta, un peu gêné, qu'à ses yeux les trois déesses étaient aussi belles l'une que l'autre, chacune à sa façon. Mieux valait qu'elles oublient cette histoire de pomme.

— Les choses sont allées trop loin pour cela, dit Héra. Nous réclamons qu'une décision soit prise.

Zeus lui jeta un regard agacé. Si puissant qu'il soit, il ne voyait aucun moyen de mettre un terme à la querelle sans provoquer d'interminables rancœurs sur l'Olympe. C'est alors qu'il comprit qu'Éris devait être derrière tout cela. Mais le mal était fait et il ne voyait pas comment y remédier. Par ailleurs, il ne pouvait permettre à un aussi pitoyable spectacle de se poursuivre devant les mortels invités au mariage, qui le regardaient, ahuris et perplexes.

— Ma décision, finit-il par dire, est que nous allons sur-le-champ retourner sur l'Olympe, en laissant ces braves gens à leur fête !

Quelques instants plus tard, les dieux se retrouvèrent donc parmi les nuages. Mais quand elles comprirent que Zeus n'était toujours pas prêt à choisir, les déesses reprirent leur querelle avec une véhémence renouvelée, sans qu'on se rapprochât d'une solution.

Sur terre, le mariage, qui avait commencé si gaiement, connut une fin pitoyable. Les nuages s'entassaient depuis un moment au-dessus du Pélion, les dieux avaient disparu au milieu d'éclairs livides. La pluie se mit à tomber, et tous coururent s'abriter en glissant sur les rochers mouillés, comme si l'orage anéantissait tout espoir d'ordre et de paix dans le monde. Puis, dès que l'averse eut pris fin, les invités s'excusèrent et se dispersèrent pour retrouver l'existence confortable qu'ils menaient dans les villes de la plaine.

Navré que Zeus n'ait pu contenir la fureur des déesses, Chiron se retira dans sa grotte, l'air sombre. La dernière fois que les Centaures avaient assisté à un mariage, ils avaient succombé au vin, on les avait pourchassés comme des bêtes sauvages. Cela avait alors été la faute des hommes. Cette fois-ci, on avait l'impression que même les dieux avaient perdu la raison. Il se dit que, le monde étant sens dessus dessous, son peuple resterait dorénavant à l'écart. Si Pélée et ses amis voulaient lui envoyer leurs fils, il s'occuperait d'eux, leur enseignerait la musique et l'art de guérir, et ferait de son mieux pour les guider sur la voie de la sagesse. Mais les dieux étaient à couteaux tirés, les hommes ne voulaient plus se contenter d'une vie simple, et l'avenir lui paraissait bien sombre.

Les années passèrent et l'union de Pélée et Thétis supporta mal l'épreuve du temps. Tous deux avaient tenté, sans grande conviction, de rire du fiasco de leurs noces. Mais il ne fallut pas longtemps à Pélée pour se rendre compte qu'en fait il ne savait à peu près rien de son épouse.

Enivré par la passion, il avait cru un moment pouvoir enfin être heureux. Ils vivraient ensemble, élèveraient leurs enfants dans l'air pur de la montagne, loin de la cupidité et de la duplicité du monde. Mais Thétis était une créature marine. Elle aimait le vent salé venu de la mer, le mouvement des vagues sous la lune, l'odeur du varech. Elle se sentait mal à l'aise dans la montagne. Elle regrettait les longues étendues de sable, le bruit des flots, s'agaçait de l'odeur des Centaures et de leur mode de vie si terre à terre. S'étant querellée avec son père, ayant offensé plusieurs de ses sujets, elle fit comprendre à Pélée que, s'ils avaient été voués l'un à l'autre par Zeus lui-même, elle mourrait s'il la maintenait contre sa volonté dans cette sinistre montagne.

Pélée avait déjà la mort d'un frère et d'une épouse sur la conscience ; il ne put supporter la perspective d'un autre drame. À la fin de l'été, il avait déjà décidé que sa femme et lui quitteraient les lieux, lorsque survint un cavalier qui le cherchait.

Il lui apprit que le roi Actor, qui ne s'était jamais remis du décès de son fils et de sa fille, venait de mourir. Les Myrmidons – ce farouche peuple thessalien – étaient désormais sans chef ; le messager avait été chargé de lui demander de monter sur le trône, comme cela lui revenait de plein droit. Pélée savait qu'il serait bien accueilli ; certains Myrmidons avaient pris part à la chasse au sanglier, et n'ignoraient pas que la mort d'Eurytion était un simple accident. De surcroît, la femme d'Acaste, devenue folle, avait hurlé partout qu'elle était responsable du suicide de Polymèle. Nul ne contesterait donc son droit à régner.

C'était là une solution magnifique à ses problèmes : les devoirs envers son peuple, comme le souci qu'il avait de son épouse, lui imposaient de quitter la montagne. Il déplacerait la cour royale du sanctuaire d'Athéna, dans la ville d'Itonos, à l'une des cités de la côte. Bientôt, Thétis entendrait de nouveau le bruit des vagues, et ils seraient heureux.

Il entama aussitôt ses préparatifs de départ. Il fit des adieux solennels aux amis qu'il s'était faits parmi les Centaures, promettant de ne jamais les oublier et les assurant qu'ils seraient les bienvenus si jamais ils désiraient venir le voir. Puis il passa un long moment avec Chiron sur un promontoire balayé par les vents, d'où ils pouvaient voir, au-delà des montagnes, la mer qui s'étendait à l'est. Au-dessus de leurs têtes, un aigle planait dans le ciel. Tout était calme et tranquille, ils étaient presque hors du temps et, à voir le vent agiter les boucles blanches du vieux roi, Pélée comprit que Chiron pouvait voir au plus profond des choses. Son propre cœur était trop lourd pour qu'il puisse s'exprimer – non qu'il n'ait rien eu à dire, bien au contraire.

Au bout d'un moment, Chiron se tourna vers lui :

— Tu feras tout ce que tu peux pour mon peuple, quand je ne serai plus là ?

— Bien sûr ! Mais vous autres Centaures vivez très longtemps. De longues années t'attendent encore.

— Peut-être, répondit le roi en détournant le regard. Mais ma fille... quand je t'ai parlé d'elle, je ne comprenais pas encore qu'elle avait un désir d'immortalité... C'est quelque chose avec lequel on a du mal à vivre.

Pélée fronça les sourcils, puis dit d'un ton léger :

— Moi-même, je ne suis pas facile à vivre ! Et quand nous serons au bord de la mer, Thétis sera heureuse.

— Peut-être, répéta le Centaure.

L'aigle planait très haut au-dessus d'eux, ses ailes tendues comme un arc contre le vent. Chiron leva les yeux et dit doucement :

— Souviens-toi que ton fils sera plus grand que toi, et tâche de ne pas lui en vouloir.

— Je n'en ferai rien. Ce sera grâce à ton sang. Quand il aura l'âge, je te l'enverrai.

— Alors il me faudra vivre jusque-là, répondit Chiron en secouant la tête.

Au cours des années qui suivirent, Thétis fut enceinte à six reprises, mais aucun de ses enfants ne vécut plus d'une ou deux semaines.

Chaque mort était pour Pélée plus difficile à supporter que la précédente, d'autant que sa femme avait pour habitude, entre les premières contractions et le jour où elle aurait dû lui présenter le nouveau-né, de se retirer dans un sanctuaire sur le rivage. Quand il lui avait demandé la raison de cette pratique, elle lui avait répondu que c'était un mystère de femme et qu'il ne fallait pas chercher à en savoir davantage.

Et pourtant, elle revenait à chaque fois pâle, les traits tirés, comme épuisée par son échec. Toutefois, elle n'en disait pas plus, et Pélée, plein de chagrin, menait avec elle une vie que le silence qui se dressait entre eux rendait d'autant plus pesante.

Après la mort de leur troisième enfant, il insista pour qu'elle consulte son père : la renommée médicale de Chiron était inégalée. Mais Thétis ne voulut rien entendre : elle était une femme, non une jument ! Elle ne se fiait qu'à la connaissance qu'elle avait de ces choses, étant prêtresse de la mère-lune. En tout cas, n'avait-il pas été prophétisé que leur fils serait un plus grand homme que son père ? Un enfant qui n'était pas assez fort pour survivre aux épreuves de l'accouchement n'avait pas sa place sur terre. Il était inutile que Pélée le pleure.

La férocité dont elle témoignait l'étonna, mais il n'en montra rien, en partie pour dissimuler son chagrin, en partie à cause de la prêtresse dolopienne qui ne quittait jamais son épouse ; une petite femme à l'air un peu exalté, aux yeux profondément enfoncés, avec sur le cou une tache de vin en forme d'hippocampe. Elle s'appelait Harpale. Thétis la considérait comme membre de la famille, et l'avait suppliée de rester avec elle à la cour, plutôt que d'accompagner son clan, qui venait de s'installer dans l'île de Scyros.

Les Dolopiens étaient un peuple agité, venu du lointain Ouest voilà une ou deux générations, pour s'installer sur les rivages thessaliens. Sous la direction de leur roi Lycomède, certains avaient ressenti le besoin de partir vers les îles orientales, et édifié une citadelle sur celle de Scyros. C'était peu avant que Pélée ne devienne roi des Myrmidons ; Thétis avait même été tentée de partir avec eux.

Pendant un moment, tous deux s'étaient affrontés à ce propos. Pélée était lui-même né sur une île ; il comprenait donc le désir de sa femme, mais il était désormais roi d'un peuple terrien, et elle avait pour devoir de rester avec lui et de lui donner un héritier.

Ne lui suffisait-il donc pas qu'il ait déplacé sa cour au bord de la mer ? Il la comprenait, il était heureux qu'elle pratique un culte que lui-même ne partageait pas, et envers lequel – bien qu'il n'en dise rien – il n'avait pas grande confiance. Mais elle devait respecter les contraintes imposées par ses fonctions royales. Ils resteraient donc en Thessalie.

Pélée avait par ailleurs bien d'autres choses à faire. Une fois bien établi sur le trône, il avait réglé ses comptes avec Acaste. Une brutale campagne militaire lui permit d'envahir la Magnésie et d'entrer dans Iolcos. Acaste fut tué lors des combats, et sa femme mise à mort. Remerciant Zeus et Artémis, qui avaient dans la cité un sanctuaire important, Pélée fut déclaré roi et fit de Iolcos sa nouvelle capitale côtière.

S'étant familiarisé avec les lois et les coutumes des Myrmidons, il entreprit de les harmoniser avec celles de la Magnésie, s'efforçant de faire régner la paix dans son royaume et d'apaiser les querelles par lesquelles ses soldats, privés de guerres, tentaient d'oublier l'ennui. Et il fallait toujours trouver de l'argent, pour la cour, pour payer ses serviteurs, armer ses guerriers, édifier ses édifices publics, réparer ses vaisseaux, faire de coûteuses offrandes aux dieux... Ce qui ne pouvait être prélevé à titre de tribut, il fallait le trouver ailleurs ! C'est ainsi qu'en compagnie de Thésée, il se faisait pirate pendant l'hiver et attaquait les navires marchands ou les riches domaines de la côte orientale.

Il se fit à cette occasion une réputation de vaillant guerrier et de roi généreux, mais ses exploits ne furent jamais aussi nombreux que ceux de son frère, Télamon, membre des Argonautes partis avec Jason à la recherche de la Toison d'or. Il y était devenu l'ami d'Héraclès, connu de l'Épire à la Paphlagonie comme le héros le plus fort, le plus hardi de son temps – mais aussi parfois le plus fou. Tous deux, après avoir fait le tour des côtes de la mer Noire, s'aventurant jusqu'aux terres des Amazones, préparaient désormais une campagne contre Troie.

Télamon tenta de convaincre son frère de se joindre à eux, mais Pélée n'avait pas cet insatiable appétit de batailles, et rechignait à risquer des richesses péniblement acquises dans ce qui se présentait comme une opération peu rentable contre une cité en faillite, de surcroît récemment victime d'un tremblement de terre et d'une épidémie de peste. Mais il ne voulait pas non plus passer pour un lâche. Il n'eut pas à se décider : une épée sidonienne lui trancha le jarret droit alors qu'il montait à l'assaut d'un navire, le rendant incapable d'agir pendant des mois.

Ce fut également cette année-là que son sixième enfant mourut peu après sa naissance. Cette fois, il eut plus de chagrin qu'il n'en pouvait supporter. Une déception mutuelle érodait peu à peu une union qui avait mal commencé ; la passion s'était éteinte tandis que les tensions croissaient. Pélée s'interrogeait souvent sur ce que Chiron lui avait dit : Thétis avait des rêves d'immortalité. Cela semblait expliquer son agitation, comme le fait que, ces derniers temps, elle était toujours en compagnie d'Harpale. Pélée en vint à s'offusquer du pouvoir que la petite Dolopienne exerçait sur l'imagination de son épouse, et Harpale apprit vite à ne pas croiser son chemin.

Il avait de plus en plus de mal à évoquer avec son épouse l'incapacité qu'elle avait de lui donner un fils, aussi décida-t-il de consulter Chiron, contre l'avis de Thétis, mais officiellement pour sa jambe blessée.

Chiron écouta avec le plus grand soin ce que son gendre avait à lui dire, sans cesser d'appliquer des cataplasmes sur sa blessure. Il lui posa de nombreuses questions sur le culte de la seiche, et s'intéressa tout particulièrement au rôle qu'Harpale jouait dans la vie de Thétis. Connaissant un peu les Dolopiens, il lui demanda aussi si l'usage du feu, au cours des rites suivis par sa fille, avait quelque chose d'inhabituel. Pélée ne put lui répondre, car lui-même en était désormais totalement exclu. Il servait Zeus, Apollon, Athéna à Itomos et Artémis à Iolcos, mais ignorait tout des mystères de Thétis.

Chiron hocha la tête :

— Reste ici pendant que ces herbes exercent leurs vertus. Si tu étais venu plus tôt, j'aurais pu en faire davantage, mais désormais tu seras toujours boiteux.

Il resserra le bandage et s'assit pour se laver les mains :

— Pour ce qui est de ton autre problème, j'y réfléchirai.

Quand Pélée repartit à travers la montagne, il emmena avec lui une Centauresse appelée Euhippe, qui versa de si grosses larmes quand ils traversèrent le col qu'il devina que, sans elle, la couche du roi serait bien vide. C'était une petite femme toute ronde, à la fois timide et attentive, avec de grandes mains étonnamment délicates. Officiellement, elle était chargée de veiller sur la blessure de Pélée, mais celui-ci comptait également sur ses talents de sage-femme.

Quand il revint dans son palais de Iolcos, Thétis était enceinte de deux mois. Maussade, souvent prise de malaises, elle fit clairement comprendre qu'il était hors de question de s'encombrer de la petite Centauresse, qu'elle compara à une vieille rosse. Pélée s'emporta ; il y eut ce soir-là une violente querelle entre eux deux, suivie d'un silence qui dura quinze jours.

Puis ils finirent par s'adresser la parole de nouveau, et par faire l'amour, mais la trêve resta superficielle. Thétis refusait toujours d'admettre Euhippe parmi ses suivantes ; la Centauresse s'intégra cependant à la maison du roi, et ses talents de guérisseuse lui valurent bientôt de nombreux amis. Elle gagna vite la réputation d'être une femme sagace, fort appréciée des chefs myrmidons et de leurs épouses. Seule Thétis feignait toujours d'ignorer sa présence.

Elle redoutait qu'Euhippe soit entrée au palais dans le seul but de l'espionner, et ses craintes étaient justifiées : quand la Centauresse venait soigner la jambe de Pélée, il l'interrogeait minutieusement sur ce qu'elle avait pu apprendre des activités de son épouse. Au début, elle ne découvrit rien. Toutefois, alors que Thétis atteignait son huitième mois de grossesse, Euhippe se lia d'amitié avec une jeune femme qui se plaignait d'avoir des règles très douloureuses. Pour la soulager, elle lui donna une potion de boule-de-neige, de scutellaire et de cenelle noire, puis lui dit de revenir sous peu pour qu'elle puisse la traiter de manière plus approfondie. La fois suivante, elles bavardèrent, et Euhippe apprit que la jeune femme servait le culte de la seiche. Lui posant des questions soigneusement formulées, elle apprit qu'apparemment tous les enfants de Thétis n'avaient présenté aucun signe fâcheux – défauts, fièvres – qui aurait pu expliquer leur mort prématurée. C'était un mystère, disait la servante, à moins bien sûr que la déesse n'ait décidé de les rappeler à elle.

La Centauresse lui ayant demandé négligemment quel rôle Harpale jouait dans le culte, la femme rougit, détourna les yeux et dit qu'elle n'était pas suffisamment initiée pour en être sûre.

— Mais elle avait peur, dit Euhippe à Pélée. Elle ne sait peut-être pas grand-chose, mais plus en tout cas qu'elle ne le prétend.

Tous deux finirent par en apprendre davantage, grâce à la femme de l'un des chefs myrmidons. Elle avait été la première à parler de sorcellerie, mais de manière très obscure, et en n'accusant qu'Harpale. Cependant,

Thétis l'ayant autrefois offensée, Pélée pensait qu'elle voulait se venger en répandant des rumeurs.

— Tu crois vraiment qu'il se passe quelque chose ? Tu sais ce que c'est ? demanda-t-il.

— Je peux me tromper.

— Dis-le-moi quand même.

Elle réfléchit un moment, puis fit non de la tête.

— Alors, dit-il, que dois-je penser, que dois-je faire ?

— Rien, tant que l'enfant n'est pas né.

— Et ensuite ?

— Attendons. Quand le temps viendra, nous verrons ce qu'il convient de faire.

Ce qui se passa réellement cette fois-là n'était connu que de Pélée, et il n'en dit rien à personne – du moins pas avant qu'Ulysse, six ans plus tard, n'arrive à sa cour. L'enfant, alors âgé de sept ans, et seul à avoir survécu, était déjà dans les montagnes auprès de Chiron. Pélée vivait seul dans un palais sinistre, sous la garde silencieuse d'Euhippe, et sa mélancolie faisait l'objet de toutes les conversations de la Grèce. Télamon et Thésée avaient tenté en vain de l'en faire sortir. Chiron était trop âgé pour descendre des montagnes, et Pélée n'avait pas le cœur d'aller le voir. Le roi des Myrmidons était perdu dans sa solitude, passant en boitant d'une pièce à l'autre, parlant à peine, et confiant de plus en plus la gestion du royaume à des ministres en qui il avait confiance. De vieux amis tels que Pirithoos et Thésée moururent. Le pouvoir passa au sud de la mer, à Mycènes. Les gens commencèrent à oublier Pélée.

Puis Ulysse aborda sur ses rives. Le roi Nestor de Pylos l'y avait encouragé. Tout le monde, disait-il, avait accueilli avec chaleur le jeune prince d'Ithaque ; peut-être le vieux Pélée ferait-il de même ?

— Pourquoi ne pas tenter de le convaincre de se joindre à ton raid, le long de la côte mysienne ? Pélée a été un bon pirate en son temps, il pourrait le redevenir.

Mais Ulysse comprit vite que c'était hors de question. Il décida donc de repartir dès le lendemain à l'aube, quand soudain Pélée leva la tête au-dessus de sa coupe de vin et dit :

— C'est bon que tu sois venu. Tout le monde autour de moi a oublié comment on sourit. Ce n'est pas ton cas !

— Cela te dérange-t-il ? demanda Ulysse en souriant.

Pélée secoua la tête puis, au bout d'un moment, se mit à parler. Un dieu devait le posséder, car il paraissait ne plus pouvoir s'arrêter. Cette nuit-là fut l'occasion de considérables révélations : Ulysse fut le seul à qui le roi confia jamais ce qui s'était passé entre lui et son épouse. Ulysse écouta donc, avec une épouvante fascinée, tandis que Pélée lui racontait comment, à la demande d'Euhippe, il s'était purifié devant Zeus, avait imploré le pardon de la déesse, puis franchi l'enceinte sacrée entourant la grotte marine dans laquelle Thétis se livrait à ses rites. C'était quelques jours après la naissance de son fils. Repoussant les femmes enivrées par les drogues qui tentaient de l'arrêter, il entra dans la grotte et vit les silhouettes de Thétis et d'Harpale devant une idole de bois primitive de la déesse, à côté d'un autel où brûlaient des charbons ardents. La Dolopienne tenait un filet de métal à mailles fines, Thétis défaisait les langes du nouveau-né, qui hurlait, et Pélée comprit aussitôt ce qu'elles préparaient. S'il n'était pas arrivé à temps, les deux femmes auraient fait ce qu'elles devaient avoir fait déjà bien des fois – passer l'enfant au feu, dans l'air brûlant au-dessus des charbons de l'autel, en espérant qu'ainsi il deviendrait immortel.

Avec un hurlement de haine, il leva son arme, tua Harpale d'un seul coup d'épée, et arracha le bébé à sa mère qui poussait des cris. Si le nouveau-né ne s'était pas débattu, il aurait sans doute tué Thétis aussi mais, le temps qu'il se reprenne, sa fureur était passée et il ne put s'y résoudre. Thétis vit qu'il hésitait et eut un petit rire qui le stupéfia ; il la contempla comme s'il avait affaire à une folle. Elle soutint son regard, et ils restèrent immobiles dans la chaleur et l'odeur salée de la grotte, sachant que si les flammes avaient épargné l'enfant, elles avaient réduit leur amour en cendres.

Le cœur brisé, incapable d'ordonner la mort de la fille de Chiron, Pélée l'avait un moment tenue prisonnière. Il avait confié l'enfant à une nourrice, une amie d'Euhippe, une autre Centauresse capturée lors d'une partie de chasse et libérée grâce à lui, qui vivait désormais avec l'un des cuisiniers du palais. C'est elle qui surnomma le nouveau-né Achille, « sans lèvres », parce que jamais les siennes n'avaient connu le sein de sa mère. Il était toutefois très difficile à Pélée ne serait-ce que de regarder son fils, dont les cris lui rappelaient l'horreur de cette nuit fatidique. Il était en tout cas bien décidé à ce que jamais Thétis ne revienne auprès d'eux. C'est pourquoi, en définitive – et en lui faisant bien comprendre qu'elle mourrait si elle tentait de regagner la Thessalie –, il lui accorda ce qu'elle avait toujours souhaité : rejoindre le peuple de sa mère sur la lointaine île de Scyros.

— Mais l'enfant a vécu, dit Ulysse, plein de sympathie pour l'homme qui contemplait les cendres mourantes du feu. Tu as un fils qui est ton héritier.

— Que je connais à peine, répondit Pélée, et qui ne sait rien de moi.

— Il est auprès de Chiron, mais tu peux le rappeler dès que tu le souhaites.

— Pour vivre avec moi dans ces ténèbres ?

— Il pourrait les illuminer.

Pélée dévisagea le jeune homme en soupirant :

— Heureusement, une prophétie dit qu'il sera un plus grand homme que son père.

— Alors, conclut Ulysse, ce sera vraiment un très, très grand homme.

Réchauffé par la présence de son nouvel ami, Pélée demanda à Ulysse de rester avec lui un moment. Le jeune homme accepta avec joie, et les deux hommes eurent de longues conversations où ils évoquaient les exploits des anciens héros, les récents changements survenus dans le monde : Agamemnon, le fils d'Atrée, était monté sur le trône à Mycènes, et avait pris tant de pouvoir qu'il devait bientôt être proclamé roi de toute la Grèce. Mais ils parlaient aussi de choses moins sérieuses et, un soir, Ulysse était enfin parvenu à faire rire son hôte, quand on annonça l'arrivée d'un autre visiteur.

Fils bâtard du roi Actor, Ménœtios était vaguement apparenté à Pélée par le mariage. Il venait de traverser le détroit depuis la cité locrienne d'Oponte, car il avait besoin d'aide. Son fils, âgé de six ans, avait tué un de ses camarades à l'issue d'une partie d'osselets qui avait dégénéré en bagarre.

— Il n'est pas mauvais, dit le père, mais il a un tempérament passionné. Et cela me brise le cœur, mais je ne peux le garder avec moi à Oponte. Le père du garçon qu'il a tué adorait son fils autant que j'adore le mien.

— Que me demandes-tu ? s'enquit Pélée.

Ménœtios fit entrer son fils, et Pélée et Ulysse purent ainsi contempler un gamin de six ans efflanqué, à l'épaisse chevelure, qui, baissant les yeux, regardait fixement ses pieds nus. Se souvenant que son propre destin avait été façonné par la mort d'un autre, Pélée demanda :

— Quel est ton nom, mon garçon ?

Le petit visage se leva pour lui jeter un regard à la fois maussade et plein de défi, puis l'enfant baissa de nouveau la tête, sans répondre.

— Il s'appelle Patrocle, dit Ménœtios, mais, jusqu'à présent, il n'a guère apporté de gloire à son père !

— Il a tout le temps ! lança Ulysse d'un ton léger.

— On m'a dit que tu avais envoyé ton propre fils chez le Centaure ? demanda Ménœtios à Pélée. Je me demandais si, d'après toi, il pourrait venir à bout de ce gamin.

— C'est ce qu'il a fait de moi, répondit Pélée.

— Mais... et toutes ces histoires horribles, lors du mariage de Pirithoos, quand les Centaures se sont enivrés ? dit le visiteur qui, voyant son hôte froncer les sourcils, se hâta d'ajouter : Après tout, tu étais déjà un adulte quand tu t'es rendu auprès de Chiron.

— Et quand je l'ai quitté, j'étais un homme meilleur, comme Pirithoos et Jason, qui lui furent confiés alors qu'ils étaient enfants. J'aurais d'ailleurs été meilleur encore si j'étais resté chez les Centaures. Mais tel n'était pas mon destin. En tout cas, j'ai été ravi d'envoyer mon fils chez Chiron ; et plusieurs de mes Myrmidons ont fait de même.

Pélée se tourna vers Patrocle :

— Regarde-moi, gamin !

L'enfant obéit, l'air sombre.

— Aimerais-tu apprendre à chasser et à parler aux chevaux ? À connaître la magie des plantes, à chanter et à si bien jouer de la lyre que les bêtes sauvages sortiraient des forêts pour t'entendre ?

Patrocle hocha la tête, un peu hésitant.

— J'aimerais bien aller à cette école ! dit Ulysse en souriant.

Pélée eut une réponse qui le surprit lui-même :

— Alors, viens avec moi demain dans les montagnes.

Ulysse le regarda, surpris de la transformation qui s'était opérée chez son nouvel ami. Sans doute un dieu était-il à l'œuvre.

— Il est temps que je voie comment mon fils se débrouille, dit Pélée à Ménœtios. Tu as vu juste : laisse-moi le tien.

Hormis un arbre frappé par la foudre, peu de choses avaient changé depuis la dernière visite de Pélée aux Centaures. Mais Chiron paraissait beaucoup plus vieux : des rides profondes entouraient ses yeux, et ses mains tremblèrent lorsqu'il offrit une libation de lait de jument en l'honneur de son vieil ami. Il accueillit Ulysse avec chaleur, et posa quelques questions à Patrocle avant de l'envoyer jouer avec d'autres enfants au bord du ruisseau voisin.

Comme ils mangeaient, Ulysse exprima son admiration pour le mode de vie de Chiron :

— À Ithaque, nous aimons que les choses soient simples, ce qui nous vaut parfois de passer pour barbares et grossiers. Un désir d'aventure me pousse à l'errance, mais je suis toujours heureux de rentrer chez moi.

— Je n'aurais jamais dû repartir d'ici, soupira Pélée.

— L'homme doit obéir à son destin, répondit Chiron, et le tien est difficile. Il y a des choses que j'aurais dû discerner plus tôt, mais le cœur les voit et refuse d'y croire. Si Thétis a suivi le chemin de sa mère, elle est quand même de mon sang, et j'ai manqué à mes devoirs de père.

Il croisa le regard de Pélée :

— Ton fils est superbe. C'est déjà un chasseur habile, il court aussi vite que le vent et chante d'une voix à vous briser le cœur. Tu seras fier de lui – tout comme il est déjà fier de toi !

Pélée parut surpris. Le vieux roi sourit :

— Il sait que son père est roi de Thessalie, et il a déjà pris quelques coups parce qu'il s'en vantait un peu trop !

À ce moment, les trois hommes entendirent de grands cris qui ne firent que croître, les empêchant de poursuivre leur conversation. Chiron se leva :

— Je crois qu'il est temps que j'intervienne.

Ses hôtes le suivirent jusqu'à l'entrée de la grotte, d'où ils aperçurent, sur la vaste étendue d'herbe poussant parmi les rochers, deux garçons qui se battaient férocement, au milieu d'un cercle d'enfants de leur âge qui les encourageaient de la voix. Les combattants avaient déjà le nez en sang. Pélée reconnut Patrocle à sa tunique rouge sombre :

— Son père m'avait bien dit qu'il avait mauvais caractère, mais il commence mal : l'autre a l'air de taille à lui résister.

— Je n'en serais pas surpris, dit Chiron en souriant. C'est ton fils.

L'oracle du feu

Dans le monde des mortels, une génération entière passa après le mariage de Pélée et de Thétis ; mais, sur l'Olympe, la querelle entre les déesses continuait à faire rage, et Zeus ne trouvait toujours pas de solution. Pour finir, à bout de patience, il convoqua un conseil des dieux. Hermès, le plus sagace et le plus éloquent de tous, proposa un moyen de sortir de l'impasse.

De toute évidence, aucune des trois déesses ne serait jamais satisfaite tant qu'il n'y aurait pas eu de jugement. Il était tout aussi clair qu'aucun immortel n'était en position de choisir entre elles sans provoquer d'éternels ressentiments. Hermès pensait donc que la décision devait être confiée à un mortel, plus impartial.

L'idée de renvoyer la querelle au monde des hommes, où après tout elle avait pris naissance, plut fort à Zeus, qui demanda donc à Hermès s'il pensait à quelqu'un de précis.

— Je crois que Pâris ferait parfaitement l'affaire, répondit le dieu en souriant.

Arès leva les yeux en entendant ce nom. Il n'avait aucun doute sur celle des déesses à qui il conviendrait de donner la pomme, et s'était depuis longtemps lassé d'un conflit dépourvu de toute violence réelle. Il déclara donc que Pâris serait un très bon choix : c'était un homme à l'esprit équitable, et qui de surcroît s'y connaissait en taureaux de combat.

Bien qu'elle fût impatiente de regagner les bois, Artémis fit remarquer qu'un expert en taureaux n'était peut-être pas un choix idéal pour résoudre le conflit. Avant qu'Hermès puisse répondre, toutefois, Arès leur raconta une histoire. Pâris avait une fois offert une couronne à tout propriétaire de taureau qui pourrait vaincre celui qu'il avait élevé. Par jeu, le dieu avait pris forme taurine, et mis en déroute la bête de Pâris. Il avait pourtant gaiement décerné la couronne, comme convenu. On pouvait donc se fier à lui pour porter un jugement objectif.

— Peut-être conviendrait-il d'ajouter, dit Hermès en souriant, que Pâris est le plus beau des mortels.

Cette remarque agaça un peu Zeus, qui se tourna vers les déesses :

— Accepteriez-vous de vous en remettre à lui ?

Il eut un soupir de soulagement lorsqu'elles acquiescèrent de la tête.

— Très bien ! Ce sera donc Pâris !

Et après avoir chargé Hermès de les conduire sur le mont Ida, le maître de l'Olympe, satisfait, décida de penser à autre chose.

Pendant qu'il gardait ses bêtes, Pâris, bien entendu, ignorait complètement que les dieux l'avaient choisi pour résoudre un problème dont ils n'avaient pu venir à bout. Il est vrai qu'à cette époque, il était ignorant de beaucoup de choses, à commencer par le mystère de sa naissance. Car il n'était pas que le simple berger qu'il croyait être.

Bien des années auparavant, sa mère, quelques heures avant sa naissance, s'était réveillée terrorisée au sortir d'un rêve prophétique. Mais, tout comme les parents engendrent les enfants, les histoires en engendrent d'autres, et on ne peut comprendre qui était Pâris sans avoir une idée de ses géniteurs, et même du père de son père.

Il y eut plusieurs Troie avant que la dernière ne tombe. L'une d'entre elles était gouvernée par un roi nommé Laomédon. La légende voulait qu'ayant offensé Zeus, Apollon et Poséidon en avaient été punis de la manière la plus humiliante ; le premier devrait jouer de la lyre à la cour du roi, et veiller sur ses troupeaux du mont Ida ; le second devrait quant à lui édifier des murailles autour de la ville, en échange d'un salaire déterminé. Sachant que jamais les murs ne tomberaient sans qu'un mortel soit impliqué dans leur construction, Poséidon avait confié une part de la tâche à Éaque, père de Pélée et Télamon. Laomédon avait toutefois un tempérament perfide ; quand la tâche fut achevée, il refusa de verser la somme convenue. C'est Zeus, dit-il, qui avait mis les deux divinités à son service. Et, de toute façon, quels besoins pourraient-ils avoir qu'ils ne puissent satisfaire eux-mêmes ? Il les renvoya donc les mains vides.

Les immortels prirent leur revanche sans perdre de temps. Prenant sa forme de dieu-souris, Apollon provoqua une épidémie de peste dans Troie, tandis que Poséidon, maître des tremblements de terre, envoyait un monstre marin terroriser les côtes, et projeter sur les champs proches du rivage d'énormes brisants d'eau salée qui les rendirent infertiles. Les Troyens demandèrent donc à Laomédon de chercher conseil auprès de l'oracle de Zeus, afin de savoir comment apaiser les dieux. Il lui fut répondu que, pour cela, il faudrait qu'il sacrifie Hésione, sa fille bien-aimée.

Laomédon fit tout son possible pour se dérober, et contraindre d'autres citoyens de la ville à offrir leurs filles à la place de la sienne. Mais les membres de l'assemblée de la cité savaient parfaitement que sa perfidie était responsable de leurs maux, et ne consentirent qu'à un tirage au sort. Conformément à la volonté des dieux, Hésione fut choisie, et le roi, impuissant, vit sa fille

41

dépouillée de tout, sauf de ses bijoux, puis enchaînée à un rocher du rivage jusqu'à ce que mort s'ensuive.

La mer montait et menaçait de l'engloutir quand elle fut découverte par Héraclès et Télamon, qui revenaient de leur expédition au pays des Amazones. Grâce à sa force prodigieuse, Héraclès rompit les chaînes et libéra Hésione. Mais le monstre marin sévissait toujours ; aussi le héros conclut-il un marché avec Laomédon : il tuerait l'animal contre deux juments blanches immortelles qui faisaient l'orgueil des troupeaux du roi. Celui-ci accepta et, après une lutte qui dura trois jours entiers, Héraclès réussit à tuer le monstre.

Là encore, Laomédon se parjura. Ignorant les mises en garde de son fils Podarcès, il substitua des chevaux mortels à ceux qu'il avait promis. Quand Héraclès découvrit la supercherie, il déclara la guerre à Troie.

La cité en sortit dévastée. Fils d'Éaque, Télamon put découvrir quelles parties des murailles étaient l'œuvre de son père, et par conséquent plus vulnérables. C'est à ces endroits qu'avec Héraclès il perça les défenses de la ville. Le palais fut mis à sac ; fou de colère et de vengeance, Héraclès tua le roi et presque toute sa famille. Hésione fut épargnée, mais donnée, contre son gré, à Télamon, qui l'emmena avec lui vers sa citadelle de Salamine. Avant de quitter Troie, elle se vit permettre de sauver la vie de l'un des autres captifs, et choisit son seul frère survivant, Podarcès, dont Héraclès fit le nouveau roi d'une ville réduite en cendres, et qui par la suite fut connu sous le nom de Priam, « celui qui a été vendu ».

C'est du moins ainsi que les bardes troyens racontaient l'histoire, et certains épisodes en plurent suffisamment à Héraclès et Télamon pour qu'ils les diffusent dans toute la Grèce. Mais Pélée donna une version toute différente à Ulysse, et voici ce qu'il me raconta.

Dès l'enfance, Pélée et Télamon avaient su qu'une vieille querelle opposait leur père au roi Laomédon. Connu pour sa sagesse et son habileté, Éaque avait bel et bien été chargé de reconstruire et de renforcer les murailles entourant la cité de Troie. Celle-ci se trouvant sur un site exposé aux tremblements de terre, il avait sollicité l'aide de Poséidon et de ceux initiés à ses mystères. Il s'était également fait accompagner d'un barde voué à Apollon, dont la musique avait distrait les hommes chargés des dures besognes de taille, de déplacement et de levage des lourds blocs de pierre.

Toutefois, avant même la fin des travaux, il devint clair que Laomédon était à court d'argent. Éaque, voyant que le roi avait peu de chances de le payer, posa ses outils et repartit pour Salamine, laissant dans les murailles donnant à l'ouest un emplacement vulnérable. Pour finir, furieux de voir que Laomédon ne le payait pas, il avait lancé sur la ville les malédictions de Poséidon et d'Apollon.

Bien des années plus tard, les Troyens furent réveillés un matin par un bruit terrifiant. Les eaux de la baie s'étendant entre leurs deux péninsules furent aspirées vers l'Hellespont. Le fond de la mer n'était plus qu'un marécage puant où l'on apercevait des rochers et des épaves de navires. Le sol de la cité se mit à trembler : les bâtiments frémirent et s'effondrèrent. Tous s'enfuirent de leurs maisons, quand la mer revint brusquement, sous forme d'une vague immense qui, dépassant le rivage, inonda la plaine, détruisant les récoltes et rendant la terre infertile.

Les murailles bâties par Éaque soutinrent le choc, sauf dans leur partie ouest, où de nombreuses maisons furent détruites. Il y eut des centaines de morts, écrasés sous les ruines ou noyés par les eaux. L'air fut bientôt plein de la puanteur des cadavres, et quelques jours plus tard éclata une épidémie de peste.

Télamon et Héraclès revenaient en bateau de la mer Noire et du pays des Amazones. Le temps qu'ils longent les côtes troyennes, le mauvais temps et les eaux s'étaient un peu calmés. Toutefois, comme ils suivaient le rivage, ils furent stupéfaits de voir une jeune femme nue attachée aux rochers et entourée par les vagues.

Elle était déjà à demi morte de froid et de peur, mais Héraclès la libéra et la fit monter à bord de leur navire. Bien entendu, ce n'était pas la princesse Hésione, car le roi Laomédon avait pris soin de truquer le tirage au sort. C'est d'elle que les deux amis apprirent à quel point la cité était au désespoir : terrorisés par leurs infortunes, les Troyens en étaient revenus aux sacrifices humains pour apaiser les dieux.

Voyant se présenter une occasion favorable, Télamon repartit pour Égine et informa son père que ses malédictions avaient enfin porté leurs fruits. Si Éaque acceptait de financer la mise en œuvre de dix navires, son fils retournerait à Troie et pillerait la cité. Le roi, cependant, ne donna qu'une part de l'argent nécessaire, et Télamon s'en alla solliciter Pélée pour obtenir le reste, mais sans succès. Pour finir, Héraclès et lui partirent pour Troie avec six vaisseaux seulement ; ils parvinrent toutefois à franchir les murailles et à piller une cité déjà dévastée.

En termes purement monétaires, l'expédition ne fut pas très profitable. Néanmoins Laomédon fut tué, et Télamon reçut sa fille Hésione parmi sa part de butin. Podarcès, le fils du roi, sauva sa propre vie en révélant l'endroit où son père avait dissimulé ce qui restait de son trésor. Avant de repartir, Télamon posa sur la tête du jeune homme une couronne très abîmée et le surnomma « roi Priam ».

Humilié, terrifié, mais vivant, Podarcès se jura qu'il porterait avec orgueil le nom qui lui avait été donné, qu'il ferait tout son possible pour rendre sa splendeur à

Troie, et qu'un jour il se vengerait des barbares venus de l'autre côté de la mer.

Avant ces événements, les Troyens étaient plutôt tournés vers l'ouest et la Grèce, dont leurs ancêtres étaient venus plusieurs générations auparavant. Le jeune roi Priam décida d'inverser la tendance et entama des négociations avec le grand régime bureaucratique de l'empire hittite, afin d'obtenir des prêts qui lui permettraient de rebâtir la ville, et de créer des relations commerciales qui pourraient les rembourser. La réponse fut favorable. Les marchands des côtes orientales ne tardèrent pas à voir quels avantages offrait une cité bien gouvernée et placée sur un site commandant l'accès aux routes commerciales de la mer Noire. Les navires égyptiens ne tardèrent pas à les suivre. Troie vit surgir de nouveaux bâtiments, non seulement des palais et des demeures mais aussi des grands ateliers de tissage où l'on travaillait les matières premières venues d'Orient, comme des troupeaux des montagnes troyennes. La capacité de travail des Troyens devint proverbiale, et la qualité de leurs productions leur permit de se vendre aisément. Priam pouvait aussi s'enorgueillir de ses chevaux et de ses taureaux, que les Dardaniens élevaient dans les montagnes idéennes.

Priam ne perdit pas de temps pour remercier les dieux des faveurs qu'ils lui témoignaient. Peu après avoir accédé au trône, il consacra un vieil autel dans la montagne à Apollon Sminthée, celui qui apporte et guérit la peste. Ensuite, il consacra au dieu un temple tout neuf à l'intérieur de la ville, ainsi qu'un troisième sur le site de Thymbrée. À mesure que croissait sa fortune, il créa un vaste marché, entouré d'ateliers et d'entrepôts, dominé par un autre temple qui abritait le Palladium, une très vieille statue de bois d'Athéna, de trois coudées de haut à peine, mais qu'on devait à la déesse elle-même, et dont dépendait, disait-on, la sauvegarde de la ville tout entière.

Le roi s'était aussi marié. Sa femme, Hécube, était la fille d'un roi thrace ; leurs épousailles scellèrent une alliance militaire et commerciale de grande ampleur. Mais tous deux étaient aussi unis par l'amour, et le bonheur de Priam parut complet quand la reine donna naissance à un fils qu'ils nommèrent Hector, parce qu'il était destiné à être le soutien de la cité. Peu de temps après, Hécube fut de nouveau enceinte, et tout semblait bien se présenter, lorsqu'une nuit, peu avant la date prévue pour l'accouchement, elle se réveilla angoissée par un songe.

Elle avait rêvé qu'elle donnait naissance à une torche dont était sortie une nuée de serpents, jusqu'à ce que toute la ville de Troie et les forêts du mont Ida soient en flammes. Inquiet de ce terrifiant oracle du feu, Priam convoqua son devin, prêtre d'Apollon à Thymbrée et qui avait le don d'oniromancie. L'homme confirma les craintes du roi : si l'on permettait de vivre à l'enfant qu'attendait Hécube, cela provoquerait la ruine de la cité.

Deux jours plus tard, le voyant émergea d'une transe prophétique et déclara que, le jour même, un enfant naîtrait dans la famille royale ; on ne pourrait éviter le mauvais sort que si la mère et l'enfant étaient mis à mort. À la grande horreur de Priam, Hécube fut prise de contractions presque aussitôt.

Toutefois, la reine n'était pas la seule à devoir accoucher dans la maisonnée du roi. Pendant la matinée, celui-ci apprit que sa sœur Cilla venait de donner le jour à un fils. Consterné, mais soulagé à l'idée d'épargner la vie de son épouse, il ordonna aussitôt qu'on les exécute. La mère et l'enfant furent enterrés dans l'enceinte sacrée de la cité, et Priam revint auprès d'Hécube, en espérant que les dieux étaient satisfaits et la sûreté de Troie assurée. Mais la nuit n'était pas encore tombée lorsque la reine donna naissance à un fils.

Priam contemplait le visage paisible du nouveau-né quand le prêtre et la prêtresse d'Apollon entrèrent dans la pièce. Il comprit aussitôt ce qu'ils allaient exiger de lui, et ne put supporter l'idée de devoir ordonner une fois de plus la mort de deux êtres qui lui étaient si chers. Ne suffisait-il donc pas qu'une princesse de la maison royale et son enfant soient morts?

D'un ton grave, le prêtre lui rappela quel terrible destin s'était abattu sur Troie quand son père Laomédon avait tenté de duper les dieux. La prêtresse était convaincue qu'au minimum le fils du roi devait mourir. Le rêve d'Hécube n'avait-il pas montré qu'elle portait en elle la ruine de Troie?

— Tu as donné naissance au mal, dit-elle à la reine. Il faut que tu aies la force et la sagesse nécessaires pour le tuer de ta propre main.

Hécube ne put que refuser en gémissant. Le prêtre se tourna alors vers le roi:

— Risqueras-tu tout ce que tu as bâti au profit d'un enfant né sous de si fâcheux auspices?

— J'ai fidèlement servi Apollon! protesta Priam. Comment aurais-je pu lui porter tort pour qu'il me persécute ainsi?

Le prêtre ouvrit grands les bras:

— Apollon voit dans les profondeurs du temps. Il se préoccupe d'abord de la protection de la cité.

— Ma sœur et son fils sont déjà morts sur mon ordre! s'exclama Priam. Crois-tu que je puisse indéfiniment supporter le poids du sang?

Le prêtre détourna le regard:

— Ce n'est pas nous qui réclamons ce sacrifice. Tu dois choisir entre l'enfant et la cité.

Priam leva les yeux:

— Alors, ce sera l'enfant. Mais pas de la main de mon épouse, ni de la mienne.

Prenant le nouveau-né dans les bras d'Hécube, il le tendit à la prêtresse :

— Fais ce que tu veux de lui, et laisse-nous à notre chagrin !

Avec le prêtre, la femme quitta la pièce et tous deux remirent l'enfant à un garde du palais qui se chargerait de le tuer. Mais l'homme ne put s'y résoudre. Demandant conseil à ses amis, il s'entendit répondre :

— Demande à Agélaos, il a l'habitude !

C'est ainsi que, quelques heures plus tard, dans son village des montagnes dardaniennes, le principal bouvier du roi fut réveillé par un cavalier frappant à sa porte. Quand il lui eut expliqué ce qu'il devrait faire, Agélaos contempla le nouveau-né.

— C'est un beau petit, dit-il. Pourquoi doit-il mourir ?

— Parce que le roi l'ordonne, répondit le cavalier.

— A-t-il dit de quelle façon ?

— C'est à toi de choisir, lança l'homme en remontant en selle. En tout cas, c'est la volonté des dieux ! Débarrasse-toi de lui !

Agélaos avait déjà abattu bien des animaux mais, comme le garde, il n'eut pas le cœur de trancher la gorge d'un petit enfant. Le contemplant, il marmonna :

— Si les dieux veulent que tu meures, qu'ils s'en chargent !

Puis il l'emmena vers une clairière sur les pentes du mont Ida. Il survivrait ou périrait : le destin en déciderait.

Trois jours plus tard, sur l'insistance de sa femme, l'homme revint sur les lieux et, apercevant les traces d'un ours, se dit qu'il ne retrouverait que des restes ensanglantés. Toutefois, comme il s'approchait, il entendit des cris ; se précipitant, il trouva le bébé, affamé et presque bleu de froid, mais toujours vivant. Le prenant, il le serra contre lui et dit :

— Si les dieux t'ont envoyé une ourse pour que tu puisses la téter, mon garçon, c'est qu'ils veulent que tu vives !

Il le déposa tendrement dans la besace accrochée à son flanc et, le ramenant chez lui, le confia à sa femme. C'est elle qui remarqua, sur le cou de l'enfant, une tache de naissance un peu semblable à un baiser. Elle le nomma « Pâris », ce qui veut dire « besace ».

Au fil des années, Pâris ne tarda pas à se distinguer des bouviers qui l'entouraient, à la fois par son courage et son intelligence. Encore enfant, il ne craignait aucunement les taureaux ; son plus grand plaisir était de les voir combattre entre eux, et de voir le sien triompher. Sous la patiente direction d'Agélaos, il devint vite un bon chasseur et un excellent archer. Et il n'avait que dix ans le jour où il fit usage de son arc pour tuer autre chose que du gibier, bien que c'eût été sa seule intention en partant dans les bois.

Ce jour-là, l'air était lourd et le soleil brûlant. Dès le début de l'après-midi, Pâris s'était senti somnolent et irritable. Fouillant dans les buissons pour retrouver les flèches qu'il avait tirées et perdues, il eut l'impression que le tonnerre résonnait dans sa tête ; c'est pourquoi, bien que n'ayant tué qu'un vieux lièvre et une perdrix, il redescendait les collines à travers les arbres lorsqu'il entendit les meuglements du bétail enfermé dans un enclos situé en dessous de lui.

Choqué que son père ait décidé de déplacer le troupeau sans le prévenir, Pâris allait courir le rejoindre quand il entendit des hommes crier – des voix inconnues, à l'accent bizarre, qui lançaient des ordres. Il s'arrêta à couvert des arbres et vit un groupe de voleurs de bétail briser une clôture qu'Agélaos avait édifiée au printemps.

Ils étaient neuf, tous armés de lances et d'épées. D'autres cris lui firent tourner la tête : Agélaos arrivait en courant, suivi de deux de ses bouviers. Ils n'étaient armés que d'une lance et de bâtons. Un homme trapu, coiffé d'un casque et vêtu d'un justaucorps de cuir clouté, s'avança à leur rencontre en agitant son épée.

Pâris compta les flèches de son carquois ; il lui en restait sept. Il déglutit péniblement puis en prit une et la fixa sur son arc.

Six des voleurs faisaient désormais face à Agélaos et ses deux compagnons ; les trois autres s'apprêtaient à les rejoindre. L'homme au casque leva de nouveau son épée et ordonna à un de ses hommes de jeter sa lance. L'autre la leva et allait s'exécuter quand une flèche survint en sifflant d'entre les arbres et lui perça le cou. Un flot de sang lui sortit de la bouche. Il laissa tomber son arme et s'effondra sur le sol. Quelques secondes plus tard, une seconde flèche rebondit sur le casque du chef des voleurs. Profitant de la surprise, Agélaos projeta sa lance avec une telle force qu'elle perça le justaucorps et projeta l'homme à terre, où il resta à se débattre.

Pendant quelques secondes, tout le monde resta pétrifié.

Une troisième flèche se planta dans l'herbe. Les voleurs avaient perdu leur chef, mais ils avaient toujours leurs armes, contrairement à leurs trois adversaires, dont ils n'étaient qu'à quelques mètres. Pâris tira une nouvelle flèche sur un voleur efflanqué, qui tomba aussitôt à terre en se tenant la cuisse. Ses complices hésitèrent, ne sachant combien d'assaillants étaient cachés parmi les arbres. Quand un quatrième grogna en contemplant d'un air incrédule la flèche plantée dans son ventre, les autres s'enfuirent, ne s'arrêtant que pour emmener le seul blessé survivant.

Agélaos et ses deux compagnons les regardaient disparaître quand Pâris apparut en courant, serrant toujours son arc. Ils l'appelèrent, mais il eut l'impression de les entendre de très loin ; sa gorge était très sèche.

— Il ne me restait que deux flèches, dit-il en tentant d'échapper à Agélaos, qui le serrait dans ses bras.

Puis, baissant les yeux, il vit le cadavre du chef des voleurs, la lance plantée dans la poitrine. Il détourna les yeux, mais pour découvrir le corps d'un homme avec une flèche dans la gorge ; un troisième, touché en plein ventre, le regarda, comme pour le supplier.

Pâris le vit vomir un flot de sang. Puis lui-même eut d'un seul coup l'impression d'être englouti par les ténèbres.

Le bruit de l'eau coulant sur les pierres le réveilla. Il était étendu sur une litière de paille, à l'ombre d'un auvent de chaume, au bord d'une rivière. L'air était chargé d'une odeur de baume, de camomille et de lavande ; bougeant un peu la tête, il fut pris de vertiges et geignit faiblement. Puis il vit, assis sur un rocher, un homme aux cheveux gris, qui passait la main dans sa barbe.

— Je crois qu'il est revenu à lui, dit une voix de fillette. Oui !

Elle avait de longs cheveux bouclés, si blonds et si fins qu'ils lui faisaient une auréole de lumière autour de la tête. Vêtue d'une tunique blanche couverte de taches d'herbe, elle jouait avec une souris qu'elle tenait entre ses petites mains. Elle devait avoir six ans. Derrière elle, assez loin, on apercevait deux monticules couverts d'herbe, avec des portails de pierre, qui ressemblaient à des sépultures.

— Apporte-lui de l'eau, dit le père de la fillette en posant une main sur l'épaule de Pâris. Reste allongé un moment, mon garçon, tout ira bien.

Pâris tourna la tête pour voir la fillette tendre une coupe sous un filet d'eau jaillissant des rochers. Il avait horriblement mal à la tête, comme si ses rêves d'incendie, de fumée et de bâtiments en flammes s'y attardaient encore.

Elle revint et leva la coupe jusqu'à ses lèvres :

— Tu as été très malade, Alexandre, dit-elle d'un air entendu. Mais mon père a le don de guérir. Bientôt, tu seras sur pied.

Il but, lécha ses lèvres desséchées, puis se rallongea et, cherchant à comprendre ce qui s'était passé, se souvint des mouches qui entouraient les blessures sanglantes des hommes qu'il avait tués.

— Je ne m'appelle pas Alexandre, dit-il.

— Non, je sais bien. C'est Pâris. Mais quand tu as chassé ces voleurs de bétail, tu as reçu un autre nom. Tu es devenu un défenseur d'hommes, « alexandros ». Ça me paraît beaucoup mieux !

— Allons, dit le père, laisse-lui le temps de revenir à lui.

Il se pencha vers le jeune garçon :

— Je suis le prêtre d'Apollon auprès de cet autel. Mon nom est Cébren. Ton père t'a amené ici il y a trois jours pour te guérir d'une fièvre brûlante. Il sera content d'apprendre que le dieu-souris t'a pris en amitié. Dans deux jours, il viendra te chercher. Maintenant, tu n'as plus besoin que de repos.

— Tout va bien, Alexandre, dit la fillette. Il ne faut pas avoir peur.

— Je n'ai pas peur, répondit-il. Quel est ton nom ?

— Œnone. Je suis la nymphe de cette fontaine. Un jour, moi aussi je saurai guérir.

Pâris eut un vague sourire et s'endormit presque aussitôt.

Agélaos arriva avec une mule pour ramener son fils adoptif, et des présents destinés au dieu et à son prêtre. Accueilli en héros en rentrant chez lui, Pâris oublia vite à quel point il avait été révulsé par ce qu'il avait fait. Les années passèrent, il grandit, sa force devint égale à son courage. Il était également renommé pour son bon sens : on lui demandait souvent conseil, il apaisait les querelles entre bouviers. C'est ainsi qu'à mesure qu'Agélaos vieillissait, Pâris devint le gardien des troupeaux ; ses taureaux de combat lui inspiraient une fierté allant jusqu'à l'obsession. Son champion ne fut vaincu qu'une fois.

Lors d'une foire de printemps, un taureau sauvage, plus noir qu'un nuage d'orage, descendit des montagnes, effrayant les villageois et semant la panique dans le troupeau après avoir brisé la clôture. Il combattait avec une telle ardeur que Pâris ne put que le contempler, stupéfait, tandis que son animal préféré était renversé ; son adversaire le piétina, puis lui planta ses cornes dans la poitrine. Le jeune homme n'hésita aucunement à honorer une telle férocité en lui accordant la couronne de la victoire. Haletant, couvert de sueur et de sang, agitant la queue, le taureau frémissait devant lui. Pâris croisa ses yeux farouches, et entendit quelqu'un dire qu'il fallait mettre la bête à mort avant qu'elle ne cause d'autres dégâts.

— Non ! s'écria-t-il en posant sur les cornes du taureau une couronne de fleurs. Il doit rester libre ! Qu'il erre dans les montagnes à sa fantaisie !

L'animal, en reniflant, inclina légèrement la tête, comme pour saluer, puis repartit au galop. Quand Agélaos remarqua que, de toute sa vie, il n'avait jamais vu de taureau se comporter de manière aussi bizarre, Pâris eut un petit sourire :

— Je crois qu'il était possédé par un dieu.

Deux ans plus tard, lors de la même foire, Pâris couronnait de fleurs le taureau d'un blanc crémeux qui était son favori du moment quand, levant les yeux, il vit une jeune femme qui le regardait depuis les arbres en bordure de l'enclos. Elle était grande et mince, et avait une fleur entre les dents. Le jeune homme fut aussitôt aux aguets, et son cœur bondit en voyant qu'elle lui souriait. Elle détourna pudiquement le regard, mais Pâris savait déjà que jamais il n'avait vu de femme aussi belle.

Il traversa l'enclos et tendit la main pour qu'elle lui offre la fleur, qu'il porta à ses lèvres, puis il repartit vers le taureau et la plaça dans la guirlande déposée sur ses cornes.

— Qui es-tu donc? demanda-t-il à la jeune fille. Je ne me souviens pas t'avoir jamais vue ici.

Elle sourit:

— Peut-être que tu t'en souviendrais si j'avais des cornes et reniflais comme un taureau!

— Mais non! Je le jure, et je suis un homme sincère.

— Cela reste à prouver, malgré la peau de léopard que tu portes.

Il rougit:

— Mon nom est Pâris. Personne ne peut douter de mon courage, ni de ma foi.

— Je me souviens d'un jeune garçon à la bravoure prometteuse, dit-elle. On l'appelait Alexandre, à cette époque, et c'était un grand dormeur.

Il s'avança en la dévisageant d'un air perplexe. Puis il se souvint du bruit de l'eau qui courait sur les pierres:

— Tu es la nymphe de la fontaine, près de l'autel dans les montagnes! Ton père m'a guéri de la fièvre, et tu m'as donné à boire!

— Et depuis, tu n'as plus jamais pensé à moi?

Il rougit de nouveau:

— Tu n'étais qu'une enfant qui jouait avec une souris.

— Et toi le grand défenseur des hommes!

Elle rit de le voir déconfit et détourna les yeux en souriant.

Non loin d'eux, les bouviers et leurs femmes se rassemblaient pour la fête sous les auvents, entourés d'enfants qui couraient en tous sens.

— Tu es descendue des montagnes pour la foire ? demanda-t-il. On dit que le roi Anchise et son fils viendront assister aux jeux.

— Je suis venue parce que la rivière m'a dit de venir.

Puis elle ajouta à voix basse :

— Je pense à toi tous les jours.

Pâris resta interdit pendant qu'elle s'éloignait sous les arbres. Quelqu'un l'appela pour qu'il se joigne aux festivités ; il répondit qu'il arrivait. Puis le nom de la jeune fille lui revint, et il dit à voix haute :

— Œnone.

Songeant qu'il ne pouvait laisser autant de beauté disparaître à jamais de sa vie, il la suivit sous les arbres. Elle s'arrêta quand il l'appela, et ils conversèrent un moment, un peu timidement. Puis Pâris s'enhardit. Œnone rit et s'enfuit encore plus loin dans la forêt. Il la poursuivit, suivant l'écho de son rire, jusqu'à ce qu'ils parviennent dans une clairière lumineuse, tout à côté de la rivière dont l'eau, parmi les pierres, étincelait de lumière. C'est là qu'elle se laissa enfin rattraper.

Ils furent bientôt inséparables. Ils partaient parfois, dans la fraîcheur de l'aube, chasser ensemble le cerf ou le sanglier, et Pâris gravait le nom d'Œnone sur le tronc des arbres. Lorsqu'il faisait chaud, ils s'allongeaient souvent ensemble, dans les prairies semées de fleurs sauvages de la montagne, pour regarder les troupeaux qui broutaient dans leurs pâturages d'été.

Ignorant tout de ses origines, ravi de l'existence qu'il menait depuis toujours, adoré de ses parents adoptifs, admiré par ses amis, aimé d'Œnone, Pâris était sans doute le plus heureux des hommes. Pourtant, à mesure que les saisons passaient, il se sentait envahi par une sorte d'agitation vague. Il n'aurait pu la nommer, et il ne ressentait aucune frustration. C'était plutôt le sentiment qu'il y avait, ailleurs, des horizons plus vastes que celui des montagnes qui l'entouraient. Parfois, cela suffisait à troubler ses rêveries. Et c'est par un bel après-midi, sous une chaleur accablante, au milieu des pâturages du mont Ida, que le destin le prit au piège.

Le jugement de Pâris

— Tu vois donc, conclut Hermès, que nous n'aurons pas la paix tant que cette question ne sera pas réglée. Il nous faut pour cela un juge impartial, et l'opinion générale est que tu ferais parfaitement l'affaire.

— Moi ? se récria Pâris. Comment un simple berger serait-il capable d'apaiser une querelle entre les dieux ?

Hermès jeta un regard espiègle à son interlocuteur :

— Tu as le sens de la beauté, non ? Et Arès a été très impressionné par ton sens de la justice. En tout cas, la seule chose sur laquelle les déesses sont d'accord, c'est d'accepter ta décision. Tu devrais être flatté !

— Mais comment en choisir une sans déplaire aux deux autres ? Ne serait-il pas plus simple de diviser la pomme en trois ?

— Aucune n'acceptera plus de compromis, les choses sont allées trop loin.

— Mais je ne suis qu'un humain ! Je vais me tromper !

— Tout mortel doit faire des choix, tôt ou tard. Ton temps est venu. C'est toujours un moment où on se sent très seul, mais personne n'y peut rien. Si tu es sage, tu l'accepteras. Avec trois déesses soucieuses de te plaire, cela pourrait tourner à ton avantage !

Il inclina un peu la tête :

— Tu es d'accord ? Je les fais venir ?

Aussi inquiet qu'excité par ce qui l'attendait, Pâris hocha la tête. Hermès allait faire demi-tour, mais il s'arrêta :

— Je ne te dirai qu'une chose. Il y a beaucoup plus en jeu qu'une pomme d'or.

Puis il leva son caducée et l'agita.

Pâris resta bouche bée quand les trois déesses firent leur apparition devant lui. Héra était au centre, coiffée de sa couronne ornée de feuilles de vigne d'où pendaient des grappes d'or. Sa silhouette imposante était vêtue d'une tunique de résille brodée de graines et d'étoiles. Pâris comprit aussitôt qu'elle était extrêmement belle, et parfaitement à l'aise ; elle savait quel était son pouvoir et n'éprouvait nul besoin d'en faire étalage.

À sa droite, Athéna avait revêtu une armure légère, qui soulignait ses formes et sa silhouette mince mais ferme. Elle tenait dans une main une lance à la pointe de bronze, et dans l'autre son égide – un bouclier couvert de peau de chèvre, sur lequel était représentée une tête de Gorgone. Ses yeux étaient clairs et brillants, son visage d'une beauté un peu grave.

Aphrodite était à gauche d'Héra, légèrement appuyée sur une hanche pour mieux mettre en valeur des formes qu'on devinait sans peine sous sa robe vaporeuse. Elle croisait les bras sur sa poitrine, les doigts posés sur la bouche. Des violettes étaient semées dans sa chevelure, des fleurs d'or lui pendaient aux oreilles. Elle sourit à Pâris et le vit retenir son souffle quand il découvrit le bustier qui commençait en collier autour du cou et, se divisant en deux, s'en venait soutenir sa poitrine.

— Je vois qu'Hermès ne nous a pas trompées en nous promettant que nous aurions le plus beau des mortels comme juge.

— Je ne suis qu'un berger, protesta Pâris, comment pourrais-je ne pas faire d'erreur ? Je consens à juger, mais à certaines conditions.

— Dis-nous lesquelles, répondit Athéna.

— Toutes trois devez à l'avance me pardonner. Et il sera bien entendu qu'aucune ne me portera tort si le verdict lui est défavorable.

— C'est raisonnable, dit Héra.

Athéna hocha la tête, Aphrodite sourit :

— Et très prudent.

— Dans ce cas, si vous en êtes toutes d'accord, nous pouvons commencer, intervint Hermès.

Puis, se tournant vers Pâris :

— Préfères-tu les juger ensemble, ou bien désires-tu examiner chacune séparément ?

Pâris ne pouvait détacher les yeux du bustier d'Aphrodite ; il s'apprêtait à répondre quand Athéna lança :

— J'insiste pour qu'Aphrodite ôte son *keiros* ! Nous savons tous qu'il met les hommes à genoux !

Aphrodite protesta que son *keiros* faisait partie d'elle-même, au même titre que la couronne d'Héra et l'armure d'Athéna. Les deux autres s'exclamèrent que cette idée était absurde, et la querelle sembla bien près de reprendre. Hermès allait intervenir quand Pâris, qui commençait à comprendre quel était son pouvoir, leva une main impérieuse :

— Je crois qu'il vaut mieux que je les voie une par une. Cela nous permettra d'éviter les discussions. Toutefois, je ne vois pas comment nous pourrions éviter les suspicions, à moins que les déesses n'ôtent leurs bijoux et leurs vêtements.

— C'est toi le juge, répondit Hermès d'un ton grave, c'est donc à toi de fixer les règles. Dans quel ordre veux-tu les voir ?

Pâris réfléchit un instant :

— Étant la reine de l'Olympe, Héra a la préséance. Ensuite, Athéna, et enfin Aphrodite.

— Bonne chance, alors, dit Hermès en souriant.

Et il disparut aussitôt.

Pâris s'assit, en proie à une grande agitation. *Ô père Zeus, pardonne-moi*, se dit-il en constatant qu'il n'avait plus devant lui qu'Héra, majestueuse et nue.

— Tu avais tort, dit-elle en se tournant pour qu'il puisse admirer son dos. Tu n'es pas qu'un simple berger. En fait, tu es de sang royal.

Elle sourit de le voir stupéfait.

— Le roi Priam est ton vrai père. Va le voir dans son palais à Troie et fais-toi connaître. Dis-lui que les dieux ont choisi d'épargner ta vie. Il se réjouira de te revoir.

Pâris comprenait enfin. N'avait-il pas toujours suspecté un secret de ce genre? Cela n'expliquait-il pas pourquoi il se sentait si différent des autres? Il écouta avec passion Héra lui raconter l'histoire de sa naissance.

— Et ce n'est pas tout, dit-elle en souriant. Accorde-moi la victoire aujourd'hui et tu pourras être roi. Je ferai de toi le monarque le plus puissant d'Asie. Pouvoir, richesse, gloire – tout cela peut être à toi. Je peux te l'accorder, étant reine de l'Olympe et épouse de Zeus.

Pâris se sentait brusquement transporté au-delà des collines vers le monde fourmillant des cités, celui des palais, des princes et de leurs ministres, de leurs ambassadeurs et de leurs esclaves, d'un pouvoir et d'un luxe comme Priam lui-même, son père, n'en n'avait jamais connu. Mais comment y parvenir? Quels plaisirs les richesses permettaient-elles d'acquérir? Il se vit un instant couronné, assis sur un trône incrusté de joyaux, commandant aux autres rois, Œnone à ses côtés. Mais la jeune femme, si simple, jurait avec cette grandeur, et cela le mit mal à l'aise. Il revint à lui et dit avec peine:

— Divine Héra, je te serai toujours reconnaissant de m'avoir dévoilé ta beauté, comme de m'avoir révélé le secret de ma naissance. Mais... mon opinion n'est pas à vendre.

Elle soutint son regard un long moment sans rien dire puis, lèvres pincées, hocha la tête et disparut.

Athéna se retrouva devant lui.

— Je suppose qu'elle vient juste de te proposer pouvoir et richesse, dit-elle. C'est tout ce qui compte pour elle. Mais il y a des choses autrement plus importantes, plus durables, et qui offrent plus de satisfactions. Tu ferais mieux de choisir la sagesse, qui ne vient que d'une profonde connaissance de soi-même. Sans cela, tout le reste est poussière. Telle est la grande loi des choses. Tu sais maintenant qui tu es, mais tu ignores *ce que* tu es.

Elle lui sourit :

— Fais donc le bon choix aujourd'hui, et je serai à tes côtés pour le restant de tes jours, dans la guerre comme dans la paix. Je t'enseignerai la sagesse, je te protégerai dans les batailles, et je conforterai ton âme jusqu'à ce que tu sois parfaitement libre et maître de toi. Un mortel ne peut en demander davantage.

Pâris acquiesça de la tête sans mot dire, l'air pensif. Cette fois, c'était en lui que s'ouvraient de vastes horizons. Il commençait à comprendre qu'il s'agissait de choisir, non entre différents types de beauté, mais entre les principes et les valeurs selon lesquels l'Homme peut vivre sa vie. Pris de vertige à l'idée que son avenir tout entier dépendrait de son choix, il trembla un peu en remerciant Athéna de lui avoir offert sa beauté et sa sagesse.

Elle disparut à son tour et Aphrodite lui succéda.

Elle ne dit rien pendant un long moment, sachant que les paroles étaient inutiles. La déesse semblait remplir l'air d'un parfum qui excitait tous les sens de Pâris. S'il s'était agi de beauté pure, il n'aurait pas hésité un seul instant, lui aurait offert la pomme et proposé de faire de lui ce qu'elle voudrait. Mais sa vie avait changé au cours de l'heure qui venait de s'écouler. Il était désormais le fils d'un grand roi, il avait à penser à des choses importantes.

61

Le problème était qu'Aphrodite était d'une telle beauté qu'il ne pouvait plus penser à grand-chose.

— Je sais, chuchota Aphrodite avec une ensorcelante tristesse dans les yeux, ces yeux d'un bleu qu'il n'avait déjà vu qu'en regardant très loin par-dessus la mer. Je vois ce qui s'est passé. Les deux autres t'ont offert des choses considérables, que tu n'as pas, dont tu n'as même jamais rêvé.

— Oui.

— Et je ne peux t'offrir que l'amour, que tu possèdes déjà, n'est-ce pas?

— Oui, répéta Pâris d'une voix rauque.

— Nous pourrons au moins parler de cela un moment, dit la déesse avec un sourire un peu contraint.

Elle s'assit, jambes jointes, les coudes reposant sur les genoux, la tête entre ses mains, comme s'il ne lui servait à rien de faire étalage de sa beauté.

— Elle est belle, n'est-ce pas? La nymphe de la fontaine.

— Œnone, répondit-il d'un ton mélancolique, comme si la jeune fille commençait à disparaître sans retour.

— Je comprends qu'elle te soit chère. Tu as beaucoup de chance.

Pâris hocha la tête et déglutit.

— Après tout, elle t'a fait connaître ce qu'est l'amour, ce que c'est d'être aimé.

— Oui.

— Et elle te sera toujours chère, quoi qu'il arrive.

Il y eut un silence pendant lequel il se rendit compte qu'il avait du mal à respirer.

— Le monde est bien étrange, dit la déesse. Regarde-toi: tu étais un simple bouvier, et voilà que tu deviens fils de roi, avec le monde à tes pieds. Et je suis là, sachant que la pomme me revient de droit, mais incapable de la réclamer.

Elle soupira:

— En temps normal, je ne serais pas aussi patiente, mais tu as été si affable à propos de toute cette affaire et si... honnête avec nous! Et je sais que ce doit être très difficile pour toi. Je voudrais simplement te dire que j'ai eu beaucoup de plaisir à te rencontrer.

Mais comme elle allait se lever, Pâris dit :

— Non, attends! Ce que tu disais d'Œnone... c'est vrai, mais...

— Mais?

— Cet après-midi encore, avant que tout cela n'arrive, je me demandais... si tout cela... enfin, l'amour...

Les yeux de la déesse se plissèrent, elle parut perplexe :

— Tu crois que cela ne suffit pas?

— Non, non.

— Alors, de quoi s'agit-il? Je ne comprends pas.

Il tenta de rassembler ses pensées :

— Depuis qu'Œnone et moi sommes ensemble, je n'ai jamais été aussi heureux. Mais parfois, j'ai l'impression... qu'il pourrait y avoir...

— Quelque chose de plus?

Il soutint son regard et dit d'une voix très calme :

— Oui.

Haussant les épaules, Aphrodite eut un petit rire.

— Oh que oui! Il y a bien davantage. Mais tu semblais si heureux tel que tu étais! Je ne pensais pas que tu voudrais en savoir plus.

— Dis-le-moi quand même.

— Ce n'est pas le genre de chose qu'on peut confier à n'importe qui. Il faut que cela t'arrive, tu dois t'y abandonner, t'y laisser prendre. C'est comme de s'abandonner aux flots de la mer... et parfois même aux flammes. À un feu si clair et si intense qu'il consume tout, sauf le pur délice de sa propre passion. Je pensais que tu en savais davantage à ce sujet.

Cette dernière remarque agaça Pâris, qui fut tenté de répondre qu'en fait, il en connaissait plus qu'il n'en avait dit ; mais un regard à la déesse suffit à lui faire comprendre qu'elle le percerait à jour. Il préféra donc détourner les yeux.

— Parle-moi donc de ce que tu éprouves comme sentiments, ajouta-t-elle.

Il rougit : ils étaient si peu de chose, en comparaison de ce que la déesse pouvait penser ou sentir !

— C'est difficile à expliquer... C'est comme si, une fois qu'une expérience est familière, elle voulait changer, devenir quelque chose de plus grand et de plus puissant. Ou même de nouveau.

— C'est la vie que tu n'as pas vécue qui veut se faire entendre. Tu devrais l'écouter.

— Mais je l'écoute ! Et je suppose que c'est la raison de ma présence ici. Je commence à me demander si...

Il hésita. Le sourire aimant d'Œnone surgit devant ses yeux, mais disparut aussitôt devant l'aura lumineuse de la déesse.

— De quoi parlais-tu donc ? demanda-t-il. Tu crois que cela pourrait m'arriver ?

— J'aimerais le penser, mais...

Aphrodite hésita, sourit, secoua la tête et détourna le regard.

— Continue !

— Tu le veux vraiment ?

— Tout à fait !

La déesse parut y réfléchir, puis dit :

— Ces choses sont toujours mystérieuses... Cela n'arrive pas avec n'importe qui, il faut qu'il y ait comme une rencontre des âmes, qui se reconnaissent mutuellement. Et cela s'accompagne d'une stupéfiante liberté des sentiments comme des sens, qui... C'est l'expérience la plus extraordinaire qui soit, et tout le monde ne peut y goûter.

Elle eut un autre sourire contraint :

— Je crains donc que cela ne dépende pas que de toi. Mais peut-être n'aurais-je pas dû te dire cela.

— Oh, si, si! J'avais besoin de le savoir.

— Mais cela ne s'est pas produit avec Œnone, n'est-ce pas? ajouta-t-elle doucement.

Il soupira, fronça les sourcils et secoua la tête:

— Peut-être n'est-elle pas celle qu'il me faut. Ou peut-être ne suis-je pas celui qu'il lui faut.

— Ah, tu es le seul à le savoir... Mais tu n'as pas beaucoup d'expérience, ce doit être pénible pour toi d'en juger.

Un peu humilié par la perspicacité de la déesse, Pâris la vit détourner les yeux, s'apprêter à parler puis, apparemment, changer d'avis.

— Qu'allais-tu dire? demanda-t-il.

— Je me demandais... Non, il ne faut pas que je m'en mêle.

— Parle!

— Nous autres immortels pouvons voir plus loin que les hommes, et parfois nous entrevoyons des possibilités qui vous demeurent invisibles.

— Tu veux parler de moi?

Aphrodite semblait sur le point de prendre une décision difficile:

— Œnone est la plus merveilleuse créature de ces montagnes. Mais il y a dans le monde d'autres femmes en comparaison desquelles elle paraîtrait bien banale... Je ne crois pas que tu te sois rendu compte à quel point tu es séduisant, quel pouvoir tu peux avoir sur les femmes – si, bien entendu, tu te donnais l'occasion d'en rencontrer davantage.

— Tu penses que quelqu'un d'autre m'attend?

— J'en suis certaine.

— Tu sais qui?

La déesse hocha la tête.

— Et tu vas me le dire?

Elle parut mal à l'aise :

— Je ne devrais pas.

Les yeux de Pâris se posèrent sur la pomme d'or, oubliée dans l'herbe.

— Oh non ! s'exclama-t-elle. Je ne veux pas te proposer un marché ! Bon, elle s'appelle Hélène et vit à Sparte.

— C'est près de Troie ?

— C'est un royaume de Grèce. Un pays à trois cents milles d'ici, de l'autre côté de la mer.

— Mais alors, elle ne peut pas me connaître, dit-il d'un ton déçu.

— Non. Pas encore.

— Et c'est une étrangère.

— Il n'y a pas d'étrangers en amour, répondit Aphrodite en souriant.

— Quand même, trois cents milles ! Et je n'ai jamais pris la mer.

— Tu ne veux donc pas en savoir davantage ?

Il y eut un silence.

— Hélène, dit Pâris... c'est un joli nom.

— Qui lui va bien. C'est la plus belle femme du monde.

— Dis-m'en davantage.

— Tu ne préférerais pas la voir ? Alors, approche-toi et regarde dans mes yeux.

Il s'avança jusqu'à ce qu'il soit tout près du corps nu de la déesse, et trembla quand elle prit son visage entre ses mains. Il croisa son regard...

Et il disparut, se noyant lentement dans des iris lumineux, verts comme la mer, jusqu'à ce qu'il eût l'impression de regarder vers le haut, vers la surface de l'eau, à travers des profondeurs bleutées. Mais, cette fois, il contemplait le visage d'une femme qui le regardait aussi – une femme à qui il faisait l'amour avec une ardeur et une tendresse qu'il n'avait jamais connues.

66

Il eut l'impression, au cours de ces quelques secondes hors du temps, qu'il faisait l'amour à la déesse elle-même. Lorsque la vision se brouilla, il eut le sentiment que si tout cela prenait jamais fin, il en mourrait de désir.

Puis il se retrouva dans la montagne, et le visage qui lui souriait était celui d'Aphrodite.

— Hélène, dit-elle simplement.

Pâris s'allongea dans l'herbe et ferma les paupières, tentant de retenir son rêve, savourant l'exquise douleur de sa perte. Et pourtant, le souvenir était si fort qu'il était convaincu que jamais il n'oublierait ce visage. Ces yeux seraient présents en lui chaque fois qu'il fermerait les siens.

Les minutes passèrent.

Il avait oublié les montagnes, et jusqu'à la déesse elle-même, et restait parfaitement immobile, en proie à une agitation intérieure qui le stupéfiait. Le sang battait dans ses veines, tout avait changé. Désormais, tout instant qui ne brûlerait pas de la même ardeur ne vaudrait plus la peine d'être vécu.

— Il faut que je la rencontre et qu'elle soit à moi, dit-il, paupières closes.

— Il faut que tu saches autre chose, chuchota la déesse.

— Et quoi donc?

— Hélène est déjà mariée.

Pâris se redressa d'un bond.

— Je sais ce que tu penses, dit-elle, et c'est un problème, mais il y a encore beaucoup de choses que tu ne comprends pas.

Le regard de Pâris s'assombrit, tant il se sentait furieux et trahi. Mieux vaudrait n'avoir jamais vu ce visage que de le voir se dérober ainsi.

— Bon, elle est déjà mariée, elle vit à trois cents milles, de l'autre côté de la mer, dans un endroit dont j'ignore tout… Et je suppose que son mari est roi de toute la Grèce ?

— Non. Il règne sur Sparte.

— Et quelles chances ai-je de la conquérir ?

— Sans assistance, sans doute aucune.

Mais il était de nouveau plongé dans le rêve. Ce visage demeurait présent, vivant, au plus profond de lui-même, et semblait faire partie de son être au même titre que son âme. Le sens même de sa propre vie en dépendait. Comment imaginer avoir une telle vision sans qu'il ne soit possible de la rendre réelle ?

Puis il comprit et, se raclant la gorge, dit :

— Et tu pourrais m'aider ?

— Ce serait difficile, répondit Aphrodite en pinçant les lèvres. Et cela créerait bien des problèmes.

— Et si, en échange, je te donnais la pomme ?

La déesse eut une grimace offensée.

— De toute façon, c'est à toi qu'elle revient de droit !

— Tu ne dis pas cela parce que…

— Non ! Non ! Je n'oserais pas !

— Bien. Je suppose que cela peut se faire. Mais c'est une chose très grave. Comme toutes les affaires de cœur, même quand elles ressemblent à un jeu. Il faut que tu sois sûr de la désirer, quel qu'en soit le prix. En es-tu certain ?

Pâris contempla le visage solennel d'Aphrodite et comprit que le moment de choisir était venu. Il jeta un coup d'œil à la pomme d'or qui luisait dans l'herbe. La déesse avait raison : il avait vu Hélène et tout avait changé. Quoi qu'il puisse arriver, il ne pourrait plus jamais se satisfaire de conduire un troupeau vers son pâturage. Il ne pourrait même plus imaginer ce qu'il ferait de sa vie s'il ne pouvait satisfaire un désir qui tournait déjà à l'obsession.

Il songea à ce que les autres déesses lui avaient promis. Héra ferait de lui un grand roi, mais les grands rois ont de grands problèmes, et d'ailleurs il était déjà fils de souverain. Pourquoi désirer plus de richesses que Troie ne pourrait lui en offrir ? Athéna lui avait promis la sagesse et la connaissance de soi-même, mais la vérité est qu'il désirait Hélène. N'était-ce pas un savoir suffisant ? Quant à la sagesse... celle du cœur qui bat valait bien celle de l'intellect.

Bref, il n'y avait qu'une seule solution, une seule logique. Pourtant, contemplant Aphrodite, il sut que cette logique ne l'intéressait pas le moins du monde, que la vérité était bien au-delà, dans un lieu lointain, inaccessible. Il dit :

— Je ne peux pas vivre sans elle.

— Très bien, répondit la déesse. Donne-moi la pomme, et je verrai ce que je peux faire.

Le fils de Priam

En dépit de leurs promesses, Héra et Athéna quittèrent la scène de leur humiliation commune unies par une vive hostilité envers Pâris et la ville de Troie tout entière. Fort heureusement, le jeune homme n'en savait rien, et Aphrodite était trop ravie de sa victoire pour s'inquiéter de la colère des deux autres. Il est bien connu qu'une déesse ne se soucie jamais des conséquences. Aphrodite ferait ce qu'elle pourrait pour la cité – encore qu'il fût difficile de la sauver de la ruine si elle voulait tenir parole envers Pâris. Tant pis. Après tout, une telle passion valait bien la destruction d'une ville.

Et lui, tout à son désir, songeait seulement que la plus charmante des déesses avait promis de lui offrir la plus belle des femmes. Il n'aurait pas de repos tant qu'il ne l'aurait pas conquise.

La nuit était tombée quand il revint de la montagne. Tout en sachant qu'Œnone restait perplexe de le voir si distant, il se retira sans mot dire, à elle ou à ses parents adoptifs, de ce qui s'était passé sur le mont Ida. Il ne dormit pas de la nuit, songeant à Hélène et se demandant comment il allait se faire reconnaître. À d'autres moments, il avait du mal à croire que les événements de l'après-midi aient été autre chose qu'un rêve merveilleux, dont il s'était réveillé dans un monde devenu trop petit pour lui.

71

Le lendemain, comme toujours à cette saison, des serviteurs du roi Priam vinrent de Troie choisir un taureau qu'on offrirait en sacrifice, lors des jeux funéraires tenus chaque année en souvenir du fils du souverain. Pâris s'était souvent agacé de perdre ainsi certaines de ses plus belles bêtes ; mais il comprit alors que son destin avait toujours été étroitement lié à elles.

Avec Agélaos, il regarda les hommes venus de la ville conférer entre eux, tout en sachant déjà quel animal ils choisiraient. Comme il s'y attendait, leur chef, un homme à la barbe bouclée qui louchait, finit par lui dire :

— Attache-moi cette grosse brute blanche là-bas.

Il désignait du doigt la bête que Pâris avait autrefois couronnée de fleurs pour Œnone.

Auparavant, le jeune homme aurait simplement sauté la barrière et obéi. Cette fois, il répondit :

— Ne voudrais-tu pas plutôt le taureau pie sous le chêne ? Il te donnera beaucoup moins de mal que l'autre sur le chemin du retour !

— Le roi ne veut que ce qui se fait de mieux, répondit l'homme en se tournant vers Agélaos. Il prendra le blanc.

— Alors, que le roi l'attache lui-même, répondit Pâris qui s'éloigna, la corde sur l'épaule.

Il entendit derrière lui Agélaos balbutier des excuses. Puis il vit qu'Œnone, à l'ombre d'un platane, l'observait d'un air perplexe ; il détourna le regard. L'homme barbu s'écria qu'il n'était pas venu pour endurer les insolences d'un rustre, et qu'il ne comptait pas passer la journée sur place ; il ordonna à Agélaos d'amener le taureau. Quand le vieil homme grimpa sur la barrière, Pâris fit volte-face et hurla à son père adoptif que l'animal était trop rapide pour lui, qu'il ne fallait pas s'y fier.

— J'en entravais déjà avant que tu ne sois né, mon garçon, répondit Agélaos, en sautant dans l'enclos. Donne-moi ta corde !

Un des jeunes taureaux mugit et le troupeau se mit à s'agiter, en soulevant de la poussière.

— Tu n'as plus ta rapidité d'autrefois! Il va te saigner à mort!

— Et en plus, tu m'insultes?

— Non, père. La vérité, c'est la vérité. Ce taureau est à moi, il me connaît. Laisse-moi faire.

— Oublierais-tu que le troupeau tout entier appartient au roi Priam? lança l'homme barbu d'un ton hautain et agacé.

Pâris le regarda un instant, prit la corde qu'il avait toujours sur l'épaule et s'avança dans l'enclos, en direction de l'énorme taureau qui grattait la poussière du sabot.

Une heure plus tard, alors qu'ils regardaient les serviteurs du roi emmener la bête attachée, Agélaos dit:

— Consentirais-tu à t'expliquer?

— Cette année, je compte suivre le taureau chez le roi.

— Ma parole, tu es la proie d'un démon! Il n'y a pas assez à faire ici, pour que tu ailles semer le trouble à Troie? Va donc te plonger la tête dans la rivière!

Le vieillard allait s'éloigner quand Pâris lui dit:

— Raconte-moi encore une fois l'histoire de ma naissance.

Agélaos s'arrêta net et répondit au bout d'un instant:

— Tu ne la connais pas assez?

— Raconte-la-moi encore.

— Je te l'ai déjà dit, je t'ai trouvé dans les bois. Une ourse t'avait allaité. Je t'ai ramené à la maison dans ma besace, et je t'ai élevé comme si tu étais mon fils.

Étonné de n'avoir jamais songé à poser la question, Pâris demanda:

— Mais qui, parmi les Dardaniens, pourrait avoir l'idée d'abandonner un enfant?

Agélaos détourna les yeux, et le jeune homme insista:

— Me jures-tu que tu ne sais rien d'autre ?

Le vieil homme le dévisagea d'un air grave. C'était la première fois que Pâris lui posait la question. Agélaos avait toujours su que cela viendrait un jour, et il était trop honnête pour mentir à son fils adoptif. Il lui raconta donc comment, en pleine nuit, un cavalier était arrivé chez lui, avec un enfant qu'il lui avait ordonné de tuer – ce que le bouvier n'avait pas eu le courage de faire.

— Au lieu d'être ton meurtrier, je suis devenu ton père adoptif. Tu n'es pas heureux, chez nous ? Que pourrais-tu souhaiter de mieux ?

— Rien, répondit Pâris, sinon la vie à laquelle j'étais destiné par ma naissance.

— Et si elle est maudite ?

— Au moins sera-t-elle vraiment la mienne.

Pâris vit qu'Agélaos était blessé, et regretta aussitôt ses paroles :

— Tu as toujours été un excellent père pour moi, et je t'aime de tout mon cœur. Mais un dieu m'a dit qui était mon vrai père, et le savoir m'impose un autre destin.

— Alors, répondit le bouvier, qui suis-je pour discuter avec un dieu ?

Puis, se mordant la lèvre, il voulut s'éloigner, mais il avait à peine fait quelques pas qu'il s'arrêta, baissa la tête et se tourna vers Pâris :

— Si le destin exige que tu te rendes à Troie, présente-toi au roi. Dis-lui qu'Agélaos t'avait confié aux dieux sur le mont Ida, et qu'ils t'ont rendu à moi. Dis-lui que tout est ma faute.

Puis il s'éloigna pour de bon.

Comme Pâris le suivait des yeux, il vit Œnone qui l'attendait à l'ombre du platane. Elle avait entendu leur conversation, avec la même inquiétude qui l'avait tenue éveillée toute la nuit, et savait déjà que rien de ce qu'elle pourrait dire ne ferait changer d'avis le jeune homme.

Elle l'écouta en silence lui dire qu'Héra était venue le visiter sur le mont Ida, pour lui révéler qui il était vraiment. Retenant son souffle, Œnone acquiesça de la tête quand il lui demanda si elle comprenait pourquoi il devait connaître le destin que sa naissance lui avait conféré. Mais quand il jura que jamais il n'oublierait l'amour qui les unissait, puis voulut l'embrasser, elle recula un peu pour croiser son regard.

— Je tiens de mon père le don de prophétie, dit-elle. Je sais que tu partirais même si je te suppliais de rester. Je sais aussi que le monde te fera souffrir. Mais mon père m'a également donné le pouvoir de guérir. Un jour, tu seras atteint d'une blessure que moi seule pourrai soigner. Reviens me voir, alors.

Elle l'embrassa en hâte puis s'enfuit vers la forêt, comme elle l'avait fait lors de leur première rencontre.

Quand Pâris parvint près de Troie, les tambours battaient. Le vent qui balayait la plaine en emportait le bruit, par-dessus les rivières et les champs de blé. Il aperçut, au pied des murailles, une foule qui hurlait pour encourager une course de chars. De ses montagnes, il avait souvent contemplé cette ville de loin, mais il ne l'avait jamais imaginée ainsi. Avait-il jamais rêvé de pierres aussi massives, aussi hautes ? Et il n'avait jamais vu autant de gens : conducteurs de chars vérifiant leurs essieux, athlètes se huilant les membres, acrobates, cracheurs de feu, musiciens et danseuses, charlatans et marchands, tous bien décidés à alléger la bourse des badauds. L'air embaumait le vin épicé et la viande grillée.

Personne ne prenait garde à ce paysan venu de ses montagnes, qui se demandait comment faire connaître sa présence. Soudain, il entendit une voix réclamant des candidats pour un match de boxe à mains nues. S'approchant, Pâris reconnut, au milieu de la foule, un jeune homme qu'il avait vu une fois à Lyrnessos, lors d'une fête. C'était Énée, fils d'Anchise, le roi des Dardaniens.

Pendant un moment, Pâris se contenta de regarder les postulants se faire assommer l'un après l'autre par un jeune homme musclé aux cheveux d'un blond roux qui, en dépit de son poids, semblait littéralement danser, distribuant nez en sang et yeux pochés avec une aisance un peu méprisante. Pâris était loin d'avoir son talent de cogneur, mais il avait appris à éviter les taureaux, ainsi qu'à se fier à sa propre force. Il pensait également avoir plus d'allonge que le grand gaillard qui se huilait paisiblement les phalanges tandis que son dernier adversaire recrachait une dent cassée. Un groupe de jeunes filles psalmodiait le nom du vainqueur, Déiphobe, qui eut un sourire hautain tandis que l'arbitre hurlait :

— Le fils du roi a encore gagné ! Quelqu'un d'autre désire-t-il tenter sa chance ?

Pâris s'avança, comme poussé par la main d'un dieu invisible. Énée lui sourit :

— Un nouveau candidat ! Excellent ! Et un Dardanien, à en juger par son allure ! Un des miens ! Mais je m'efforcerai de rester impartial !

Pâris gardait les yeux fixés sur l'imposante silhouette de Déiphobe, qui riait avec les jeunes filles tout en s'épongeant avec une serviette.

— C'est le fils du roi Priam ? demanda-t-il.

— Déiphobe ? En effet, répondit Énée. C'est la première fois que tu descends de tes montagnes ?

Pâris acquiesça de la tête, et une jeune fille lança :

— Déiphobe, sois gentil avec le bouvier ! Il ne faudrait pas abîmer un aussi joli nez !

Une autre fille, brune de peau, était à côté d'elle ; elle lui jeta un regard hostile qu'il trouva un peu agaçant. Déiphobe était prêt. Il s'avança sous les applaudissements de la foule. Pâris se mit torse nu et lui fit face.

Pendant un moment, l'autre tournoya autour de lui, en lançant des coups si rapides que seule l'agilité de Pâris lui permit d'y échapper. Mécontent de le voir se dérober ainsi, Déiphobe passa à l'attaque. Pâris réussit à rester debout, plus par chance que par véritable habileté. Ses poings portaient dans le vide, mais il était plus frais que son adversaire. Il avait observé que celui-ci recourait toujours à la même ruse : il feignait de baisser sa garde, feintait de la gauche puis décochait de la droite un coup qui montait brusquement pour frapper à la tête. Lorsque Déiphobe la mit en application, il se heurta à un blocage si ferme qu'il fut déséquilibré par son propre poids ; il grimaça quand Pâris lui lança un crochet à la tête, avant de le frapper au corps à plusieurs reprises, puis de reculer et, tirant parti de son allonge, de lui porter un violent coup sur le nez. Le sang jaillit ; Déiphobe vacilla, cligna des yeux et s'effondra à genoux.

Il y eut un silence stupéfait. Pâris s'avança, tendant la main pour aider son adversaire à se relever :

— Tu t'es bien battu, mon frère, dit-il d'une voix essoufflée.

Furieux de ce qu'il prenait pour une injure, Déiphobe prit un air mauvais, essuya le sang qui lui coulait sur le visage, repoussa la main tendue et, se relevant, disparut dans la foule. Toutes les jeunes filles le suivirent, sauf celle à la peau brune, qui regarda Pâris en fronçant les sourcils, comme si elle l'avait déjà vu quelque part. Mais quand il lui sourit, elle lui tourna le dos et s'en fut rejoindre les autres.

— Tu t'es bien battu aussi ! dit Énée. Mon cousin ne sera pas content que tu l'aies privé de sa couronne !

Puis il examina le jeune homme de plus près :

77

— N'étais-tu pas à la foire de Lyrnessos cette année ? C'est ton taureau qui y a remporté le premier prix ? C'est bien ce que je pensais ! C'est lui qui a dû t'apprendre à esquiver aussi bien !

— Mais Déiphobe est plus doué avec ses poings, répondit Pâris.

— Et toi plus rapide avec tes pieds. Pourquoi ne pas t'inscrire aux épreuves de course à pied ? Cela te vaudrait peut-être une autre couronne !

Trois heures plus tard, Pâris fut convoqué devant le roi, et attendit avec les courtisans dans la salle du trône, magnifiquement décorée.

Au cours de l'après-midi, il avait vaincu deux autres fils de Priam : Antiphas dans une course de vitesse, et Hector à l'occasion d'un parcours autour des murailles de la ville. Cœur battant, il tenait ses trois couronnes, à la fois fier et épuisé, attendant de voir enfin son vrai père.

— Mon neveu Énée me dit que tu gardes mes taureaux en Dardanie, déclara Priam en caressant sa barbe parfumée, avec le sourire distrait d'un homme qui assume les devoirs de la royauté depuis plus de vingt ans.

Il avait dépassé la quarantaine, mais faisait plus que son âge. Ses cheveux dégarnis étaient semés d'argent, son visage maigre sillonné de rides. Quelques minutes plus tôt, il avait appris qu'une ville côtière appartenant à l'un de ses alliés venait d'être pillée et incendiée lors d'un raid des Grecs. Aussi son esprit était-il préoccupé de choses bien plus importantes qu'un bouvier venu de Dardanie pour s'emparer de plusieurs couronnes aux jeux de la cité.

— Il est rare que quelqu'un décroche une triple couronne, dit-il avec un petit sourire. Peut-être mes fils feraient-ils bien de passer plus de temps dans les montagnes ?

Pâris soutint son regard et répondit :

— Peut-être ont-ils eu la chance d'avoir un père qui ne les a pas envoyés là-bas alors qu'ils venaient de naître.

— Cela t'est-il arrivé ? demanda Priam en haussant les sourcils. Je te plains sincèrement ! Mais cela ne semble pas t'avoir causé trop de tort. Les dieux te sont favorables : ils t'ont donné un visage avenant, et la force qui t'a permis de triompher aux jeux. Que pourrais-tu demander de plus ?

— Rien, dit Pâris, sinon l'héritage qui me revient.

Surpris de sa fermeté de ton, Priam le regarda avec attention :

— Et lequel ?

— Être reconnu comme ton fils.

Le roi, ses fils et ses courtisans furent trop stupéfaits pour réagir. Pâris se hâta d'ajouter :

— Je sais que les jeux sont donnés en l'honneur du fils que tu as perdu. Et c'est lui qui vient de les remporter. Ceux que j'ai vaincus sont mes frères. Je suis venu ici affirmer, sur ma tête, la vérité de ce que j'avance.

À ce moment, la jeune fille à la peau brune qu'il avait vue le matin s'avança pour se placer entre Hector et Antiphas. Elle n'avait pas quitté Pâris des yeux depuis son entrée dans la salle de réception, et paraissait comprendre d'un coup :

— Je sais qui tu es ! Tu es le tison ardent qui brûle dans le sommeil de ma mère ! lança-t-elle.

Puis elle se tourna vers le roi :

— Il causera la destruction de la cité !

— Tais-toi, Cassandre, répondit Priam qui, agacé, fit signe qu'on emmène la jeune fille, qui se débattit en vain.

Pâris fit le signe par lequel on se protège du mauvais œil puis, regardant les gens qui l'entouraient, constata qu'ils paraissaient gênés. Hector, sans doute pour dissimuler son embarras, s'avança et dit en riant :

— On dirait bien que ses couronnes sont montées à la tête du bouvier! Il doit les prendre pour celles d'un roi!

Plusieurs courtisans rirent à leur tour, mais pas Déiphobe :

— Il m'a tout l'air d'un fauteur de troubles! Personne ne se présente devant le roi pour parler ainsi! Qui sait qui il peut être, ou ce qu'il veut?

Antiphas intervint :

— Peut-être Cassandre a-t-elle raison, pour une fois? Peut-être vaudrait-il mieux le tuer!

Pâris se raidit, mais Énée vint se placer à ses côtés :

— Ô roi, dit-il, je crois que tes fils n'ont pas encore accepté leur défaite. Ce jeune homme les a vaincus loyalement, j'en témoigne. Et seul un honnête homme, ou un fou, pourrait venir devant toi et tenir ce genre de propos. Ne consentirais-tu pas à le laisser parler?

Priam réfléchit un instant, puis se pencha en avant et dévisagea le jeune homme, d'un regard las mais ferme :

— Chacun sait que les dieux m'ont autrefois réclamé un fils. Mais il n'a pas été envoyé dans les montagnes.

— C'est pourtant là que ton bouvier Agélaos m'a laissé.

— Et pourtant, tu es là devant moi.

— Une ourse aurait pu me tuer, mais elle m'a nourri de son lait! dit Pâris d'une voix ferme, conscient des regards ironiques des fils du roi, mais voyant dans les yeux de son père un conflit entre le doute et l'espoir. Quand Agélaos m'a retrouvé, il n'a pas eu le cœur de me tuer, comme avant lui le cavalier qui m'avait amené de la cité.

Priam plissa les yeux, incrédule mais impressionné par l'orgueil et la dignité avec lesquels le jeune homme soutenait son regard. Indécis, il se tourna vers son conseiller Anténor.

— Tout le monde peut venir raconter ce genre d'histoire, dit celui-ci. Quelles sont tes preuves?

Avant que Pâris puisse répondre, on entendit une voix de femme s'écrier, depuis l'entrée de la salle du trône :

— Laissez-moi le voir !

La reine Hécube, mains croisées sur la poitrine, traversa la foule des courtisans et s'arrêta tout près de Pâris, qu'elle dévisagea avec tant de gravité qu'il aurait douté de lui-même si Héra ne l'avait pas assuré de la véracité de son histoire.

— Tu as les longs membres et les yeux de la famille royale, mais c'est aussi le cas de beaucoup de bâtards de mon époux. Quelle preuve peux-tu donner que tu es mon fils ?

— Une mère doit sans doute pouvoir reconnaître le sien, répondit doucement Pâris.

— Vingt ans ont passé depuis qu'on me l'a arraché. Mais une image est restée gravée dans mon esprit. Il avait une marque de naissance sur le cou. Et toi ? lança la reine d'un ton farouche. Si tu en es dépourvu, tu mourras !

Tendant la main, elle souleva les boucles blondes qui tombaient sur la nuque de Pâris, et il l'entendit hoqueter quand elle découvrit la marque. Elle porta la main à sa bouche, puis se serra contre lui en tremblant.

Comme Priam se levait, Hécube se tourna vers lui, les larmes aux yeux :

— Il a la marque ! C'est notre fils !

Au cours de ses longues années de règne, Priam avait dû faire face à bien des imprévus, mais aucun ne l'avait jamais ébranlé. Il resta immobile, follement désireux de croire son épouse, mais se refusant à penser que le destin, qui l'avait privé d'un fils, puisse, comme par caprice, le lui rendre.

— Tu en es certaine ? demanda-t-il d'une voix rauque.

— Il a la marque ! répéta Hécube. Viens donc le serrer dans tes bras !

Il était toutefois difficile au roi d'approcher un fils dont il avait ordonné la mise à mort. Fermant les yeux, il posa une main sur le trône pour se soutenir. Puis, rouvrant les paupières comme s'il s'éveillait d'un rêve, il regarda le jeune homme qui tenait toujours ses couronnes, et ouvrit grands les bras :

— Que les dieux soient loués !

Sous les regards stupéfaits de toute la cour, Priam serra longuement son fils contre lui avant de se tourner vers ses enfants :

— Mes fils, mes filles, venez donc embrasser votre frère que je croyais perdu. Vous devrez apprendre à l'aimer, comme votre mère et moi l'aimons déjà.

Les enfants du roi parurent hésiter. La salle du trône était pleine de murmures. L'un après l'autre, ils vinrent saluer Pâris. Hector, l'aîné, le plus noble de tous, se montra chaleureux, mais les autres ne semblaient guère convaincus, et ne prirent pas la peine de dissimuler leurs sentiments. Quand Pâris demanda à Déiphobe de lui pardonner de lui avoir brisé le nez, celui-ci lui répondit d'un signe de tête très sec. Antiphas lui jeta un regard méprisant. Quant à Cassandre, revenue dans la salle, elle recula quand le jeune homme voulut la prendre dans ses bras.

Ce n'est qu'en compagnie de son cousin Énée, si franc et si ouvert, que Pâris se sentit vraiment à l'aise. C'est lui qui le guida, à travers un labyrinthe de pièces peintes, jusqu'à une salle de bains où des esclaves le baignèrent, le massèrent avec des huiles parfumées et peignèrent sa chevelure en broussaille. Le roi Priam avait ordonné à toute la ville de fêter les retrouvailles ce soir-là, et Énée veilla à ce que Pâris fasse son apparition au banquet vêtu en véritable prince troyen. Le jeune homme, peiné de la manière dont ses frères et sœurs l'avaient accueilli, lui fit part de ses inquiétudes.

— C'est dur pour eux, répondit Énée. Après tout, seul Hector est ton aîné, et il est évident que tu occupes déjà une place à part dans le cœur de tes parents. Il faudra du temps pour qu'ils s'y fassent, mais ils n'ont pas le choix. Je pense qu'ils y viendront.

— Même Cassandre?

— Ah, Cassandre... c'est autre chose... Une histoire étrange... Elle raconte qu'Apollon vint vers elle, une nuit où elle dormait dans son temple, à Thymbrée, et promit de lui donner le don de prophétie si elle consentait à faire l'amour avec lui. Quand elle se déroba, le dieu la saisit et cracha dans sa bouche, pour que personne ne la croie jamais.

— Tu la crois?

— Et toi?

— Bien sûr que non.

— Et les autres non plus! dit Énée en souriant. Tout cela est très triste. Cassandre pousse tes parents au désespoir. Mais il ne faut pas que cela te tourmente. Allons-y: désormais, tu as une odeur de prince, et non plus de bouvier! Il est temps que nous te trouvions des vêtements dignes de toi!

Énée l'aida à choisir parmi les tuniques et les manteaux qu'on leur apporta; il lui conseilla aussi de ne pas porter trop de bijoux. Si bien que le soir, quand il fit son arrivée au banquet, ce fut en véritable prince, que tout le monde applaudit. Son père offrit une libation aux dieux, puis demanda à tous les invités de se joindre à lui pour boire à la santé et à la fortune de son fils.

Flatté, mais inquiet de son ignorance, et franchement dépassé par son brutal changement de statut social, Pâris constata vite que tout le monde semblait le regarder avec curiosité.

Levant sa coupe en son honneur, Hector s'exclama:

— Andromaque me dit que tu provoques déjà tant d'agitation chez les servantes du palais qu'il va falloir nous dépêcher de te trouver une épouse!

Un peu embarrassé, Pâris répondit :

— Remercie la tienne, mais dis-lui que j'entends offrir chaque jour un sacrifice à Aphrodite jusqu'à ce que la déesse m'apporte celle à qui mon cœur est destiné.

Il surprit les regards amusés de ses voisins, et en fut vexé. De toute évidence, il lui faudrait apprendre à se montrer moins ouvert face à ces gens intelligents et cultivés, à ces femmes maquillées devant lesquelles il se sentait gauche. Avec un peu de regret, il songea à Œnone et à la vie simple qu'ils avaient menée dans les montagnes. C'est alors qu'Hécube se pencha vers lui :

— Mon fils se considère-t-il comme un serviteur d'Aphrodite ?

— En effet, mère.

Priam leva les yeux et sourit à Pâris :

— On dirait bien qu'on t'a transformé en Dardanien ! Anchise et son peuple révèrent la déesse. Pas étonnant qu'Énée et toi soyez devenus amis ! J'ai cru comprendre qu'à Lyrnessos, on dit qu'Aphrodite est sa mère. Pas vrai, fils d'Anchise ? ajouta-t-il en se tournant vers l'intéressé.

Énée avait l'habitude de la plaisanterie : il leva sa coupe, amusé par la stupéfaction qu'on lisait sur le visage de Pâris.

— J'ai été conçu dans son temple, expliqua-t-il. Ma mère était sa prêtresse.

— Et l'histoire est encore plus pittoresque ! dit Priam. Pâris, as-tu jamais entendu raconter qu'Anchise avait été rendu aveugle par Aphrodite, parce qu'il se vantait qu'elle fut amoureuse de lui ? Qu'on aille chercher mon barde !

L'homme bavardait avec les dames de la cour ; prenant sa lyre, il se mit à en caresser les cordes, et les accords résonnant dans la salle firent taire les convives. Puis, haussant la voix, il chanta l'histoire.

Zeus avait décidé d'humilier la déesse en la rendant amoureuse d'un mortel. Il lui inspira ainsi tant de passion pour le jeune Anchise qu'elle lui apparut en princesse phrygienne, vêtue d'une robe couleur de flamme. À l'issue d'une folle nuit de passion, Anchise se réveilla pour constater, terrifié, qu'il avait eu affaire à une immortelle. Aphrodite l'assura qu'il n'avait rien à craindre tant qu'il garderait le secret, mais il ne put résister, et fut aveuglé par un éclair.

Pâris ne connaissait ni l'histoire ni le chant. Il était beaucoup plus raffiné que les chansons villageoises qu'il reprenait avec ses amis dans les montagnes, et les vers avaient quelque chose d'espiègle ; on ne savait trop si le barde se moquait ou non de ses héros. Mais Énée semblait bien le prendre, aussi Pâris applaudit-il avec les autres à la fin.

Hécube posa la main sur la sienne :

— Aphrodite est une déesse très douce, mais qui peut être aussi féroce. Veille à ce qu'elle ne te consume pas.

— Ta mère a raison, intervint Priam. Mieux vaut honorer tous les dieux – même si nous avons souvent l'impression qu'ils ne se soucient guère de nous !

Pâris comprit que son père, même parmi ces réjouissances, était encore occupé de questions politiques difficiles, et se réjouit d'avoir refusé les propositions d'Héra. Sa mère, quant à elle, possédait une sagesse qui lui rappelait Athéna. Mais le souvenir d'Aphrodite assaillait ses sens : l'odeur entêtante des lys posés sur les tables, la manière insouciante dont une servante le frôlait en remplissant sa coupe de vin, les yeux qui, à l'autre bout de la salle, le regardaient furtivement avant de se détourner. Pour le meilleur ou pour le pire, il appartenait désormais à la déesse.

— Je vous remercie tous deux de vos conseils, répondit-il en souriant, mais j'ai prononcé mes vœux avant de venir, et je m'en remets à la divine protection d'Aphrodite. Croyez-moi, si mon destin est d'être consumé par la beauté, je m'efforcerai de tout cœur d'en être digne.

Un cheval pour Poséidon

L'homme doit faire des choix, mais pas un dieu ; pour lui, presque tout est possible. Ainsi, lorsque Zeus éprouve du désir pour une femme, il a bien des moyens d'arriver à ses fins. Ayant ainsi aperçu Europe jouant sur le rivage, il se changea en taureau, et se montra si docile qu'elle s'enhardit à grimper sur son dos. Aussitôt il la transporta, à travers les vagues, jusqu'en Crète, où il fit d'elle la mère de Minos. À une autre occasion, Zeus découvrit Danaé, que son père avait enfermée dans une tour de bronze ; il prit la forme d'une pluie d'or, et c'est ainsi que fut conçu Persée.

Mais la plus mémorable de ses métamorphoses eut lieu en ce jour fatidique où il aperçut l'épouse de Tyndare, roi de Sparte, qui se baignait, seule, dans le fleuve Eurotas. Enflammé de désir, il se transforma en cygne et la renversa. Incapable de lui résister, Léda fut prise. Ayant satisfait sa passion, il s'enfuit, la laissant enceinte de celle qui devait provoquer la mort de milliers d'hommes : Hélène.

Léda avait partagé la couche de son mari un peu plus tôt, si bien que lorsque la fillette naquit, le roi décida de l'élever comme si c'était sa propre enfant. Peu de temps après, possédée par le dieu qui s'était emparé de son corps et de son âme, Léda quitta Sparte et, se dirigeant vers le nord, alla s'établir dans la forêt de chênes de Dodone, où elle mena une vie ascétique de prophétesse entièrement vouée à Zeus.

Pendant ce temps, l'enfant grandissait, et avec elle la réputation de sa beauté. Tyndare avait toutefois une autre fille plus âgée. Elle s'appelait Clytemnestre et, bien qu'on la trouvât jolie, elle dut apprendre très vite à vivre dans l'ombre de sa cadette. Son père s'étant également entiché d'Hélène, les deux sœurs n'avaient guère d'affection l'une pour l'autre.

Le plus grand plaisir d'Hélène était d'aller nager dans l'Eurotas, de se promener dans les forêts sauvages, ou de découvrir des sources et de chasser à l'arc dans les montagnes boisées bordant la plaine laconienne. Peut-être pour se consoler de la perte de sa mère, elle éprouvait de vives affinités avec les animaux. En une occasion, alors qu'elle n'avait encore que huit ans, elle provoqua l'effroi des chasseurs qui la retrouvèrent sur une crête rocheuse, à caresser les petits d'une lionne de montagne qui se léchait les pattes sur un rocher voisin. Peu après, elle devint une fervente adoratrice d'Artémis, et on la voyait souvent auprès d'un autel de la déesse, chantant des hymnes, ou entraînant les jeunes filles de Sparte dans sa danse.

Clytemnestre, quant à elle, quittait rarement le palais. Elle tenta un moment de gagner l'affection de son père en s'intéressant aux questions politiques ou aux négociations avec les ambassadeurs étrangers. Toutefois, Tyndare lui fit vite comprendre qu'il n'avait que faire de son opinion, et elle se réfugia dans l'étude, ce qui lui permit de polir une intelligence aussi vive que méprisante, tout en discutant avec les prêtres de l'interprétation des oracles, ou en rêvant du temps où un homme qu'elle aurait choisi la regarderait, plutôt que de fantasmer sur Hélène.

Un tel homme existait, mais il ne témoignait pas d'une grande vivacité d'esprit. C'était l'un des deux frères qui avaient fui Mycènes après que leur père, Atrée, eut été tué en tentant d'y prendre le pouvoir. Le cadet, Ménélas, ne rêvait que d'Hélène, mais son aîné, Agamemnon, était attiré par le feu caché qu'il devinait chez Clytemnestre. Quand il ne discutait pas avec Tyndare de leurs projets de campagne pour reprendre Mycènes, il rôdait aux environs, la regardant travailler à son métier à tisser, ou la suivant de loin quand, perdue dans ses pensées, elle se promenait dans les jardins du palais. Mais il ne trouvait jamais rien à dire, et se contentait de rougir et de prendre un air de chien battu quand elle lui lançait une remarque cruelle. Méprisant son père, détestant sa sœur, regardant de haut ceux qui l'entouraient, Clytemnestre mourait d'envie de fuir Sparte pour mener la vie dont elle rêvait.

Deux ans plus tard, il se produisit quelque chose qui changea à jamais l'existence des deux sœurs. Hélène n'avait encore que douze ans. Dans le nord de la Thessalie, l'épouse de Pirithoos, le roi des Lapithes, mourut. Une fois la période de deuil terminée, celui-ci partit pour Athènes rendre visite à son vieil ami Thésée. Tous deux avaient combattu côte à côte plus d'une fois, comme rois et comme pirates. Il ne fallut pas longtemps pour que, le vin aidant, ils évoquent la beauté déjà légendaire d'Hélène et songent à monter une expédition pour s'emparer d'elle. Tyndare avait quitté Sparte à la tête de son armée pour rendre son trône mycénien à Agamemnon. La cité restait donc mal défendue, c'était le moment ou jamais. Si leur raid réussissait, dit Pirithoos, ils tireraient au sort ensuite pour voir à qui la jeune fille serait attribuée.

C'était pourtant une entreprise risquée, d'autant plus qu'elle était sacrilège. Quand, à la tête d'un petit groupe d'aventuriers, ils franchirent les cols menant dans la plaine laconienne, ils découvrirent Hélène auprès d'un autel perdu dans la forêt, où elle offrait un sacrifice à

Artémis avec ses amies. L'occasion était trop belle : Pirithoos s'empara de la jeune fille qui hurlait et la jeta en travers de sa selle. Les ravisseurs s'enfuirent puis, après avoir semé leurs poursuivants, tirèrent au sort comme convenu. Hélène revint à Thésée.

Il avait alors une quarantaine d'années de plus que sa captive, et n'était plus, depuis longtemps, le héros d'autrefois. Mais peut-être se souvenait-il du temps où il avait vécu avec Hippolyte l'Amazone, quand tous deux défendaient Athènes contre l'invasion des Scythes ; peut-être la malédiction d'Artémis l'avait-elle frappé. En tout cas, quand il contempla Hélène, terrifiée et nue, il fut incapable de la prendre et, honteux d'être tombé aussi bas, dit en secouant la tête :

— Tout va bien. Je ne te ferai pas de mal. Tout va bien. Tout va bien.

Il vit qu'elle tremblait et, se penchant pour la couvrir de son manteau, fut accablé de honte à la vue d'une beauté aussi innocente. Tentant en vain de la réconforter, il soupira :

— Avoir reçu une telle beauté est plus une malédiction qu'un bienfait.

Il parlait pour lui-même, mais ces paroles restèrent à jamais gravées dans l'esprit d'Hélène.

Ne pouvant la renvoyer à Sparte, et sachant qu'il lui était impossible de la garder à ses côtés, Thésée confia la jeune fille à l'un de ses plus fidèles barons, à Aphidna, en Attique, chargeant sa propre mère, Æthra, de s'occuper d'elle. Puis il reprit ses errances et parvint enfin à la cour du roi Lycomède, à Scyros, où il mourut peu après, étant tombé – ou s'étant jeté – d'une haute falaise dominant la mer.

Peu après ces événements, qu'il ignorait, Tantale, le jeune roi d'Élis, récemment monté sur le trône, et cherchant une épouse, arriva à Sparte. Il trouva une cité en plein chaos. Le roi était parti en guerre et sa fille avait été enlevée. Conformément à son rang, il fut logé dans un appartement du palais, et c'est là qu'il eut l'occasion de rencontrer Clytemnestre.

Celle-ci serait bientôt d'âge à se marier ; elle avait désormais une beauté bien à elle, un peu sombre. Tantale, cherchant à la consoler de la disparition de sa sœur, fut stupéfait de découvrir que la jeune femme était rongée de remords, ayant fait des vœux pour que jamais Hélène ne revienne. Pris de sympathie, il l'encouragea à se confier. Ils discutèrent, et il constata avec surprise qu'elle s'intéressait à beaucoup de choses, témoignant d'une vive intelligence. Se détendant, elle se montra pleine d'esprit, et il ne tarda pas à tomber amoureux.

Il lui parla de son royaume, qui s'étendait le long de la mer, au-delà de l'Arcadie, à deux cents milles de Sparte.

Zeus y était adoré plus que tout autre dieu, et des jeux avaient lieu en son honneur à Olympie, dans la plaine, dont la cité royale était proche ; bien que plus petite que Sparte, c'était une ville prospère, cultivée, où une reine ne manquerait de rien. Si Clytemnestre y consentait, il enverrait à son père un messager chargé de lui demander sa main.

Clytemnestre réfléchit très vite, sans se faire d'illusions sur Tantale, qui n'était ni le plus riche ni le plus avenant des rois de Grèce. Il avait un visage peu attrayant, un nez pointu, des oreilles un peu trop décollées. Mais c'était un homme de cœur, d'une grande générosité, issu d'une vieille lignée, pour qui régner consistait à veiller au bien-être de ses sujets sans céder au despotisme. C'était aussi quelqu'un de très intelligent. Elle pouvait parler avec lui de n'importe quel sujet : il montrait à chaque occasion une grande ouverture d'esprit.

Mais le plus important restait que c'était elle qu'il désirait, et non sa sœur. Apprenant sa disparition, il avait témoigné d'une inquiétude sincère, mais le nom d'Hélène n'avait que rarement franchi ses lèvres. Et son royaume serait un véritable paradis – avec un peu d'imagination.

Se pouvait-il que les dieux aient enfin décidé de lui sourire ? Clytemnestre entamerait avec Tantale une vie nouvelle, celle qu'elle avait toujours voulu mener, pourrait enfin exercer sa vive intelligence, sans se contenter d'avoir des enfants et d'attendre que son mari revienne de guerre avec une nuée de captives.

Mais elle savait aussi que si Tantale contactait son père, la réponse ne ferait aucun doute. Tyndare était très pris par sa guerre contre Mycènes, dont il comptait bien, grâce à Agamemnon, faire une de ses vassales. Sa fille préférée lui avait été dérobée : Hélène avait disparu quelque part entre Sparte et Athènes, et son père ne connaîtrait pas le repos tant qu'il ne l'aurait pas retrouvée. Il dirait donc probablement non, d'autant plus bruyamment que Clytemnestre le soupçonnait de vouloir sceller l'alliance avec Mycènes en la donnant en mariage à Agamemnon. Mais cela, jamais elle n'y consentirait.

Elle songea donc à s'enfuir avec Tantale, mais vit aussitôt que ce serait une mauvaise idée. Si Tyndare rentrait chez lui pour découvrir que son aînée avait, elle aussi, disparu, mais de son plein gré, les troupes spartiates marcheraient sans retard sur Élis ; Tantale ne vivrait pas assez longtemps pour s'expliquer, et elle reviendrait en veuve auprès de son père.

Elle discuta longuement avec le jeune roi. Il était prêt à se battre pour elle, mais Clytemnestre connaissait mieux Tyndare que lui. Toute hâte excessive serait fatale à leurs projets, aussi convenait-il d'attendre. De toute façon, elle n'était pas encore tout à fait en âge de se marier. Si elle jurait sur son honneur de ne

jamais épouser quelqu'un d'autre, Tantale attendrait-il ?
Une fois Tyndare rentré de son expédition, et Hélène
sauvée, le roi serait sans doute de meilleure humeur.
Clytemnestre lui ferait comprendre qu'elle voulait s'unir
à Tantale, et lui rendrait la vie impossible s'il refusait.
D'ici deux ans, au pire trois, elle aurait obtenu son
consentement, et ils seraient libres de vivre comme ils
l'entendaient. N'était-ce pas la solution la plus sage ?

Tous deux en convinrent, et Tantale repartit pour
Élis, tandis que Clytemnestre attendait, en proie à une
grande agitation.

Il se passa une année entière avant que les espions
dépêchés par Tyndare dans toute la Grèce apprennent
où Hélène était détenue. Il envoya à Aphidna des
forces devant lesquelles la cité capitula. La mère de
Thésée fut réduite à l'esclavage, et la jeune fille ramenée à Sparte en triomphe.

La guerre contre Mycènes approchait de son terme,
et Tyndare était encore au front. Clytemnestre fut sidérée de voir comme sa sœur avait changé. Autrefois si
aventureuse et si hardie, elle était devenue incroyable-
ment craintive et nerveuse, et vivait dans sa beauté
comme une femme prisonnière d'un rêve. Elle avait
vécu enfermée à Aphidna, avec Æthra et ses servantes
pour seule compagnie et, bien que n'ayant jamais revu
Thésée ni Pirithoos, gardait un souvenir épouvanté de
son enlèvement.

Les paroles de Thésée résonnaient toujours en elle :
sa beauté était une malédiction. Elle avait peur de tout.
Au-delà du palais, Sparte, comme les forêts et les collines où elle avait erré autrefois, libre comme le vent,
étaient devenues des lieux chargés de menaces. Chaque
fois qu'elle sortait des appartements des femmes, elle
s'effrayait des regards que lui jetaient les hommes,
comme s'ils s'apprêtaient à la violer. Ses yeux, qui les
avaient toujours ensorcelés, prirent une expression

hagarde. Elle ne se sentait en sécurité qu'auprès d'Æthra qui, étrangement, était devenue comme une mère pour elle. Hélène choisit donc de se cloîtrer, parlant à peine, restant toujours dans l'ombre.

Clytemnestre ne comprit que peu à peu à quel point sa sœur était terrorisée, et sa propre anxiété crût en proportion. Elle tenta de convaincre Hélène que ses peurs étaient sans fondements. Il y avait eu des rancœurs entre elles, mais c'était tout de même sa cadette, et son devoir était de veiller sur elle. Elle ne comprenait que trop bien à quel point les femmes sont impuissantes face aux hommes, quand ceux-ci ont décidé de se comporter d'une manière qui ferait honte aux animaux. Mais quand elle encouragea Hélène à sortir en sa compagnie, Clytemnestre se heurta à un refus paniqué qui lui fit l'effet d'une pure obstination, et elle s'agaça vite de la stérilité de ses efforts. Commençant à redouter que son père, une fois de retour, ne lui ordonne de continuer à s'occuper de sa sœur jusqu'à ce qu'elle aille mieux ou puisse être mariée, Clytemnestre décida qu'elle devait vivre sa vie, loin d'Hélène, et loin de Sparte.

Puis on apprit que le roi avait gagné la guerre. Thyeste, l'usurpateur, avait été tué, et Agamemnon était monté sur le trône. Bientôt, Tyndare serait de retour. Il se réjouissait de pouvoir retrouver Hélène, et il avait pour Clytemnestre des nouvelles qui la surprendraient.

Mais celle-ci prit sur-le-champ la décision de s'enfuir de Sparte, et ne le regretta jamais ; les dix-huit mois qu'elle passa à Élis, devenue l'épouse de Tantale, furent les seuls moments entièrement heureux de toute sa vie.

Ils eurent d'ailleurs de la chance : leur vie commune aurait duré beaucoup moins longtemps sans un événement qu'elle ignorait lors de sa fuite. Apprenant l'enlèvement d'Hélène, Tyndare en était tombé à la renverse, comme frappé par la foudre. Pendant un moment, il s'était conduit de manière si incohérente que ses amis avaient redouté qu'il n'ait perdu l'esprit. Il se plaignait aussi de ne plus sentir sa jambe droite, si bien qu'il avait dû confier la direction des opérations à Agamemnon. Il se retira sous sa tente et finit, par la seule force de sa volonté, par retrouver la raison ; il repartit donc sur le champ de bataille. Mais les choses avaient changé en son absence. Ses guerriers eux-mêmes n'écoutaient plus qu'Agamemnon ; il incarnait l'avenir, alors que le vieux Tyndare représentait le passé : une fois Mycènes prise, nul n'avait de doute sur le nom de celui qui exercerait son pouvoir sur toute la Grèce.

Tyndare avait donc, plus que jamais, besoin de marier sa fille au nouveau roi, et pas seulement par amitié pour un allié : c'était le seul moyen d'assurer la sécurité de Sparte. Il ne pouvait que remercier les dieux que le fils aîné d'Atrée ait préféré Clytemnestre à Hélène, dont nul ne savait encore où elle était.

Puis la jeune fille fut retrouvée et sauvée ; une fois Aphidna prise, Ménesthéos, qui avait succédé à Thésée sur le trône d'Athènes, se hâta de désavouer le crime de son prédécesseur. Au cours des semaines qui suivirent, Thyeste finit par capituler ; il fut capturé alors qu'il s'enfuyait et mis à mort. Égisthe, le meurtrier d'Atrée, était hélas parvenu à s'échapper, mais nul ne doutait qu'une grande victoire venait d'être remportée, et qu'elle marquait des changements plus considérables encore.

Tyndare était sur le chemin du retour quand il apprit que Clytemnestre s'était enfuie de Sparte pour gagner Élis, où elle allait épouser le jeune roi Tantale. Il fut pris d'une telle fureur que la stupeur le renversa de nouveau, si bien qu'il rentra dans son royaume moins en héros qu'en infirme aux mains tremblantes et à la parole confuse.

Il n'était pas en état de conduire son armée vers Élis, et ne pouvait compter sur Agamemnon, trop occupé pour le moment à assurer son pouvoir sur Mycènes. Clytemnestre et Tantale connurent donc un peu de répit, bien que les messages venus de Sparte aient suffisamment montré au roi qu'il devait se préparer à la guerre.

Elle vint peu après la naissance de leur premier enfant. Agamemnon entendait accroître son empire, et il avait toutes les raisons de commencer par Élis. Quand il pénétra dans le royaume à la tête de ses troupes, Tantale préféra l'affronter sur le champ de bataille plutôt que de lui permettre d'assiéger sa capitale. Il choisit le terrain avec le plus grand soin : un col étroit à travers les montagnes, sur les hauteurs desquelles il s'installa.

Mais Agamemnon avait beaucoup appris lors de la prise de Mycènes, tombée suite à une trahison. Tantale ordonna à ses hommes de charger et lança son char vers la première ligne ennemie. Lorsqu'il se fut trop avancé pour faire demi-tour, il constata que peu de ses guerriers l'avaient suivi. La plupart d'entre eux, déjà convaincus que jamais le royaume ne pourrait faire face à la puissante machine de guerre mycénienne, s'étaient ralliés à l'envahisseur.

Clytemnestre apprit la défaite de son mari quand les Mycéniens envahirent le palais. Terrifiée, elle serrait son enfant dans ses bras lorsque Agamemnon entra dans sa chambre ; lui arrachant le nourrisson, il le remit à l'un de ses hommes en lui ordonnant de le mettre à mort. Puis il apprit à Clytemnestre qu'elle était désormais veuve et se remarierait sous peu.

Elle se retint à grand-peine de se donner la mort. Puis elle refusa obstinément ses offres. Mais cet homme étrange, un peu triste, qui la désirait depuis tant d'années, revenait à la charge sans discontinuer.

Comme elle lui demandait, scandalisée, comment il pouvait croire qu'elle consentirait à épouser le meurtrier de son fils, il répondit que, s'il l'avait épargné, l'enfant n'aurait pensé qu'à venger son père, comme cela s'était produit tout au long de la sanglante histoire de Mycènes. D'ailleurs, ajouta-t-il, elle ne serait pas la première à faire partie du butin, sans pour autant, contrairement aux autres, être condamnée à mener l'existence d'une concubine ou d'une esclave. Bien au contraire, elle épouserait un homme qui l'aimait depuis des années, et deviendrait la femme la plus riche de Grèce, car les dieux avaient toujours fait bénéficier de leurs largesses la maison des Atrides.

Il la laissa seule pour qu'elle puisse réfléchir. Puis, un soir, il vint lui rendre visite, apportant du vin et des cadeaux. Mais il était toujours aussi gauche, et chacun de ses gestes accroissait la haine que Clytemnestre éprouvait envers lui. À un moment, pourtant, en croisant son regard, elle vit les yeux de l'enfant terrifié qui, bien des années auparavant, avait fui avec son frère la sanglante boucherie de Mycènes. C'est alors qu'elle comprit le pouvoir qu'elle pourrait exercer sur lui et son royaume.

Plus tard, beaucoup plus tard, il la monta comme un taureau, et elle le laissa s'emparer de ce qui n'avait plus aucune importance pour elle. Mais jamais son âme n'appartiendrait à qui que ce soit – elle se le jura dans l'obscurité, les yeux grands ouverts.

Pendant ce temps, Hélène prenait soin de son père. Avec Æthra et Pénélope, sa cousine, comme seule compagnie, elle aurait sans doute été heureuse de mener cette vie paisible. Mais le monde extérieur refusait de se laisser oublier.

Après voir conquis Élis, Agamemnon avait contraint de nombreux royaumes à reconnaître la suprématie mycénienne. Une ère de paix semblait commencer pour toute la Grèce. Bien des jeunes gens qui n'auraient autrefois songé qu'à la guerre pensaient à prendre femme, et Hélène, la plus belle du monde, était désormais en âge de se marier. De plus, celui qui aurait la chance d'obtenir sa main monterait par la même occasion sur le trône de Sparte.

Tous les princes grecs se présentèrent donc, l'un après l'autre, à la cour de Tyndare, tous vêtus de leurs plus beaux atours, offrant de riches cadeaux et faisant étalage de leurs prouesses ou de leur puissance.

Diomède, maître de Tirynthe, était sans doute l'un des plus épris de la beauté d'Hélène. Il avait la réputation d'être le plus courageux de tous, et chercha à l'impressionner par le récit de son triomphe à l'issue de la longue et terrible guerre de Thèbes. Elle l'écouta patiemment, lui témoigna sa faveur par de menus signes, mais s'abstint de donner une réponse définitive.

Ménesthéos d'Athènes fut beaucoup moins bien reçu. S'il se donnait beaucoup de mal pour se distinguer de son prédécesseur, Thésée, il lui rappelait sa captivité en Attique, et se montrait un peu trop intéressé. Elle l'aurait renvoyé si Tyndare ne lui avait pas conseillé de ne rejeter personne, de crainte de susciter l'hostilité de prétendants éconduits. C'est ainsi qu'Idoménée, héritier de Deucalion, roi de Crète, vint de Cnossos plaider sa cause, tout comme Ajax, fils de Télamon, arrivait de Salamine, accompagné de son demi-frère Teucer, fils d'Hésione, épouse et captive du frère de Pélée. Philoctète, le grand archer, vint d'Éolie, avec l'arc que lui avait légué Héraclès ; et bien d'autres firent le voyage.

On ne comptait pas moins de trente-huit candidats à la main d'Hélène. La plupart étaient des guerriers, des hommes de pouvoir et d'influence qui avaient déjà fait leurs preuves. Parmi eux, toutefois, se trouvaient deux jeunes gens qui avaient à peu près l'âge de la jeune fille. Palamède, prince d'Eubée, avait dix-sept ans à peine ; il était beaucoup plus intelligent que bien de ses rivaux, qu'il sut distraire en leur enseignant un jeu de son invention. Il s'agissait de déplacer des pierres sur un damier conformément à un jet de dés. C'était en fait un jeu de hasard, dont Palamède tirait profit avec une régularité sidérante. L'autre jeune homme avait moins de prestige, mais il était avenant, témoignait d'une réserve pleine d'orgueil, et d'une grande noblesse de cœur. Tout le monde convenait qu'il n'avait pas beaucoup de chances, bien que cet ancien élève de Chiron impressionnât tout le monde par un comportement plein d'une modestie courtoise. Il s'appelait Patrocle, et c'était le fils de Ménœtios.

Toutes ces attentions menaient Hélène au bord de la panique. L'avenir paraissait bouché. Sa sœur avait donné un héritier à Agamemnon, mais semblait avoir renoncé à tout espoir de bonheur. Son oncle Icarios refusait que sa fille Pénélope épouse l'homme dont elle était éprise. Et, depuis longtemps, Hélène se demandait si elle-même serait jamais autre chose qu'un trophée dont s'emparerait le vainqueur. Mais son père n'avait sans doute plus beaucoup de temps à vivre, et le monde ne la laisserait pas en paix tant qu'elle n'appartiendrait pas à un homme ; tôt ou tard, il lui faudrait choisir parmi la bruyante assemblée de ses prétendants.

Tyndare, lui aussi, aurait préféré être débarrassé d'eux et mener une vie paisible avec sa fille. Beaucoup de princes puissants convoitaient sa main, les rivalités s'aiguisaient, et il ne savait trop qui choisir sans susciter l'hostilité des autres. Le risque était d'autant plus grand que, de tous les candidats, un seul était vraiment en mesure de faire pression sur lui.

Ménélas, le fils cadet d'Atrée, aimait passionnément Hélène depuis des années, et Tyndare voyait bien que sa fille était sensible à sa douceur et à sa considération.

Depuis l'enfance, elle témoignait beaucoup d'amitié au frère d'Agamemnon, qui arborait toujours un sourire timide, un peu de guingois, comme s'il devait affronter un grand vent. Et Ménélas était désormais un guerrier, comme le montrait la cicatrice qui, partant de sa joue droite, allait jusqu'au coin de sa bouche. S'il était dépourvu de l'arrogance oppressante de son aîné, c'était quand même un Atride et, s'il devenait roi de Sparte après avoir épousé Hélène, les deux frères contrôleraient tout le Péloponnèse. Une telle perspective inquiétait suffisamment certains prétendants pour qu'ils cherchent à s'y opposer.

Tyndare préféra donc tergiverser, ce dont sa fille était ravie.

Fort heureusement, face à cette bruyante assemblée de galants, le roi disposait d'un ami plein de ressources. Ulysse, prince d'Ithaque, n'était pas venu à Sparte pour obtenir la main d'Hélène, mais celle d'une autre. Tyndare avait un frère appelé Icarios, dont la fille était elle aussi très désirable. Moins sublimement belle, sans doute, que sa cousine, Pénélope avait une allure et une dignité qui enchantaient le jeune aventurier, et une vive intelligence, égale à la sienne. Mais Icarios, qui n'aimait rien tant que de faire valoir son peu de pouvoir, cherchait un gendre un peu plus prospère qu'Ulysse, qui ne lui plaisait guère.

Il déclara à sa fille qu'elle aurait beau soupirer tant qu'elle voudrait ; tôt ou tard, elle finirait par voir qu'il avait raison. Pourquoi diable vouloir passer une vie précaire sur un rocher stérile perdu dans la mer, avec un homme qui n'était jamais qu'un pirate, alors qu'elle pourrait faire son choix parmi les prétendants dédaignés par sa cousine ?

Mais Pénélope aimait Ulysse et, à la grande fureur de son père, s'obstinait à ne vouloir épouser que lui – tout en se refusant, par intégrité et souci de sa réputation, à s'enfuir avec le jeune homme, comme il l'en pressait.

Pris entre deux Spartiates aussi têtus l'un que l'autre, Ulysse finit par aller voir Tyndare pour lui soumettre le problème.

Le roi soupira : connaissant bien le prince d'Ithaque, il savait que ce ruffian maigre, court sur pattes et au nez de travers, ne sollicitait pas une audience pour rien. Mais son sourire de filou lui ferait un peu oublier la gravité compassée de ceux qui l'entouraient, et il était sûr qu'Ulysse ne lui demanderait pas la main d'Hélène.

Le visiteur savait à quoi s'en tenir sur le roi : un homme qui avait le double de son âge, et largement dépassé l'âge mûr ; un guerrier redoutable autrefois, mais qui n'était plus qu'un infirme choyé. Il se dit qu'une impudence joviale servirait au mieux ses propres intérêts, et lança :

— Je vois d'où le vent souffle ! J'ai vu qu'Agamemnon pesait de tout son poids sur toi. Le Lion de Mycènes défend les intérêts de son frère, bien sûr, mais il veut aussi consolider l'alliance entre Sparte et la maison des Atrides. Je crois qu'il a des ambitions, et son pouvoir serait assuré si Sparte était aux mains de son frère.

Tyndare chuchota, de la voix indistincte qu'il avait désormais :

— Le trône de Sparte est déjà occupé.

— Et par le plus sage des rois, répondit Ulysse en souriant. Mais tu ne vivras pas éternellement, et celui qui épousera Hélène héritera de ton royaume.

— Et alors ? soupira Tyndare.

— Et alors, je crois que c'est ce que tu veux aussi. Marier Hélène à Ménélas fera de lui ton héritier, et Sparte sera inébranlable. Comme par ailleurs il semble réellement fou d'amour pour ta fille, et qu'elle sait qu'il prendra soin d'elle, ce mariage est parfait à tous points de vue.

— Croirais-tu que je n'ai pas pensé à tout cela ?

— Oui, mais les choses ne sont pas simples : décevoir les autres princes pourrait provoquer bien des problèmes.

Le roi détourna les yeux.

— Je crois que j'entrevois une solution, poursuivit Ulysse. Et elle ne te coûtera pas cher.

Tyndare le regarda et plissa les yeux :

— Épargne ta salive ! Mon frère ne veut pas de toi.

— Le roi voit clair en moi. Mais il y a des choses qu'il pourrait dire à son frère et que je ne peux lui dire moi-même. Comme par exemple qu'Ulysse d'Ithaque a récemment mené à bien des aventures profitables, et qu'il est beaucoup plus riche qu'autrefois.

— Grâce à la piraterie ! Ce n'est pas cela qui te rendra sympathique à ses yeux !

— Peut-être un coup d'œil à mes coffres y parviendrait-il. D'ailleurs, y a-t-il une seule maison royale qui ne se soit édifiée sur le brigandage ?

— Tu es vraiment riche ?

— J'ai considérablement appauvri deux ou trois villes lyciennes et plusieurs marchands sidoniens. Icarios en aura sa part, et il peut être certain que Pénélope ne manquera de rien une fois à Ithaque.

— Il semblerait bien qu'il veuille en faire une reine crétoise.

— Jamais Pénélope ne s'offrira au fils de Deucalion ! Mauvais sang que celui de la maison de la Hache !

— Mesure tes paroles ! Le Crétois est mon invité !

— Comme presque tous les héritiers des maisons royales de Grèce. Ils mangent à tes frais et vident tes caves pendant que ton frère et toi faites traîner les choses ! Pénélope ne veut épouser que moi, tout comme Hélène veut épouser Ménélas, et Icarios et toi dormiriez mieux si vous laissiez vos filles faire leur choix.

— C'est cela, ta solution ? Je me serais attendu à quelque chose de plus ingénieux.

— Une partie, seulement. Je te confierai le reste une fois que tu auras accepté de plaider ma cause auprès d'Icarios.

Tyndare le dévisagea. Sans doute Ulysse avait-il conféré avec Ménélas et Agamemnon, comme d'ailleurs avec Hélène. Et tous trois avaient dû se dire la même chose que lui : il y avait chez ce rusé fripon quelque chose qui inspirait confiance, même si on n'était pas sûr de pouvoir se fier à lui.

— Que veux-tu que je dise ? soupira le roi.

— C'est simple : que tu as réfléchi, et que tu as pensé que la seule chose raisonnable que puisse faire un père placé dans une telle situation, c'est de laisser sa fille choisir. Dis-lui que tu agiras ainsi avec Hélène, et qu'il devrait faire de même pour Pénélope, s'il veut son bonheur. Dis-lui qu'Ulysse s'est donné beaucoup de mal pour accroître sa fortune, et que non seulement il aime passionnément sa fille, mais qu'il est aussi beaucoup plus fiable et plein de ressources que l'escroc avec lequel Icarios le confond. Dis-lui la vérité : Pénélope m'aime, et lui rendra la vie impossible tant qu'il n'aura pas consenti à notre mariage.

— Et si j'accepte, demanda Tyndare, devrai-je ajouter qu'Ulysse m'a aidé à sortir de mes difficultés ?

— En effet.

— Et comment ?

— Sommes-nous d'accord ? dit le prince d'Ithaque en tendant la main.

Le roi la prit et hocha la tête.

— C'est bien demain que le cheval du roi sera sacrifié à Poséidon ? s'enquit Ulysse.

— Et alors ?

— Voici ce qu'il faut faire. Rassemble tous les prétendants dans l'enceinte sacrée et explique-leur que, vu le nombre de grands princes entre lesquels choisir, tu n'as pas pu trouver d'autre solution que de laisser

Hélène décider seule. Mais ajoute qu'avant d'annoncer son choix, tu exigeras d'eux un serment au terme duquel chacun devra défendre l'époux qu'elle a choisi contre quiconque voudrait lui contester ce droit.

Tyndare se caressa la barbe d'un air pensif :

— Rien de plus facile à rompre qu'un serment.

— Celui auquel je pense, répondit Ulysse avec un grand sourire, est si terrible qu'aucun d'eux n'osera se parjurer.

Le cheval du roi fut amené de sa prairie le lendemain à l'aube, la crinière et la queue tressées et ornées de guirlandes, les sabots dorés à l'or fin. L'étalon blanc fut conduit dans l'enceinte sacrée, où une statue de bronze de Poséidon dressait son harpon d'un air agressif. Puis il fut offert au dieu devant tous les prétendants. L'animal renâcla, comme s'il sentait l'odeur de la mort ; il reniflait et geignait tout en roulant des yeux, et il fallut quatre hommes solides pour le maintenir en place.

Le vieux roi n'ayant plus la force nécessaire, ce fut Agamemnon qui prit le couperet sacré et trancha d'un seul coup la gorge de l'animal qui, les yeux écarquillés, se dressa, battant follement des sabots, comme s'il voulait rassembler assez de forces pour piétiner la mort puis, agité d'ultimes convulsions, s'effondra aux pieds du Lion de Mycènes. Son sang fut recueilli sur un plateau d'argent, tandis que les mouches arrivaient déjà. Les hommes qui avaient tenu la bête prirent d'autres couperets et découpèrent sa dépouille jusqu'à ce qu'elle ne soit plus qu'un amas de tronçons sanglants.

Ce n'est qu'alors que Tyndare annonça aux prétendants les termes du serment conçu par Ulysse. Avant que sa fille ne donne le nom de l'heureux élu, tous devraient, un pied posé sur un quartier de l'étalon offert à Poséidon, demander au dieu d'apporter ruine et destruction sur leurs terres si jamais ils refusaient de défendre le droit de son époux à la garder toujours auprès de lui.

Les princes restèrent quelques instants silencieux, voyant bien l'extrême gravité de ce qui leur était demandé. Il y eut des murmures, tout le monde se souvenant des tremblements de terre qui avaient frappé Cnossos et Troie. Tyndare, l'air un peu hésitant, se tourna vers Ulysse, qui sourit.

— Allons, s'écria Agamemnon, un tel serment est-il si redoutable, quand la récompense est à ce point céleste ?

— Je le prononcerai volontiers, dit Palamède. Mais celui qui l'a conçu ne devrait-il pas être le premier à le faire ?

— Tout le monde sait que je ne suis pas au nombre des prétendants, répondit Ulysse, pris au dépourvu et cherchant à gagner du temps.

— Moi non plus, intervint Agamemnon, mais je jurerai quand même ! Ulysse, viens donc nous montrer comment il faut s'y prendre !

Le prince d'Ithaque n'eut donc d'autre choix que d'ôter sa sandale, de poser le pied sur un tronçon de la dépouille du cheval, et de mettre son honneur, comme le destin de son île, à la merci de Poséidon.

Tous les prétendants firent de même, un par un. Quand ils eurent tous juré, Hélène, en robe de mariée, s'avança, tenant la couronne qu'elle avait tressée à cette intention, et la déposa sur l'abondante chevelure rousse de Ménélas, qui rayonnait de joie.

— Les dieux sont justes ! s'écria-t-il, les larmes aux yeux. Je remercie la déesse Athéna d'avoir guidé le choix de ma bien-aimée ! Grand Poséidon, sois remercié d'accorder ta divine protection à cette union !

Hélène se répéta, une fois de plus, que Ménélas avait toujours été son ami, qu'il la protégerait des tumultes du monde. Lorsque, le soir même, elle lui offrirait son corps, ce serait pour échapper à jamais à la malédiction de sa propre beauté. Du moins voulait-elle y croire de tout son cœur – mais celui-ci peut garder ses secrets, même pour celui ou celle dans la poitrine duquel il bat.

Tyndare ouvrit grands les bras pour offrir sa bénédiction au fils cadet d'Atrée. Il vit Agamemnon et Clytemnestre féliciter les mariés, et se souvint du jour, bien des années auparavant, lors duquel, sacrifiant aux dieux, il avait stupidement négligé de faire une offrande à Aphrodite, qui avait juré de se venger en veillant à ce que ses deux filles soient un jour des épouses infidèles.

Le Suppliant

Quelques mois à peine s'étaient écoulés quand on retrouva Tyndare mort dans sa chambre. Déjà maître de fait du royaume, Ménélas monta sur le trône de Sparte, et sa femme donna peu après le jour à une fille. L'accouchement fut si long et si difficile qu'Æthra craignit un moment qu'Hélène n'y survive pas, mais Hermione avait déjà tant de la beauté de sa mère que Ménélas se jugea plus que jamais béni d'avoir pu faire un tel mariage.

Et Hélène se sentait également plus forte. Elle avait de nouveau confiance en elle, maintenant qu'elle n'était plus l'objet du désir de tous. Elle savait faire face aux plaisirs, mais aussi aux défis qu'il y a à être épouse, mère et reine d'un royaume dont elle comprenait les lois et les coutumes beaucoup mieux que son mari, qui lui demandait souvent conseil. C'était bien la première fois que quelqu'un accordait de la valeur à son jugement ; elle se découvrit un vif intérêt pour la chose publique. Tous deux examinèrent ensemble les projets de rénovation du palais, qui prévoyaient d'étendre les salles de réception comme leurs appartements privés, et faisaient grand usage du porphyre extrait des carrières locales. Hélène prit aussi plaisir à redessiner les jardins royaux, où elle et son époux passaient des heures paisibles avec leur fille, au milieu des parfums, des couleurs et du bruit des eaux.

En de tels moments, ils pouvaient contempler, en dessous de la demeure de bronze d'Athéna, une plaine fertile entourée de collines protectrices, ou songer à un avenir qui paraissait sans nuages. Il y avait peu de passion dans leur union, mais beaucoup d'affection, et Sparte était en pleine prospérité. Ils prévoyaient déjà de marier Hermione à son cousin Oreste, premier-né d'Agamemnon et de Clytemnestre, ce qui permettrait d'unir à jamais les royaumes de Sparte et de Mycènes. Les dieux semblaient leur sourire.

Quatre ans après la naissance d'Hermione, Ménélas reçut un message urgent de son frère, exigeant sa présence à la cour de Télamon, désormais roi de Salamine, afin de le soutenir dans un nouvel épisode d'une longue querelle avec Troie.

Accablée à l'idée d'être pour la première fois séparée de son mari, Hélène lui demanda ce qui rendait nécessaire une telle mission.

— C'est une vieille histoire, expliqua Ménélas. Avec Héraclès, Télamon a capturé Troie voilà une trentaine d'années. Dans sa part de butin, il y avait Hésione, la fille du roi. Depuis, elle vit à Salamine contre son gré, et ne désire rien tant que de rentrer chez elle. Quand Priam a succédé à son père sur le trône, il était encore trop faible pour venir en aide à sa sœur. Désormais, il est l'un des rois les plus puissants d'Orient, et il est bien décidé à la récupérer. Mais Télamon a refusé toutes ses offres de rançon.

— Moi aussi j'ai été captive en terre étrangère, dit Hélène, je sais ce que c'est. Si Hésione est malheureuse à Salamine, Télamon devrait la libérer. Pourquoi ne le fait-il pas ?

— Parce que c'est un vieil entêté qui croit être l'un des derniers héros depuis la mort d'Héraclès et de Thésée. Parfois, je crois qu'il préférerait voir brûler Salamine plutôt que de céder Hésione.

— Mais c'est absurde ! Et d'ailleurs, en quoi Sparte est-elle concernée ?

— Télamon a demandé le soutien d'Agamemnon, qui m'a demandé le mien. C'est mon frère, je dois y aller.

Il dit cela d'un ton signifiant que la discussion était terminée, mais Hélène s'obstina :

— Ne crois-tu pas que mieux vaudrait qu'Hésione puisse, comme elle le veut, rentrer à Troie ?

— Bien sûr que si ! Mais nous ne pouvons pas laisser les Troyens l'emmener, sinon ils vont penser que la Grèce est faible.

— On croirait entendre ton frère.

Il eut un sourire qui tendit sa vieille cicatrice :

— Mais je ne suis pas Agamemnon, et c'est bien pourquoi il faut que j'aille à Salamine. Cela devrait permettre de régler la question sans violence, et je crois pouvoir y exercer une influence modératrice.

Hélène hocha la tête en espérant qu'il avait raison.

À Troie, le roi Priam avait été si excédé par le refus de Télamon d'accepter ses nombreuses offres de rançon, pourtant généreuses, qu'il était prêt à partir en guerre. Anténor, son principal conseiller, convaincu que la paix servirait au mieux les intérêts de la cité, s'y opposait, et avait sollicité le soutien d'Anchise, roi aveugle des Dardaniens et cousin de Priam. Anchise avait donc rappelé à celui-ci que le dernier conflit avec les Grecs s'était soldé par un désastre pour les Troyens. De plus, Agamemnon avait été proclamé roi de toute la Grèce, dont les tribus guerrières avaient cessé de se combattre. Si Priam attaquait Salamine, elles se liguerait contre lui.

Le roi parut agacé de ces objections, mais il voyait bien leur pertinence. Il reconnut donc, de mauvais gré, qu'il conviendrait de ne pas recourir aux armes tant qu'on n'aurait pas épuisé toutes les solutions diplomatiques. Anchise et Anténor partirent en ambassade à Salamine afin de demander, pour la dernière fois, la libération d'Hésione.

Ménélas arriva deux jours après eux ; Agamemnon était déjà là. Fort de la présence de ses alliés, Télamon, qui avait dépassé la cinquantaine et pris beaucoup de poids, convoqua un conseil devant lequel les deux Troyens exposeraient leur cas. Les ayant écoutés avec une indifférence évidente, il se tourna vers Agamemnon :

— Il me faut chaque année endurer de tels propos ! Depuis qu'ils sont riches, les gens de Troie semblent s'être transformés en vieilles femmes. Pourtant, je ne me souviens pas que Priam se soit plaint quand, par une générosité que je regrette, j'ai permis à Hésione de lui sauver la vie ! Ne crois-tu pas qu'il est temps que ces palabres ineptes prennent fin ?

Agamemnon acquiesça de la tête :

— Laomédon n'avait pas tenu parole, et sa perfidie lui a coûté sa cité et la vie. Il ne fait aucun doute que cette femme t'appartient à juste titre.

Les fils de Télamon approuvèrent, comme Ménélas – il est vrai sans grande conviction – quand son frère le regarda.

Télamon se tourna vers Anténor et dit, haussant les épaules :

— Comme tu vois, le roi de Grèce et le roi de Sparte sont de mon côté. Rentre à Troie et dis à Priam que sa sœur et lui devraient être morts depuis longtemps, si Héraclès et moi n'avions pas fait preuve de clémence, et qu'il ferait bien de ne pas mettre notre patience à l'épreuve.

— Celle du roi Priam a également des limites, dit Anchise d'une voix douce.

— Un sourd envoie un aveugle en ambassade ! rétorqua Télamon. Si Priam tient tant à sa sœur, qu'il vienne la chercher! En attendant, j'userai d'elle comme bon me semble!

— N'y a-t-il pas moyen de parvenir à un compromis? intervint Ménélas. Peut-être pourrait-on permettre à Hésione de rendre visite à son frère?

Agamemnon lui jeta un regard mauvais, et Télamon secoua la tête:

— Si je la laisse partir, jamais je ne la reverrai! Sa place est à mes côtés.

— D'ailleurs, lança Agamemnon, pourquoi devrions-nous croire les Troyens sur parole, alors que l'histoire nous prouve que ce serait une erreur? Télamon a conquis Hésione par les armes. S'il devait la conserver de la même manière, il aurait tout notre soutien.

Anténor et Anchise repartirent donc à Troie, non sans avoir dit à Télamon qu'il n'aurait pas dû écouter les conseils de l'ambitieux roi des Grecs.

Ménélas revint de Salamine le cœur lourd, pour apprendre qu'en son absence la peste avait frappé Sparte. Hélène avait fait tout ce qui était en son pouvoir pour empêcher le peuple de paniquer. Mais les morts s'étaient entassés et, très vite, la contagion avait gagné les quartiers pauvres de la ville. Craignant pour sa famille comme pour son royaume, Ménélas imposa une quarantaine à la citadelle, et envoya des messagers auprès de l'oracle d'Apollon à Delphes, pour demander quel était le remède à l'épidémie. Au bout de quelques jours, il lui fut répondu qu'il devait trouver les tombes d'un loup et d'une chèvre qui étaient frères, et y faire des sacrifices.

Les prêtres et les conseillers du roi, perplexes, s'efforcèrent de trouver la solution de cette énigme. Pour finir, après avoir passé des heures à consulter les tablettes d'argile contenues dans les archives du temple, un jeune prêtre y parvint.

— Autrefois, déclara-t-il, Prométhée, bienfaiteur des hommes pour qui il avait volé le feu, avait eu deux fils de la Harpie Celænon. Elle les appela Lycos et Chimaerée, le loup et le bouc. Ils avaient servi Apollon Sminthée, le dieu-souris, celui qui répandait la peste, mais pouvait aussi la guérir.

— Et où trouver leurs tombes ? demanda Ménélas.

— Au-delà de la mer Égée, à Sminthe, dans le royaume de Troie.

Le roi leva les bras au ciel :

— Parfois, j'ai vraiment l'impression que les dieux jouent avec nous ! Ce n'est vraiment pas le moment d'aller là-bas !

La nuit venue, il se retourna si longtemps dans son lit qu'Hélène ne put dormir non plus :

— Veux-tu que je demande à Polydamna de te préparer une potion qui te fera dormir ? demanda-t-elle.

— Non. Pardonne-moi, mais je dois penser à beaucoup de choses.

Elle posa la main sur son épaule :

— Dis-moi quoi, alors.

— Dors !

— Si quelque chose te préoccupe, autant le partager avec moi.

— On a déchiffré l'énigme de l'oracle. Sparte ne pourra être délivrée de la peste que si des sacrifices sont offerts à des tombeaux qui se trouvent près de Troie. Et je dois les accomplir moi-même.

— Donc, tu dois te rendre là-bas.

— Oui.

— Je viendrai avec toi.

— Non. Je veux que tu restes ici, à veiller sur Hermione et sur la cité.

— Elle peut venir avec nous, et nous avons des conseillers qui peuvent s'occuper de Sparte.

— Je ne peux t'emmener avec moi.

Comme elle insistait, sentant qu'il ne lui disait pas tout, Ménélas finit par déclarer que le voyage était périlleux.

— Alors, nous partagerons les dangers! s'écria Hélène qui, comme il refusait encore, ajouta: Qu'est-ce que tu ne veux pas me dire?

Il resta silencieux un moment, ne tenant pas à l'alarmer. Mais il voulait aussi partager ses inquiétudes; aussi finit-il par répondre:

— J'ai peur qu'une guerre n'éclate entre la Grèce et Troie.

— Et pourquoi?

— Il y a bien des raisons. Priam est furieux de l'arrogance de Télamon. Troie est une proie tentante. Et les hommes sont des niais qui croient qu'il est plus glorieux d'incendier une ville que de cultiver leurs champs. Peut-être les dieux se sont-ils lassés de la paix, et veulent-ils un peu de guerre.

— Ou est-ce ton frère qui la désire?

Ménélas préféra ne pas répondre:

— Tout ce que je sais, c'est que la guerre est dans l'air. Le moindre incident servira de prétexte, et toute la côte orientale s'enflammera.

— Pourquoi ne m'as-tu rien dit de tout cela avant?

— Je n'en étais pas trop sûr, et je ne voulais pas t'inquiéter.

— Mais maintenant, tu en es certain.

— Non, non. Mais tu as raison, évidemment. Depuis qu'Agamemnon est devenu roi de toute la Grèce, son appétit de pouvoir ne fait que croître. Je ne m'en suis vraiment rendu compte qu'en le rencontrant à Salamine. Il convoite la côte orientale. Jusqu'à présent, il s'est borné à des raids de piraterie, mais c'est Troie qu'il veut.

— La Grèce ne lui suffit pas? lança Hélène, indignée.

— Apparemment, non. Fort heureusement, il ne peut prendre Troie à lui seul, et il n'est pas sûr de pouvoir compter sur le soutien des autres. Bien sûr, Télamon et ses fils se joindraient à lui, Palamède serait tenté par le butin... mais cela ne suffirait pas.

— Et toi?

— S'il y avait une guerre, je serais bien contraint d'y engager les forces de Sparte.

— Et si l'oracle exige que tu te rendes à Troie en un tel moment?

— Alors je ne pourrais t'emmener avec moi, soupira Ménélas.

— Tu t'y rendrais en armes, avec des navires et des soldats?

— C'est ce que ferait Agamemnon. Mais cela déclencherait la guerre que je veux éviter.

— Et que comptes-tu faire?

— Je n'en sais rien. Rien du tout.

— Alors, tu devrais dormir, répondit-elle en lui caressant la joue.

Elle le fit s'étendre et l'enlaça, mais aucun ne put trouver le sommeil. Au bout d'un moment, elle dit:

— Que te dirait Ulysse, s'il était là?

Ménélas réfléchit:

— Anténor sait que je ne veux pas la guerre. Anchise n'en veut pas non plus. Je crois donc qu'Ulysse me conseillerait d'aller à Troie de manière à pouvoir parler avec eux.

— Mais comment?

— La simple franchise pourrait suffire, dit-il en comprenant d'un coup. Bien sûr! Il faut que je me rende à Troie en suppliant, sans armes, en simple pèlerin obéissant aux dieux. Oui! J'en suis certain!

Il se redressa et la serra dans ses bras:

— Que ferais-je sans toi?

— Et moi donc? Mais tu es sûr que c'est la bonne méthode?

— Absolument. Et je reviendrai à Sparte dès que possible.

— Mais les dangers...

— Le meilleur moyen de les éviter, c'est de ne pas les provoquer. J'aurais dû m'en rendre compte plus tôt! Tout ira bien, je te le promets.

Ménélas finit par s'endormir. Mais Hélène resta longtemps éveillée, consciente des ténèbres qui les entouraient, craignant qu'en dépit des assurances de son époux, le monde autour d'eux ne changeât trop vite pour que ni lui, ni elle puissent jamais espérer suivre.

À Troie, Priam avait de nouveau convoqué son conseil. Ayant écouté Anténor et Anchise faire le récit de leur mission, il dit:

— Je suis tenté d'accepter l'invitation de Télamon! S'il refuse l'or de la rançon, il aura le bronze de nos épées! Combien de temps faut-il pour que notre flotte soit prête à attaquer Salamine?

— Quelques mois, répondit son fils Hector, mais il faut y réfléchir. Troie a toujours eu le génie de la paix, non de la guerre. Si Agamemnon vient au secours de Télamon, il y aura peut-être plus à perdre qu'à gagner.

— Hésione est captive depuis plus de vingt ans! lança Priam. Combien de temps resterons-nous là sans rien faire pour lui venir en aide?

— Je ne doute pas du courage de mon frère, intervint Déiphobe, mais il se montre trop prudent. Nous autres Troyens savons nous battre aussi bien que les autres, et nos amis seront avec nous. Les pirates achéens attaquent nos côtes depuis trop longtemps!

— On peut monter une expédition contre eux, dit Anténor, mais je crains qu'elle ne mène qu'à la guerre. Je sais que le roi s'inquiète pour sa sœur, mais il ne doit pas oublier que Télamon la tuera plutôt que la lui rendre.

— Anchise, dit Priam, tu étais à Salamine. Crois-tu que ce soit vrai?

— Télamon est une tête brûlée, pour qui la vie d'Hésione compte peu. Souviens-toi qu'il a déjà pillé Troie, et sa voix montrait assez qu'il croit pouvoir recommencer.

— Alors, qu'il essaie ! s'écria Déiphobe. Il verra que les choses ont changé !

— Il en meurt d'envie, répondit Anténor – et Agamemnon aussi. Et si Agamemnon vient, son frère viendra également, et ils ne seront pas seuls.

— Si Agamemnon veut la guerre, il trouvera tous les prétextes qu'il faut, grommela Priam. Le destin de ma sœur l'indiffère. Il sait que Troie est riche, que nous sommes maîtres de la côte orientale et contrôlons les routes commerciales vers l'est. Autant de raisons pour lui d'envoyer tôt ou tard ses navires.

— Si la guerre doit venir, déclara Déiphobe, autant que nous frappions les premiers !

Hector se tourna vers Anténor :

— Tu disais croire que Ménélas n'était pas très enthousiaste à l'idée d'entrer en guerre ?

— Le roi de Sparte est trop heureux de rester chez lui, au lit avec Hélène.

Presque tous les membres du conseil sourirent – mais pas Hector :

— Alors, peut-être pourrions-nous discuter avec lui ?

— Plus facilement qu'avec Agamemnon, en tout cas ! soupira Anchise.

— Mais Télamon ne voudra pas entendre raison, déclara Priam, et, de toute façon, Ménélas suivra son frère si la guerre éclate. La question est donc : maintenant ou plus tard ?

— Il y a peut-être une autre solution, dit une voix.

Toutes les têtes se tournèrent vers Pâris, appuyé contre un pilier. Il souriait. C'était la première fois qu'il prenait la parole au conseil, mais il en suivait les réunions depuis des mois, et avait écouté les débats avec la plus grande

116

attention – tout en apprenant à lire et à écrire. Et si, pour les autres, la Grèce était comme l'orage au-dessus de la cité, pour lui elle était chargée d'espérances.

— Je sais que notre père apprécie ton opinion, lança Déiphobe, mais nous ne discutons pas de taureaux !

— Calme-toi, cousin, dit Énée, et laisse le roi écouter ton frère.

— Notre père a raison de préparer la flotte à la guerre, commença Pâris. Mais, en attendant qu'elle soit prête, pourquoi ne pas me laisser partir vers l'ouest, et voir si je ne pourrais m'emparer d'une princesse grecque que nous pourrions échanger contre Hésione ? Télamon ne veut pas écouter, mais il devra bien tenir compte de ses amis, qui feront pression sur lui. De cette façon, nous pourrions sauver la sœur de notre père, tout en nous préparant à la guerre contre Agamemnon, si jamais elle éclate. Et qui sait, peut-être pourrions-nous même l'éviter ?

Hector sourit :

— Cela me paraît un plan très habile.

— Et tout à fait adapté à ses talents ! dit Énée en éclatant de rire. Quand les Grecques le verront, elles se battront à qui sera enlevée la première ! Je suis même tenté de l'accompagner pour voir tout cela !

— Alors, qu'il en soit ainsi, déclara Priam.

Il se tourna vers Anténor :

— Convoque Phéréclos, le constructeur de navires. Je veux qu'une flotte de guerre soit prête avant la fin de l'été pour une attaque contre Salamine. Mon fils Pâris montera à bord du premier bâtiment construit.

Quinze jours plus tard, Pâris était sur le rivage, vêtu d'un simple pagne, à travailler avec les charpentiers à la fabrication de son vaisseau. À côté de lui, Phéréclos contemplait avec satisfaction la figure de proue qu'un tailleur de bois lui avait livrée le matin même.

117

— Elle ne sera jamais aussi belle que la déesse elle-même, dit-il, mais c'est l'Aphrodite la plus réussie que j'aie vue depuis longtemps.

Comme Pâris ne répondait pas, l'homme se tourna vers lui et constata que le jeune homme regardait ailleurs. Un navire entré dans l'Hellespont, après avoir amené les voiles, avançait aux avirons, faisant osciller les petits bateaux de pêche dans son sillage.

Phéréclos mit la main en visière :

— Il est grec, mais ce n'est pas un vaisseau de guerre. Qu'est-ce que ça peut bien être ?

S'approchant, le vaisseau accosta tout près d'eux. Le cœur de Pâris se mit à battre quand il lut les mots peints au-dessus de l'œil ornant la proue écarlate : *Hélène de Sparte*.

Il tomba à genoux, sans même s'en rendre compte, pressa la main contre ses lèvres, puis toucha celles de la figure de proue, où la déesse, étendue dans un char à bœufs, donnait le sein à Éros. Fermant les yeux, l'esprit en feu, Pâris lui adressa en silence une prière de gratitude.

Regardant de nouveau le navire qui venait d'arriver, il vit un homme de haute taille, vêtu d'une tunique de lin blanc, près de la poupe, s'éventer avec un chapeau en contemplant le rivage. Il était roux ; en cette fin d'après-midi, sa chevelure flamboyait.

Tous les ouvriers avaient posé leurs outils et regardaient le vaisseau avec un mélange d'admiration et d'inquiétude. Quelques-uns s'étaient tournés en direction de la cité, dont un groupe de cavaliers armés franchissait déjà les portes.

— Que vient faire un navire grec à Troie ? demanda Pâris d'une voix forte.

— Je viens en suppliant ! répondit l'homme roux.

Pâris aperçut la longue cicatrice sur la joue de l'inconnu :

118

— Tu viens implorer le pardon pour les villes que tu as pillées et incendiées?

— Non, mon ami, dit l'homme en souriant. Je ne suis pas un pirate. Mon nom est Ménélas, roi de Sparte.

Il eut un regard furtif en direction des cavaliers qui approchaient.

— Tu es le mari de la femme dont ton bateau porte le nom?

— J'ai cet honneur.

— Et la jalousie des autres!

Ménélas s'inclina et eut un petit sourire:

— Mon épouse sera flattée d'apprendre que la rumeur de sa beauté a voyagé aussi loin.

— Si tu vis assez longtemps pour l'en informer, répondit Pâris d'un ton léger. Tu ne nous as toujours pas dit pourquoi tu venais.

— Je viens au nom de l'oracle de Delphes. Mon royaume est frappé par la peste, et il n'en sera débarrassé que lorsque j'aurai fait des sacrifices sur les tombes de Lycos et Chimaerée. On me dit qu'elles se trouvent en pays troyen, non loin de l'autel d'Apollon à Sminthée.

Pâris se sentit pris de remords en pensant à Œnone et à l'autel de son père Cébren, où elle et lui s'étaient rendus bien des fois.

— Je connais l'endroit, répondit-il. J'élevais des taureaux non loin de là.

— Alors, les dieux sont avec moi! Conduis-moi là-bas, bouvier, et je te paierai grassement, à la fois pour m'avoir guidé et pour le sacrifice de tes meilleures bêtes!

— Il te faudra d'abord obtenir la permission de mon père, dit Pâris en souriant.

— C'est lui? demanda Ménélas en montrant Phéréclos de la main.

— Non. Lui, c'est Phéréclos, fils de Tecton, le meilleur constructeur de navires d'Asie. Mon père est

Priam, roi de Troie. Et ceux-là, ajouta Pâris en désignant les cavaliers qui s'approchaient, sont les membres de sa garde, venus t'arrêter.

Ménélas leva les bras au ciel :

— Pardonne-moi mon erreur, ô prince ! Elle est de bonne foi, encore que j'aurais pu deviner ton rang à la noblesse de ton allure. Peux-tu leur dire que je viens en paix, et sans armes ?

— Tu le jures ?

— Oui.

— Sur la vie de ton épouse ?

— C'est un serment redoutable ! Mais oui, sur la vie de mon épouse.

— Alors, considère que tu es sous ma protection, ami. Mon nom est Pâris, bien que certains m'appellent Alexandre. Sois le bienvenu à Troie.

Après avoir remercié les dieux par une courte prière, Ménélas sauta par-dessus bord et gagna le rivage. Il tendait la main à Pâris quand les cavaliers arrivèrent, conduits par Antiphas, coiffé d'un casque à plumet, qui lança une mise en garde au nouveau venu.

— Mon frère, dit Pâris en souriant, nous avons l'honneur de recevoir le roi de Sparte. Avant que tes hommes ne perdent leur sang-froid, dis-leur de mettre pied à terre et de tirer sur la plage ce superbe navire. Ménélas est sous ma protection. Sa personne est sacrée, à la fois comme hôte de ma maison et comme suppliant des dieux.

Fidèle à sa parole, Pâris conduisit Ménélas dans les appartements qu'il occupait au palais, et prit soin de servir d'intermédiaire entre lui et ses frères, qui se montraient courtois mais méfiants. Le lendemain, il le conduisit devant le roi Priam, à qui le souverain de Sparte expliqua les raisons de sa venue.

— Apollon est grandement révéré à Troie, répondit Priam d'un ton grave. Si son oracle t'envoie ici, fils d'Atrée, sois le bienvenu parmi nous. Le lieu saint que tu cherches se trouve en Dardanie, sur les terres que gouverne mon royal cousin Anchise, que tu as déjà rencontré à la cour de Télamon. Il a bonne opinion de toi, et nous accordons la plus grande valeur à ses sages conseils. Sans doute son fils Énée te conduira-t-il jusqu'aux tombes.

— J'en serai ravi, dit Énée, et Pâris nous aidera à choisir les taureaux pour le sacrifice.

— Nous te les offrirons, déclara Priam. Maintenant, Spartiate, toi et moi avons à discuter d'autres choses. Ma sœur nous a été arrachée il y a bien longtemps, et elle veut revenir chez nous. Télamon refuse d'entendre ses prières, comme nos propositions de rançon, mais il écoute ton frère. Ne crois-tu pas qu'il serait bon qu'Agamemnon et moi ayons le même point de vue sur la question ?

— Mon épouse a elle-même été enlevée autrefois, répondit Ménélas, et nous comprenons les souffrances de ta sœur comme tes inquiétudes.

— Nous aideras-tu ?

— Télamon est certain d'être dans son droit.

— Comme du pouvoir des armées de ton frère.

— Je suis certain, dit Ménélas en souriant, que le roi de Troie, lui aussi, protège ses alliés.

— En effet, si le besoin s'en fait sentir. Crois-tu que ce sera nécessaire ?

Ménélas réfléchit un instant :

— Les querelles de Télamon ne sont pas de nature à me préoccuper pour le moment. Je ne pense qu'au bien-être de ma famille et de mon royaume, qui est ravagé par la peste.

— Mais si Agamemnon partait en guerre, lança Déiphobe, resterais-tu au lit avec ton épouse ?

— Le roi de Sparte est notre invité ! intervint Pâris. Il a droit à notre courtoisie ! Je suis certain qu'il serait prêt, autant que moi, à venir en aide à son frère.

121

— Comme moi à ma sœur, dit Priam. Nous combattrons tous pour notre cause, s'il le faut. Roi Ménélas, Troie est depuis longtemps un royaume pacifique, mais ne va pas douter de notre résolution ! Quand tu retourneras en Grèce, dis à ton frère que tu as vu que Troie était une cité puissante, qui préfère les solutions raisonnables aux conflits. Mais dis-lui aussi qu'elle n'hésitera pas à se servir de sa puissance si la raison échoue.

— Alors, espérons qu'elle prévaudra, avec l'aide d'Apollon. Tel est mon vœu le plus sincère.

— Je vois que notre fils Pâris a eu raison de devenir ton ami ! Tu as été courageux de venir ici sans armes. Qu'Apollon le guérisseur te prenne sous sa protection, et qu'il accepte tes sacrifices !

Ce soir-là, un banquet fut offert au roi de Sparte, mais il mangea peu et ne but que de l'eau, afin de rester pur pour le sacrifice qu'il allait offrir. Étant parfaitement sobre, il sut répondre avec bonne humeur aux quelques piques qu'on lui lança, comme aux nombreuses remarques sur la beauté de son épouse.

— Est-il vrai, demanda Énée, comme le disent les bardes, qu'elle est née d'un œuf de cygne ?

— C'est aussi vrai que ce qu'ils disent de ton père, répondit Ménélas : aveuglé par Aphrodite pour s'être vanté d'avoir été son amant !

— Donc tu ne crois pas que je sois fils d'Aphrodite ?

— Pas plus que je ne crois qu'Hélène soit fille de Zeus.

— Bien répondu, Spartiate, intervint Hector. Mais, comme tu vois, moi aussi j'ai une épouse désirable, et il y a beaucoup de belles femmes dans notre cité. J'oserai même dire que l'Asie a beaucoup de choses à apprendre à la Grèce en ce qui concerne les arts de l'amour. Ne serais-tu pas tenté, cette nuit, de mettre à l'épreuve les talents de l'une de nos beautés troyennes ?

Et il eut un geste en direction d'un groupe de jeunes femmes assises non loin de là, qui se levèrent aussitôt en souriant.

— Une offre bien tentante, ami, répondit Ménélas, mais, sans vouloir aucunement t'offenser, tu comprendras que ma condition de suppliant n'est pas la seule raison que j'aie de refuser.

— Quand on est l'époux d'Hélène, on ne peut en vouloir d'autre dans son lit, dit Pâris en buvant une gorgée de vin épicé. J'aimerais vraiment pouvoir contempler une telle beauté.

— Alors, il faut qu'un jour tu viennes à Sparte, et je te recevrai de façon aussi princière que vous m'avez reçu ici ! Je suis sûr que mon épouse sera heureuse de te remercier de m'avoir pris sous ta protection. Elle redoutait que je sois accueilli un peu froidement, ici.

Cassandre avait jusque-là écouté en silence ce que disaient les hommes. Elle se leva brusquement, vacilla un instant, une main contre la tempe, puis lança :

— Froidement ? C'est la chaleur des flammes qui attend l'hôte de Troie ! Je les ai vues se tortiller comme des serpents en sortant d'une bouche qui avait tété une ourse ! Je les ai vues franchir les portes et les fenêtres !

Andromaque et ses suivantes l'emmenèrent, mais elle hurlait toujours en se débattant :

— Prends garde, roi de Sparte, sinon un serpent te volera ton cœur et mettra le feu au monde !

Hector vit Ménélas faire le signe contre le mauvais œil et se hâta de le rassurer :

— Il te faut pardonner à ma sœur. Depuis qu'Apollon a refusé qu'elle soit sa prêtresse, elle a l'esprit dérangé. Je te supplie de ne tenir aucun compte de ses propos. Ce sont simplement des absurdités, comme elle en profère souvent.

Ménélas avait vu que la jeune fille ne paraissait pas normale et, bien que secoué par cet éclat, n'y attacha pas grande importance.

— Ma famille aussi a connu la folie en son temps ! Il est inutile que tu t'excuses.

Mais la bonne humeur qui avait régné toute la soirée avait disparu. Au bout d'un moment, le roi de Sparte bâilla et se leva :

— Il faut me pardonner, amis, mais il se fait tard. Demain, je dois accomplir mes devoirs sacrés, et j'ai grand besoin de sommeil.

— Viens, dit Pâris, je vais t'accompagner. Demain, je te montrerai à quel point notre terre est belle. Et qui sait ? Peut-être qu'un jour, tu me rendras la pareille.

Cette nuit-là, pourtant, Pâris eut du mal à trouver le sommeil.

Depuis qu'Aphrodite lui avait promis qu'il conquerrait Hélène, il avait chaque jour fait des offrandes à la déesse, en les accompagnant d'une fervente prière. À première vue, il était donc certain qu'elle avait provoqué la venue de Ménélas à Troie. Mais plus il en venait à connaître le roi de Sparte, plus il le trouvait sympathique, et moins il se sentait sûr de lui.

À l'origine, Ménélas n'était pour lui qu'un simple nom – celui, d'ailleurs, d'un probable ennemi de Troie. L'idée de lui voler sa femme ne présentait donc aucune difficulté. Mais le roi et lui n'étaient plus des étrangers l'un pour l'autre, et il lui devenait impossible de ne pas admirer et respecter un homme aussi noble, venu en suppliant à Troie.

Le lendemain, en fin de journée, après qu'ils furent partis à cheval vers les terres entourant le mont Ida, une solide amitié les unissait. Ménélas écouta Pâris lui raconter sa vie de bouvier, et salua le courage avec lequel il avait mis en fuite une bande de voleurs de bétail. Puis le roi de Sparte évoqua les années noires de son enfance, au milieu des sanglantes querelles de la maison des Atrides. Pâris, après l'avoir aidé à choisir les taureaux pour le sacrifice, se demanda donc comment, en toute conscience, il pourrait jamais trahir la confiance d'un homme aussi généreux. Et pourtant, comment faire autrement, s'il voulait posséder la femme dont le visage l'obsédait ?

Il avait donc bien des raisons de ne pas accompagner Ménélas jusqu'à l'autel d'Apollon à Sminthée – la principale étant, bien entendu, qu'il ne tenait guère à rencontrer Œnone. Depuis son arrivée à Troie, il avait plus d'une fois songé à lui envoyer un message, sans jamais s'y décider. Il lui devenait de plus en plus difficile de penser à elle. Son souvenir s'estompait toujours devant le visage d'Hélène. La vérité est que Pâris avait changé de vie comme un serpent de peau, et que songer aux gens avec qui il avait vécu autrefois – et en particulier à Œnone – le mettait mal à l'aise. Soupçonnant que l'amour qu'elle avait pour lui était plus durable que le sien, il se dit que mieux valait ne pas la revoir. Il prétexta donc vouloir passer un peu de temps en compagnie de son père adoptif Agélaos et des amis de sa jeunesse, laissant Énée servir de guide à Ménélas. Puis il se rendit au palais d'Anchise, à Lyrnessos, sous le mont Ida, pour y attendre les deux hommes.

Ce soir-là, il dîna seul en compagnie du roi dardanien. Mais, après quelques échanges de courtoisie, un tel silence se fit entre eux que Pâris se demanda si Anchise ne se montrait pas méprisant. Après tout, il n'avait été qu'un bouvier sur les terres du vieil aveugle. Priam l'avait accueilli avec chaleur, et ordonné à Troie tout entière de faire de même, mais ici, en Dardanie, Pâris ne semblait à l'aise ni au palais royal ni parmi ses compagnons d'autrefois.

Le repas terminé, Anchise se lavait les mains quand, brusquement, il se tourna vers Pâris et lui dit :

— Viens donc ici, mon garçon, que mes mains prennent la mesure de ton visage.

Le jeune homme obéit, non sans appréhension, s'assit et resta silencieux tandis que les doigts du vieillard suivaient les contours de sa face, s'attardaient sur ses paupières ou les lignes de sa bouche. Jamais il n'avait eu le sentiment d'être examiné d'aussi près, et il dut réfréner l'envie de s'enfuir, tant il sentait que tous ses secrets étaient mis à nu.

— Ce qu'on dit est donc vrai ! Les dieux t'ont accordé une grande beauté, mon garçon. Mais un tel présent s'accompagne aussi d'un destin.

— Chaque homme doit affronter le sien.

Anchise acquiesça de la tête :

— On me dit aussi que tu t'es consacré à Aphrodite.

— Il faut bien choisir.

Là encore, il y eut un long silence. Le vieillard chercha le bâton orné d'or qu'il avait laissé contre le mur ; Pâris voulut l'aider, mais le roi eut un geste pour le repousser. Ayant trouvé l'objet, il resta assis, les deux mains sur le pommeau, menton posé sur elles.

— Dans ma jeunesse, dit-il doucement, moi aussi je me suis abandonné à Aphrodite.

Pâris attendit la suite. L'espace d'un moment, Anchise parut perdu dans ses pensées, comme si le passé était pour lui plus vivant que le présent. Puis il se tourna vers son hôte :

— Et comme tu peux t'en rendre compte, j'ai eu affaire à une maîtresse redoutable. Je ne souhaite pas qu'elle t'aveugle aussi.

Ne sachant trop que répondre, le jeune homme dit :

— Je crois qu'elle me veut du bien.

— Peut-être. Mais souviens-toi : il y a plus d'une manière d'être aveugle.

— Alors je m'efforcerai de garder les yeux ouverts, lança Pâris d'un ton aussi léger qu'il put.

Mais le vieux roi ne sourit pas.

— Est-ce qu'au moins tu m'écoutes, mon garçon?

— Oui.

— Alors, écoute ce que je n'ai pas voulu écouter quand j'étais aussi jeune que toi, et tout aussi sûr de mon propre destin. Sers donc Aphrodite, si tel est le tien, et sers-la bien. Mais souviens-toi qu'elle n'est pas seule parmi les dieux. Évite les extrêmes : telle est la sagesse d'Apollon. Jamais d'excès, même par déférence pour la déesse qui t'a choisi.

Il y eut un silence rompu seulement par le crépitement des bûches dans le feu.

— M'entends-tu? répéta Anchise.

— Oui, mon oncle.

— M'entends-tu? M'entends-tu vraiment?

La conversation en resta là. Au bout d'un moment, sans s'excuser, le vieil aveugle se leva, appela un serviteur et gagna sa chambre.

Pâris resta longtemps seul, à ruminer et à boire beaucoup trop. Il se sentait d'humeur noire, et rempli de doutes sur le destin qu'Aphrodite lui avait promis.

Le lendemain soir, Ménélas arriva au palais en compagnie d'Énée, après avoir accompli les sacrifices devant les tombeaux de Lycos et de Chimaerée. Les signes indiquaient qu'Apollon avait accepté ses offrandes et, bien qu'épuisé, le roi de Sparte exultait. Les trois nouveaux amis célébrèrent l'événement par un banquet au cours duquel, tout en faisant honneur aux plats qu'on leur servait, ils rirent et burent beaucoup. C'est alors qu'Anchise, resté silencieux, frappa le sol de son bâton et demanda à son barde de chanter l'épopée de Troie.

Énée eut un regard d'excuse à l'adresse de leur invité, puis dit qu'à l'issue d'une journée aussi fatigante, ce chant serait peut-être un peu trop long et solennel. Mais le roi s'obstina et Ménélas, courtoisement, déclara qu'il serait heureux de connaître l'histoire de Troie.

Le chant racontait que le pays au sud de l'Hellespont avait d'abord été colonisé, sous l'égide d'Apollon, par l'Athénien Teucer. Puis Dardanus, venant d'Arcadie, avait bâti une ville au pied du mont Ida. Son petit-fils Tros avait donné son nom à la région, et son propre fils, Ilos, avait apporté le Palladium – la très vieille statue d'Athéna Pallas – sur la colline d'Ate, où avait été érigée la citadelle d'Ilion, enceinte sacrée autour de laquelle la noble cité de Troie s'était développée. Le barde raconta ensuite comment Poséidon, celui qui fait trembler la terre, avait puni de son impiété le roi Laomédon en détruisant la ville, qu'Héraclès et Télamon avaient ensuite pillée. L'œuvre prenait fin par un hommage au roi Priam et à son royal cousin Anchise, qui avaient rendu à la cité sa gloire et sa richesse.

— J'ai bien tenté de mettre en garde Laomédon, soupira le roi une fois que le barde en eut terminé. Mais il n'a rien voulu entendre. Nous autres Dardaniens sommes des gens pacifiques et, si nous savons combattre pour une juste cause, nous préférons chasser et élever nos taureaux. J'ai déjà senti l'odeur de la mort dans une ville en flammes, et je ne tiens pas à recommencer.

— Alors, espérons que cela n'arrivera jamais, dit Ménélas en levant sa coupe.

— Mais Télamon, ce sot prétentieux, vit toujours, répliqua Anchise d'un air sombre. Et il n'est pas l'ami de Troie – pas plus d'ailleurs que ton frère. Écoute-moi bien, Ménélas : quand Anténor et moi étions à Salamine, je vous ai écoutés, Agamemnon et toi. Des deux fils d'Atrée, je suis convaincu que tu es le plus sensible à la raison. Si seulement c'était toi qui occupais le trône de Mycènes !

— Mon frère sait que je suis satisfait d'être roi de Sparte, répondit Ménélas d'un ton un peu hésitant.

— Mais il ferait bien d'écouter tes conseils ! D'autant plus que, désormais, tu nous connais, et que tu as vu notre puissance. Pensons-y ensemble, mon ami. Mon cousin Priam a beaucoup d'affection pour sa sœur, à qui il doit la vie, au point de ne songer à rien d'autre. Ne te semble-t-il pas, comme à moi, que si Priam et Agamemnon sont laissés à eux-mêmes, ils nous conduiront à une guerre que ni toi, ni moi, ni personne, ne désire ?

— À quoi penses-tu ?

Anchise se tut un instant avant de répondre :

— Mon fils Énée et mon neveu Pâris ont proposé de se rendre en Grèce. Ne pourraient-ils pas s'appuyer sur l'amitié qui nous unit ? Si tu parles à Agamemnon, comme moi à Priam, l'un et l'autre pourraient accepter de reconnaître en eux les ambassadeurs de la paix et de la prospérité.

Ce fut au tour de Ménélas de réfléchir avant de répondre. Il savait qu'Hélène redoutait la guerre, et il ne faisait aucun doute que Sparte aurait besoin d'une période de paix pour se remettre de la peste. Il avait été généreusement reçu à Troie, était en peu de temps devenu l'ami de Pâris et d'Énée, avait beaucoup d'admiration pour Priam et de respect pour le jugement d'Anchise. Et, au plus profond de lui-même, il ne voulait que régner sur un royaume pacifique, aux côtés de la femme qu'il aimait plus que tout.

— Je crois que toi et moi sommes du même avis, finit-il par dire. À mon retour, je parlerai avec Agamemnon et lui dirai avec quelle chaleur et quelle sagesse j'ai été accueilli ici. Je puis assurer Pâris et Énée qu'ils seront reçus avec allégresse à Sparte. Nous verrons bien ce qui se passera quand je les présenterai en ambassadeurs à mon frère.

— Alors, espérons que ta jeunesse et ta vigueur auront plus de succès qu'Anténor et moi-même.

Énée leva sa coupe pour saluer ces espoirs. Les autres se joignirent à lui, puis le vieux roi se retira et, bien que les trois jeunes gens fussent déjà passablement ivres, Énée insista pour qu'on apporte encore du vin. Encore plus éméchés, ils étaient prêts à se jurer une amitié éternelle.

— Venez donc en Grèce, et je vous montrerai... je vous montrerai... dit Ménélas d'une voix pâteuse.

En clignant de l'œil vers Pâris, il ajouta :

— Dis-moi, séduisant ami, qu'est-ce que tu aimes le plus au monde ?

— Les taureaux ! s'écria Énée en gloussant. Les taureaux !

— C'était il y a longtemps ! protesta Pâris.

— Mais tu les aimes toujours ! rétorqua Énée. Ménélas, tu aurais dû le voir hier, caresser ces monstres ! S'il y en a à dompter en Grèce, c'est l'homme qu'il te faut !

— Je crois qu'il s'intéresse davantage aux femmes ! dit Ménélas en éclatant de rire.

Énée se tourna vers Pâris :

— Cela me fait penser qu'hier, nous avons rencontré une bien jolie personne sur les bords du Scamandre. Elle a demandé de tes nouvelles... J'ai oublié son nom, mais elle t'appelait Alexandre. Tu te souviens d'elle ? Ou bien en as-tu trop séduit pour te rappeler ?

— Œnone. Son nom est Œnone.

— C'est donc le premier cœur que tu aies brisé ! dit Énée d'un ton faussement sévère. Et tu lui as laissé un souvenir : elle est enceinte.

Voyant Pâris blêmir, il ajouta gaiement :

— Ne t'inquiète pas, ce ne sera pas le premier enfant sans père de Dardanie ! Tu en laisseras sans doute bien d'autres dans ton sillage, comme ton père avant toi. Je parie que tous affirmeront être fils d'un dieu !

Ménélas et lui se mirent à rire, tant leur ami paraissait déconfit.

— Oh, nous avons dû toucher au vif, reprit Énée. Je parie que c'était son premier amour !

— Est-ce vrai ? demanda Ménélas à Pâris.

Celui-ci détourna le regard :

— C'est le bouvier qui l'aimait, pas le prince.

— Et le prince en aura bien d'autres ! lança Énée. Que peut-on attendre d'autre de la part d'un dévot d'Aphrodite ?

— La Dorée ! dit Ménélas en souriant. Elle a bien des pouvoirs, je te l'accorde, mais tu peux t'y brûler. Si tu es sage, tu suivras mon exemple. Je sers Héra et Athéna, et j'en ai tiré de grandes satisfactions. Trouve-toi une bonne épouse, dès que tu le pourras. La fortune d'un homme n'a pas de fondement plus sûr.

— Tu peux parler ! s'exclama Énée. Tu fais l'envie du monde entier ! Chacun serait ravi de savoir qu'Hélène l'attend dans sa couche nuptiale. Pas vrai, Pâris ?

— Si tout ce qu'on dit d'elle est vrai !

— C'est tout à fait vrai ! dit Ménélas en souriant. Je pourrais vous chanter ses louanges toute la nuit, si vous étiez assez patients. Mais les mots ne sauraient traduire sa beauté, et vous serez bientôt à Sparte pour en juger par vous-mêmes !

Il contempla sa coupe de vin, comme s'il y voyait le reflet de son épouse :

— En fait, je suis si sûr que vous trouverez que c'est la plus belle femme du monde que je serais prêt à parier ma vie et mon bonheur !

— Mais ne serait-ce pas perdre Hélène elle-même ? intervint Énée.

— Tout à fait ! s'écria Ménélas, rayonnant.

Et, par-dessus sa coupe, ses yeux se posèrent sur Pâris, avec la sérénité de l'homme qui se sait privilégié entre tous les favoris des dieux.

L'ambassade troyenne

Les semaines précédant son départ pour Sparte furent très éprouvantes pour Pâris. Tout commença le lendemain du jour où Ménélas avait procédé aux sacrifices devant les tombeaux des fils de Prométhée. Plutôt que de rentrer directement à Troie, Énée suggéra d'emmener leur hôte chasser dans les montagnes idéennes, où les sangliers abondaient. Effectivement, ils en trouvèrent un, énorme, aux longues défenses, aussi agile que massif. Le temps qu'ils remontent le ravin où leur meute l'avait débusqué, l'animal avait éventré deux chiens, piétiné un troisième et terrorisé les autres. Les deux Troyens invitèrent Ménélas à procéder à la mise à mort mais, comme il levait sa lance, le sanglier feinta et disparut dans les fourrés.

Au-delà se dressait une muraille rocheuse très abrupte, qui l'empêchait de fuir plus avant. Énée appela les deux chiens qui leur restaient, mais ils avaient trop peur pour obéir. Alors qu'il les tançait, l'animal surgit et se précipita droit vers lui. Le prince perdit l'équilibre, et serait mort éventré si Ménélas, juste à temps, n'avait jeté sa lance, tuant la bête qui s'effondra dans une mare de sang.

Énée s'en tira avec une simple blessure au mollet, et rit en remerciant le roi de Sparte de lui avoir sauvé la vie. Mais Pâris avait suivi le drame et il vit Ménélas déchirer sa tunique pour bander la jambe de son hôte.

Les deux hommes plaisantaient, mais il n'entendit pas leurs paroles ; autour de lui, le jour semblait être tombé d'un coup, tant il sentait que ce dont il avait rêvé était devenu parfaitement impossible. Le Spartiate avait sauvé son ami le plus cher ; il lui devenait donc impossible de le trahir en lui dérobant la femme qu'il aimait plus que tout. Pâris comprit qu'il vivait depuis trop longtemps sur des illusions. Peut-être sa rencontre avec les déesses n'avait-elle été qu'un rêve.

Les trois hommes rentrèrent à Troie le soir même et, deux jours plus tard, le navire de Ménélas reprit la mer. Pâris, quant à lui, s'abandonnait déjà à la frénésie amoureuse. La vie lui refusait ce que, croyait-il, la déesse Aphrodite lui avait offert ? Très bien ! Si Hélène ne pouvait être à lui, il renoncerait à l'abstinence qu'il s'était stupidement imposée, et chercherait le plaisir auprès des autres femmes – qui ne manquaient pas !

Pour ses nouvelles conquêtes, cette fougue devint rapidement encore plus douloureuse que son vœu de chasteté d'autrefois : il s'intéressait rarement à elles plus d'une ou deux nuits, il se lassait vite de leurs plaintes et de leurs larmes. Leur timidité affectée manquait de la totale innocence d'Œnone, qu'il songea un moment à aller retrouver. Mais l'idée de reprendre sa vie d'autrefois parmi les bouviers dardaniens n'avait rien de bien séduisant, maintenant que le monde entier s'ouvrait devant lui. Il préféra donc recourir aux services des courtisanes de la cité, grâce à qui il devint vite un amant hors pair. Il eut avec les épouses de notables de Troie des liaisons dont le caractère secret le ravit un moment, surtout quand il jonglait avec trois femmes différentes dont chacune ignorait tout des deux autres ; mais sa propre duplicité finit par lui inspirer un profond dégoût. De surcroît, il se rendait bien compte que toutes ces imprudences risquaient de lui valoir la haine des maris, et personne n'était à l'abri d'un coup de couteau dans le noir, même le fils préféré du roi Priam.

N'espérant plus rien de la vie, il s'était résigné à s'adonner aux plaisirs sensuels lorsque Andromaque, la femme d'Hector, le prit à part. Elle lui rappela qu'elle avait toujours été de ses amis et s'était réjouie avec Priam et Hécube quand il s'était présenté devant eux. Hector et elle mettaient les plus grands espoirs en lui. Ils étaient donc accablés de le voir gaspiller sa jeunesse et sa vigueur en menant une vie dissolue.

De tels reproches laissèrent Pâris rempli de remords. Il se jura d'agir dorénavant en homme responsable au sein de sa famille, et de s'intéresser de nouveau à la vie publique. Il revint à la cour de son père, assista aux séances du conseil, en essayant de comprendre le complexe réseau de traités et d'accords commerciaux sur lequel reposait la prospérité de la ville. Il devint aussi l'ami du fils d'Hector, le jeune Astyanax, et de son compagnon de jeux Anthéos, fils d'Anténor, le conseiller du roi. Il retrouvait en eux comme un écho de son innocence d'autrefois, et les emmenait en expédition le long des fleuves ou dans les montagnes, leur racontant comment on chassait, comment on combattait les taureaux, ou de quelle manière il avait, enfant, mis en fuite une troupe de voleurs de bétail.

Un jour, vers la fin de l'été, ils l'accompagnèrent ainsi vers le rivage, où il devait discuter une dernière fois avec Phéréclos de son navire, l'*Aphrodite*, désormais presque achevé. La veille au soir, Pâris avait bu trop de vin, et il avait encore très mal à la tête, aussi prit-il peu de plaisir à inspecter un vaisseau qui pour lui n'avait plus grand intérêt – contrairement aux deux gamins qui, grimpés à bord, couraient sur le pont et jouaient aux pirates. Levant les yeux vers la figure de proue, il fut pris d'une vive nostalgie pour le temps où ce navire n'était encore qu'un rêve, et non l'embarcation avec laquelle il partirait pour une tournée diplomatique en Grèce. Au cours des dernières semaines, il avait tenté de chasser de son esprit l'image d'Hélène ; mais le visage sculpté de la déesse semblait le contempler avec un sourire entendu. Il se rendrait à Sparte et verrait la jeune femme, certes. Mais elle serait l'épouse fidèle d'un ami, et resterait ce qu'elle avait toujours été : le rêve inaccessible de son cœur agité.

L'accident survint si rapidement que jamais il ne put, par la suite, savoir comment il s'était produit. Il discutait avec Phéréclos d'une voix forte, pour couvrir le bruit des scies et des marteaux, les charpentiers achevant la construction de la flotte de Priam. Les deux garçons vinrent vers eux, entrechoquant leurs épées de bois et poussant de grands cris. Pâris leur dit de se taire, ils obéirent un moment, mais ne tardèrent pas à recommencer.

Furieux, il donna à Anthéos, le plus proche de lui, un coup plus fort qu'il ne l'aurait voulu. L'enfant tomba du banc duquel il allait sauter, et tomba sur le pont. Il se brisa un bras, tandis que son épée de bois lui pénétra dans l'œil et atteignit le cerveau.

Ahuri, Pâris contempla le corps. Phéréclos et Astyanax avaient les yeux écarquillés.

Chacun savait que la mort d'Anthéos était un accident, mais Pâris en était le responsable. Le jeune garçon était le fils cadet d'Anténor. Ni le conseiller du roi, ni sa femme Théano, prêtresse d'Athéna dans la cité, ne purent se résoudre à rencontrer Pâris après le jour où il leur ramena leur enfant mort.

Accablés par le chagrin, ils furent incapables de lui pardonner et de le laver rituellement de son acte. Or, personne d'autre à Troie n'en avait le pouvoir. Ne pouvant oublier le visage du jeune mort, Pâris passait ses nuits sans dormir, accablé de remords, et les Furies semblaient hurler dans la pénombre qui l'entourait.

Toute sa vie lui paraissait vaine et futile, marquée du sceau de la trahison. Il avait négligé ses parents adoptifs, abandonné Œnone et l'enfant qu'elle portait, joué avec les cœurs de bien des femmes, cocufié nombre de bons citoyens de Troie. Pire encore, il avait désavoué la vision qui auparavant donnait un sens à sa vie, et cela avait provoqué la mort d'un enfant – acte terrible, qui ne pouvait qu'ajouter aux griefs qu'Athéna avait déjà contre lui. Peut-être le prêtre et la prêtresse d'Apollon avaient-ils eu raison, bien des années auparavant : il était maudit depuis sa naissance.

Sa seule pensée réconfortante était qu'Énée et lui partiraient bientôt pour Sparte. Très loin, par-delà l'horizon, il faudrait qu'il trouve le moyen de racheter sa vie, et de se montrer digne du destin que les dieux lui avaient réservé.

La veille de son départ, Priam convoqua Pâris dans ses appartements. Le roi était assis dans le fauteuil qu'il avait sauvé des ruines en flammes du palais de son père. Il était noirci par le feu, et rappelait sans cesse au souverain la folie de Laomédon et la justice des immortels. Il était vêtu d'une cape richement brodée, attachée à sa poitrine par une chaîne et un fermoir d'or, œuvre d'un orfèvre thrace qui avait orné l'objet d'un étrange motif : des bêtes se dévorant mutuellement. Ses mains tremblaient, et il paraissait vieux, très vieux.

— Mon cœur souffre de savoir que tu vas prendre la mer sans avoir été purifié, soupira-t-il. Je sais ce que c'est de perdre un fils, et jamais celui d'Anténor ne lui sera rendu. J'ai peur que mon vieil ami et conseiller ne soit devenu ton ennemi pour le restant de ses jours.

Pâris acquiesça de la tête. Son père reprit :

— Et je crains qu'il ne soit pas le seul. On murmure dans la cité. Mes espions me disent que, selon certains, être un dévot d'Aphrodite est une chose, mais lui offrir un enfant en sacrifice en est une autre !

Pâris en resta bouche bée. Il allait protester quand Priam le fit taire d'un geste :

— Je sais : la mort d'Anthéos était un accident. Mais les hommes voient toujours la main d'un dieu derrière de tels événements, et tu as pris bien des risques en voulant servir la Dorée. En un tel moment, il est bien que tu quittes Troie. Mais il nous faudra réfléchir à ton retour.

— Si la cité se lasse de moi, je resterai à l'étranger, répondit Pâris d'un ton maussade. Certains de mes frères seraient ravis de ne plus me voir.

— Ne joue pas au sot face à un père qui t'aime ! Il est temps que la raison te permette de subjuguer tes passions. Songes-y : Anténor s'est toujours opposé à mes projets d'attaquer Salamine. Il craint que s'en prendre à Télamon n'amène sous nos murs toute l'armée grecque, et il pourrait bien avoir raison. Tu peux donc faire quelque chose qui te rachètera à ses yeux : conclure avec Agamemnon un traité de paix, grâce à ton amitié avec le roi de Sparte.

Le roi soupira et poursuivit :

— Je ne m'y attends guère : voilà un certain temps déjà que le Lion de Mycènes se montre de plus en plus orgueilleux et affamé. Je crois qu'il compte s'en prendre à Troie, et il faudra bien plus que des mots subtils pour le tenir loin des murs de notre cité. Mais vois ce que tu peux faire. Et si, comme je le pense, il se montre intransigeant sur le sort de ma chère sœur... souviens-toi qu'autrefois, tu avais d'autres projets.

Les deux hommes se regardèrent sans mot dire, dans la pénombre qu'une lampe à huile éclairait faiblement. C'est par ce silence que Priam chargea son fils, si tout le reste échouait, de tirer profit des dons de guerrier et d'amant que les dieux lui avaient donnés, et de s'enfuir avec une princesse grecque qu'ils pourraient échanger contre Hésione.

— Je m'en souviens, père, finit par répondre Pâris.

Il s'agenouilla pour recevoir la bénédiction de Priam, qui posa les deux mains sur sa tête :

— Je pense à une chose. Ménélas est un roi sacré à Sparte, il a les pouvoirs d'un prêtre. Il est ton ami, et notre obligé. En le laissant offrir des sacrifices en Dardanie, nous lui avons permis de sauver son royaume de la peste. Je suis sûr qu'il ne l'a pas oublié. Quand il fera des offrandes au temple d'Athéna à Sparte, age-nouille-toi devant lui, comme tu le fais devant moi en ce moment, et demande-lui de te purifier de l'acte qui hante ton esprit. La déesse est miséricordieuse, même si sa prêtresse ici te hait. Ménélas ne refusera pas ce que tu lui demandes. Puissent les dieux t'accompagner, et te ramener ici sans dommage.

Les deux navires partirent à l'aube : Pâris sur l'*Aphro-dite*, Énée sur la *Gorgone*, qui lui appartenait. Il y eut d'abord si peu de vent que l'équipage dut prendre les avirons, mais une brise se leva avec le jour, et bientôt les deux vaisseaux s'avancèrent à travers des vagues couronnées d'écume où l'on voyait sauter des dauphins blancs. Derrière eux, la mince ligne du rivage disparut sous l'horizon. Pâris se tenait, seul, à la proue, contemplant les reflets verts et bleus de la mer. Les heures pas-sèrent sans qu'il dise mot, les yeux perdus dans les flots où, la nuit, vinrent se refléter d'innombrables étoiles. Pourtant, le voyage lui fit le plus grand bien : Troie s'éloignait toujours davantage, et avec elle un passé qu'il voulait oublier pour ne plus penser qu'à l'avenir.

Tout en contemplant les flots, il songeait à Aphro-dite, sortie nue de la mousse d'écume blanche qui lui avait donné son nom, et se dit qu'au moment même où il l'avait choisie parmi les trois déesses, elle avait fait de même avec lui : elle le protégerait aussi sûrement que l'enfant Éros, que la figure de proue tenait dans ses bras.

Cette pensée lui rappela la mort du petit Anthéos. Son âme en était encore souillée. Mais, à Sparte, il se soumettrait aux rites de purification, et ce faisant retrouverait son propre destin. Si le sang d'un enfant avait été versé sur son navire, peut-être était-ce en fin de compte un sacrifice, si effrayant qu'il fût. Car ce n'était que par la mort de l'innocence que sa propre vie pouvait être entièrement consacrée à la déesse.

Il le comprit au moment même où un marin de la *Gorgone* hurlait :

— Terre en vue !

Énée lui fit signe de loin, et Pâris lui répondit de la même façon.

Ils traversèrent les îles au large des côtes de l'Attique, puis les eaux tranquilles du golfe d'Argolide, avant de faire escale dans un port de la côte laconienne. Tandis que son navire se livrait aux manœuvres nécessaires, Pâris se tint à la proue, serrant entre ses bras la figure peinte de la déesse et regardant, au nord-est, le rempart de montagnes entourant la plaine. Quelque part au-delà, à moins de vingt milles de la côte, se trouvait le palais de Ménélas et, quelque part au sein de ses murailles, Hélène elle-même, qui ne se doutait nullement qu'un envoyé de la déesse de l'amour pensait à elle à cet instant précis, le cœur battant. L'air salé frémissait autour de lui, tous ses sens étaient en alerte. Et pourtant, chose étrange, il se sentait plus en paix avec lui-même que depuis le départ de Ménélas pour son royaume. Une fois de plus, il avait remis sa vie entre les mains de la déesse, Aphrodite Pelagta, celle qui est de bon voyage, qui l'avait amené à Sparte en lui épargnant tout danger. Désormais, c'était à elle de décider de son destin.

La nouvelle de l'arrivée des ambassadeurs troyens fut connue au palais de Ménélas bien avant que les visiteurs, descendant un col de montagne, ne puissent apercevoir la plaine fertile de l'Eurotas. Par-delà les champs et les bosquets, Pâris et Énée découvrirent ainsi que la cité de Sparte était dépourvue de murailles. Une acropole étincelante couronnait une colline basse sur la rive occidentale du fleuve, mais les domaines et les maisons de la cité étaient dispersés autour d'elle, en petits villages répartis dans toute la vallée, sans qu'apparemment on ait songé à les défendre. Plus à l'ouest, le soleil déclinant rougissait des montagnes encore plus hautes que celles que leur petit groupe venait de traverser. Leurs sommets se dressaient vers les nuages couleur de bronze, deux fois plus haut, jugea Pâris, que ceux qui entouraient le mont Ida.

Suivis par un char à bœufs qui emportait de multiples cadeaux, les Troyens empruntaient la route longeant le fleuve, quand un char tiré par deux chevaux noirs, venant de la ville, survint vers eux à toute allure. La brise ébouriffait la chevelure rousse du conducteur, qui s'arrêta à leur hauteur.

— Pâris, lança Ménélas, j'ai pensé que je devais t'accueillir à Sparte avec la même cordialité que tu m'as témoignée à Troie ! Et toi, Énée, reconnais-tu ces chevaux ? Ce sont ceux que ton père m'a donnés, et qui sont aujourd'hui les plus rapides de toute la Grèce ! Agamemnon lui-même les envie ! Venez, laissez donc votre chariot, il n'a rien à craindre. Vous allez pouvoir prendre un bain et vous restaurer. Ma femme Hélène est impatiente de rencontrer nos amis troyens. N'aimez-vous pas ma ville ? poursuivit-il avec un geste de la main. N'est-elle pas superbe ?

— Encore plus que je ne l'aurais imaginé, répondit Pâris. Mais Énée et moi nous étonnions qu'elle ne soit pas entourée de murailles.

Ménélas éclata de rire :

— À quoi bon, puisque les dieux nous ont entourés de montagnes ? Les hommes réfléchissent à deux fois avant d'envahir Sparte, quand ils réalisent qu'ils seront attaqués dans les cols bien avant d'avoir vu la cité. Mes amis, vous venez d'entrer dans le royaume le plus heureux du monde ! Ce que j'ai vous appartient, et je vous supplie d'en faire usage !

Pour qu'ils puissent se reposer plus aisément de leur voyage, Ménélas avait décidé d'épargner à ses hôtes la fatigue d'un banquet public le soir même ; ils ne dîneraient qu'avec le roi et la reine, dans leurs appartements privés. Les deux Troyens prirent un bon bain chaud, puis des servantes enduisirent leur corps d'huiles parfumées, avant de leur passer les vêtements somptueux mis à leur disposition. Ils se promenèrent ensuite avec le roi dans le superbe jardin qui dominait la ville. Le fleuve miroitait sous la lune, on discernait vaguement les oliveraies, les vergers et les champs de blé qui s'étendaient jusqu'au pied des montagnes.

Comme Énée s'émerveillait du temple majestueux qui se dressait au-dessus du palais, Ménélas lui expliqua que c'était la demeure de bronze d'Athéna, gardienne de la cité. Pâris, craignant de laisser passer le moment favorable, dit :

— Alors, c'est en tremblant que j'approche la terre sacrée de la déesse ! Car sans le vouloir, j'ai offensé Athéna aux yeux pers.

Ménélas prit un air inquiet. Pâris ouvrit grands les bras :

— Je suis venu ici comme toi dans la cité de Priam, en quête d'une faveur.

— Ne t'ai-je pas dit que tout ce qui était à moi t'appartenait ? dit le roi en lui posant la main sur l'épaule. Parle librement ; je ferai pour toi tout ce qui est en mon pouvoir.

— Mon père m'a conseillé de m'en remettre à toi, prêtre d'Athéna à Sparte, car aux yeux de la déesse, comme aux miens, je suis toujours souillé par un crime. Je te supplie de m'en purifier dans la demeure sacrée d'Athéna.

— Rentrons, ami, dit Ménélas. Nous boirons du vin et tu me diras quel destin t'a accablé depuis notre rencontre.

Les trois hommes s'assirent à la lueur incertaine des lampes à huile, et Pâris raconta quel enchaînement de circonstances avait provoqué la mort d'Anthéos.

— C'était le fils d'Anténor, le conseiller de mon père, que tu connais bien. Et il avait cinq ans à peine.

— J'ai gardé un excellent souvenir d'Anténor, répondit Ménélas. C'est un homme sage, dont je respecte le jugement. J'ai du chagrin pour lui, d'autant plus que je n'ai pas encore de fils. Mais en quoi ce malheur a-t-il offensé Athéna ?

— La femme d'Anténor, Théano, est sa prêtresse à Troie. J'ai juré sur ma misérable vie que c'était un accident, mais il serait inutile de nier que c'était ma faute, et Théano me hait. Depuis ce jour, les Furies assiègent mon esprit, et personne à Troie n'a le pouvoir de me purifier. Je porterai éternellement mon remords si tu ne peux m'en libérer.

Ménélas prit un air grave, et il allait répondre quand une voix de femme se fit entendre depuis l'entrée :

— Est-ce là le fils du roi Priam, mon seigneur, celui qui t'a accordé sa protection quand tu es arrivé à Troie ?

— En effet, et voici son cousin Énée, fils du roi de Dardanie. Mon ami Pâris me disait justement...

— J'ai entendu, dit Hélène, et comme toi j'en ai été accablée. Notre cité ne lui est-elle pas grandement redevable ?

Pâris s'était levé d'un bond. Il eut l'impression que la pièce flottait tout autour de lui tandis que, pour la première fois, il contemplait la beauté de cette femme.

Sa chevelure était prise dans un filet d'or qui semblait mettre en valeur le bleu vert de ses yeux. Il ne pouvait plus respirer ; tout autour de lui disparut, sauf la présence de celle qu'Aphrodite, sur le mont Ida, lui avait fait admirer. Et c'était comme si le temps qui s'était écoulé entre cette vision et ce qu'il vivait en ce moment même n'avait été qu'un sommeil sans rêves.

C'est de très loin que Pâris entendit Ménélas dire :

— En effet, et je crois que ma reine et moi sommes du même avis.

— Alors, dit Hélène en souriant, il nous faudra faire tout ce que nous pourrons pour notre ami dans le malheur.

Tout remords, toute honte, tout chagrin avaient disparu de l'esprit de Pâris. Il était là, immobile, frappé de stupeur, en présence d'Hélène de Sparte, et avait l'impression d'entendre le chuchotement de la déesse dans l'odeur de jasmin qui lui parvenait du dehors.

— N'est-ce pas ce que je t'avais promis ? disait-elle. Y a-t-il jamais eu plus belle femme à la surface de la terre ?

Au même instant, il se dit que d'innombrables hommes avant lui avaient dû contempler Hélène de la même façon, et sentit que jamais elle n'avait vraiment appris à dominer aisément sa propre beauté ; déjà, elle détournait le regard et portait les mains à sa gorge si blanche, en un geste de protection qui fit chavirer le cœur du jeune homme. Quand il osa de nouveau la regarder, le sourire de la reine avait disparu, remplacé par une sorte de réserve hautaine ; un orgueil qu'il aurait pris pour de l'arrogance, s'il n'avait pas surpris sa vulnérabilité quelques instants auparavant. Il sut alors que sa propre vie n'aurait plus jamais aucune valeur s'il ne faisait pas tout ce qui était en son pouvoir pour que cette femme soit sienne.

— Je vois que les bardes avaient raison, dit Énée. La reine a autant de grâce que de beauté.

Elle sourit :

— Seigneur Énée, si tu les prends trop au sérieux, ils te feront croire que je suis née d'un œuf de cygne !

— C'est parce qu'une telle beauté est si rare, lança Pâris d'une voix rauque, qu'ils doivent inventer des choses qui en soient dignes, sans d'ailleurs y parvenir. Et je crains que, pareillement, les cadeaux que Troie a tenté de trouver pour vous ne soient pas dignes d'une telle grâce.

— Je suis certaine qu'il n'en est rien, répondit Hélène en prenant le bras de son époux. Et l'amitié que vous portez tous deux à mon seigneur Ménélas est, en elle-même, un cadeau suffisant !

— Venez, s'exclama le roi, rayonnant. Buvons à l'amitié, et soyons joyeux ce soir, car demain il nous faudra parler de choses plus sérieuses !

Cette nuit-là, Pâris dormit mal. Lorsqu'il y parvenait, c'était pour se réveiller quelques minutes après. Pour finir, il se sentit trop agité pour rester au lit et alla jusqu'au balcon de sa chambre. L'air était lourd du parfum des fleurs ; dans le ciel, une étoile plus brillante que les autres – celle d'Aphrodite – scintillait comme un joyau en dessous de la pleine lune. Il tenta de se rappeler chaque instant de sa première rencontre avec Hélène, chacun de ses changements d'expression tandis qu'il lui parlait, chaque mot qu'elle avait pu dire, y cherchant des signes et des sens cachés. Mais la désespérante vérité était qu'elle n'avait rien dit ou fait qui lui permît de croire que, pour elle, il était plus qu'un hôte bienvenu, ami de son mari, qu'il fallait donc traiter avec la plus extrême courtoisie.

Pire encore, il lui fallait bien admettre qu'à la passion de Ménélas pour Hélène semblait répondre, chez la jeune femme, une dévotion tout aussi sincère. Héra avait uni cet homme et cette femme de manière aussi

145

inébranlable que Sparte elle-même, et Athéna, déesse gouvernant la cité, leur assurait une satisfaction paisible, un peu compassée. Il ne semblait pas qu'Aphrodite pût intervenir de quelque façon que ce soit.

Pourtant Hélène devait, d'une manière ou d'une autre, lui appartenir. Sa vie en dépendait. Sans elle, il serait contraint d'errer dans le monde comme une de ces ombres affamées qui, aux Enfers, se tourmentent en pensant à ce qui aurait pu être. Et, bien entendu, espérer que les obstacles qui les séparaient disparaissent revenait à souhaiter la mort d'un ami qui avait librement consenti à purifier son âme de sa faute.

Pâris passa ainsi de l'espoir au désespoir, sans pouvoir trouver le repos. Finalement, n'en pouvant plus, il sortit de sa chambre et se rendit dans la pièce où tous quatre avaient dîné. Il s'assit à la place qu'il avait occupée, contemplant le fauteuil d'Hélène comme si elle y était encore, se souvenant avec quelle admiration attendrie elle avait souri à Ménélas quand Énée avait raconté comment le roi de Sparte lui avait sauvé la vie lors de leur chasse au sanglier en Dardanie. Et il grimaça en songeant que son corps nu était désormais étendu à côté de son époux, à quelques mètres de l'endroit où lui-même se trouvait.

Parfaitement conscient de se comporter en sot, il alla s'agenouiller devant le fauteuil, comme s'il gardait encore une faible trace du parfum musqué qu'elle portait. Il n'en était rien. Se relevant, désespéré, il songea qu'il avait à la fois la promesse de la déesse et l'autorisation expresse de son père d'enlever Hélène de force, si tout le reste échouait. Une fois qu'on était sorti de la citadelle, la ville n'avait ni portes ni murailles. Il lui suffirait de gagner le rivage de nuit, et Hélène serait à lui. C'était parfaitement réalisable.

Agité de sentiments contradictoires, il allait regagner son lit quand il entendit des pas dans le couloir. Son cœur bondit en pensant qu'Aphrodite avait répondu à ses prières et sorti Hélène de son sommeil pour la conduire jusqu'à sa chambre. Il se dissimula dans l'ombre, mais ne vit que la large silhouette d'un homme qui se dirigeait vers l'escalier menant aux appartements royaux. Il tenait à la main une lampe à huile dont la lumière donnait à ses cheveux roux des reflets de bronze.

La folie d'Aphrodite

Il avait l'impression d'avoir enduré pendant des heures la chaleur accablante régnant dans la cour de l'enceinte sacrée, où il attendait de pouvoir franchir les grandes portes de bronze du temple d'Athéna. Énée à sa droite, Éteoneos, le ministre du roi, à sa gauche, Pâris se tenait là, tête et pieds nus, vêtu d'une simple tunique blanche et d'un pagne. Un peu plus tôt, sous les regards curieux de la populace, il avait versé des libations et offert des sacrifices à la déesse devant l'autel de pierre placé au pied des marches menant au porche. Une mèche de ses cheveux avait été coupée et brûlée ; il avait été rituellement frappé de branches de bouleau, puis baigné pour la troisième fois de la journée et aspergé d'eau et d'huiles sacrées. On entendait, venant du temple, les strophes psalmodiées de l'hymne à la divinité sortie tout armée du front de Zeus ; elle allait désormais dire si, oui ou non, cet étranger à la cité pouvait être purifié de la souillure qu'il avait apportée avec lui.

Pâris était seul à savoir qu'il avait offensé la déesse aux yeux pers en de nombreuses occasions, et que lui avoir préféré Aphrodite sur les pentes du mont Ida pèserait plus lourd dans la balance que la malencontreuse mort du petit Anthéos. Tout cela le remplissait d'une crainte de plus en plus vive.

Un desservant apparut enfin en haut des marches et lui fit signe d'entrer. Tête baissée en signe de respect,

Pâris pénétra dans l'ombre fraîche de la demeure de bronze, Énée et Éteoneos restant à l'entrée, tandis qu'il avançait en silence entre les prêtres et les prêtresses, pour s'agenouiller devant l'imposante silhouette de Ménélas qui, en vêtements rituels, tenait à la main un bâton d'or. Derrière lui se dressait une grande statue de la déesse, casquée et portant l'égide par-dessus sa cuirasse, armée d'un bouclier superbement ouvragé et d'une lance. Pâris leva les paumes en signe d'adoration, au milieu d'une lourde odeur d'encens dont les vapeurs tourbillonnaient autour de lui.

Ménélas adressa à Athéna une invocation solennelle, puis se tourna vers Pâris et lui demanda de donner un récit sincère de la mort d'Anthéos. Cette confession prit fin par des paroles empreintes d'une sincère contrition, et par une supplication rituelle à la déesse pour qu'elle lui accorde sa pitié. Puis on lui ôta sa tunique et on lui lia les mains dans le dos, avant de lui passer sur la tête une cagoule noire. On lui fit faire le tour du temple jusqu'à ce qu'il ait perdu tout sens de l'orientation. Il entendit une porte s'ouvrir en grinçant, descendit des marches de pierre inégales ; il y avait dans l'air froid comme une odeur de renfermé. L'espace d'un instant, paniqué, Pâris se demanda si Ménélas, devinant ses intentions, n'entendait pas se débarrasser de lui, et en eut la chair de poule.

Quand on lui ôta la cagoule, Pâris découvrit, battant des paupières, qu'il se trouvait dans une caverne rocheuse, faiblement éclairée par des torches, enterrée profondément sous la colline. L'air était chargé de fumée. Il aperçut des pictogrammes peints sur les parois et, juste devant lui, une effigie de bois primitive de la déesse. Elle surmontait un autel de pierre grossièrement taillée, dont la forme évoquait celle d'une tête de chouette. La grotte retentit soudain de ce qu'il prit pour le hurlement d'un enfant terrifié. Puis Ménélas apparut devant lui, désormais dépouillé de sa tenue de prêtre, portant ce qui semblait être un tablier de boucher. Une longue lame luisait dans sa main.

— Agenouille-toi ! lança-t-il.

Pâris hésita, le contemplant d'un œil hagard. On entendit de nouveau le terrible hurlement, et Ménélas répéta :

— Agenouille-toi !

Les mains toujours liées dans le dos, et n'ayant d'autre choix que de s'en remettre à la pitié de la déesse, Pâris obéit. Des mots furent échangés dans un dialecte inconnu de lui. Levant les yeux, il vit un prêtre tenant en offrande un porcelet. L'animal cria et se débattit tandis qu'on le donnait à Ménélas qui, le soulevant, groin vers le bas, lui trancha la gorge. Le sang brûlant se déversa sur la tête et les épaules nues de Pâris, qui entendit le roi de Sparte psalmodier des paroles qu'il ne comprit pas. Serrant les dents, les narines envahies par l'odeur douceâtre du sang, il craignit un instant de se mettre à vomir.

Puis brusquement, tout fut terminé. Il se contraignit à ouvrir les paupières pour contempler la très vieille statue de la déesse. Un prêtre et une prêtresse versaient sur lui de l'eau tirée d'aiguières en argent. À mesure qu'elle coulait le long de ses épaules, il eut l'impression de sentir la souillure partir avec elle. Toutefois, quand il regarda de nouveau l'effigie d'Athéna, il eut l'impression d'être un simple moineau entre ses serres et, avec une certitude qu'il éprouvait au plus profond de lui-même, sut que l'offense qu'il avait commise sur le mont Ida demeurait ineffaçable aux yeux de la déesse. Si longtemps qu'il vivrait, jamais cet affront à son orgueil divin ne serait pardonné.

Et pourtant il ne put se résoudre à le regretter. Il se dit qu'Aphrodite était là, à ses côtés, même dans cette grotte taillée dans cette pierre ancestrale pour être consacrée à Athéna. Il resta immobile pendant qu'on le séchait et qu'on lui remettait sa tunique. Ménélas lui sourit :

— La déesse t'a considéré avec faveur, ami !

Mais Pâris n'avait déjà plus qu'une pensée : retrouver la lumière du jour et la présence d'Hélène.

Ce soir-là, il y eut un grand banquet dans la salle d'honneur du palais. Sous les applaudissements de la noblesse spartiate, les deux princes troyens offrirent les cadeaux destinés à Ménélas et à son épouse. Ils étaient aussi abondants que coûteux, importés des lointaines terres d'Orient ou des confins de la mer Noire, via la route des épices. Soieries, parfums, robes finement tissées suscitèrent une stupéfaction ravie, ainsi que de nombreuses remarques sur l'enviable prospérité du royaume de Priam. Tout le monde s'amusa fort de deux petits singes qu'on avait revêtus de tuniques phrygiennes pour qu'ils ressemblent à Pâris et Énée.

Le dernier des dons fut accueilli par des cris émerveillés. Pâris se plaça derrière le fauteuil de la reine pour lui attacher au cou une chaîne d'or à laquelle était suspendue une cascade compliquée de jade, de lapis-lazuli et autres pierres précieuses.

— On me dit qu'il a autrefois orné la gorge d'une grande reine d'Orient, déclara-t-il. Mais serait-il le *keiros* d'Aphrodite lui-même, il ne saurait rendre justice à la beauté qu'il va honorer désormais.

Hélène rougit de plaisir :

— Et les mots ne pourraient rendre justice à la générosité du roi Priam. Je le remercie de ce cadeau de tout mon cœur.

Au milieu des bruyantes acclamations, Pâris lui chuchota à l'oreille :

— Il est de moi. Je l'offre en rançon de mon cœur.

Avant qu'elle ait eu le temps de répondre, il se redressa, sourit à Ménélas et alla se rasseoir. Le roi se leva pour exprimer son propre ravissement et, promettant que ses hôtes ne repartiraient pas les mains vides, il eut un signe de tête à l'adresse d'Éteoneos, qui claqua des mains. Aussitôt tambours et gongs se mirent à résonner, tandis qu'une troupe d'acrobates libyens faisait son entrée, à grand renfort de sauts et de cabrioles.

Pâris ne se joignit pas aux acclamations. Encore mal remis de l'épreuve de sa purification, il tremblait de son bref contact avec la peau d'Hélène. Il avait plus d'une fois tenté de croiser son regard, mais elle semblait trop occupée à écouter Énée et son mari discuter de leur prochaine mission à Mycènes. Pas plus qu'elle ne paraissait prendre garde au collier qu'il venait de lui offrir.

Il vida sa coupe d'un trait ; la musique lui faisait mal aux oreilles, il mourait d'envie de sauter d'un bond sur la table, de hurler à ces bruyants fêtards qu'il n'était pas seulement l'envoyé de Troie, mais celui d'Aphrodite elle-même, de menacer ces sots de la fureur de la déesse s'ils n'exigeaient pas sur-le-champ que le roi cède sa reine à l'homme à qui le destin l'avait toujours réservée.

Aux acrobates succédèrent des danseuses, puis un barde arcadien qui chanta d'abord la passion sans espoir d'Écho pour Narcisse, puis celle de Pygmalion pour Galatée. La soirée s'écoula ainsi tandis que Pâris continuait à boire. Sa fureur s'était depuis longtemps consumée ; accablé de tristesse, il se leva et, sans prendre la peine de s'excuser, quitta la salle de banquet pour aller jusqu'au balcon.

Il se sentait possédé par la folie, mais ne pouvait rien y faire. La déesse lui avait offert l'amour, il avait choisi d'accepter ce don, souhaité que ce destin soit le sien, et il ne le regrettait aucunement – bien que cela ait provoqué en lui un vide qui semblait ne jamais pouvoir être comblé. Mais si c'était le prix de l'exaltation qu'il avait ressentie en plongeant ses yeux dans ceux d'Hélène, alors il serait ravi de s'en acquitter. Et s'il lui était interdit de savourer les joies de l'amour avec elle, il se contenterait de la souffrance.

Au bout d'un moment, il entendit quelqu'un tousser discrètement derrière lui. C'était Éteoneos :

— Seigneur, mon roi s'inquiète et se demande si, par malheur, nos distractions ne seraient pas à ton goût.

— Pas du tout ! Le vin est un peu trop fort, j'ai éprouvé le besoin de prendre l'air. Dis au roi que je reviens sous peu.

Mais il n'en avait aucune envie. Plusieurs minutes s'étaient écoulées, et il contemplait la plaine brumeuse au-delà du fleuve, quand il entendit la voix d'Hélène :

— Si tu ne viens pas de toi-même, dit-elle d'un ton léger, mon seigneur Ménélas viendra te chercher !

— Parce qu'il faut faire tout ce qu'il dit ? répliqua-t-il d'une voix rauque.

Surprise et embarrassée, elle détourna le regard :

— Parce que ta compagnie lui manque, et qu'il craint que les épreuves d'aujourd'hui n'aient été trop lourdes pour toi.

La regardant fixement, il dit :

— Elles n'étaient rien en comparaison de celle de ce soir.

Elle recula d'un pas :

— Quelqu'un t'aurait-il déplu ?

— Toi.

Hélène resta immobile, interloquée, comme s'il l'avait frappée. Pourtant, c'est d'une voix égale qu'elle répondit :

— Comment cela, mon seigneur ?

— Tu m'as entendu quand j'ai placé ce collier autour de ton cou. Et pourtant tu ne m'as pas donné de réponse.

Elle soutint son regard :

— Tu es l'ami de mon mari, et je ne peux rien te refuser, tant que l'honneur me le permet. Je te remercie de ce cadeau somptueux, mais il ne m'est plus possible de l'accepter.

Mais comme elle allait l'ôter de son cou, il tendit le bras pour l'en empêcher.

— Garde-le, je t'en supplie. Et pardonne-moi, je n'ai pas l'esprit très clair.

Hélène avait la gorge sèche, son cœur battait follement. Elle jeta un rapide coup d'œil autour d'elle pour vérifier que personne ne les observait, puis se tourna vers Pâris :

— La journée a dû t'épuiser. Dois-je dire à mon époux que tu désires te retirer ?

— Dis-lui que tu as vu un homme qui est fou d'amour pour toi. Dis-lui que cet homme n'a plus longtemps à vivre si cet amour ne lui est pas rendu. Dis-lui que tu n'es plus celle que tu fus, et que chacun des regards de cet homme te captive. Dis-lui que quand un dieu l'ordonne, ce serait folie que de refuser.

Elle rougit et, les yeux pleins de crainte, tenta de reprendre ses esprits :

— Le prince Pâris croirait-il être un dieu ?

— Non, mais je sers une déesse puissante.

— Lâche ma main, ou sinon je crierai qu'il y a, dans la maison de mon mari, un traître dont l'ingratitude est indigne de la bonté et de l'amitié qu'on lui a témoignées.

Qu'elle le juge ainsi lui parut intolérable.

— Et si je la lâche ?

Hélène détourna les yeux :

— Nous oublierons tout ceci et n'y penserons plus. Toi et moi tenterons de nouveau d'être amis.

Il serra la main de la reine encore plus fort avant de répondre :

— Je ne peux promettre une telle chose. Dis ce que tu veux à ton époux. Ma vie est entre tes mains, et elle l'était déjà bien avant que je vienne à Sparte.

Écrase-la si tu veux, mais cela n'éteindra pas l'amour que j'ai pour toi.

Hélène resta bouche bée. Décidément, rien dans le monde n'allait comme il aurait fallu. Secouant la tête, elle fit demi-tour et s'en fut.

Pâris la suivit, humant son parfum au milieu du vacarme de la fête, et triomphant à l'idée que, cette nuit, elle ne dormirait pas mieux que lui. Ménélas et Énée riaient tandis qu'une servante leur versait du vin. Levant sa coupe, le roi se tourna vers son épouse, l'air rayonnant :

— Énée, que t'avais-je dit ? La beauté d'Hélène est comme un aimant, qui attire tous les hommes, qu'ils le veuillent ou non ! Pâris, ta compagnie nous manquait ! Viens donc boire avec nous ! Ou bien Éteoneos avait-il raison de dire que le lait d'Aphrodite est trop fort pour ta tête ?

— Ce serait bien la première fois ! s'esclaffa Énée. Je l'ai vu plus d'une fois rouler sous la table !

— La journée a été aussi étrange qu'épuisante, répondit Pâris, l'air sombre.

— C'est vrai, reconnut Ménélas. Mais les ombres t'ont quitté, désormais. Nous les avons lavées dans la demeure de bronze d'Athéna. Réjouis-toi, mon ami !

Avant que Pâris ne puisse répondre, Hélène dit d'une voix ferme :

— Le prince Pâris est fatigué, mon époux, et il n'est pas encore redevenu maître de lui. Il aura d'autres occasions de se distraire, mais je crois que pour l'instant, il a surtout besoin de sommeil.

Ménélas sembla déçu et contempla le visage très pâle de son invité. Les changements d'humeur des gens d'Asie le laissaient toujours un peu perplexe. Puis une idée lui vint. Agitant sa coupe, il eut un grand sourire à l'adresse de Pâris :

— Allons, il y a bien dans cette salle une femme que tu aimerais accueillir dans ton lit ?

156

— Si les choses n'étaient pas ce qu'elles sont... soupira Pâris d'un ton d'excuse. Mais ton épouse est aussi sage que belle, et je crois qu'elle a su lire en moi.

Ménélas haussa les épaules et eut une moue désabusée à l'adresse d'Énée, que le comportement bizarre de son compagnon étonnait. Puis, se levant avec difficulté, il dit :

— Va donc dormir, si tu le veux ! Mais Énée et moi avons des projets pour demain ! Nous irons chasser dans les montagnes !

Il posa les mains sur les épaules de Pâris :

— Une nuit ou deux au grand air te rendront à toi-même. Qui sait, peut-être trouveras-tu de nouveau une ourse pour t'allaiter ! Dors bien, ami. Les Furies t'ont quitté. Ton âme est purifiée. Tu es de nouveau libre de mener ta vie comme tu l'entends.

Le lendemain, Pâris se réveilla en sentant quelqu'un le secouer brutalement :

— Qu'est-ce qui t'arrive ? lança Énée. Tu as geint pendant ton sommeil, et tu restes là dans ton lit, comme un ivrogne dans le ruisseau, alors que la matinée est presque écoulée ! Ménélas nous attend, il est impatient de partir chasser. Dépêche-toi, sinon nous offenserons notre hôte.

Pâris sortit péniblement du lit et se tint la tête entre les mains, contemplant d'un air hagard son cousin, qui ouvrait les rideaux.

— Tu as l'air d'une tête de Gorgone ! s'exclama Énée. Tu es malade ou quoi ?

L'espace d'un instant, Pâris fut tenté de se confier à lui puis, secouant la tête, comprit que l'heure n'était pas venue. Énée était quelqu'un de beaucoup trop franc, et de surcroît trop lié d'amitié avec Ménélas, pour dissimuler ses sentiments si jamais il était informé des projets désespérés de son cousin. Et si Pâris lui-même ne

157

pouvait dominer les siens, le roi de Sparte saurait bientôt que quelque chose n'allait pas. Il préféra donc répondre :

— Je ne sais pas. J'ai l'impression que ma tête résonne comme un gong.

— Verse une bonne cruche d'eau dessus et il n'y paraîtra plus ! Allons, Pâris, remets-toi ! Ménélas est trop courtois pour avoir fait des remarques sur ta conduite d'hier soir, mais les autres ne s'en sont pas privés, du moins jusqu'à ce qu'Hélène prenne ta défense. Quoi qu'il en soit, le roi veut vraiment partir chasser. Puis-je lui dire que tu seras prêt dans une heure ?

Les yeux clos, Pâris hocha la tête :

— Laisse-moi le temps de me laver et de faire mon offrande à Aphrodite, et je vous rejoindrai.

Mais quand il descendit dans la grande salle, ce fut pour y trouver un grand tumulte. Dehors, les chiens aboyaient bruyamment, impatients de se mettre en chasse. À l'intérieur, un groupe de vieilles femmes aux visages ridés se frappaient la poitrine en geignant, tandis que des esclaves emportaient des coffres pour les placer sur un chariot. Dans la cour, le roi conversait avec Éteoneos et ses ministres, sous le regard d'Hélène qui, l'air inquiet, serrait contre elle sa fille Hermione.

Énée vint à la rencontre de Pâris :

— On dirait bien que nous avons mal choisi notre moment pour venir à Sparte ! Un messager d'Agamemnon vient d'informer Ménélas de la mort du roi Catrée, et il doit partir sur-le-champ.

— Le roi Catrée ?

— C'était son grand-père maternel, un Crétois. Les rites funéraires auront lieu bientôt, si bien que le roi doit partir pour la Crète aujourd'hui même.

— Et Hélène ?

— Hélène ?

— Elle part avec lui ?

— Je n'en sais rien. Je crois qu'ils n'ont pas encore décidé.

Pâris vit le roi et la reine en grande discussion.

— Ne devrions-nous pas présenter nos condoléances? demanda-t-il.

— Quand ce sera le moment! Ne vois-tu pas que Ménélas est beaucoup trop occupé? Il parlera avec nous avant son départ.

Pâris dut donc attendre, tandis que le roi, constamment interrompu par ses conseillers ou ses intendants, discutait avec son épouse, la tenant par le bras et essuyant ses larmes. Puis, comme il l'enlaçait, il aperçut ses amis troyens et, la tenant toujours par la taille, leur fit signe de les rejoindre.

— Nous avons appris la triste nouvelle, dit Énée, et notre chagrin t'accompagne. De toute évidence, tu as beaucoup de choses à faire. Ne t'occupe pas de nous. Nous ne tarderons pas à faire nos préparatifs de départ.

— Il n'en est pas question! s'écria Ménélas. Je serai de retour dans moins d'une semaine, et je ramènerai Agamemnon avec moi. Alors nous pourrons réfléchir ensemble aux problèmes qui nous inquiètent tous. Pendant ce temps, Éteoneos veillera à satisfaire tous vos besoins. Je ne pourrai partir chasser avec vous aujourd'hui, hélas, mais ne vous en privez pas! Les chiens y tiennent absolument, comme vous pouvez l'entendre! Ce qui est à moi est à vous. Jusqu'à mon retour, usez librement de ma demeure et de tout ce qu'elle contient!

— Que les dieux soient avec toi, dit Pâris, et qu'ils te consolent de ton chagrin.

Ménélas hocha la tête, puis se tourna vers Hélène, qui paraissait effondrée:

— Sois courageuse! Je te confie nos amis: honore-les comme tu le ferais avec moi.

Puis, après d'ultimes arrangements avec ses ministres, il partit.

Aphrodite désirait-elle à ce point parvenir à ses fins, se demanda Pâris, qu'elle n'hésitait pas à tuer un vieillard pour rendre heureux un jeune homme ? Peut-être. Il était vrai que le roi Catrée avait depuis longtemps un pied dans la tombe. Mais que peut comprendre un mortel des motivations des dieux ? La seule certitude était que Ménélas avait quitté son palais, sans que son épouse eût rien dit qui pût éveiller ses soupçons.

Feignant d'être malade, Pâris dit à Énée qu'il pouvait partir chasser sans lui :

— Je sais que tu es impatient de découvrir quel gibier abritent les montagnes entourant Sparte ! Le temps que tu reviennes, je serai remis. Rapporte-moi une peau d'ours pour amuser Ménélas !

Après le départ de son cousin, Pâris se retira dans sa chambre et, après un moment d'attente qui lui parut interminable, s'en fut dans le palais en quête d'Hélène, qui restait introuvable. Il parvint à l'endroit où les femmes travaillaient devant leurs métiers à tisser, et elles gloussèrent tellement devant cette présence masculine inattendue qu'il battit précipitamment en retraite. La reine ne se promenait pas dans les jardins royaux, ni dans les rues entourant le marché.

En milieu d'après-midi, alors que le palais royal somnolait sous la chaleur accablante, il décida de prendre le risque de pénétrer dans les appartements privés du couple royal.

La salle de réception, où se trouvait le trône, était vide. Un coup d'œil dans une pièce le long du couloir lui permit d'apercevoir une servante corpulente endormie sur un sofa. Sur un lit, à côté d'elle, la petite Hermione tenait une poupée de chiffon et suçait son pouce dans son sommeil. Il s'éloigna sans un bruit. La porte cloutée de la pièce suivante était fermée à clé — ce devait être le trésor du roi, ou peut-être une réserve d'armes. Sachant qu'il devait approcher de la chambre à coucher royale, il s'avança en respirant à peine, et s'arrêta en tremblant devant les portes de bronze à double battant. Jamais il ne pourrait trouver le moindre prétexte à sa présence si quelqu'un d'autre qu'Hélène se trouvait là. Mais, à une telle heure, c'était très improbable, et d'ailleurs il n'entendait rien de l'autre côté. Il ouvrit donc la porte, et vit une grande pièce spacieuse remplie d'une lumière venue d'un balcon surmontant les jardins, d'où l'on avait vue sur le fleuve et les montagnes. Un énorme lit de cèdre rouge, incrusté d'or et d'ivoire, orné de léopards sculptés, était recouvert de tissus somptueux. Juste au-dessus, une tapisserie représentait les trois Grâces dansant dans une prairie semée d'asphodèles et de violettes. Les trois autres murs étaient peints de bleu, de carmin et d'or.

C'était donc là qu'Hélène dormait et rêvait – et que, chaque nuit, son époux lui faisait l'amour. Quelle importance? La femme qu'il avait dans son lit n'était pas la véritable Hélène, qui ignorait elle-même qui elle était vraiment. Comment l'aurait-elle deviné, alors que le secret de son existence n'était connu que de la déesse et de lui-même?

Pâris se dirigea vers deux portes qui donnaient sur de petites pièces dont l'une était réservée à Hélène. Il y sentit son parfum, se saisit de l'une des robes qui y étaient accrochées et la passa contre son visage. Sur une table s'étalaient des boîtes de bois de santal et des flacons, des houppes à poudre, des peignes; d'autres coffrets contenaient des anneaux, des bracelets, des boucles d'oreilles, des diadèmes. Il chercha en vain le collier qu'il lui avait donné. Qu'en avait-elle fait? C'est alors qu'il découvrit un flacon à parfum en argent, orné d'une image d'Aphrodite tenant une colombe, qui faisait lui aussi partie des cadeaux qu'il avait offerts à la reine.

Prenant le miroir d'Hélène – un cercle de bronze poli, orné de dauphins –, il s'empara d'un pot de fard et d'un pinceau, puis entreprit d'y écrire *Je t'aime*, non sans difficulté.

Comme il ouvrait les doubles portes de bronze pour s'éclipser, il entendit l'enfant geindre, pas très fort, mais suffisamment pour réveiller la servante. Se glissant furtivement le long du couloir, il jeta un coup d'œil rapide par la porte entrouverte, vit la femme prendre Hermione dans ses bras et s'éloigna en toute hâte. Il était en bas des marches et s'apprêtait à entrer dans les jardins lorsqu'une voix d'homme demanda :

— Cherches-tu quelque chose ?

Surpris, Pâris fit volte-face et vit Éteoneos qui le regardait depuis la porte menant aux cuisines, à l'extrémité de la grande salle.

Pâris eut ce sourire qui avait si souvent charmé ses auditeurs :

— Je... Je me demandais où je pourrais trouver la reine Hélène.

— La reine, pensant que tu étais malade, a donné l'ordre qu'on te rende visite toutes les deux heures. Polydamna, la sage-femme, a été chargée de veiller sur toi. Elle a frappé à ta porte un peu plus tôt. Comme tu ne répondais pas, elle a pensé que tu dormais.

Pâris allait répondre que c'était bien le cas, mais il se souvint qu'on l'avait sans doute vu marcher dans les rues.

— Je me sentais mieux, et j'ai pensé que je pourrais prendre l'air. Sans doute est-ce à ce moment que la femme a frappé. Où puis-je la trouver ?

— Polydamna est dans le quartier des femmes. Veux-tu que je l'appelle ?

— Non, je voulais dire : la reine.

— Ah ! Elle fait des offrandes à la mémoire du roi Catrée, qu'elle pleure grandement, et ne désire pas être dérangée.

— Je comprends, répondit Pâris en regardant dehors. Je vois qu'il y a dans les jardins un autel à Aphrodite où je pourrai, moi aussi, faire mes dévotions.

Saluant courtoisement Éteoneos, il sortit sur la terrasse à colonnes donnant sur les jardins, qu'il traversa, à l'ombre des cyprès et des platanes, pour se diriger vers un bosquet de myrte où la déesse était honorée. Il sourit à la statue de Priape, figure barbue et difforme taillée dans du bois de figuier, au pied de laquelle quelqu'un – sans doute peu sûr de lui – avait laissé une offrande de grenades et de coings. Un merle siffla tandis qu'il entrait dans l'enceinte sacrée d'Aphrodite.

Il resta longtemps agenouillé en prières devant la petite statue de marbre de la déesse, placée au-dessus d'un ruisseau surgissant des rochers. L'air était chargé de l'entêtant parfum des roses rouges, des colombes battaient bruyamment des ailes en allant d'un arbre à l'autre, ou se chauffaient au soleil en roucoulant. Quelque part, au loin, retentissaient les braiments d'un âne. Mais Pâris n'entendait rien, trop occupé à attendre qu'Aphrodite lui chuchote à l'oreille encouragements et conseils.

Au bout d'un moment, il se releva et s'assit sur un banc. Le caractère sensuel du lieu, l'air immobile et parfumé, le léger bruit de l'eau, la chaleur écrasante, tout conspirait à rendre encore plus vif le désir qu'il éprouvait. Pâris murmura une incantation magique, pour qu'Hélène vienne le rejoindre.

Mais ce fut la voix d'une fillette qui lui parvint à travers les arbres. Hermione ! Si jamais la reine promenait sa fille dans les jardins, il était peu probable qu'elle songe à venir là où il était. Il se leva et, après un instant d'hésitation, sortit du bosquet.

Hermione jetait une balle à la grosse servante, qui la ramassa en soupirant et la lui renvoya. Elle passa au-dessus des bras levés de l'enfant, rebondit sur le sol, puis roula dans l'herbe, juste aux pieds de Pâris, dissimulé dans l'ombre des arbres. Hermione survint en courant, s'arrêta net en le voyant, et le contempla comme si elle avait vu un fantôme.

— Attrape-la ! dit-il doucement, en agitant la balle.

La fillette se couvrit le visage des deux mains, et poussa un cri d'effroi. Surpris, il avança d'un pas, mais Hermione, faisant volte-face, s'enfuit en courant vers sa nourrice, en s'écriant :

— Chrysè, protège-moi de cet étranger !

La femme lui caressa la tête :

— Allons, mon enfant, qu'est-ce qui t'arrive ?

Hermione eut un regard furtif en direction de Pâris, qui fut horrifié de l'entendre s'écrier :

— C'est lui qui tue des enfants ! Je veux mon papa ! Je veux mon papa !

Et elle éclata en sanglots bruyants.

La servante leva les yeux, fit le signe pour conjurer le mauvais œil, s'empara de la fillette et s'éloigna en toute hâte.

Pâris resta là, abattu, sentant que la paix qui régnait dans le jardin avait disparu d'un coup.

Une demi-heure plus tard, il n'avait toujours pas bougé, accablé par le fait qu'Hermione avait peur de lui, ce qui compliquait encore plus ses relations avec Hélène.

Il retourna dans le bosquet de myrte pour réfléchir. Mais à part Éros, Aphrodite ne se souciait pas plus d'enfants que de moralité. Elle était la maîtresse du désir, du plaisir, de la passion. Comment pourrait-elle lui dire comment se comporter face à l'hostilité d'Hermione ?

Et pourtant, si la déesse l'avait amené ici, si elle avait poussé Ménélas à partir subitement, il était impossible qu'elle n'ait pas eu d'autres projets. Après un départ aussi favorable, une fillette de cinq ans serait un obstacle insurmontable entre Hélène et lui ?

Il lui fallait rassurer Hermione, et il y réfléchissait quand il entendit quelqu'un approcher. Il crut qu'il s'agissait d'Éteoneos, se leva d'un bond… et vit Hélène s'avancer vers lui, le visage rouge, les cheveux en désordre. Il lui sourit mais, avant qu'il ait pu dire quoi que ce soit, elle parvint à sa hauteur et le gifla avec force. Il resta immobile, battant des paupières pour retenir les larmes qui lui venaient aux yeux, secouant la tête. Sa joue était brûlante.

— Comment oses-tu ! s'écria-t-elle. Comment oses-tu !

— Je suis navré ! Je suis navré ! Je ne voulais pas effrayer ta fille !

Elle le dévisagea comme s'il était fou. Il y avait dans ses yeux bleu vert une fureur de tempête.

— Entrer dans mes appartements, fouiller dans mes affaires, laisser sur mon miroir un message absurde que toutes les chambrières pourront voir ! Comment as-tu osé !

Et elle le gifla de nouveau.

Il recula d'un pas, leva les bras pour se protéger, puis fut pris d'un tel fou rire qu'il en retomba sur le banc.

Elle le contempla fixement, pleine d'une fureur comme elle n'en avait jamais connu :

— Si jamais tu oses recommencer, lança-t-elle, je te tuerai !

Le rire de Pâris s'arrêta net. Tous deux se regardèrent.

— Alors vas-y, dit-il en levant les bras. Prends un couteau et tue-moi, car si tu ne me donnes pas ton amour, je suis, de toute façon, un homme mort.

Hélène serrait les poings, très fort, comme si c'était le seul moyen de dominer une colère qui l'avait déjà arrachée à elle-même et menaçait de l'emporter, tel un torrent, vers le chaos.

— Je le ferai ! Je le ferai ! s'écria-t-elle d'une voix entrecoupée de hoquets.

Il comprit qu'elle disait la vérité, et éclata de rire de nouveau.

— Tu es fou! hurla-t-elle, envahie par une fureur incrédule.

— Crois-moi, répondit-il aussitôt, il n'y a rien que je ne ferai ou dirai pour que tu m'aimes. Si c'est là une folie, alors oui, je suis fou!

— Je suis Hélène, reine de Sparte! dit-elle en se redressant. Et non une quelconque fille facile toute prête à entrer dans ton lit! Crois-tu que je pourrais aimer un homme assez méprisable pour trahir son ami dès qu'il a le dos tourné?

— Oui, souffla-t-il. Oui.

— Un menteur, qui rôde dans mon palais comme un voleur?

— Oui.

— Alors tu n'es pas seulement fou, mais sot!

— Qu'il en soit donc ainsi! Mais si je suis fou, c'est par amour.

Hélène resta là, tremblante. Sachant qu'il avait perdu l'esprit et que cela risquait bien de lui arriver aussi, elle dit d'une voix tremblante:

— Le mieux serait que tu quittes Sparte. Mais tu es l'invité de mon époux, non le mien. Si tu restes, ne t'attends pas à me rencontrer!

Elle s'éloignait déjà quand il lança:

— Pourquoi ne lui as-tu pas dit ce qui s'est passé entre nous hier soir?

Elle fit volte-face aussitôt, le regard brûlant:

— Parce qu'il est ton ami! Parce qu'il a de l'affection pour toi, et qu'il en aurait été accablé!

— Oui, dit-il en la fixant droit dans les yeux. Il en aurait le cœur brisé.

L'espace d'un instant, on n'entendit plus que le bruit de l'eau coulant sur les rochers.

Quand il vit qu'elle ne bougeait pas, Pâris se rassit sur le banc et, comme un homme brusquement épuisé, se prit la tête entre les mains.

166

— C'est la folie d'Aphrodite, dit-il d'une voix rauque. Je t'ai aimée bien avant de venir à Sparte, et c'est pour toi que je m'y suis rendu.

Hélène l'entendit enfin, comprit qu'il disait la vérité. Mais sa propre volonté protestait encore. Perplexe, elle tenta de le raisonner :

— Mais comment pouvais-tu m'aimer ? Tu ne m'avais jamais vue ! Tu ne m'aimais pas ! Tu aimais un songe !

— Oui. La déesse me l'a mis en tête et, quand elle m'a chuchoté ton nom, j'ai compris que tu étais mon destin. Le cœur connaît ces choses. Et maintenant que je t'ai rencontrée, ce n'est plus un songe.

Il fallait qu'elle s'éloigne, elle le savait. Elle fit demi-tour.

— Tu m'as été promise depuis l'aube des temps, chuchota-t-il.

Elle lui tournait le dos. Lorsqu'elle répondit, ce fut d'une voix à peine plus forte qu'un murmure, comme si peu lui importait qu'il entendît ou non :

— Mon monde est ici. Je suis chez moi, avec l'homme que j'aime.

— Je vous ai observés tous les deux. Pendant un moment, j'ai cru qu'il y avait un tel amour entre vous que la déesse m'avait égaré. Mais tu m'as montré qu'il n'en était rien.

— Comment cela ? s'écria-t-elle en se retournant.

— Parce qu'il y a plus de passion dans les gifles que tu m'as données que dans tout ce que tu lui as témoigné. C'est bien pourquoi j'ai ri, non pour me moquer de toi, ou parce que j'étais pris de folie, mais parce que je comprenais que jamais tu ne m'aurais frappé ainsi si je n'avais pas troublé ton âme. Tu sais qui je suis. Tu l'as su dès le moment où nous nous sommes vus, et je crois que toi aussi, tu as commencé à ressentir la folie de la déesse.

Il s'était levé tout en parlant, et commençait à s'avancer vers Hélène, qui recula :

— Ma passion se réduisait à une juste colère. Tu n'as pas le droit d'envahir ma vie de cette façon !

— Et si cette vie était achevée ? Tu ne peux plus retourner vers elle. Imagine-toi la reprendre avec Ménélas : elle se réduira à des années d'ennui, pendant lesquelles tu te demanderas ce qui aurait pu se passer si tu avais répondu à l'appel de la déesse. Il y a une autre vie, toute neuve, qui t'attend.

La douceur de ses paroles, l'odeur des roses et de la myrte, le bruissement hypnotique des criquets, le bruit de l'eau tombant sur les rochers, tout cela se mêla en elle. Tournant la tête, Hélène regarda la statue d'Aphrodite qui se coiffait, nue, indifférente à tout, sauf à l'amour. Elle l'avait contemplée plus d'une fois, sentant que la vie devait avoir davantage à offrir que ce qui lui avait été donné en partage. Mais elle avait servi la chaste Artémis étant enfant et, devenue épouse et reine, honorait désormais Héra et Athéna. Mieux valait accepter les lourds épis de blé de la première, les oliviers de la seconde, que les roses chargées d'épines de la Dorée. Mieux valait résister à la passion qu'en être la victime.

Cet homme menaçait le monde qui était le sien. Comment ce Troyen dément pouvait-il lui demander ce qu'il exigeait ? Pouvait-il vraiment imaginer qu'elle allait mettre en danger son existence entière pour son sourire enjôleur et ses absurdes déclarations d'amour ? N'était-il pas un de ces forbans du genre de Thésée – sans d'ailleurs la gloire du vieux roi ? Elle se souvint, une fois de plus, du jour horrible de son enlèvement. *Une telle beauté est plus une malédiction qu'un bienfait*, avait dit Thésée. Depuis, ces paroles ne s'étaient jamais effacées de son esprit. Cet homme était-il donc capable de lire dans les profondeurs de son âme ?

Pourquoi tremblait-elle en l'entendant, ou en sentant ses mains, si douces et si tendres, sur ses épaules?

Il avait posé son visage sur sa nuque, elle sentait son souffle dans ses cheveux :

— Je sais que tu n'as pas encore eu le temps d'apprendre à m'aimer, chuchota-t-il. Mais tu le peux.

Elle se libéra :

— Écoute-moi! J'aime mon mari. Lui aussi m'aime, et profondément.

Il réfléchit un instant, puis dit d'une voix douce :

— Un mari qui quitte ta chambre la nuit pour se rendre auprès d'une autre?

— Comment oses-tu! Et d'ailleurs, comment le sais-tu?

— Parce que je l'ai vu de mes propres yeux. La nuit suivant notre arrivée, quand nous avons dîné ensemble, je ne pouvais pas dormir, alors je suis sorti de ma chambre, et c'est ainsi que je l'ai aperçu.

— Ménélas est roi de Sparte, répondit-elle en levant la tête. Il en a les droits.

— Et qu'est-ce qui peut l'amener à quitter ton lit?

— Le droit d'avoir un fils, que je ne peux lui donner.

Pâris en resta stupéfait. Hélène ajouta en hâte :

— Tu vois donc que tu poursuis un songe stérile pour une femme stérile!

Il vit quelle angoisse on lisait sur son visage, et en fut bouleversé.

— Je suis navré, chuchota-t-il.

Elle le dévisagea, et lut sur ses traits une telle compassion qu'elle faillit fondre en larmes.

Mais qui était-il donc? Il avait l'allure d'un prince, mais son regard trahissait une franchise sans apprêt. Peut-être était-il, tout simplement, ce qu'il affirmait être : un homme si fou d'amour pour elle qu'il ne voulait rien entendre d'autre.

Incapable de parler, de bouger, elle pensa : *si la mort m'attend, alors c'est que la déesse l'a envoyée.*

Pourtant, c'est de la vie qu'il parlait – une vie où tous deux pourraient partager les passions des dieux. Une vie que seul les élus de l'amour pouvaient connaître, à condition d'être prêts à tout offrir.

Pâris tendit la main pour la toucher de nouveau. Elle recula aussitôt comme si, ouvrant les yeux, elle se retrouvait au bord d'un gouffre et battait en retraite pour retrouver la sécurité de son monde. Bien qu'il ne se fût pas rapproché davantage, elle leva la main pour le tenir à distance, et répéta plusieurs fois :

— Non ! Non ! comme si elle prononçait un charme.

— Je crois que nous sommes entre les mains de la déesse, dit Pâris en cueillant une rose. Elle veut notre bien.

Il se piqua à un doigt, qu'il posa doucement sur les lèvres d'Hélène.

Elle recula de nouveau :

— Est-elle responsable de tous les désordres que tu vas provoquer ?

Il sourit, avec le calme serein du vrai croyant :

— Non. Je l'en loue.

S'approchant, il glissa la tige de la rose dans ses tresses.

— Je t'attendrai ce soir. Si tu crois pouvoir refuser ce que je viens t'offrir, alors laisse-moi seul, condamne-nous. Sinon, viens.

Puis il quitta le bosquet de myrte sans regarder derrière lui.

La fuite de Sparte

Le navire d'Énée, la *Gorgone*, fut le premier à toucher terre à Troie. Le voyage de retour avait été moins paisible que l'aller, car une violente bourrasque avait soufflé, contraignant le vaisseau à voguer sous la pluie à travers une mer démontée. L'humeur d'Énée n'était pas moins agitée. Déjà furieux contre Pâris, il était persuadé qu'il avait délibérément changé de cap pendant la tempête pour le semer. C'est ainsi que, pendant des jours, la *Gorgone* combattit les flots déchaînés, et traversa les Cyclades en redoutant de voir apparaître à l'horizon un navire de guerre grec. C'était pourtant peu probable, mais le prince dardanien était si outré de la traîtrise de son ami qu'il craignait une vengeance des dieux. Son équipage murmurait déjà qu'Héra avait dû leur envoyer la tempête.

Énée ne fut donc pas surpris de ne pas voir l'*Aphrodite* dans les eaux de l'Hellespont. À dire vrai, il était prêt à parier que le vaisseau de Pâris, s'il n'avait pas déjà coulé, s'était réfugié dans une baie où son cousin aurait tout le loisir de cajoler la femme pour laquelle il avait pris tous les risques.

Dès qu'il eut touché le rivage, le prince se hâta de regagner le château de son père, au pied du mont Ida. Anchise écouta, impassible, le récit de son fils, qui tentait en vain de comprendre la conduite délirante de Pâris.

171

— C'est ma faute, je n'ai pas su en déchiffrer les signes assez tôt. À y réfléchir, ils étaient pourtant évidents ! Lors du banquet, il avait bien failli offenser notre hôte ! D'ailleurs, je ne l'avais jamais vu malade. Et pourtant, deux jours après notre arrivée, il était là dans son lit, à geindre. À l'époque, j'ai attribué cela aux rigueurs de la cérémonie de purification. Si je n'avais pas été si impatient de partir chasser, j'aurais pu me douter de quelque chose, tant il tenait à me voir partir. Il est vrai qu'alors il était déjà tellement pris par sa folie que je n'aurais sans doute pas pu l'arrêter !

— Je m'en doutais depuis longtemps, répondit Anchise. Sa dévotion à Aphrodite m'a toujours paru excessive. J'ai tenté de le mettre en garde une fois. Mais, après tout, qui étais-je pour lui dire de se méfier de la Dorée, quand j'ai perdu la vue à la servir ? Ne te reproche rien. Si Aphrodite a choisi Pâris comme instrument de ses passions, alors rien de ce que toi, moi, ou quiconque pourrions faire ne saurait le protéger de son destin.

— Ménélas était son ami ! s'écria Énée. Et il m'a sauvé la vie ! J'ai toujours aimé Pâris, depuis ce jour où je l'ai vu briser le nez de Déiphobe. Mais une telle trahison est sans précédent !

Anchise soupira :

— Pâris nous a tous trahis. Vous aviez été envoyés à Sparte pour chercher la paix, et il vient de donner aux Grecs un prétexte parfait pour entrer en guerre ! Jamais il ne renoncera à son amour. Mais pourrait-on convaincre Hélène de repartir ?

— Qui sait ce qu'une femme peut faire en de telles circonstances ? J'ai parlé avec elle, je l'ai avertie des conséquences, mais elle avait l'air en plein rêve… Je crois qu'elle aussi doit être possédée par un dieu. Sinon, comment aurait-elle pu abandonner sa fille ?

— Qui est-ce ?

— Elle s'appelle Hermione, elle est presque aussi belle que sa mère. Pour je ne sais quelle raison, peut-être par instinct de prophétie, elle se montrait très hostile à Pâris, si bien qu'Hélène a compris qu'elle devait choisir entre lui et la fillette. Elle aurait sans doute poussé des hurlements quand ils auraient tenté de quitter le palais en secret.

— Tu en as parlé avec Hélène ?

— Bien sûr ! Elle m'a répondu qu'Hermione avait toujours été chère à son père, qu'il aurait été inutilement cruel de la lui arracher. Je ne sais trop si elle-même y croyait.

— La passion a toujours un prix, et Pâris devra le payer un jour. Mais il nous faut faire tout notre possible pour que Troie n'ait pas à répondre de son crime. Nous en parlerons d'abord avec Anténor, il a l'oreille de Priam et il n'est pas l'ami de Pâris ! Ensuite, nous irons tous les trois apprendre la nouvelle au roi. Les fils d'Atrée ne tarderont pas à venir frapper à sa porte.

— Et toute la Grèce a juré de défendre les droits d'époux de Ménélas.

— Oui. Je commence à redouter qu'un pouvoir plus grand encore que celui d'Aphrodite ne soit derrière ces événements. Si Zeus a décidé qu'il était temps de faire périr les mortels, alors la guerre pourrait vraiment être terrible. Nous autres Dardaniens devons réfléchir à ce que nous sommes prêts à risquer pour Troie.

Les amants eux-mêmes, dans les bras l'un de l'autre, se seraient volontiers enfermés des jours durant, perdus dans leur amour. Lors des quelques heures qu'ils purent passer ensemble la première nuit, ils furent comme des voyageurs stupéfaits de découvrir un royaume dont ils ignoraient tout. La subtile alchimie de l'amour transforma l'hostilité qui les avait opposés en un désir, à la fois tendre et féroce, de connaître l'autre jusqu'au plus profond de son âme, dans chacun de ses gestes et de ses pensées. Après avoir fait l'amour, ils étaient restés allongés l'un près de l'autre, à parler sans fin, comme s'ils avaient toujours été intimes, bien que séparés pendant des années par le vaste monde.

Contemplant les yeux d'Hélène, Pâris se souvint de cet ascète indien rencontré à Troie, qui avait tenté de le convaincre que l'âme humaine voyage, en quête de paix, à travers bien des vies. À l'époque, il avait ri d'une idée aussi extravagante, mais désormais il lui était facile de croire qu'Hélène et lui s'étaient connus autrefois, bien avant de se rencontrer. Il le lui dit, et elle sourit :

— Peut-être est-ce moi, dans une autre vie, qui t'ai fait cette marque que tu as sur le cou – à moins qu'une autre femme n'y ait planté ses dents ?

— Je ne me souviens pas des autres. S'il y en a jamais eu, elles n'étaient qu'un vague rêve de toi. C'est une marque de naissance. Ma mère prétend qu'elle signifie que j'ai été mordu par la passion, mais je jure n'avoir jamais su ce que c'était avant. Peut-être as-tu raison : Aphrodite me l'a faite pour que tu me reconnaisses.

— Je crois que je t'aurais reconnu même si j'avais été sourde et aveugle, même si des générations s'étaient écoulées entre ma vie précédente et celle-ci.

— Et moi, même si le soleil devait disparaître et qu'il n'y ait plus qu'une nuit éternelle.

Pourtant, à d'autres moments, quand chacun plongeait les yeux dans ceux de l'autre, le sentiment de plénitude était tel qu'il rendait inutiles les spéculations, comme d'ailleurs les mots. À quoi bon comprendre ce qui se passait entre eux ? L'univers entier n'était plus qu'amour.

Le temps, hélas, ne s'arrêterait pas pour autant. Le cœur d'Hélène commença à s'alarmer bien avant le chant du coq. En dépit des supplications de son amant, elle le quitta juste avant l'aube pour regagner ses appartements. Seule dans le lit royal, elle s'effraya de ce qui venait de se produire, comme de ce qui était désormais exigé d'elle. Tout retour à sa vie d'autrefois était désormais impossible, sans qu'elle vît le moyen d'en entamer une autre.

Quand Hermione entra en courant dans la chambre pour lui faire part des cauchemars qui avaient troublé son sommeil, Hélène parvint à peine à lui répondre, tant elle aurait voulu pouvoir être libérée de la fillette – sentiment qui d'ailleurs lui inspira un profond mépris de soi-même. Elle réconforta l'enfant, lui dit que bientôt son père serait de retour à Sparte, et saurait la protéger de ses angoisses.

De tous ceux qui l'entouraient, une seule personne remarqua les changements qui s'étaient produits en elle : Æthra, la mère de Thésée, qui avait été la compagne et la servante d'Hélène depuis tant d'années, devina aussitôt l'agitation de son cœur. Son œil averti nota le rapide changement de couleur de son visage quand, plus tard dans la matinée, Pâris fit son apparition dans la salle de réception. Puis, l'après-midi, Hélène disparut pendant des heures, pour revenir l'air égaré, les cheveux en désordre. Æthra, qui l'attendait patiemment dans les appartements royaux, leva les yeux de ses travaux d'aiguille et dit :

— Le Troyen a donc été aussi foudroyé par ta beauté que mon fils autrefois ?

Hélène comprit aussitôt qu'il serait vain de nier. Bien au contraire, elle se sentit soulagée d'avoir quelqu'un à qui confier la joie et la crainte qui se partageaient son cœur.

— Pâris m'aime, répondit-elle d'une voix tremblante. Il voit au-delà de la malédiction de ma beauté, jusqu'à moi-même. Cela suffirait pour que je l'aime, s'il n'y avait pas tant d'autres raisons. Avec lui, j'ai l'impression de savoir qui je suis, je me sens libre d'être moi-même.

— Ce qui t'est impossible avec ton mari, qui t'aime ?

— Je vois désormais que j'aime Ménélas comme un ami, le plus cher que j'aie. Il est un bon père pour ma fille. Je sais aussi qu'il m'aime, et mon cœur en souffre pour lui. Mais l'amour que j'ai pour Pâris est d'un autre ordre.

Elle eut un sourire rêveur :

— Pour la première fois, je comprends pourquoi Pénélope refusait d'épouser qui que ce soit, sauf Ulysse. Elle a toujours été beaucoup plus courageuse que moi. Et elle avait raison. Je commence seulement à voir à quel point j'ai cédé à la crainte toute ma vie. Et j'ai encore peur, mais l'amour de Pâris est plus fort que mes angoisses. Il n'y a pas de retour en arrière possible, Æthra.

— Alors, que vas-tu faire ? Il compte t'enlever ?

Hélène contempla le visage de celle qui avait été une reine et n'était plus qu'une servante, un visage sur lequel on lisait une vie entière de souffrances, et répondit par une pirouette :

— Si je m'en vais, ce sera librement, cette fois.

— Alors, tu es décidée ?

— Oui... Non... Je n'en sais rien. Il y a tant de choses qui s'y opposent ! Hermione est terrifiée par Pâris. Dois-je l'abandonner pour Aphrodite, tout comme ma mère, voilà bien des années, m'a abandonnée au profit de Zeus ? Mais si je la contrains à venir avec moi, Ménélas en aura le cœur brisé.

— C'est déjà fait, répondit Æthra, même s'il l'ignore encore.

— Je sais. Il sera fou de chagrin quand il apprendra tout cela. Et j'ai des devoirs, ici, je suis reine et prêtresse de Sparte... Æthra, que dois-je faire ? Que dois-je faire ?

— Pourquoi me le demander quand tu le sais déjà ?

— Oui. Que les dieux me viennent en aide ! Après tout, ce sont eux qui m'ont accordé ce destin !

Les retrouvailles avec Énée avaient été difficiles. Il ne songeait qu'à l'ours énorme que ses camarades et lui avaient tué. Il en montrait la peau, à laquelle le crâne et les griffes étaient encore attachés, quand son cousin le supplia de se taire un instant.

Hélène les écoutait sans qu'ils s'en doutent, et fut épouvantée, après que son amant eut fait l'aveu de son amour pour elle, d'entendre les jurons incrédules d'Énée, qui l'accabla de questions. Pâris, impassible, répondit à toutes avec une franchise sans détour ; son amour pour Hélène était tel qu'il n'avait pas d'autre choix que de trahir son hôte et ami en s'enfuyant avec son épouse.

— T'aurait-elle rendu fou ? lança Énée. Aurais-tu oublié pourquoi nous sommes ici ? Notre but est d'œuvrer à la paix, non de provoquer une guerre inutile ! Reprends-toi ! Songe à ce que ton père dira de tout cela !

— Il m'en a donné la permission, répondit Pâris d'un ton un peu moins sûr de lui.

— La permission ? De faire quoi ? Certes, il a parlé de prendre une Grecque en otage, pour procéder à un échange avec Hésione, si tout le reste échouait. Mais que je sois jeté aux chiens s'il pensait à Hélène ! s'écria Énée, qui tremblait de fureur. Notre mission a à peine commencé ! Ménélas entend sincèrement nous aider dans nos négociations avec Agamemnon, et en ce moment même, en Crète, il doit préparer le terrain ! Ou bien entends-tu trahir ta cité, comme tu l'as fait pour ton ami ? Veux-tu donc que toutes les armées grecques se rassemblent sous les murs de Troie, parce que tu veux jouer à l'amour avec une femme infidèle ?

Les deux hommes eurent ensuite des échanges si violents qu'Hélène, terrifiée, en vint à redouter que quelqu'un – Éteoneos, en particulier – ne les entende. Elle resta là, tremblante, tandis que les deux cousins étaient près d'en venir aux mains.

177

— Mieux vaut en rester là, finit par dire Pâris, avant que l'un de nous ne prononce des paroles qui ne pourraient être oubliées ni pardonnées. Énée, tu es mon ami, mais crois-moi, mon choix est fait. Une seule question se pose : es-tu avec ou contre moi ? Que cela te plaise ou non, toi aussi, tu dois choisir.

— Ménélas m'a sauvé la vie, répondit Énée d'une voix rauque.

— Je sais.

— Et c'est ainsi que tu veux que je l'en remercie ?

— Fais comme tu l'entends. Ma vie est entre tes mains.

— Pars avec moi ! Laisse cette femme ici ! Oublie-la un moment ! Nous irons chasser dans les montagnes, et je jure de ne jamais te parler de cette affaire. Prends le temps de réfléchir et si, après une nuit ou deux, tu es toujours du même avis, alors je promets de faire tout ce que je pourrai pour t'aider.

Mais quand il leva les yeux, Pâris souriait si tristement qu'il eut à peine la force de répéter :

— Choisis.

Leur fuite fut précipitée, mais moins périlleuse qu'ils ne le redoutaient. En début de soirée, un des serviteurs qui avaient accompagné les deux princes troyens à Sparte quitta la ville à cheval, porteur d'instructions secrètes ordonnant aux capitaines des deux navires de se préparer à prendre la mer. Dès que le palais fut endormi, d'autres furent chargés d'atteler les chevaux aux chars, en n'emportant que le minimum de bagages. Il fallait en effet tenir compte des besoins d'Hélène, comme de ceux d'Æthra et de Phylo, une servante, qui fuiraient Sparte avec eux.

La reine stupéfia Pâris par son esprit pratique. Il l'avait assurée que Troie lui offrirait toutes les richesses qu'elle pourrait jamais désirer, mais la reine tint à emporter une grande partie du trésor de Sparte : il lui revenait de droit, puisqu'elle était la fille de Tyndare. La voyant remplir des paniers de pièces d'or et de pierres précieuses, Pâris songea qu'une fois de retour de Crète, Ménélas constaterait que sa femme n'était pas la seule à avoir disparu.

C'est Hélène qui prépara le somnifère qu'elle versa dans une cruche de vin que Phylo alla offrir aux deux soldats montant la garde cette nuit-là aux portes du palais. Toutefois, quand Pâris, un peu plus tard, alla s'assurer qu'ils dormaient, il se rendit compte que l'un d'eux s'agitait encore. Faisant une prière à Aphrodite, il lui trancha la gorge puis, réalisant qu'il avait tué un homme – avec une férocité qui le surprit –, il égorgea également l'autre. Toutefois, retrouvant Énée, il se borna à dire que les deux sentinelles étaient hors d'état de nuire.

Une heure après minuit, tout était prêt, et Pâris s'en alla chercher Hélène. Il la trouva en larmes, après qu'elle eut jeté un dernier regard sur sa fille endormie. Craignant que tous ses plans ne s'effondrent, il la releva en chuchotant :

— Emmène-la avec toi. Nous nous battrons si jamais elle fait le moindre bruit.

S'essuyant les yeux, Hélène le regarda, comme si elle cherchait à savoir si cet homme qui avait bouleversé sa vie était un dieu ou un démon.

— Jusqu'ici, reprit-il, tu as été courageuse. Continue ! Une nouvelle vie t'attend.

— Mais à quel prix !

Hélène jeta un dernier regard à la porte de la chambre de sa fille, puis saisit Pâris par le bras :

— Je sais que je ne peux emmener Hermione avec moi, car tel n'est pas son destin. Mais jure-moi que jamais tu n'oublieras que j'ai fait ce sacrifice.

— Je le jure sur ma vie.

— Alors, viens. Il est l'heure.

179

La lune était pleine, mais dissimulée par de gros nuages noirs venus de la mer. Ce ne fut toutefois qu'à une certaine distance du palais qu'ils montèrent sur les chars et empruntèrent la route longeant le fleuve.

Debout derrière Pâris, Hélène vit le paysage qu'elle avait contemplé toute sa vie défiler sous ses yeux, avant de s'évanouir dans le passé. Sparte avait disparu, comme Hermione, comme Ménélas ; au-delà du col montagneux ne l'attendait plus qu'un avenir incertain. Le vent venait lui fouetter le visage avec la violence d'un torrent, et elle eut l'impression d'être comme ivre, tant elle se sentait, pour la première fois de sa vie, réellement vivante.

La sentinelle de garde au passage du col allait crier quand une flèche tirée par Énée se planta dans sa gorge. L'homme s'effondra sans un bruit.

— Le premier mort ! soupira le fils d'Anchise. De combien d'autres devrons-nous payer tout ceci ?

Mais le reste de la petite garnison semblait dormir. Quelques instants après, le col était derrière eux et ils se dirigeaient vers le port sans que personne ne les poursuive.

Les deux navires étaient déjà prêts à partir, après que leurs capitaines eurent péniblement rameuté les équipages, dispersés dans les tavernes et les bouges des environs. Deux hommes demeurèrent introuvables ; tant pis pour eux. Les vaisseaux levèrent l'ancre et s'élancèrent vers la haute mer. Il tombait déjà une pluie froide sur le pont, d'où Pâris regardait disparaître le rivage.

Il avait été convenu que, pour plus de sûreté, les deux navires vogueraient de conserve ; mais cela se révéla plus difficile que prévu quand l'orage se leva, car on n'y voyait rien. Le monde n'était plus que chaos ; le mât tanguait, les ponts étaient inondés, la proue fendait des flots écumeux sous un ciel où couraient des nuages de plus en plus noirs. L'*Aphrodite* était en route depuis moins d'une heure quand Hélène se mit à souffrir du mal de mer.

Livide, elle geignait, prise de nausées d'autant plus douloureuses qu'elle n'avait pas songé à se restaurer avant de partir; il ne lui montait aux lèvres qu'une bile amère qu'Æthra essuyait, tandis que Phylo, à leurs côtés, faisait des prières au dieu de la mer.

Les heures passèrent sans que l'orage ne s'apaise, et l'état d'Hélène ne fit qu'aggraver. Craignant le pire, Pâris hésita : gagner le rivage pour qu'elle trouve un peu de repos, c'était courir le risque d'être rattrapés par leurs poursuivants. Mais quand elle n'eut même plus la force de chuchoter, il ordonna à son capitaine, Skopas, d'accoster au plus vite.

Ils découvrirent ainsi une petite île qui se dressait assez haut au-dessus de la mer pour qu'ils osent s'engager dans une crique. Tout autour d'eux, de gros rochers s'entassaient en désordre, lointains souvenirs d'une colère de Poséidon. Mais la colline dénudée dont ils étaient tombés leur offrirait au moins un refuge.

Pâris ordonna qu'on fixe une bâche goudronnée à l'entrée d'une grotte, où ils allumèrent un feu avec du bois flottant. Il improvisa un lit avec des voiles et des capes qu'il posa sur une grande pierre, y déposa Hélène et, plein d'amour et d'angoisse, la regarda dormir.

Quand lui-même s'éveilla, elle se baignait dans une cascade située un peu plus avant dans la grotte. Il crut d'abord que c'était l'aube, mais la lumière du soleil, à l'ouest, teignait le ciel de reflets ambrés. Il comprit donc qu'ils n'en étaient encore qu'au premier jour de leur fuite. Ayant navigué de nuit, épuisés par une mer turbulente, ils avaient dû dormir tout l'après-midi. Cependant, si les vagues étaient encore agitées, la tempête avait pris fin, et la femme qui se dirigeait vers lui, en se séchant dans une cape, avait l'air d'une nymphe sortant des eaux. Hélène lui souriait, certes d'un air un peu las. Il mourait de faim, mais il y avait d'autres appétits à apaiser.

Ils appelèrent Kranaé – ce qui signifie l'endroit rocheux – la petite île anonyme où, libres pour la première fois, ils s'abandonnèrent à la passion qu'Aphrodite leur avait offerte.

Pendant plusieurs jours, le temps que la mer se calme vraiment, ils vécurent comme les survivants d'un naufrage, bannissant les autres de leur univers, se nourrissant de poissons et de seiches qu'ils capturaient, plongeant en quête d'oursins. Des mouettes planaient au-dessus de leurs têtes, et les rochers, qui sous la pluie battante leur avaient paru si lugubres, prenaient au soleil des couleurs d'ocre rouge. Ils découvrirent des figuiers sur le versant sud de la falaise, ainsi que des ruisseaux aux eaux glacées dont ils s'émerveillèrent. Ils faisaient souvent l'amour, de jour comme de nuit et, l'après-midi, somnolaient en partageant les mêmes rêves.

Quand Skopas, un matin, se plaignit que l'équipage commençait à s'agiter, Pâris donna à ses hommes la permission de se rendre sur le continent, qu'on apercevait de loin. Prenant la nourriture et le vin dont Hélène et lui auraient besoin, il leur ordonna de revenir dans une semaine. Puis les deux amants regardèrent le navire s'éloigner et se perdre peu à peu dans la brume.

— Et s'ils ne revenaient pas? demanda Hélène.

— Alors nous vivrions ici pour toujours, répondit Pâris en riant. Voici notre royaume! Une petite île qui n'a ni sujets ni esclaves, pas d'histoire et aucune ambition, sinon rester elle-même, et nulle autre loi que l'amour.

— Mais nous avons toujours des ennemis.

— Oublie-les. À l'heure qu'il est, ils doivent croire que nous sommes loin. Viens, nous allons faire de cette île un autel à la déesse. Elle nous assurera sa protection.

C'est ainsi que, sous le soleil brûlant, ils s'offrirent une fois de plus à Aphrodite, comme s'ils cherchaient à effacer de leur mémoire tout souvenir d'un monde qui, un jour, leur ferait payer ce rêve de liberté.

Un parfait prétexte à la guerre

C'est dans l'arène, par une chaleur accablante, à plus de deux cents milles de Sparte, alors qu'il décernait des prix lors des jeux donnés à l'occasion des funérailles de son grand-père, que Ménélas apprit la nouvelle.

Le messager venu du port suait à grosses gouttes — mais pas seulement à cause de la canicule. Il attendit anxieusement tandis qu'un chambellan chuchotait à l'oreille du roi Deucalion qui, d'abord irrité d'être dérangé, hocha la tête et se tourna vers son invité :

— Un navire vient d'arriver de Sparte. Quelqu'un t'apporte des nouvelles et souhaite te parler en privé.

Deucalion était roi de Cnossos depuis plus de trente ans. C'est lui qui avait rebâti l'ancien palais de Minos, après qu'un tremblement de terre, puis la guerre avec Thésée, l'eurent réduit à l'état de ruines. Mais le pouvoir de la Crète n'était plus que l'ombre de ce qu'il avait été un millénaire auparavant, et Deucalion n'appréciait guère que la mort d'un de ses vassaux ait conduit les fils d'Atrée sur son île. Il avait eu autrefois l'idée d'obtenir la main d'Hélène de Sparte pour son fils Idoménée, afin de forger une alliance qui protégerait la Crète de la puissance croissante de Mycènes. En vain. Il était donc contraint d'être là, en compagnie d'un Ménélas rayonnant, tandis qu'Agamemnon, ce butor, faisait des ravages parmi les femmes du palais, sans cesser de rêver qu'un jour toute l'île serait à lui.

185

Deucalion surprit un bref sursaut d'inquiétude, vite réprimé, quand Ménélas, s'excusant, se leva. Le monarque crétois, suivant du coin de l'œil son entretien avec le messager, fut stupéfait de constater que le roi de Sparte changeait de couleur. Son visage devint livide, puis s'empourpra. Il leva le poing, et l'espace d'un instant, donna l'impression de vouloir frapper son interlocuteur ; puis il frémit et s'appuya contre lui comme pour s'empêcher de tomber. Se reprenant, il secoua la tête, ramena en arrière son opulente chevelure rousse et regarda autour de lui d'un air incertain. Puis il eut un rire incrédule, saisit le messager par le bras, et lui posa des questions avant que l'homme, après s'être incliné, ne s'éloigne précipitamment.

Ménélas parut chercher à reprendre ses esprits, puis se souvenir enfin de l'endroit où il se trouvait. Il revint à pas lents vers son siège. Un autre taureau entrait dans l'arène ; il lui fallut donc attendre que le vacarme s'apaise un peu pour se faire entendre de Deucalion :

— Pardonne-moi, mais je dois te demander la permission de me retirer.

— J'espère qu'il ne s'agissait pas de mauvaises nouvelles ?

— C'est une question qui exige toute mon attention, répondit le roi de Sparte d'une voix rauque.

Il fit volte-face en marmonnant de vagues excuses et sortit de l'arène au milieu de la foule, non sans dire à ses serviteurs, perplexes, de le laisser tranquille. Une fois sorti, il s'arrêta pour s'appuyer contre le mur d'une taverne, sur lequel quelqu'un avait grossièrement griffonné *Clio est une putain*. Il lui fallut retenir une envie de vomir.

Deux heures plus tard, les fils d'Atrée se retrouvèrent dans une chambre de la demeure mise à leur disposition pendant leur séjour. Les murs bleu sombre étaient ornés de porteuses de libations aux jupes à volants, aux seins nus, qui levaient des bras chargés de serpents. Le tremblement de terre subi autrefois par la cité avait ouvert dans la paroi une fissure qui ressemblait à un éclair frappant le champ d'iris au milieu duquel elles avançaient. La pièce empestait l'encens. Dehors, le ciel était chargé d'un orage qui ne voulait pas éclater.

Agamemnon, dont la tunique qu'il avait enfilée révélait la poitrine abondamment velue, attendit que l'esclave qui leur servait du vin soit sorti, puis dit d'une voix mauvaise :

— Le messager était-il certain de tout cela ?

— Il le tenait d'Éteoneos, dont il m'a rapporté exactement les paroles. Il ne peut y avoir aucun doute.

— Peut-être Éteoneos se trompe-t-il ? Après tout, le Troyen a pu s'enfuir en l'emmenant de force, pour en faire un otage à échanger contre Hésione. Je suis surpris que Priam n'y ait pas pensé. C'est ce que j'aurais fait, à sa place !

— Crois-tu que je n'y aie pas songé ? rétorqua Ménélas. C'est la première idée que j'ai eue, après avoir réalisé ce qu'on m'annonçait. Mais il n'y avait aucun signe de lutte ou de désordre dans sa chambre ; ses vêtements et ses bijoux préférés avaient disparu. Comme d'ailleurs Æthra, et une servante qu'elle aimait tout particulièrement. De simples brigands auraient d'ailleurs emporté tout le trésor de Sparte ! Or, selon Éteoneos, elle n'a pris que ce qu'elle considère comme lui revenant de droit.

— Et cela représente combien ?

Ménélas jeta à son frère un regard incrédule :

— Crois-tu que cela m'importe, quand on m'a volé celle qui était la lumière de ma vie ?

— Alors, dit Agamemnon, partons du principe que ta femme a été assez impudique pour s'enfuir avec ton ami troyen. Que comptes-tu y faire ?

— J'ai déjà envoyé des ordres à Sparte, pour qu'on double le nombre de navires patrouillant dans la mer Égée pour les retrouver. Mais ils ont une nuit d'avance, et tout cela s'est passé il y a trois jours. Ils ont bien des chances d'arriver à Troie avant que nous les repérions. C'est sans espoir ! conclut Ménélas d'une voix tremblante.

— Es-tu un fils d'Atrée, ou un benêt fou d'amour ? lança son frère d'un ton agacé. Reprends-toi, sinon tu seras la risée de toute la Grèce ! Ne t'avais-je pas dit que rien ne sortirait de bon d'une amitié avec ces voleurs asiatiques ?

Ménélas fut à la fois accablé et mortifié par l'exactitude de la remarque. Comme il ne répondait pas, Agamemnon dit, d'un ton soigneusement méprisant :

— Tiens-tu vraiment à récupérer ta putain spartiate, maintenant qu'elle t'a posé des cornes encore plus grandes que celles des taureaux que tu as vus aujourd'hui ?

Ménélas vira à l'écarlate :

— Cela suffit ! gronda-t-il. Encore une insulte comme celle-là, et je te tranche la langue avant de te la faire rentrer dans la gorge !

— Voilà qui est mieux ! dit Agamemnon en souriant. Tu as des cornes, apprends à t'en servir. La fureur, voilà ce qu'il te faut ! Assez pour poursuivre cette fripouille jusqu'à Troie. Assez pour lui nouer les tripes autour du cou et jeter ses couilles aux chiens. Et si tu n'en es pas capable, je m'en chargerai ! Personne ne peut insulter la maison d'Atrée et vivre assez longtemps pour s'en vanter !

— Je peux me venger moi-même !

— Alors, rien n'est perdu. Télamon sera de notre côté. Je crois par ailleurs me souvenir qu'Ulysse a fait autrefois jurer à tous les princes de Grèce, devant Poséidon, qu'ils combattraient pour défendre tes droits sur Hélène.

Agamemnon regarda son frère qui, debout au milieu de la pièce, tremblait en serrant les poings. Il but une gorgée de vin et lui dit en gloussant :

— Mon frère, les Troyens croient s'être emparés d'un trophée. En fait, ce qu'ils auront, c'est la guerre !

Deuxième partie
LE LIVRE D'ARÈS

Le rassemblement

En Grèce, la nouvelle de la fuite d'Hélène se répandit encore plus vite que la peste.

Assis près du feu dans leurs citadelles, des hommes se souvinrent de l'effrayant serment qu'ils avaient prêté sur les débris sanglants du cheval de Poséidon, et réfléchirent à ce qu'ils diraient quand les messagers d'Agamemnon viendraient les sommer de tenir parole. Les vassaux de Ménélas, eux, ignoraient le doute : la perte de leur reine était un affront personnel, et ils avaient peine à croire qu'elle ait pu les abandonner de bon cœur. Peut-être était-ce l'effet de la sorcellerie, ou du caprice des dieux... En tout cas, Ménélas s'était montré un roi bon et généreux qui, dans l'adversité, réclamait leur soutien. Tant pis si cela signifiait la guerre ! Y avait-il jamais eu plus noble cause méritant qu'on se batte ?

Dans les collines lacédémoniennes, d'autres attendaient avec moins d'enthousiasme. Troie était loin, au-delà d'une mer imprévisible. Ils avaient suffisamment de soucis pour devoir se préoccuper d'une femme infidèle. Certes, ils avaient juré devant Poséidon, mais c'était pour protéger Ménélas de leur propre jalousie, non pour poursuivre une femme impudique qui ne souhaitait plus partager son lit ! S'il avait négligé de la garder sous clé, il n'avait à s'en prendre qu'à lui-même ! C'était folie que d'avoir invité les Troyens chez lui, et les dieux eux-mêmes restaient impuissants face à une telle stupidité.

Bien entendu, de telles remarques n'étaient jamais proférées devant Agamemnon, mais ses espions en eurent bientôt vent, et il comprit vite qu'il lui serait difficile de rassembler des forces capables d'affronter Troie s'il ne mettait en avant que les seuls intérêts de son frère.

Les difficultés avaient commencé avant même que les fils d'Atrée ne quittent la Crète. Informé de la situation, Deucalion avait témoigné la plus vive sympathie à Ménélas – sans pour autant vouloir s'engager. L'enlèvement d'Hélène était certes un affront insupportable à toute la Grèce, mais les temps étaient difficiles : il aurait beaucoup de mal à accompagner les deux frères dans une lointaine campagne militaire où il y avait beaucoup à perdre. Depuis que Thésée avait réduit l'île à un simple État vassal d'Athènes, les barons crétois n'éprouvaient plus grand enthousiasme pour la guerre : ils savaient trop quel en était le coût. De toute façon, il faudrait au moins réunir un conseil et, si Deucalion était prêt à y peser de tout son poids, les fils d'Atrée devaient comprendre que son pouvoir n'était plus ce qu'il avait été. Aussi, pour le moment, ne pouvait-il rien promettre.

Agamemnon était sorti furieux de l'entrevue :

— Un rat grimpé sur le trône d'un pays pourri ! s'exclama-t-il. Pas étonnant que la Crète soit tombée si aisément aux mains de Thésée ! Mais j'ai gardé les yeux ouverts pendant notre séjour ! Il est peut-être le fils d'un roi dégénéré et d'une mère dépravée, mais il est moins misérable qu'il ne le prétend ! Thésée n'est plus, Ménesthéos est loin, et la Crète se relève. Il a des navires, et sait que nous en avons besoin. Mais il pense aussi que la guerre entre Troie et la Grèce risque d'être longue, si bien que la Crète pourrait retrouver la maîtrise des mers. Il va falloir lui apprendre qu'il a beaucoup à perdre en restant à l'écart !

— As-tu pris garde à Idoménée pendant que tu lui parlais ? J'ai la certitude qu'il méprise son père. Nous pourrions peut-être discuter avec lui en privé.

— Tu crois que nous pourrions les dresser l'un contre l'autre ?

— On ne risque rien à essayer. Idoménée et moi sommes amis, il a été l'un des premiers à jurer de me venir en aide. Cela fait un certain temps qu'il se montre de plus en plus agité et ambitieux : son père a vécu trop longtemps. Je crois qu'une bonne guerre lui plairait.

— Je vois que tu apprends vite, mon frère, dit Agamemnon en souriant. La haine est bonne conseillère.

Peu après son retour, le Lion de Mycènes convoqua ses principaux alliés pour un conseil de guerre dans une grande salle de son palais. Ménélas était là, bien entendu. Nestor, roi de Pylos, fut l'un des premiers à arriver ; bien qu'il eût atteint la soixantaine, il était plus vaillant et éloquent que jamais, et n'épargna aucun effort pour assurer les fils d'Atrée qu'il leur donnerait tous les sages conseils et le soutien militaire qu'il pourrait. Il fut soutenu en cela par Palamède, prince d'Eubée ; son père Nauplios lui avait donné l'autorisation de mettre à la disposition d'Agamemnon toutes les ressources militaires du royaume. Il en allait de même de Diomède, qui avait toujours été si amoureux d'Hélène qu'il considérait son enlèvement comme un affront personnel. Comme Ménélas, c'était un dévot d'Athéna, et il déclara au roi de Sparte que la déesse l'avait assuré en rêve qu'elle protégerait les quatre-vingts navires qu'il comptait envoyer contre Troie.

D'autres vassaux du Lion de Mycènes firent leur apparition. Certains étaient impatients de partir en campagne, d'autres préféraient attendre de voir d'où soufflait le vent. Dans l'ensemble, pourtant, les choses se présentaient bien, jusqu'à ce qu'on apprenne des nouvelles inattendues.

Agamemnon comptait sur le tempérament belliqueux de Télamon pour convaincre tous ceux qui, parmi les princes, pourraient douter de la nécessité de s'en prendre à Troie. Le vieux forban connaissait bien la ville, qu'il avait pillée autrefois. Mais des messagers venus de Salamine leur apprirent qu'il s'était effondré brusquement au sortir d'un banquet, la veille de son départ pour Mycènes. Il avait survécu, bien qu'ayant perdu la parole et ne respirant plus qu'avec difficulté. Son fils Ajax et son beau-fils Teucer étaient à son chevet, priant Apollon pour qu'il le guérisse. Le héraut qu'ils envoyèrent auprès d'Agamemnon promit de mettre six navires à sa disposition. Mais le roi maudit le sort qui le privait d'un homme dont l'expérience et le tempérament énergique lui auraient été autrement utiles.

Les nouvelles venues d'Ithaque étaient encore plus désespérantes – à tel point que les deux frères conférèrent en privé avec Nestor avant d'en faire part à l'assemblée. Ils avaient reçu par pigeon voyageur un message contenu dans un petit cylindre de bronze noué à sa patte. Ulysse et Pénélope expliquaient que c'était parce que la tempête soufflait autour d'Ithaque ; ils déploraient la fuite d'Hélène, comprenaient la juste colère de Ménélas – mais n'était-ce pas la traîtrise d'un seul homme et non d'une cité entière ? Les fils d'Atrée devraient attendre la réponse du roi Priam avant de se lancer dans une guerre qui pourrait bien être longue et ardue.

— Comme d'habitude, cette fripouille ne pense qu'à ses propres intérêts ! fulmina Agamemnon.

— Avons-nous vraiment besoin de lui ? demanda Ménélas. Ithaque n'est jamais qu'une petite île, si pauvre que les chèvres y trouvent à peine de quoi brouter ! S'il ne veut pas venir, qu'il reste chez lui !

Se levant, son frère se mit à marcher de long en large.

— Ce n'est pas simplement Ithaque. Il a beaucoup d'influence dans les îles Ioniennes, et si les maîtres de

Samé, de Dulichium et de Zacynthos apprennent qu'il ne vient pas, ils seront tentés de faire de même ! Ce qui nous priverait de plus d'un millier d'hommes. Et Ulysse n'est pas un quelconque péquenaud éleveur de moutons. C'est un stratège, le meilleur que nous ayons, à l'exception de Nestor. Il nous est indispensable !

Le vieux Nestor cajolait Iphigénie, la fille d'Agamemnon, qui avait grimpé sur ses genoux :

— Ulysse ne dit pas qu'il ne viendra pas. Il suggère simplement d'attendre le retour de tes envoyés.

— Nous savons déjà ce qu'ils nous diront ! S'il se sent fort, Priam nous répondra que nous avons refusé d'intervenir pour faire libérer sa sœur ! Et dans le cas contraire, il saura gagner du temps par des palabres diplomatiques ! Alors qu'il n'y a jamais eu meilleur moment pour nous emparer de Troie !

— Et Ulysse sait que tu le penses ? demanda Nestor en caressant les cheveux de la fillette, qui suçait son pouce.

— Évidemment ! Il n'a rien d'un imbécile ! Et il le sait depuis longtemps. Mais il s'est marié, et la paresse l'a gagné. Je l'aimais davantage du temps où il était pirate, comme d'ailleurs tous les princes de Grèce. Ils n'ont guère aimé le serment qu'il leur a imposé lors du mariage, mais ils ont admiré sa fourberie ! Il perd son temps à élever des moutons sur son bout de rocher, et il faut l'extirper du grand lit dont il est si fier.

— Alors, laisse-moi aller lui parler, intervint Ménélas. Après tout, c'est lui qui a fait en sorte que je puisse épouser Hélène.

— Ce n'est pas sa faute si les choses ont mal tourné ! Comment aurait-il su que tu allais introduire chez toi un étalon troyen ?

Nestor leva la main :

— Les fils d'Atrée daigneront-ils écouter mon opinion, ou bien Iphigénie et moi devons-nous nous retirer pour vous laisser brailler tout votre saoul ?

— Parle ! dit Agamemnon. Tes conseils nous sont précieux.

— Nous savons tous qu'Ulysse n'est pas un lâche ; quelque chose doit donc le retenir chez lui. J'ai entendu dire que Pénélope était de nouveau enceinte. La lettre n'y fait pas allusion, mais si elle est près d'accoucher, il doit sans doute redouter qu'un mauvais sort quelconque ne fasse perdre à sa femme, une fois de plus, l'enfant qu'elle attend.

— Mais si c'est le cas, et que Pénélope donne le jour à un enfant, il sera encore plus difficile d'arracher Ulysse à son île. Que suggères-tu ?

— Il faut d'abord ne rien dire aux autres princes. Explique-leur qu'à Ithaque, le temps est mauvais, qu'Ulysse n'a pu entreprendre le long voyage jusqu'à Mycènes, mais qu'il attend d'autres instructions. Ce qui n'est pas tellement éloigné de la vérité !

Nestor prit la fillette par les poignets et lui fit claquer des mains. Elle rit.

— Ensuite, une fois que le conseil aura pris fin, et que tous seront rentrés chez eux rassembler leurs troupes, que Ménélas aille à Ithaque, mais accompagné de quelqu'un d'aussi rusé que le prince d'Ithaque. Je pense à Palamède. C'est tout à fait l'homme qu'il nous faut.

Comme l'histoire en vient à Ithaque, on pardonnera que moi, Phémios, donne au récit une note personnelle. Car, si j'avais à peine cinq ans quand Ménélas débarqua sur notre petite île, je me souviens du grand banquet qu'Ulysse donna pour célébrer la naissance de son fils. Ce jour-là, mon père, le barde Thespis, chanta devant le peuple rassemblé. Je me souviens de la lumière du soleil à travers les platanes, du goût du miel sur ma langue. Et d'Ulysse, plein d'allégresse, dansant au son de la lyre comme s'il était la vivante statue d'un dieu.

Je ne peux prétendre me souvenir de la venue de Ménélas et de Palamède. Ce que je sais de cette rencontre fatidique, je l'appris beaucoup plus tard de Pénélope, un jour qu'elle racontait l'histoire à Télémaque. Lui et moi étions des adolescents à l'époque, et liés d'amitié depuis longtemps. Exaspéré de voir les prétendants assiéger sa mère, il lui avait demandé pourquoi son père les avait abandonnés pour prendre part à la guerre contre Troie, cette folie. Je pense donc savoir ce qui s'est vraiment passé, et qui diffère de ce que les gens racontent, car ils attribuent à la folie ce qui était l'effet de la douleur provoquée par un oracle.

On dit ainsi qu'Ulysse avait si peu envie de partir à la guerre qu'il chercha à faire croire à Ménélas qu'il était devenu fou. Vêtu en paysan, il attela un bœuf et un âne à sa charrue, et se mit à semer du sel dans un champ. Palamède arracha Télémaque à sa mère et le jeta dans le sillon, ce qui contraignit Ulysse à se démasquer.

La vérité est plus subtile et plus douloureuse.

Ce jour-là, l'île tout entière était si pleine d'allégresse qu'au début nul ne prit garde à l'arrivée du navire venu du continent. Montant vers le palais pour y rencontrer Ulysse, Ménélas et Palamède entendirent les chants et les rires qui en venaient, sentirent l'odeur du bœuf qu'on fait rôtir, et surent que le vieux Nestor avait eu raison : le prince d'Ithaque avait enfin un héritier.

La fête elle-même était des plus rustiques. Laërte, père d'Ulysse, était assis sur un trône sculpté qu'on avait installé sous un auvent couronné de pampres. Anticléa, son opulente épouse, se tenait à ses côtés, cajolant un nouveau-né emmailloté tout en bavardant avec les femmes qui l'entouraient. Mais Ulysse et Pénélope se distinguaient à peine des paysans et de leurs épouses, et il fallut un instant à Ménélas pour reconnaître l'homme courtaud, aux jambes arquées, qui s'avançait vers lui, mains tendues en signe de bienvenue.

— Le roi de Sparte nous honore de sa présence! lança-t-il à la foule qui, d'abord stupéfaite, se mit à applaudir bruyamment.

Pénélope vint rejoindre son mari. Voir apparaître Ménélas l'avait assombrie, mais elle n'en laissa rien voir.

— Soyez les bienvenus dans notre maison, mes seigneurs, dit-elle. Vous arrivez en un moment heureux!

— Je le vois bien! répondit Ménélas, qui s'inclina vers Laërte et Anticléa, puis prit Pénélope par le bras. Je suis si heureux pour toi! Il était temps que les dieux t'accordent leurs faveurs!

— Mais ils m'ont déjà donné un époux aimant, et une vie heureuse ici, à Ithaque! Et maintenant que nous avons un fils, notre bonheur est complet.

Le roi de Sparte se tourna vers Ulysse, qu'il serra dans ses bras à l'étouffer:

— Tu as bien de la chance! dit-il en réprimant ses larmes, tant le contraste avec son propre malheur lui était pénible.

— Tu reconnaîtras que je l'ai bien mérité! dit Ulysse en se dégageant. Viens, il faut que ton compagnon et toi humectiez la tête du bébé.

— Comment l'appellerons-nous?

— Télémaque! répondit fièrement l'heureux père.

— La bataille décisive? dit Ménélas. Un beau nom et un bon présage!

Jetant à Pénélope un regard rassurant, Ulysse se tourna vers le compagnon de Ménélas, un jeune homme dont le visage lui était familier, qui jetait sur les festivités un regard un peu hautain.

— Tu te souviens de Palamède? demanda Ménélas. C'est le fils de Nauplios, le roi d'Eubée; il était avec nous à Sparte, lors du mariage.

— Seigneur Ulysse, dit le nouveau venu en lui serrant la main, on dirait que toutes nos rencontres se font en des moments très animés ! J'ai été l'un de ceux que tu as contraints à prêter serment, le pied posé sur une carcasse de cheval !

— Et moi, répondit Ulysse en souriant, je me souviens d'avoir perdu beaucoup d'argent à ton jeu de dés ! J'ai appris que tu avais inventé un nouveau système de poids et mesures ? Venez prendre du vin, et tu m'en parleras. Ohé, vous autres ! Mes invités doivent manger ! Faites-leur place sur les bancs !

Mais, comme Ménélas, il avait remarqué l'hostilité froide qui passait entre eux, comme si chacun, marchant sur l'ombre de l'autre, lui dérobait la lumière du soleil.

Dans la soirée, Ulysse et ses compagnons s'installèrent sur un balcon surplombant la falaise, d'où l'on pouvait voir la mer venir battre le rivage. Quelques fêtards chantaient encore sous les arbres. Le bébé avait été lavé, allaité et mis au lit quelques heures plus tôt, mais Ulysse savait que Pénélope, étendue dans le grand lit d'olivier qu'il avait taillé lui-même, ne dormait toujours pas. Bien que très las, il ne comptait pas céder au sommeil cette nuit. Mais, pour le moment, il lui fallait attendre. Les deux hommes étaient venus le chercher ; qu'ils commencent.

Ménélas eut un grand soupir et s'étira :

— Dois-je dire que nous avons été déçus de ta réponse à Agamemnon ?

— Nous comptions sur soixante navires au moins, dit Palamède.

— Soixante ? lança Ulysse en souriant. Tu as vu à quel point mon île est petite !

— Mais d'autres vaisseaux attendent à Samé, Dulichium et Zacynthos.

— Agamemnon a toutes les armées de Grèce à sa disposition ! La flotte crétoise se joindra sans doute à lui, puisqu'il a dressé Idoménée contre son père. Et vous-mêmes représentez toute la puissance de Sparte et d'Eubée !

— Tu as l'air bien informé, dit Palamède en souriant.

— J'essaie toujours de garder les oreilles ouvertes.

— Ulysse, intervint Ménélas, sois franc avec nous. Nous avons besoin de toi.

— Tu es connu dans toute la mer Égée pour ton courage et ta finesse, reprit Palamède. Là où tu vas, les autres te suivent.

— Alors, qu'ils fassent comme moi et restent chez eux.

— Je ne peux laisser ma femme aux mains d'un autre ! s'exclama Ménélas.

— Je sais. Je souffre profondément pour toi. Mais il y a sans doute d'autres moyens de capturer une jument échappée que de mettre le feu à toute la forêt. On peut sûrement négocier. Télamon est trop diminué pour qu'Hésione lui serve encore à quelque chose, et il est grand temps qu'il entende raison. Qu'on procède à un échange – si bien entendu tu veux encore d'elle.

— Il est trop tard, répondit Ménélas en détournant les yeux.

— Et pourquoi ? Parce que ton cœur est si douloureusement blessé que seul le sang peut le guérir ? Ou parce que ton frère veut la guerre ?

Le roi de Sparte ne répondit rien. Palamède intervint :

— Les Troyens ont donné à Ménélas leur parole qu'ils venaient en amis, cherchant la paix. Cette guerre, c'est eux qui l'ont voulue ! Je suis surpris que le prince d'Ithaque soit si peu enthousiaste. Agamemnon m'a laissé entendre que toi et lui aviez souvent parlé de prendre Troie. Est-ce exact ?

— Oui. Mais tout comme j'ai discuté avec Thésée, un jour, de longer les côtes africaines vers l'ouest, pour voir ce que nous pourrions y découvrir ! J'étais jeune, alors, et plein de rêves futiles.

— Prendre Troie n'a rien de futile ; cela a déjà été fait.

— Oui, Télamon s'en est assez vanté ! Mais il oublie toujours de préciser que c'est après que Poséidon eut détruit la ville. De plus, Héraclès l'accompagnait, et c'était il y a trente ans. Les choses ont changé depuis. Priam a édifié une cité puissante sur les ruines de l'ancienne, il a enrichi les Dardaniens, les Mysiens, les Lydiens et les Lyciens. Peut-être pourrait-il même appeler à son aide les Amazones et le royaume hittite, au-delà du fleuve rouge. Suis mon conseil, et tiens-t'en à ton jeu de dés, où les chances te sont plus favorables.

Palamède s'apprêtait à répliquer lorsque Ménélas lui posa la main sur l'épaule :

— Ulysse, dit le roi de Sparte, tout ceci ne te ressemble guère. Jusqu'à présent, jamais le danger et les difficultés ne t'ont dissuadé.

— J'ai une femme, désormais, et un fils.

— Ménélas aussi a une épouse, dit Palamède, et beaucoup d'entre nous également. Si tous pensaient comme toi, les Troyens se sentiraient libres de nous ravir toutes nos femmes, et la tienne pourrait bien être sur la liste !

— Mes seigneurs, la journée a été heureuse, et nous avons bu beaucoup de vin, répondit Ulysse en se levant. Vous êtes mes hôtes, et je crois que mieux vaut dormir que nous quereller.

— Nous ne te cherchons pas querelle, dit Ménélas. J'ai besoin de ton aide, et toute la Grèce aussi. Ulysse, je croyais que tu étais mon ami.

— Mais je le suis ! Et c'est bien pourquoi je te mets en garde contre cette folie.

Il soupira, se gratta la tête et parut se décider d'un coup :

— Je savais que tu viendrais me demander mon appui. Avant même qu'Agamemnon ne me convoque à Mycènes, j'ai interrogé les oracles.

— Et qu'ont-ils dit?

— Que la guerre contre Troie durerait dix ans avant de prendre fin.

— Comment le sais-tu?

Ulysse parut hésiter:

— Cela m'est venu en rêve.

— Un songe? lança Palamède.

— En effet. Je suis allé consulter l'oracle de notre île, la vieille prêtresse qui sert Dia, la Terre-Mère. Elle a le don de double vue, et c'est elle qui m'a donné le sens de ce rêve.

— De plus en plus bizarre!

— Mes devins de la demeure de bronze, à Sparte, m'ont assuré qu'Hélène reviendrait, dit Ménélas. Ils n'ont nullement dit que cela prendrait tant de temps.

Il vit Ulysse hausser les épaules et détourner le regard. Tous deux savaient parfaitement que les prêtres prophétisaient volontiers ce que leurs maîtres voulaient entendre.

Il y eut un silence que Palamède rompit:

— Tu peux sans doute nous faire part de ce rêve. Ou bien les princes grecs seront-ils contraints de croire que le prince d'Ithaque reste chez lui parce qu'il a des cauchemars?

Ulysse se rassit sans le regarder et dit, comme s'il s'adressait, non à ses hôtes, mais à la mer obscure qui s'agitait en dessous d'eux:

— Dans mon rêve, j'avais attelé un bœuf et un âne à ma charrue, et en labourant je jetais du sel dans les sillons. Au dixième, je devais m'arrêter parce que quelqu'un avait déposé un nouveau-né juste devant le soc.

Puis il s'interrompit.

— C'est tout? demanda Ménélas.

Ulysse hocha la tête, l'air sombre.

— Un rêve bien bizarre, dit Palamède. Que t'a dit ta prêtresse? Que Ménélas et moi étions le bœuf et l'âne?

Ulysse refusa de mordre à l'hameçon:

— Diotima savait, sans que j'aie besoin de le lui dire, que la guerre contre Troie occupait mes pensées. Elle m'a rappelé que le bœuf est l'animal d'été de Zeus, et l'âne l'animal d'hiver de Cronos. Chacun des sillons représentait un an. Y semer du sel représentait dix années perdues. Elle a prophétisé deux choses: que j'aurais un fils sous peu, et que la bataille décisive contre Troie ne serait livrée qu'au bout de dix ans.

— Voilà donc pourquoi tu as appelé ton fils Télémaque, dit Palamède en souriant. Un rêve impressionnant, j'en conviens – si ta vieille femme ne s'est pas trompée, bien entendu.

— Je préfère ne pas discuter avec la Terre-Mère.

— Moi non plus. Mais les rêves et les oracles sont toujours des énigmes. Et si les sillons représentaient, non des années, mais des mois? Dix mois d'été, dix mois d'hiver, soit moins de deux ans?

— Deux ans! s'exclama Ménélas. C'est quand même une estimation plus raisonnable de la durée d'une campagne contre Troie, surtout si Ulysse est là pour nous aider à la remporter!

— Et c'est à peine si le petit Télémaque aurait eu le temps d'apprendre à parler, dit Palamède.

— Quand tu seras prêtre-devin d'un autel, répondit Ulysse d'un air sombre, je te demanderai conseil. En attendant, je me fierai à la sagesse des dieux de chez moi.

Il y avait pourtant moins de confiance dans ses pensées que dans sa voix. Se levant, il allait souhaiter bonsoir à ses hôtes quand Palamède reprit:

— Je songeais à ton fils.

— Comment cela?

— Il jour, il sera roi de ton île ; et vaillant guerrier, j'espère.

— Je n'en doute pas un instant.

— Alors, pense à sa honte quand, arrivant en Grèce, il entendra les bardes chanter les nobles actions accomplies devant Troie par les pères d'autres hommes, mais ne pourra leur demander d'évoquer celles du prince d'Ithaque.

Ulysse resta silencieux. La tête lui tournait, à cause du vin ; il contempla le sol entre ses pieds comme s'il était déjà couvert de sel, comme si un nouveau-né allait être jeté sous le soc d'une charrue.

Palamède poursuivit, d'une voix insidieuse, chargée d'une ironie cinglante :

— Et les autres rois ne s'étonneront-ils pas qu'Ulysse ait osé donner à son fils un nom aussi sonore, quand il n'a pas eu le cœur d'honorer le serment dont il avait eu l'idée, ni de prendre part à la bataille décisive ?

Ulysse fut envahi d'une rage si violente qu'il eut envie de prendre à la gorge ce gamin insolent et de le jeter du haut de la falaise. Il en fut empêché par l'idée que, bien que n'ayant jamais compté au nombre des soupirants d'Hélène, il avait, lui aussi, juré sur une portion sanglante du cheval du roi. Lui aussi avait demandé à Poséidon d'apporter la ruine sur ses terres s'il ne tenait pas parole.

Il eut un petit rire chargé d'amertume, tant il avait conscience de l'ironie des dieux.

Quand il arriva à Mycènes, Ulysse avait retrouvé son calme, mais seulement après avoir effectué une vertigineuse descente en lui-même, comme il n'en connaîtrait pas avant que, dix ans plus tard, il n'entreprenne le périlleux voyage de retour vers Ithaque.

Je crois qu'en définitive ce fut Pénélope qui le libéra du dilemme qui le déchirait, même si elle n'en dit jamais rien. Son époux avait juré de fournir un millier d'hommes des îles Ioniennes, et l'honneur lui ordonnait de tenir parole.

Mais peut-être ignorait-elle qu'Ulysse nourrissait désormais, dissimulée au plus profond de son cœur, une violente haine pour le jeune homme si habile qui l'y avait contraint.

Quand les envoyés d'Agamemnon à Troie revinrent à Mycènes, ils rapportèrent deux surprises.

Comme il fallait s'y attendre, Priam avait demandé si l'on comptait lui donner satisfaction quant au retour de sa sœur Hésione. Il le réclamait depuis des années, cela n'avait donc rien de surprenant. En revanche, il disait n'être nullement certain que son fils Pâris fût impliqué dans l'enlèvement de la reine de Sparte. En tout cas, son navire n'était pas encore revenu à Troie.

— Et où est-il allé, dans ce cas? s'écria Agamemnon.

Les envoyés ne purent que faire état de rumeurs selon lesquelles Pâris et Hélène étaient à Chypre, en Phénicie ou en Égypte. Mais nul ne les avait vus.

— Ils doivent se cacher en attendant que l'orage s'apaise, dit Nestor.

Agamemnon l'approuva de la tête :

— Mais ils ne peuvent pas fuir indéfiniment, pas plus que Priam ne pourra feindre l'ignorance.

— Et Énée? demanda Ménélas. Il était à Sparte aussi !

Les envoyés n'avaient détecté aucun signe de sa présence. Toutefois, lors d'une conversation privée avec Anténor, le conseiller du roi, ils avaient appris qu'Énée restait cloîtré dans le château de son père Anchise, à Lyrnessos. Certaines réticences d'Anténor leur avaient fait penser que les relations n'étaient plus au beau fixe entre Ilion et la Dardanie et que, si jamais le prince Pâris ne reparaissait plus à Troie, le conseiller n'en serait pas autrement affecté. C'était là une bonne nouvelle, mais on ne pouvait en dire autant de leur description de la flotte de guerre construite sur ordre de Priam.

Toutefois, la seconde surprise était plus encourageante. La veille de leur départ, ils avaient été approchés par un devin troyen nommé Calchas. Prêtre du temple d'Apollon, il avait consulté les auspices, et l'avenir de la cité lui paraissait sombre. Il souhaitait donc s'embarquer avec les envoyés et offrir ses services au Lion de Mycènes. Jugeant qu'il pouvait être utile, ils avaient accepté, et l'homme attendait avec impatience une audience avec le roi.

— Qu'on le fasse venir, dit Agamemnon. Voyons s'il peut nous donner des présages plus encourageants que ceux du rêve d'Ulysse.

— Ils auraient mieux fait de le laisser à Troie, intervint Palamède. Un seul ami derrière les murs de la cité nous aurait sans doute été plus utile que toute une compagnie d'archers !

— Il sert Apollon, intervint Ulysse, et connaît le fil de sa propre destinée beaucoup mieux que toi ou moi. En tout cas, nous avons déjà un tel ami, très bien placé ! Mais il faudra sans doute un peu de temps pour qu'il se déclare !

— Et qui est-ce ? demanda Agamemnon.

— Ulysse veut parler d'Anténor, dit Ménélas. Il n'aime guère Pâris, qui a tué son fils.

— Crois-tu que tout cela ait un rapport avec l'homme qu'on va nous présenter ?

— Je n'en sais rien, répondit Ulysse en haussant les épaules. Attendons de voir.

C'est à ce moment que Calchas fut amené devant le roi, devant lequel il resta tête baissée.

— Sois prévenu, dit le Lion de Mycènes, que je n'aime guère les traîtres – à moins, bien sûr, qu'ils ne puissent me livrer mes ennemis.

L'homme releva les yeux – des yeux noirs et pleins d'intelligence – sans paraître témoigner de la moindre crainte. Sa voix était par ailleurs dépourvue d'arrogance quand il dit d'un ton calme :

— Nous qui servons Apollon dans son temple de Thymbrée ne répondons ni devant le roi de Troie, ni devant celui de Mycènes, mais à lui seul.

— Ni moi ni Priam ne pouvons donc te faire confiance ?

— Si tu veux entendre ce qu'Apollon a à dire, tu peux te fier à ma parole. Sinon...

Calchas ouvrit les mains comme pour laisser tomber quelque chose.

L'air méfiant, Agamemnon dévisagea l'homme impassible qui se tenait devant lui :

— Tu t'es montré bien hardi de venir ici. Mes envoyés me disent que tu as examiné les présages, et je suis curieux de savoir ce que le dieu a pu te dire.

— Que Troie tomberait.

— Nous le savons déjà, tout comme nous savons que Mycènes, ou Sparte, ou toute la Grèce, finiront par tomber un jour. La vraie question est : quand, et comment ?

— Il y a une seule réponse à cela.

— Alors, fais-nous-en part, mon ami.

Calchas regarda un par un tous les princes entourant Agamemnon, comme s'il cherchait quelqu'un, puis dit :

— Je ne vois pas les fils d'Éaque.

— Le dieu ne t'a-t-il donc pas appris que Télamon avait livré sa dernière bataille ? Il est à Salamine, sans plus pouvoir sortir de son lit. Mais ses fils, Ajax et Teucer, nous rejoindront bientôt, et leurs navires avec eux.

— Et le frère de Télamon ?

— Cela fait des années que Pélée n'a plus quitté son palais de Thessalie, répondit Nestor. C'est un homme usé qui ne songe qu'à la mort, et je crois que le roi des Myrmidons ne désire plus que disparaître.

— Il n'était pas prévu qu'il prenne part à ce conseil, dit Agamemnon. Pourquoi nous poses-tu cette question ?

— Parce qu'il y a entre Éaque et Troie un destin commun, qui passe d'une génération à l'autre. C'est lui qui, sous l'égide d'Apollon et la direction de Poséidon, a bâti les murailles de la cité de Laomédon. C'est son fils Télamon qui s'est emparé de la ville, car il savait à quel endroit elles étaient vulnérables.

— Télamon lui-même nous a raconté l'histoire plus d'une fois ! lança Agamemnon, impatienté. Pourquoi faudrait-il nous en préoccuper ?

— Parce que le destin de Troie est lié à celui de deux hommes. Le premier est Pâris, le propre fils de Priam, qui aurait dû être tué à sa naissance ; les prêtres d'Apollon avaient prévenu le roi que s'il lui était permis de vivre, il provoquerait la destruction de la cité.

— Et c'est là le présage qui nous livrera Troie ? demanda Ménélas.

— Comme tu le sais d'expérience, répondit Calchas, un roi avisé ne manque jamais d'obéir aux oracles d'Apollon, quel qu'en soit le prix.

— Tu as parlé de deux hommes, intervint Palamède.

— Les signes que j'ai étudiés disent que Troie ne tombera qu'après que le septième fils de Pélée aura quitté le lieu où il se cache pour se joindre aux autres.

— De qui parle-t-il ? demanda Agamemnon à Nestor.

— À ma connaissance, Pélée n'a eu qu'un fils, répondit le vieillard, perplexe.

— Mais six autres sont morts avant lui, dit Ulysse. Achille est donc le septième.

— Alors, s'exclama Agamemnon, il faut que Pélée nous l'envoie !

Ulysse fronça les sourcils :

— Je le connais. La dernière fois que j'ai rendu visite à Pélée, Achille revenait tout juste des montagnes, où il avait suivi l'enseignement de Chiron. Il devait ensuite être formé par Phœnix, le roi des Dolopiens restés en Thessalie. Pélée et Thétis se le disputent depuis toujours, mais il est désormais d'âge à faire son choix. Je crois qu'il a rejoint sa mère et son peuple, à la cour du roi Lycomède à Scyros.

— Excellent ! dit Agamemnon en se frottant les mains. Si c'est bien là qu'il est, alors retrouvons-le, et nous serons certains de gagner cette guerre.

Ulysse savait d'autant mieux où se trouvait Achille qu'il avait joué un rôle dans la décision de le laisser se rendre à Scyros. Voici comment cela s'était passé.

Achille n'avait que onze ans quand mourut celui qui lui enseignait la sagesse sur les pentes du mont Pélion – Chiron, le roi des Centaures. Il connut une mort paisible, pendant son sommeil, et ce fut Euhippe, la petite Centauresse, revenue vivre avec lui après le départ de Thétis pour Scyros, qui le retrouva sans vie sur sa couche d'herbe.

Achille fut accablé par la disparition de son mentor, mais il ne se doutait pas qu'il perdait davantage qu'un maître qu'il adorait. Le monde changeait trop vite pour que le mode de vie si simple prôné par Chiron pût encore y avoir beaucoup de place. Quand Pélée apprit que la morale des Centaures n'avait pas résisté à la mort de leur roi, il décida de faire revenir son fils dans son palais de Iolcos. Ménœtios fit de même avec Patrocle. Lors de leur rencontre, les deux enfants s'étaient affrontés à coups de poing ; mais depuis, ils étaient devenus inséparables, et devoir se quitter ne les enchantait guère.

À Iolcos, les choses se passèrent mal dès le début. Les traits d'Achille rappelaient trop à Pélée une épouse qui avait brûlé vifs ses autres enfants. Achille se montra d'abord très timide, puis de plus en plus choqué que le grand roi dont il s'était si souvent vanté auprès de ses camarades soit un vieillard triste et taciturne, qui marchait en boitant. Lui-même errait sans but dans les couloirs du palais, regrettant sa vie d'autrefois et surtout l'absence de son ami. Son père rechignait à parler d'une mère qu'il n'avait jamais connue ; il insista, et finit par apprendre ce qu'on lui avait caché jusque-là, à savoir que Chiron était son grand-père maternel.

Achille avait aimé le vieux Centaure comme jamais il ne pourrait aimer son propre père, cet inconnu distant. Il se mit à croire que, séparé de sa mère dès sa naissance, il avait été sournoisement privé de sa présence et, se sentant trahi, exigea avec toujours plus d'insistance de rencontrer Thétis, ce que Pélée ne pouvait accepter. Père et fils furent bientôt prisonniers d'une incompréhension et d'une hostilité mutuelles. Le vieux roi se faisait pourtant beaucoup de souci pour son fils, et craignait de plus en plus de perdre son affection.

Un jour, rentrant dans sa chambre après avoir passé un après-midi épuisant à rendre la justice, il découvrit que la lance que Chiron lui avait offerte en cadeau de mariage et qui, depuis des années, était accrochée au mur, avait disparu. Furieux qu'Achille se soit emparé de son bien le plus précieux sans lui en avoir demandé la permission, Pélée partit à sa recherche. Il le trouva, nu jusqu'à la taille, occupé à s'exercer sur le tronc d'un vieux platane. La lance était trop longue et trop lourde pour lui, et pourtant Achille la projetait avec une précision surprenante. Partagé entre la colère et le désir de féliciter son fils, le vieux roi ne put que dire :

— La lance que tu as volée est celle d'un guerrier, qui seul a le droit de s'en servir.

— Comment pourrais-je en être un, quand tu me tiens enfermé comme un taureau dans son enclos ? répondit Achille d'un ton maussade.

Pélée se sentit tout d'un coup navré pour son fils, et honteux de sa propre conduite.

— Veux-tu être un guerrier? demanda-t-il.

— J'ai vu les Myrmidons s'entraîner, répondit Achille en détournant les yeux. Je les ai vus combattre entre eux, puis s'enduire le corps d'huile, et je me suis demandé si j'avais affaire à des hommes ou à des dieux. Que pourrais-je vouloir d'autre?

— Alors, ton vœu sera satisfait. Mais je garderai ma lance jusqu'à ce que je sois sûr que mon fils en est digne.

Achille était déjà un cavalier, un chasseur et un athlète émérite. Il n'avait jamais beaucoup pris garde à sa propre sûreté et, animé par la colère et par un orgueil blessé, il se mêla aux soldats du rang avec la même aisance dont il avait témoigné autrefois parmi les Centaures. Il eut tôt fait d'acquérir les talents meurtriers d'un combattant de profession.

Un jour, son père, venu le voir manier la lance et l'épée sur le terrain de manœuvres, fut si impressionné que, lorsqu'Achille lui demanda si Patrocle pourrait venir le rejoindre chez les Myrmidons, il accepta aussitôt. Ménœtios y consentit d'autant plus facilement qu'il avait les mêmes problèmes avec son fils. Les deux jeunes gens se retrouvèrent avec allégresse. Au fil des années qui suivirent, ils devinrent encore plus proches, unis par un amour si intense que c'était avec joie que chacun serait mort, ou aurait tué, pour l'autre.

Phœnix était l'un de leurs officiers. Il n'avait pas d'enfants, et Achille avait pour lui une affection qu'il refusait à son père. Il faisait partie des rares Dolopiens demeurés fidèles à Pélée lorsque les autres étaient partis en masse pour Scyros. Bien qu'il fût avant tout un guerrier myrmidon, il avait conservé une bonne part des habitudes de son clan. Remarquant un tatouage bleu gravé sur sa cuisse, Achille fut fasciné d'apprendre que c'était la marque d'une initiation que Phœnix avait subie lors des rites marquant le passage de l'adolescence à l'âge d'homme. Il rechigna d'abord à en dire davantage, mais Achille lui rappela que lui aussi était de sang dolopien par sa mère, et se mit à l'accabler de questions. Voyant quelle importance cela avait pour lui, Phœnix lui donna peu à peu les réponses. L'agitation sans but qui parfois tourmentait encore le jeune homme prit une forme plus précise : il commença à rêver de sa mère.

C'est à peu près à cette époque que, passant à Iolcos, Ulysse fut témoin d'une violente querelle entre Achille et Pélée. Le vieux roi en sortit rouge de colère ; réclamant du vin, il se plaignit que Thétis tentait d'éloigner son fils de lui par un quelconque pouvoir magique, face auquel lui-même ne pouvait lutter.

— Mais il a quand même le droit de savoir qui elle est, dit Ulysse, et il sera bientôt assez grand pour que tu ne puisses plus rien lui interdire. Peut-être vaudrait-il mieux, à long terme, qu'il aille la voir avec ton consentement.

— On voit bien que tu n'as jamais rencontré cette sorcière ! répliqua Pélée d'un air sombre. Tu ignores quels sont ses pouvoirs. Achille est mon fils unique et mon héritier ; j'ai peur que, si je l'autorise à partir pour Scyros, il ne revienne jamais.

— Ce sont là des choses dont seuls les dieux peuvent décider, répondit Ulysse. Mais, d'une manière ou d'une autre, il faut résoudre le problème. Pourquoi ne pas lui permettre de se rendre là-bas, mais seul ? Après tout, il est très lié à son ami Patrocle, et ne voudra sûrement pas être séparé de lui trop longtemps.

Pélée reconnut le bon sens d'une telle remarque, et agit en conséquence. Achille rechignait tant à quitter Patrocle que, pendant un moment, il sembla qu'il ne partirait pas du tout. Mais il finit par s'embarquer pour Scyros, alors qu'il avait quatorze ans. Et, comme son père le redoutait, il y resta beaucoup plus longtemps qu'Ulysse ne l'aurait pensé.

Scyros est une île battue par les vents dans la partie est de la mer, au-delà d'Eubée, à mi-chemin entre Troie et Mycènes. Ses habitants racontent une histoire assez pittoresque sur la manière dont Ulysse s'y prit pour ramener Achille.

Selon eux, Thétis était une déesse immortelle qui avait des dons de prophétie, et savait que la vie de son fils serait soit longue, paisible et obscure, soit remplie de gloire, mais très courte. C'était pour cette raison qu'elle avait décidé de l'accueillir sur Scyros, si loin de tout.

Quand Ulysse arriva dans l'île, il ne put trouver le jeune homme parmi ceux qui fréquentaient la cour du roi Lycomède. Comprenant que seule la ruse ferait sortir Achille de sa cachette, il remonta dans son navire et revint le lendemain, déguisé en marchand sidonien. Après avoir obtenu le droit d'entrer dans le palais, il déposa sur le sol toutes sortes de trésors destinés à tenter femmes et jeunes filles : robes brodées, ballots de tissu, parfums et produits de beauté, colliers et bracelets. Mais il y glissa également une épée et un bouclier, qui n'attirèrent aucunement l'attention de ses clientes. Puis une trompette résonna dans la cour, et l'on annonça que l'île était la proie d'une attaque de pirates. Toutes les femmes s'enfuirent sauf une, qui s'empara des armes avec avidité. Souriant du succès de sa ruse, Ulysse put ainsi ramener Achille.

C'est une belle histoire, même si on raconte la même partout, de l'Indus en Orient à l'île d'Apollon, très au nord, où vivent les Hyperboréens, chaque fois qu'on veut évoquer l'accession d'un grand héros à l'âge adulte. Mais ce que j'appris d'Ulysse est un peu différent.

Dès le moment où son navire fut tiré sur le sable, en dessous du grand rocher sur lequel se dressait le château de Lycomède, le prince d'Ithaque comprit qu'il ne serait pas le bienvenu à Scyros. Les Dolopiens avaient assez de rapports avec le continent pour savoir pourquoi il venait. Ulysse fut ainsi courtoisement empêché de voir Achille, tandis que Lycomède lui rappelait que son peuple avait choisi un autre destin que celui des Thessaliens, et n'entendait pas être pris dans un conflit qui ne le concernait pas. Son visiteur répondit que c'était là un choix respectable, mais qu'Achille, fils de Pélée, n'était pas dolopien ; fils unique du grand roi de Iolcos, il devait assumer ses devoirs et mener les Myrmidons dans la guerre contre Troie.

— Le destin d'un homme n'est pas déterminé par les affirmations de son père ! lança une voix.

Tournant la tête, Ulysse aperçut une femme de grande taille, à l'allure imposante, au regard hautain, vêtue d'une tunique vert sombre. Sans doute devait-elle avoir été très belle autrefois, mais ses yeux farouches suscitaient la crainte plus que l'adoration. Il sentit que Lycomède lui-même avait peur.

Ulysse se déclara très honoré de pouvoir enfin rencontrer Thétis, après avoir entendu tant de choses à son sujet.

— Mais seulement de ceux qui me calomnient !

— Non, de ceux qui respectent tes pouvoirs.

— Si c'est vrai, tu dois donc savoir que je ne renoncerai pas à mon fils de bon gré.

— Mais si tu es sa mère, répondit-il en souriant, tu le laisseras choisir lui-même, comme l'a fait son père.

Thétis agita une main chargée de bagues :

— Achille a déjà choisi. Il a appris sur notre île quelle était la beauté de ce qui lui avait été refusé jusque-là : le bonheur qu'on trouve dans l'amour d'une femme. Il est le promis de Déidameia, la fille du roi Lycomède, qui lui a déjà donné un fils. Il mène ici une vie qui le satisfait entièrement, et souhaite simplement qu'on le laisse en paix.

— J'y croirais davantage, répondit Ulysse d'un ton suave, si j'entendais tout cela de sa propre bouche.

— Achille se prépare à prendre part aux rites de printemps, qui ont lieu demain. Il n'a aucun désir de te rencontrer.

— Il sait donc que je suis ici?

— Il n'a nul besoin de le savoir.

— Mais il lui revient sans doute d'en décider.

Thétis se borna à hausser les épaules, puis détourna les yeux.

— Si tu n'as pas peur de moi, dis-lui donc que l'ami qui lui a permis de venir à Scyros souhaite discuter avec lui.

— Je ne te crains pas, prince d'Ithaque.

— Alors, dis-lui aussi que je lui apporte des nouvelles de son ami Patrocle. Peut-être consentira-t-il à me parler, une fois les rites achevés.

Ulysse fut exclu de leur célébration, mais on ne pouvait l'empêcher de se joindre à la foule qui, une fois les cérémonies terminées, assistait à la procession. Après des heures d'attente sous le soleil, il entendit des bruits de sonnailles, et tous ceux qui l'entouraient se mirent à hurler et à chanter. Il aperçut la silhouette massive, un peu semblable à celle d'un ours, d'un homme cagoulé et vêtu de peaux de mouton, qui n'avait pas de visage – rien qu'un masque anonyme en cuir de chevreau. Il tenait un bâton de berger, et sur ses hanches étaient nouées des rangées de clochettes comme on en met aux brebis ; elles résonnaient tandis qu'il dansait en avançant. À côté de lui, une autre silhouette qu'Ulysse prit d'abord pour celle d'une jeune fille voilée portant une longue jupe à volants ; mais il en vint d'autres, et il comprit qu'il s'agissait de jeunes gens portant des vêtements de femme.

Il y avait aussi d'autres personnages comiques agitant des calebasses, à grand renfort de gestes obscènes, ce qui semblait ravir les vieilles femmes. L'air empestait le vin et la sueur, le vacarme des centaines de clochettes faisait mal aux oreilles, mais Ulysse ne voulait plus que boire, danser et s'abandonner à la frénésie du dieu. Et quand il se rendit compte qu'une silhouette féminine le regardait fixement, il comprit que, sous ces voiles et cette jupe, se dissimulait le jeune homme qu'il était venu chercher.

Ce soir-là, ils discutèrent longuement. Achille parla de la vie qu'il menait à Scyros, de son amour pour Déidameia et de leur jeune fils, qu'ils avaient appelé Pyrrhos, à cause de ses cheveux blonds tirant sur le roux. Jamais, déclara-t-il, il ne s'était senti aussi en paix, même du temps de Chiron.

Ulysse l'écouta, avec une patience et une sympathie que jamais le jeune homme n'avait trouvées chez son père. Il lui dit ensuite qu'il était heureux pour lui, qu'il comprenait, parce que lui-même avait connu à Ithaque une vie paisible, qu'il avait lui aussi une femme aimante, un fils nouveau-né qui faisait déjà son orgueil ; il savait que tout cela changeait un homme.

— Alors, pourquoi les as-tu quittés ? demanda Achille.

— Parce que j'ai donné ma parole quand tous ont prêté serment à Sparte, répondit Ulysse. Et ton ami Patrocle partira en guerre pour la même raison, ajouta-t-il négligemment.

— Patrocle ?

— Mais bien sûr. Il était au nombre des prétendants à la main d'Hélène. Il a donc juré, et tiendra parole. Bien entendu, ce n'est pas la seule raison qu'il ait : lui et ses Myrmidons brûlent de se battre. Ils savent que ce sera la plus grande guerre jamais menée dans l'histoire du monde, qu'y prendre part est un tel honneur que les bardes les chanteront pendant des générations. Une armée énorme se rassemble en ce moment même à Aulis, de l'autre côté d'Eubée. Des milliers d'hommes arrivent par terre ou par mer, le port est encombré de navires. Tous les grands héros de notre temps seront là : Agamemnon, Ménélas, Diomède de Tirynthe, Ajax et Teucer, Nestor de Pylos, Idoménée de Crète et d'innombrables autres – tous ceux qui ont souci de leur gloire.

Ulysse hocha la tête en souriant, comme s'il s'émerveillait de la chose, puis attendit que le jeune homme réagisse. Mais comme Achille restait silencieux, il ajouta :

— Ton ami Patrocle n'aurait pas voulu rester à l'écart d'une telle réunion, même s'il n'avait pas été lié par son serment.

— A-t-il demandé si je viendrais ? finit par demander Achille.

Ulysse haussa les épaules :

— Il était persuadé que tu commanderais les Myrmidons, d'autant plus que ton père n'est plus guère en état de combattre. Phœnix le pensait aussi. Mais il est vrai que tous deux ignoraient que tu mènes une vie heureuse parmi les bergers de Scyros.

Puis il eut un grand soupir :

— Achille, je t'envierais presque la vie longue et paisible qui t'attend, loin du vacarme des batailles et du tumulte du monde, toujours si soucieux de gloire immortelle.

Il fronça brusquement les sourcils :

— Ton père sera peut-être déçu. Il était certain que tu partirais à Troie en emportant sa lance. Il sait quel grand guerrier tu es devenu, et t'imaginait gagnant la gloire que sa blessure lui interdit. Mais il semble que, désormais, tu appartiennes entièrement à ta mère. Dois-je donc lui dire qu'il te paraît plus judicieux de danser vêtu en femme, que d'être allongé sans vie dans une armure couverte de sang ?

Les années du serpent

Ils avaient convenu de rassembler la flotte à Aulis, un port situé le long du détroit entre la Béotie et l'île d'Eubée. Le temps que les cent navires d'Agamemnon y parviennent, les fils de Télamon, Ajax et Teucer, venant de Salamine, l'y avaient précédé, avec une douzaine de vaisseaux. Ménélas en avait fait venir soixante de Laconie, et ses principaux alliés vinrent le rejoindre, bien qu'on n'eût pas encore de nouvelles de la Crète : Diomède de Tirynthe, avec quatre-vingts navires, Nestor de Pylos, avec quatre-vingt-dix, Ménesthéos d'Athènes, avec cinquante. Ulysse et ses alliés des îles Ioniennes n'avaient pu, quant à eux, n'en armer que huit.

Rhodes elle-même, pourtant fort lointaine, en envoya neuf. Cinyras, le roi de Chypre, se montra moins accommodant. Ménélas s'étant rendu chez lui pour le convaincre, en espérant vaguement pouvoir surprendre Pâris et Hélène en mer, le roi promit cinquante vaisseaux. On n'en vit arriver qu'un, dont le capitaine lâcha sur les eaux du port quarante-neuf modèles réduits en terre cuite, avant de repartir comme il était venu.

Ménélas se sentit furieux d'avoir été ainsi dupé. Mais il aurait dû s'y attendre de la part d'un souverain qui était grand prêtre d'Aphrodite sur l'île même où elle était née. Pire encore, cela ne fit que confirmer ses soupçons : Cinyras avait accepté de cacher les fugitifs à Chypre.

Agamemnon avait installé son quartier général dans un vieux fort situé au sommet d'une falaise dominant le port, où une flotte de près d'un millier de navires s'entassait tant bien que mal en attendant de lever l'ancre vers Troie. La nuit venue, les feux allumés par les troupes qui bivouaquaient s'étendaient très loin sur la plage. Un soir, le chef du collège des bardes béotiens – célèbre entre tous pour son art de la mémoire – assura le Lion de Mycènes que personne avant lui n'avait monté d'expédition de cette ampleur, pas même Héraclès et Thésée. Agamemnon en fut profondément flatté.

Il était toutefois difficile de faire coexister des hommes d'origines aussi variées, qui parlaient des dialectes différents et nourrissaient de vieilles rancœurs. Les fils d'Atrée ne se faisaient aucune illusion : si tant d'hommes étaient venus les rejoindre, ce n'était pas par fidélité à l'un ou à l'autre, mais plutôt pour le riche butin qui les attendait à Troie, voire par simple goût de la violence et de l'aventure. En tout cas, tous étaient désormais sous les ordres d'Agamemnon, et son nom vivrait à jamais dans les chants des bardes.

Celui-ci était engagé dans de peu glorieuses négociations avec un représentant de Délos passablement dur en affaires, pour des achats de vin, d'huile et de blé, quand il apprit qu'Achille et ses Myrmidons venaient d'arriver.

— Qu'on me l'envoie sur-le-champ ! s'écria-t-il. Voyons à quoi ressemble le fils de Pélée !

Après quoi il congédia son interlocuteur, et convoqua un conseil des principaux chefs de guerre.

Nombre de farouches guerriers huilaient la pointe de leurs lances ou aiguisaient leurs épées, et le Lion de Mycènes était heureux de les savoir sous ses ordres. Mais le jeune homme ombrageux qu'Ulysse avait ramené de Scyros n'avait rien de commun avec eux.

Achille entra dans la salle du conseil avec une arrogance dédaigneuse.

Personne ne douta un instant que ce jeune guerrier avait quelque chose d'un dieu. Il avait déjà comme une aura d'immortalité, qui luisait dans ses yeux gris aux reflets métalliques. Le vieux Nestor lui-même, de plus de quarante ans son aîné, ne put s'empêcher de lui jeter des regards surpris, et constata, avec une admiration mêlée d'effroi, qu'il avait quelque chose d'un tueur.

Mais il n'était pas venu seul au conseil. Un autre homme entra dans la salle avec lui, plus brun, un peu plus grand, mais avec la même assurance. Agamemnon s'étonnant de sa présence, Achille répondit :

— C'est Patrocle, fils de Ménœtios, petit-fils du roi Actor de Phthie. Là où je vais, il va aussi.

Voyant son frère s'empourprer, Ménélas se hâta de lui rappeler que Patrocle avait été l'un des prétendants d'Hélène, et avait donc, comme les autres, prononcé le serment. Ulysse détendit un peu l'atmosphère en rappelant que la dernière fois qu'il avait vu Achille et Patrocle ensemble, chez Chiron, ils n'avaient que six ans et se battaient comme des chiens au bord d'un ruisseau :

— Si vous y mettez la même ardeur, les Troyens vont passer un mauvais moment !

Il y eut des rires auxquels Agamemnon se joignit, en se répétant que sans Achille, il ne pourrait connaître la victoire.

Quand Nestor demanda des nouvelles de son vieil ami Pélée, Achille répondit avec la raideur d'un jeune homme qui ne tient guère à parler de sa vie personnelle :

— Mon père regrette de ne plus pouvoir servir lui-même notre cause, mais les hommes que je commande sont les siens. Il m'a donné la longue lance dont Chiron lui avait fait cadeau, en me souhaitant de bien m'en servir ; la divine Athéna en a poli elle-même la pointe. Mon père prie pour qu'elle nous accorde sa faveur.

Diomède et Ulysse, amusés par la solennité de ces propos, échangèrent des regards, et Ajax, cousin d'Achille, éclata de rire :

— Et il t'a sans doute conseillé, comme le mien, de toujours rester à la droite des dieux ! Mais comme je le lui ai dit en quittant son chevet, n'importe quel sot peut triompher quand ils sont de son côté ! Et c'est bien ce que je compte faire !

À ce moment, Talthybios, le héraut d'Agamemnon, entra dans la pièce pour annoncer l'arrivée d'un légat crétois réclamant une audience au Lion de Mycènes. Celui-ci fronça les sourcils :

— Un simple légat ? Deucalion était censé m'envoyer des navires ! Où sont-ils ?

— On n'en a encore vu aucun, dit Talthybios en haussant les épaules.

— Fichus Crétois ! Toujours aussi menteurs ! Fais-le entrer.

Ménélas reconnut aussitôt le visiteur, qu'il avait croisé lors de son séjour sur l'île. Droméos, l'un des ministres les plus sagaces de Deucalion, voyant comment tournaient les choses, s'était aligné sur la faction dissidente regroupant les jeunes gens entourant Idoménée. Qu'il soit venu en personne à Aulis était donc de bon augure. Mais où donc étaient les vaisseaux promis par la Crète ? Ce fut la première question d'Agamemnon. Droméos n'y répondit pas :

— Il s'est produit de grands changements à Cnossos depuis que les fils d'Atrée nous ont fait l'honneur de leur présence. Deucalion a franchi le fleuve pour entrer dans le pays des ombres. Son fils Idoménée est désormais installé sur le trône.

Après avoir exprimé quelques regrets de pure forme, le Lion de Mycènes demanda :

— Mais n'avions-nous pas des raisons de croire que le nouveau roi avait pour notre cause plus de sympathie que feu son père ?

— En effet, grand roi.

— Alors, une fois de plus, où sont ses navires ?

— La maison de la Hache est prête désormais à en consacrer cent à cette guerre.

— Excellent ! s'exclama Agamemnon, sans chercher à dissimuler sa satisfaction.

Il se tourna vers Ménélas, qui s'exclama que c'était plus qu'ils n'auraient osé l'espérer. Puis Palamède demanda :

— Et quand pourrons-nous compter sur eux ?

Droméos sourit :

— Vous reconnaissez vous-même qu'il s'agit là d'une offre généreuse. Vous ne serez donc pas surpris qu'elle s'accompagne d'une condition.

— Et laquelle ?

— Commandant une force d'une telle ampleur, le roi Idoménée souhaite devenir le chef suprême de toutes les forces alliées.

Le fils de Télamon, Ajax, fut le premier à rompre le silence qui suivit cette déclaration. Il eut un ricanement, se frappa la cuisse et dit :

— La couronne de ton roi lui monte à la tête ! Rentre chez toi et dis-lui que nous avons déjà le chef qu'il nous faut !

Sans cesser de sourire, Droméos se caressa la barbe et se tourna vers Agamemnon :

— Je pourrais te faire remarquer, grand roi, que les cent vaisseaux de la Crète ne sont égalés que par ceux que tu as fait venir de Mycènes. Les nôtres sont prêts à prendre la mer et n'attendent qu'un mot de toi.

Agamemnon hésita, pris entre la nécessité de se décider et le caractère inattendu de la proposition qu'on venait de lui faire. Oui, cent navires étaient chose importante – mais moins que son honneur et son autorité. C'est ce qu'il s'apprêtait à déclarer quand Nestor, qui s'était penché pour écouter Ulysse lui parler à l'oreille, se redressa et dit :

— Peut-être serait-il sage que le conseil délibère sur cette question ?

Et il regarda fixement le Lion de Mycènes qui, pris par surprise, répondit :

— C'est aussi mon opinion. Que le légat de Crète nous excuse !

S'inclinant courtoisement devant chacun des présents, Droméos sortit de la salle, laissant derrière lui une odeur de parfum musqué.

Dès que la porte se fut refermée derrière lui, Ajax lança :

— À quoi bon tous ces chuchotis ? Le roi de Mycènes est notre chef, et il a déjà toutes les forces dont il a besoin !

— Attends un instant, mon ami, répondit Ulysse, qui s'apprêtait à en dire plus quand Palamède intervint.

— Il faut réfléchir à la question avec beaucoup de soin. La Crète promet plus de huit fois ce que Salamine peut offrir.

— Mais à quel prix ? demanda Ajax. N'importe quel crétin sait qu'une direction à plusieurs têtes ne peut mener qu'à l'échec.

— Je suis de l'avis d'Ajax, intervint Diomède. Il me semble qu'il n'y a rien à discuter ! Idoménée a prêté serment à Sparte, comme nous tous ici !

— Une centaine de navires de plus ou de moins ne changera pas grand-chose, vu nos forces, dit Agamemnon. Je préfère m'en passer que de perdre le contrôle du reste ! Si Idoménée ne veut pas se plier à notre autorité, qu'il reste chez lui !

— Oui, soupira Ulysse, mais c'est précisément ce qu'il ne fera pas.

— Comment cela ?

— Tu as entendu ce que dit Droméos. Ses vaisseaux sont prêts à partir. Et si Idoménée a rassemblé une flotte aussi imposante, il ne va pas la laisser pourrir dans le port de Cnossos. Cent navires de guerre en plus peuvent ne pas avoir beaucoup d'importance pour nous, mais je ne doute nullement que Priam les accueillerait à bras ouverts.

— Idoménée a été l'un des premiers à jurer ! s'exclama Ménélas. Je ne le crois pas capable de nous trahir !

— Est-il donc si rare que les Crétois se parjurent ?

— Il me semble que le fils de Deucalion a de grandes ambitions pour son royaume ; de toute évidence, il n'a pas oublié qu'il fut un temps où la Crète régnait sur la mer, et exigeait un tribut de nombre de nos cités. Peut-être pourrait-elle recommencer, avec l'aide de Troie.

— Mais alors, demanda Diomède, que gagnerait-il à se joindre à nous ?

— Une part importante du butin à Troie, répondit Ulysse. Un accès illimité aux routes commerciales de l'Hellespont et de la côte asiatique – l'or, l'argent, le blé, le bois, le cinabre, l'ambre, le jade. Sans compter que tous les royaumes de Grèce reconnaîtraient son indépendance.

— Ménesthéos n'accepterait jamais cela, lança Palamède.

— Alors, que le maître d'Athènes prenne soin de tenir son vassal crétois sous bonne garde, comme son prédécesseur.

— La Crète se relevait déjà avant même que Thésée n'ait sauté du haut de la falaise à Scyros, dit Agamemnon. Idoménée a simplement plus d'ambition que son père.

— Et plus de courage, ajouta Ménélas.

— Mais pas d'honneur ! s'écria Diomède. Pourtant, à Sparte, je voyais en lui un homme digne de ce nom.

— En tout cas, dit Ulysse, la question demeure : les dix mille lanciers crétois nous pisseront-ils dessus du dehors ou du dedans ?

227

Achille eut un bref sourire qu'Agamemnon surprit du coin de l'œil. Il était vraiment temps d'attaquer de front ce jeune arrogant :

— Le fils de Pélée semble amusé ! Quelles sont ses pensées sur le sujet qui nous préoccupe ?

— Cela m'est indifférent.

— Comment cela ?

— Avec tout le respect dû aux dieux, je ne me fie qu'à ma force et à celle de mon ami Patrocle. Nous combattrons, que les Crétois soient avec nous ou non.

— Et nous tous aussi ! intervint Ajax. Mais qui commandera ? Ma fidélité va à Agamemnon.

— Et la mienne aussi, dit Diomède.

Nestor passa la main dans ses cheveux gris :

— Idoménée attend une réponse. En ce qui me concerne, je me demande s'il ne serait pas prudent que ses forces soient à nos côtés.

Il se tourna vers Ulysse, qui hocha la tête et sourit :

— Cette guerre devra être gagnée en mer avant de pouvoir l'être sur terre. Cent navires pourraient tout changer, selon qu'ils sont dans l'un ou l'autre camp.

— Je suis d'accord avec ce jugement, dit Palamède. Qu'en pense le roi de Sparte ? ajouta-t-il en se tournant vers Ménélas.

Celui-ci jeta un regard incertain à son aîné avant de répondre :

— Comme je l'ai dit, je considère Idoménée comme un ami, et je crois qu'il se comportera en allié fidèle. Il revient à mon frère de décider de la question.

Agamemnon s'agita dans son fauteuil, en essayant de déterminer quel était le sentiment général. Son visage s'était empourpré, ses yeux prenaient soin d'éviter les visages silencieux qui l'entouraient, sans jamais trouver où se fixer. C'était la première fois qu'il devait prendre une décision dont tant de choses pourraient dépendre. Mais de quel côté pencher ? Il sentait, dans chacun de ses muscles, qu'il lui fallait garder le contrôle – des forces qu'il avait rassemblées, du conseil, et de lui-même. C'était bien ce que pensaient ceux dont il se sentait le plus proche, Ajax et Diomède. Mais c'étaient des hommes d'action, non de réflexion. Il en allait de même d'Achille et de Patrocle, jeunes gens mus par une invincible confiance en eux. Aucun des deux n'hésiterait un instant, et périrait en combattant plutôt que de céder d'un pouce sur son orgueil. Point de vue d'homme, et de guerrier. Pourtant la guerre ne se réduisait pas au sang, à la peur, ou à des actes de bravoure dépourvus de sens ; il y avait beaucoup d'autres choses en jeu.

Agamemnon regretta d'avoir exposé sa position trop tôt. Si jamais il changeait d'avis, il paraîtrait faible aux yeux de ceux qui le respectaient le plus. Et pourtant, s'ils se trompaient... cent navires de plus... dix mille hommes de plus... mais dans quel camp ? Il vit la flotte dont il était si fier en flammes, un vaisseau crétois, à la voile peinte d'une double hache, éperonner son propre vaisseau... La moindre erreur pourrait se révéler coûteuse une fois qu'ils seraient en mer.

Mais il ne pouvait hésiter trop longtemps sous le regard impatient d'Achille, et allait s'exprimer quand Ulysse déclara :

— Est-ce que je ne parle que pour moi, si je dis qu'en cas de désaccord entre Idoménée et Agamemnon, je sais à qui va ma fidélité ?

Et avant même que tous aient perçu les sous-entendus de la question qu'il posait, Ajax et Diomède s'écrièrent que non.

— Alors, conclut Ulysse, il semble que nous sommes d'accord.

— Très bien, dit Agamemnon en plissant les yeux. Les choses sont claires, désormais. Que les Crétois se joignent donc à nous !

Mais le Lion de Mycènes sentait tout le poids du fardeau qui pèse sur le commandant en chef, au moment même où il allait en céder la moitié.

Il ne savait pas non plus qu'Ulysse n'avait pas de raison particulière de se méfier d'Idoménée. Toutefois, comme il l'expliqua peu après à son cousin Sinon, en lui racontant comment s'était passé le conseil :

— Nous avons besoin des navires crétois. Comment aurais-je pu convaincre Agamemnon de partager son commandement, autrement ?

La veille du départ de la flotte fut consacrée à des prières et à des sacrifices aux dieux. Tous les principaux chefs de l'expédition, accompagnés de leurs hommes, se rassemblèrent hors de la ville, dans une vallée où se dressait un platane plusieurs fois centenaire consacré à Héra. Un autel avait été dressé à l'ombre de son feuillage, non loin d'un ruisseau. Les prêtres invoquèrent Zeus le tout-puissant, et Calchas pria pour qu'Apollon les fasse bénéficier de ses conseils. Puis Agamemnon offrit le sacrifice.

Il venait juste de relever son couteau ensanglanté quand tous virent avec stupéfaction sortir de sous l'autel un énorme serpent, aux écailles noires tachetées de rouge qui, avec une rapidité stupéfiante, se dirigea vers le platane et entreprit d'y grimper.

Calchas, qui se trouvait juste derrière Agamemnon, s'avança pour mieux observer le comportement du reptile. Celui-ci s'avança vers une branche où se trouvait un nid de moineaux. La mère agita les ailes, mais elle ne put rien faire : le serpent plongea ses mâchoires dans le nid huit fois de suite, s'emparant à chaque fois d'un oisillon. Puis, se redressant, il oscilla un instant, saisit dans sa gueule la mère affolée et la dévora. Après quoi il s'étira sur la branche et resta là, immobile, comme s'il avait été transformé en pierre. Un murmure inquiet courut parmi les hommes rassemblés.

— Nous acceptons l'oracle ! s'écria Calchas, qui se frappa le front de la paume et ferma les yeux.

Il y eut un grand silence, personne ne bougea plus. Puis le devin, rouvrant les paupières, sourit aux centaines d'hommes qui le regardaient fixement :

— Hellènes, s'écria-t-il, c'est Zeus lui-même qui vous envoie ce présage ! Nous l'attendions depuis longtemps, et il nous faudra attendre longtemps encore avant qu'il se réalise. Mais la gloire que vous en tirerez sera immortelle !

— Calchas, lança Agamemnon encore sous le choc, comment lis-tu les signes ?

— Un serpent change de peau chaque année, tout comme le platane change de feuilles ! Le nid contenait huit petits, neuf avec la mère, et la mort de chacun d'eux signifie le passage d'une année. Le moineau est l'oiseau d'Aphrodite, qui combat pour Troie. C'est ainsi qu'il vous faudra combattre neuf ans pour vous emparer de la ville. Mais la dixième année, elle sera à vous !

Calchas exultait ; il ouvrit les bras, leva les yeux vers le ciel, puis les ferma de nouveau, comme pour prier. Autour de lui, tous attendaient en silence, perdus dans leurs propres pensées.

— C'est la volonté de Zeus ! hurla Agamemnon. Le dieu a parlé : la victoire sera à nous !

Ajax et Ménélas reprirent ce cri, vite imités par tous ceux qui se trouvaient là. La clairière résonna de leurs clameurs. Comme il se joignait aux autres, Palamède, prince d'Eubée, remarqua qu'Ulysse, qui n'était qu'à quelques mètres, lui jetait un regard plein d'ironie froide.

Le lendemain, sous un fracas de tonnerre, généralement interprété comme un signe favorable, la flotte partit vers Troie.

Deux générations ont passé depuis ce jour, et beaucoup d'hommes ont narré plus d'une fois cette guerre. Mais, au fil des années, les souvenirs se brouillent, tous les récits ne sont pas fiables, et l'on sait que certains chroniqueurs, pour servir des fins douteuses, ont raconté de francs mensonges. En ce domaine, mon autorité n'est autre que la parole d'Ulysse, presque toujours digne de foi. Il dénonçait ainsi comme absurde l'histoire, chère à certains, selon laquelle Aphrodite ayant trompé les navigateurs, la flotte grecque perdit sa route presque aussitôt et finit par débarquer en Mysie. Mieux vaut y voir, sans doute, le souvenir confus d'une guerre qui dura bien des années, et compta de nombreuses campagnes qui ne se déroulèrent pas toutes sous les murs de Troie.

Il est vrai qu'Agamemnon avait pensé pouvoir imiter l'assaut, aussi rapide que brutal, lancé par Héraclès et Télamon. Mais le roi Priam avait depuis renforcé les défenses de la cité, et fait construire une flotte de guerre toute neuve. Surtout, il s'était efforcé, avec succès, de rallier autour de lui ses nombreux alliés de la côte occidentale d'Asie. Sans doute disposerait-il de moins de navires que son rival, mais cela lui suffirait pour tenir l'embouchure de l'Hellespont, et il n'aurait pas, comme lui, à faire traverser la mer Égée à cent mille hommes.

Et ses alliés étaient nombreux, comme le montraient les rapports des espions d'Agamemnon. Seuls les Dardaniens avaient décidé de rester en dehors du conflit. Ayant tenté en vain de convaincre Priam de renvoyer Hélène à Sparte sur-le-champ, Anchise avait déclaré qu'il n'impliquerait pas son peuple dans une guerre provoquée par la perfidie de Pâris ; mais il n'entendait pas pour autant prêter main-forte aux Grecs. Tous les autres royaumes côtiers, des Paéoniens et du Chersonèse au nord jusqu'aux Lyciens, étaient passés du côté de Troie. Phrygiens, Mysiens, Cariens et Pélasges de

Larissa levaient des armées ; plus à l'est, d'autres pays promettaient assistance à Priam si le besoin s'en faisait sentir. Amazones, Paphlagoniens, et même les lointains Halizoniens se déclaraient prêts à envoyer leurs forces défendre Troie.

Face à une telle situation, Ulysse déclara qu'il serait plus judicieux de mener une prudente guerre d'usure ; la cité de Priam serait prise plus facilement si l'on épuisait d'abord ses alliés par un blocus naval et des raids sur les points faibles de l'adversaire. À part lui, personne à Aulis, jusqu'à ce jour fatidique, n'avait pensé que les choses pourraient traîner dix ans durant. Mais si telle était la volonté de Zeus, fit valoir le prince d'Ithaque, alors il fallait s'y résigner, en sachant qu'en définitive la victoire reviendrait aux Grecs.

Agamemnon fut sensible à ses arguments, mais il n'était pas d'un naturel patient, et espérait encore que l'énormité des forces qu'il avait rassemblées suffirait à convaincre les Troyens de se rendre. Quand il évoqua la question devant le conseil, celui-ci, comme d'habitude, se divisa. Les plus réfléchis – Nestor et Palamède – soutinrent Ulysse, les autres réclamèrent un assaut immédiat contre Troie.

Se voyant mis en minorité, le prince d'Ithaque proposa un autre plan. Plutôt que de tout risquer sur une seule attaque, alors que Troie était au sommet de sa puissance, ne serait-il pas plus sage d'établir une tête de pont aussi près que possible de la cité ? La petite île de Ténédos, juste au large des côtes troyennes, répondrait parfaitement à ce besoin. De là, ils pourraient lancer un assaut direct, s'il paraissait avoir des chances de réussir ; à défaut, ils bloqueraient l'Hellespont et mèneraient des raids, au nord contre la Thrace, au sud contre les places fortes côtières des alliés de Priam.

Tout le monde convint que l'idée était bonne, et le plan d'Ulysse fut accepté.

Quand la flotte grecque arriva aux environs de Ténédos, Agamemnon avait décidé de positionner le plus gros de ses navires là où ils pourraient résister au mieux à une attaque des forces navales troyennes, tandis que l'île elle-même serait prise par un détachement réduit. Convoquant le conseil sur son vaisseau, il allait annoncer que Diomède commanderait l'invasion, quand Achille réclama l'honneur de la mener lui-même.

Le soir approchait, l'air était lourd, les autres avaient attendu impatiemment l'arrivée du jeune homme. L'ambiance se tendit. Agamemnon hésita. Il n'avait aucune envie d'entrer en conflit avec Achille, mais ne tenait pas non plus à compromettre le succès de sa première opération d'envergure en la confiant à quelqu'un qui, après tout, n'avait jamais combattu.

— Calchas ne t'a-t-il pas prévenu que cette guerre ne pourrait être remportée sans mon aide ? Et si les dieux le veulent ainsi, ils seront de mon côté si je commande le premier assaut ! lança Achille d'un ton sans réplique.

Toute l'armée connaissait désormais la prophétie relative au « septième fils de Pélée », pour qui elle avait autant d'admiration que de respect. Ses Myrmidons avaient toujours été prêts à mourir pour lui, et ils n'étaient pas les seuls. Agamemnon ne l'ignorait pas ; à plusieurs occasions, il s'était abstenu de répliquer à ce freluquet qui parlait toujours avec une arrogance présomptueuse. Cette fois, pourtant, il n'était pas disposé à céder.

— Fils de Pélée, je te félicite de ton ardeur, et te remercie de ton offre, mais il convient de nous en remettre à l'expérience de Diomède, qui est un ancien de Thèbes. Quand tu auras fait, autant que lui, la preuve de ta valeur sur le champ de bataille, je serai ravi de te confier un commandement.

Le Lion de Mycènes allait passer à l'ordre du jour quand Achille dit :

— Le roi devrait réfléchir.

— Ne me suis-je pas montré assez clair? lança Agamemnon en retenant sa fureur.

— Tout à fait, répondit Achille en se levant. C'est en effet une insulte parfaitement claire!

Nestor se hâta d'intervenir:

— Achille, dit-il doucement, calme-toi. Je suis certain que ce n'était pas l'intention du roi.

— Non, en effet, grommela Agamemnon. Réglons cette affaire une fois pour toutes : j'aimerais savoir pourquoi le fils de Pélée croit que je l'ai insulté.

Achille frappa du poing sur la table:

— J'ai su dès le début que tu me considérais comme quantité négligeable! Si Calchas ne t'avait fait comprendre que Troie ne tomberait jamais sans mon aide, tu aurais été ravi de me laisser à Scyros, et de t'assurer toute la gloire! N'est-ce pas vrai?

— Si la tienne avait été plus grande, rétorqua Agamemnon d'un ton irrité, nous aurions sans doute pensé à toi plus tôt!

Achille ne savait trop s'il devait éclater de fureur ou tourner les talons et repartir. C'est à ce moment qu'Ulysse intervint:

— Achille, mon ami, tu as tort de croire que le Lion de Mycènes te méprise. Si j'étais venu plus vite d'Ithaque, tu aurais été appelé plus tôt. Tout cela est du ressort des dieux; mais s'il y a quelqu'un à blâmer dans cette affaire, c'est moi.

— Et aujourd'hui? N'ai-je pas vu mon courage mis en doute?

— Personne n'en doute, répondit Ulysse, mais tu demandes beaucoup.

— Mon frère ne songe qu'à assurer le succès du débarquement dans l'île, intervint Ménélas.

— Alors, dois-je croire que les fils d'Atrée doutent de ma valeur?

— Pas plus que moi, dit Nestor en souriant. Mais tu auras bien d'autres occasions d'en faire la preuve, jeune homme.

— Tu es âgé, et je respecte ta sagesse. Mais quand tu étais jeune, ne te montrais-tu pas aussi avide de gloire que moi?

— C'est ton impatience qui m'inquiète, lança Agamemnon. Je ne veux pas risquer l'échec dans le simple but de nourrir ton ambition.

Achille blêmit; Ulysse voulut prendre la parole, mais Idoménée le devança. Le roi de Crète était officiellement commandant en chef de l'entreprise, avec Agamemnon. Jusqu'à présent, toutefois, il lui avait été très difficile de faire sentir son autorité au sein d'un conseil dont les membres n'étaient liés à lui par aucune allégeance. Sa position en était d'autant plus affaiblie qu'en fait, il n'avait fourni que quatre-vingts navires sur les cent promis. Ayant suivi la querelle avec un détachement lointain, le souverain crétois vit l'occasion d'asseoir sa position:

— Il y a un moyen de résoudre ce problème à la satisfaction de tous, tout en faisant progresser nos affaires ici. J'en suis d'accord avec mon royal cousin de Mycènes: Diomède est l'homme qu'il nous faut pour commander notre force d'invasion. Le conquérant de Thèbes ne fera qu'une bouchée de Ténédos.

Achille blêmit de nouveau, mais Idoménée leva la main et dit d'un ton apaisant:

— Sois patient, ami! Priam, bien entendu, se doutait que nous attaquerions l'île, et a donc pris des mesures pour la fortifier. Il sait que le seul port assez vaste pour accueillir tous nos navires est ici, dit-il en désignant un point sur la carte. L'un de mes espions m'a fait savoir que de gros rochers ont été placés sur les falaises qui surplombent l'endroit. En cas d'attaque, ils seront jetés sur nos forces, provoquant de gros dégâts.

Agamemnon allait demander pourquoi le souverain crétois ne l'avait pas informé de la chose, mais l'autre poursuivit :

— Voici donc ma suggestion : Diomède dirigera l'assaut contre le port, mais Achille commandera une force qui gagnera la terre à la nage, en profitant de l'obscurité, et se dirigera vers la crique qui est ici. Il pourra donc empêcher que les rochers soient projetés sur nous, ce qui permettra à nos forces de débarquer sans risques. C'est certes une tâche périlleuse, mais pleine d'honneur. Achille et Diomède pourront ainsi agir ensemble, comme Agamemnon et moi, à leur satisfaction mutuelle et pour le bien de tous.

Ulysse et Nestor approuvèrent aussitôt ce plan ; Diomède déclara ne pas y voir d'objection, et Agamemnon se déclara en sa faveur, pourvu que les détails en soient réglés comme il l'entendait. Le conflit avec Achille fut ainsi surmonté, mais non résolu, et Ulysse sortit du conseil persuadé que l'hostilité entre le Lion de Mycènes et ce dangereux jeune homme pourrait un jour se révéler désastreuse pour toute la campagne, quoi qu'aient pu dire les oracles.

Bien plus tard, chaque fois qu'Ulysse parlait d'Achille, c'était pour dire qu'il y avait en lui un mystère défiant toute compréhension. Son orgueil était insupportable, mais sa meurtrière efficacité de guerrier s'accompagnait par ailleurs d'une tendresse comme jamais le prince d'Ithaque n'en avait vu chez un homme. À certains égards, ajoutait-il, le fils de Pélée était très semblable à Hélène. Tous deux avaient quelque chose d'un peu félin – je pense qu'Ulysse voulait dire par là une sorte d'innocence amorale, parfois féroce. Il est vrai aussi que l'un et l'autre avaient été blessés par la vie à un moment crucial de leur enfance, et que leurs destins avaient été façonnés à jamais par ces blessures. Par-dessus tout, ils semblaient également convaincus que, si leur corps était mortel, leur âme ne l'était pas ; et tout ce qui les entourait semblait brûler d'un feu immortel.

Au moment de quitter Thétis, Achille lui avait dit :
— Mère, je suis destiné à mourir bientôt, mais Zeus devra m'en récompenser par des honneurs.

Et il était parti à la guerre persuadé qu'il n'en reviendrait pas, poussé par un tel désir de se montrer digne de son destin qu'il ne tolérerait rien ni personne sur le chemin qui y menait. Il s'était pour ainsi dire forgé lui-même, en tirant parti des forces qui avaient menacé de le déchirer : l'amère querelle entre son père et sa mère, entre la vie paisible qu'il menait à Scyros et sa soif de gloire.

Tel était donc le jeune homme chargé de commander un assaut surprise contre Ténédos. Son désir de faire ses preuves était tel que, lorsque ses Myrmidons prirent à revers les défenseurs troyens, ce fut avec une terrifiante férocité. Les falaises furent prises sans grandes pertes du côté grec ; un signal parvint à Diomède, qui fit débarquer ses troupes sur le rivage. Mais le petit groupe qui les avait précédées était si loin devant elles que ce fut Achille en personne qui planta sa lance dans la poitrine du roi Ténès, commandant les forces troyennes sur l'île, puis tua son père d'un violent coup à la tête.

Toute résistance cessa très vite. Inondé d'un sang qui n'était pas le sien, Achille attendit, au milieu de ses hommes, qui l'acclamaient, que Diomède vienne le rejoindre. Il était désormais certain que, si proche que fût sa mort, son nom, au moins, serait immortel.

Une fois créée la tête de pont de Ténédos, Agamemnon décida d'envoyer à Troie des ambassadeurs, afin de négocier le possible retrait de ses forces. Ménélas, Ulysse et Palamède furent ainsi chargés de présenter des exigences que Priam ne pouvait accepter.

L'objectif réel de leur mission était de voir si les Troyens faisaient réellement front commun. Dans ce but, Talthybios, le héraut du Lion de Mycènes, s'était entremis pour que les envoyés grecs soient logés chez Anténor pendant leur séjour dans la cité.

Le conseiller du roi se montra d'abord méfiant et réservé, et peu à l'aise à l'idée de devoir assurer leur sécurité. Toutefois, quelques gobelets de vin et les subtiles interventions de Palamède permirent vite à Ménélas et à Anténor de partager l'opinion exécrable qu'ils avaient de Pâris, l'homme qui avait détruit le bonheur de chacun d'eux. Pendant ce temps, Ulysse exerçait son charme espiègle sur Théano, l'épouse du conseiller, laquelle ne se fit pas prier pour exprimer sa haine envers Pâris, qui avait tué son fils et menaçait désormais de provoquer la ruine de Troie.

Pour la première fois, les Grecs purent ainsi se faire une idée de ce qui s'était passé depuis que Pâris avait quitté Sparte avec Hélène. Ils apprirent ainsi qu'Énée lui avait prêté son concours à cette occasion, mais parce que tous deux étaient des amis intimes, non parce qu'il approuvait, en aucune façon, la traîtrise de son cousin. Son père Anchise et lui avaient fait comprendre à Priam qu'il ne devrait pas compter sur le soutien des Dardaniens quand les armées grecques viendraient frapper à sa porte. Selon Anténor, le roi avait feint de prendre la chose à la légère, en disant qu'il ne jugerait pas le comportement de son fils tant qu'il n'aurait pas appris de sa bouche tous les détails de l'histoire. En privé, toutefois, Priam était déjà prêt à la guerre et, selon le conseiller, se montrait ravi de l'énormité de l'insulte infligée par son fils à l'orgueil de la Grèce.

Mais il avait été contraint d'attendre plusieurs mois que l'*Aphrodite* revienne à Troie. Pâris et Hélène avaient en effet vogué jusqu'à Chypre, en espérant échapper aux poursuites. Ménélas frémit en apprenant qu'ils étaient bel et bien cachés sur l'île quand lui-même s'y était rendu. Peu après son départ, ils s'étaient dirigés vers l'Égypte. Le temps était au beau, la mer tranquille ; après avoir fait ses dévotions à Aphrodite, Pâris avait pris la direction du sud, se disant que retarder son retour donnerait à son père et à ses frères le temps d'accepter l'irrémédiable. Peut-être aussi les Troyens seraient-ils sensibles à la beauté d'Hélène.

De ce point de vue, il ne s'était pas trompé : dès qu'on eut aperçu l'*Aphrodite* approchant du port, une vaste foule se rassembla sur le chemin menant à la porte Scée, tandis que d'autres faisaient de même dans les rues de la cité. Pour accroître encore l'excitation générale, Pâris veilla à ce qu'Hélène et Æthra, pour échapper aux regards, soient conduites au palais en litières aux rideaux tirés, devant lesquelles lui-même chevauchait fièrement.

Le visage d'Hélène était encore voilé quand il vint la présenter, dans la grande salle du palais, à Priam et à sa famille, et à quelques privilégiés dont Anténor faisait partie :

— C'est un peu comme de voir un sculpteur présenter sa dernière œuvre. Nous attendions depuis si longtemps de la voir que nous mourions tous d'impatience. Et je dois reconnaître qu'Hélène est d'une beauté sidérante. Mais je ne suis pas sûr qu'aucune femme vaille la peine qu'on mette en danger une armée.

— Ou une ville, dit Palamède.

— Oui.

— Nous sommes des gens raisonnables. Notre ennemi, c'est Pâris, et non pas Troie. Ne penses-tu pas qu'il serait tragique que des milliers d'hommes meurent à cause de l'absurde folie d'un homme ?

Anténor évita de répondre franchement à la question :

— Si, pour éviter la guerre, ma femme et moi pouvions trouver un moyen de vous livrer Pâris enchaîné, ce serait fait ce soir même. Mais le roi est aussi sensible à la beauté d'Hélène qu'indulgent envers son fils. Et au sein de son conseil, le parti de la guerre est plus fort que ceux d'entre nous qui préféreraient une solution pacifique. Ne vous attendez donc pas à ce que Priam accueille avec faveur toute demande réclamant le retour d'Hélène.

Quand, le lendemain, les envoyés d'Agamemnon se présentèrent devant le roi, ce fut dans une atmosphère encore plus hostile que prévue. Pâris resta invisible, et Anténor fit de son mieux pour qu'on les écoute, mais il ne put empêcher les cris de colère de Déiphobe et d'Antiphas quand ils entendirent les trois Grecs dresser la liste de leurs exigences. Hélène devrait leur être rendue, Pâris livré pour répondre d'accusations de meurtre et d'enlèvement ; Ménélas serait dédommagé, comme Agamemnon, Idoménée et tous les princes sous leurs ordres, pour les énormes dépenses consécutives aux actions de Pâris ; des colonies grecques seraient installées sur le continent asiatique, et les Grecs pourraient accéder librement à l'Hellespont, à la mer Noire et aux routes commerciales menant vers l'est et le nord.
À elles seules, les exigences monétaires auraient suffi à ruiner Priam. Il écouta Ulysse d'un air impassible, avant de lever la main pour faire taire ses fils, et de répondre :
— Pour commencer, si le roi de Sparte n'a pas su satisfaire son épouse, nous n'y sommes pour rien. Contrairement à ma sœur Hésione, qui languit en captivité depuis bien des années, Hélène est venue ici de son plein gré. Si jamais elle désirait partir, je considérerais comme indigne de moi de l'en empêcher.
Il jeta un coup d'œil à Ménélas, dont le visage s'était empourpré, et poursuivit :
— Nous savons depuis longtemps que le roi de Mycènes convoite nos richesses et notre puissance.

241

Pourquoi pas, d'ailleurs, puisque, en comparaison, son royaume est une simple masure. Le message que nous lui transmettons est simple : seules la ruine et l'humiliation l'attendent à Troie. Qu'il nous délivre de la pestilence de ses navires, et ramène ses Grecs chez eux, avant que leurs épouses ne se trouvent des partenaires plus à leur goût.

Ménélas se souvenait de l'affabilité que Priam lui avait témoignée lors de sa visite à Troie. Il ne put contenir sa colère :

— Je vois que ton fils n'a pas le courage de me rencontrer face à face ! Si tous tes sujets sont comme lui, roi Priam, attends-toi à ce que ta cité soit pillée et brûlée, et que ta lignée disparaisse ! Je retrouverai ma femme, et tu maudiras le jour où Pâris est sorti de tes reins !

Ulysse le prit par le bras, jeta à Priam un regard dédaigneux et dit :

— Nous transmettrons ton message à notre roi, et tu auras bientôt sa réponse.

Les ambassadeurs grecs quittèrent la salle de réception et revinrent dans la demeure d'Anténor. Peu après leur départ de la cité, ils apprirent que s'il n'avait tenu qu'à Déiphobe et Antiphas, tous trois auraient été assassinés dans leur lit le soir même. Seul les protestations indignées d'Anténor et le sens de l'honneur d'Hector les en avaient empêchés.

Le premier assaut lancé contre Troie se transforma en un affrontement brutal mais indécis, dont les deux camps sortirent très éprouvés. Tout commença bien pour les Grecs, qui lancèrent un raid nocturne contre la flotte de Priam, incendiant de nombreux navires. Mais cela avertit les Troyens de l'imminence d'une attaque et, le temps que les vaisseaux d'Agamemnon approchent du rivage, des forces considérables les attendaient pour les repousser.

Pire encore, la rumeur voulait qu'une prophétie annonçât que le premier homme à toucher le rivage fût voué à mourir aussitôt. Achille lui-même hésitait. Les Troyens, quant à eux, jetaient des pierres et des rochers sur les navires en poussant de terrifiants hurlements que portait le vent balayant la plaine.

Pour finir, piqué par les insultes de l'ennemi, comme d'ailleurs par celles d'Agamemnon, juste derrière lui, un vieux guerrier nommé Iolaos, ancien compagnon d'Héraclès, poussa un grand cri et se jeta dans les vagues. Il fut aussitôt entouré et taillé en pièces, sans même avoir pu frapper, mais son courage impétueux devait lui valoir une gloire immortelle. On lui donna le titre de Protesilaos, « premier à combattre ». Le soir même, il fut enterré en grande pompe sur le rivage thrace de l'Hellespont.

À leur tour, d'autres guerriers sautèrent des vaisseaux : Achille et Patrocle étaient du nombre, suivis par Phœnix et les Myrmidons. Ulysse, quant à lui, attendit de voir comment tournaient les choses. Il avait déconseillé un débarquement tant qu'on ne se serait pas efforcé d'épuiser les ressources de Priam ; mais Agamemnon avait été si furieux de la réponse de son adversaire qu'il était bien décidé à lui faire rentrer ses paroles dans la gorge. Le prix de son impatience devint rapidement clair : de plus en plus d'hommes tombaient sous les volées de flèches alors qu'ils avançaient péniblement vers le rivage.

Les Grecs, très supérieurs en nombre, parvinrent finalement à débarquer sur la plage, mais pour y être pris dans des affrontements sanglants. La plus vive résistance venait d'un secteur où un héros troyen nommé Cycnos avançait au milieu des assaillants comme s'il était invulnérable. Quand Achille vit ce qui se passait, il hurla à Patrocle de le suivre et se précipita pour affronter Cycnos, qui lui rit au nez et le défia de venir l'attaquer. Le combat fut long et difficile, et aurait pu tourner à l'avantage de l'un ou de l'autre si le Troyen n'avait trébuché sur une pierre en cherchant à éviter un coup d'épée. Il tomba à terre, entraînant Achille avec lui. Tous deux avaient laissé tomber leurs armes, et Cycnos était le plus fort des deux, mais le fils de Pélée le saisit à la gorge et l'étrangla.

Quand il se releva, exultant, Patrocle le prit par le bras. Une trompette sonnait sur le navire amiral d'Agamemnon ; regardant autour de lui, Achille vit que les troupes grecques battaient en retraite.

Après ce premier assaut manqué, il y eut bien des récriminations, mais l'ampleur de ses pertes avait convaincu le Lion de Mycènes de la justesse des vues d'Ulysse : Troie ne pourrait tomber qu'à l'issue d'une longue guerre d'usure. On entra donc dans une morne période d'attente marquée par des violences sporadiques, qui dura un an, puis un autre, jusqu'à ce qu'il soit clair que la cité ne chuterait qu'à l'issue des longues années prédites par le serpent.

Il y eut des batailles en mer, de nombreux vaisseaux furent coulés et bien des hommes périrent noyés ou brûlés. Mais, pour finir, les Grecs s'assurèrent la supériorité navale. Ils purent donc, depuis leur tête de pont de Ténédos, lancer des raids tout au long des côtes d'Asie. L'île de Lesbos fut prise, de nombreuses cités du continent tombèrent, et les alliés lydiens de Priam souffrirent considérablement. Colophon, Clazomène, Smyrne et Antandros furent pillées et brûlées ; mais Sestos et Abydos, des deux côtés de l'Hellespont, bien qu'assiégées, tenaient bon. Les années de guerre se succédèrent ainsi, toujours plus sanglantes, et dans toute l'Asie, de la mer Noire à Chypre, le seul nom d'Achille faisait naître la peur dans le cœur des hommes.

Il y avait de longues périodes d'inactivité pendant lesquelles les deux camps pansaient leurs blessures, ou lorsque les fièvres ou la dysenterie privaient les guerriers de toute volonté de se lever, et encore moins de se battre. En été, la chaleur était parfois trop accablante pour qu'on puisse bouger un muscle ; les longs mois d'hiver étaient toujours pénibles, d'autant plus qu'alors le vent qui balayait la plaine se chargeait de glace. La neige couvrait les tentes et les vieux guerriers souffraient d'engelures. Même quand le temps était clément, il ne se passait pas un jour sans que les hommes se demandent pourquoi ils s'étaient fourvoyés dans cette guerre absurde, et s'ils reverraient jamais leurs foyers. Mais, pour déserter, il leur aurait fallu traverser des territoires hostiles, et les Grecs se dirent qu'après avoir enduré tant de souffrances, ils ne pouvaient rentrer les mains vides. C'est ainsi que la guerre se poursuivit.

La neuvième année, les voies maritimes de Troie vers l'ouest étant coupées, et nombre de ses alliés démoralisés par les raids incessants, il sembla enfin qu'Agamemnon fût sur le chemin de la victoire. Vers la fin de l'été, il décida d'attaquer la Mysie.

Les Mysiens sont un peuple thrace qui s'était installé là un siècle auparavant. Leur roi Télèphe était un bâtard d'Héraclès, monté sur le trône avec l'appui de Priam, dont il avait épousé l'une des nombreuses filles. Les terres fertiles de la Mysie ravitaillaient Troie en blé, en olives, en figues et en vin, en empruntant à l'intérieur des terres des routes trop éloignées pour qu'on puisse lancer des raids contre elles. Ulysse avait réussi à convaincre le Lion de Mycènes que s'emparer de la Mysie condamnerait Troie à la famine. Laissant derrière lui une force suffisante pour tenir Ténédos, il partit, avec le plus gros de sa flotte, pour l'île de Lesbos, tout en faisant du port de Mytilène la base d'un projet visant cette région de Mysie qu'on appelle la Teuthranie, à l'embouchure du fleuve Caïque. Mais, là encore, il sous-estima l'ampleur de la résistance, et la bataille ressembla fort à celle qui, plusieurs années auparavant, s'était soldée par l'échec de son débarquement. Cette fois-ci, il fut plus rapide, mais les Mysiens avaient l'avantage du terrain ; Agamemnon vit ses troupes taillées en pièces, et ne songea plus qu'à éviter la déroute.

Là encore, Achille et ses Myrmidons vinrent à son secours par une manœuvre de flanc très rapide, qui prit les troupes de Télèphe à revers et contraignit le roi à reculer le long de la rive du fleuve. S'élançant à sa poursuite, le fils de Pélée, projetant sa lance, atteignit Télèphe à la cuisse, qui tomba. La bataille aurait pu être gagnée à cet instant, mais les gardes du roi tinrent Achille à distance, tandis que l'un d'eux mettait le souverain à l'abri. Sur le rivage, les Mysiens, ignorant tout de l'événement, combattaient avec une telle ardeur qu'Agamemnon, de nouveau, ordonna la retraite.

Rechignant à revenir à Ténédos sur un aussi triste bilan, il ordonna à sa flotte de se diriger vers le sud en quête de proies plus faciles à attaquer. Après avoir pillé et brûlé une petite ville au nord de Smyrne, les Grecs, très las, y passèrent quelques jours à se baigner dans les sources d'eau chaude qu'on y trouvait, et qu'on appelle depuis les Bains d'Agamemnon.

Le temps était au beau ; il n'en allait pas de même de l'humeur des principaux chefs de l'expédition. Achille était furieux que ses exploits sur le champ de bataille n'aient, une fois de plus, servi à rien, le Lion de Mycènes n'ayant pas su garder son calme. Avec son ami Patrocle, il évitait les autres. Puis, un soir, une querelle éclata entre Ulysse et Palamède sur la question de savoir s'il fallait poursuivre la campagne contre la Mysie ou concentrer les forces grecques près de Troie. Les hésitations hautaines d'Agamemnon ne firent qu'aggraver les choses. Diomède, quant à lui, pleurait la mort de son ami Thersandros, tombé lors des combats contre les Mysiens ; et Ménélas ruminait dans la solitude.

Lassé des querelles, Agamemnon décida de partir chasser. Seul Palamède eut l'énergie de l'accompagner. Ils recrutèrent un chasseur du cru et ses chiens, et passèrent la journée en quête de gibier, mais en vain. Puis, en fin d'après-midi, la meute débusqua un cerf blanc qu'elle poursuivit ; l'animal s'enfuit dans les fourrés. Ne sachant où il se trouvait, mais bien décidé à le tuer, Agamemnon s'engagea dans un bosquet, où il retrouva la bête, épuisée. Il jeta sa lance et l'atteignit en plein cœur ; elle frémit, vacilla et s'effondra dans une mare de sang.

Jetant la dépouille sur son épaule, le Lion de Mycènes, en sueur, ensanglanté, sortait du bosquet lorsqu'il vit Palamède et le chasseur le contempler, livides. Ce n'est qu'alors qu'il vit les offrandes accrochées aux buissons. Il avait tué le cerf dans le bosquet sacré d'Artémis.

Le lendemain, ils repartirent vers Ténédos, mais ils étaient à peine en mer qu'une violente bourrasque venue du nord-est se mit à souffler depuis les plaines d'Asie. Par un temps aussi mauvais, les pilotes rechignaient à suivre une côte hostile ; ils tentèrent donc d'échapper à la tempête en hissant les voiles. En fin d'après-midi, cependant, la pluie se mit à tomber si fort que c'est à peine si chaque navire pouvait apercevoir les autres. Le ciel vira au vert sale, puis à un noir sinistre. La bourrasque se fit de plus en plus forte à mesure que passait la nuit ; à l'aube, la flotte d'Agamemnon avait été dispersée, comme du bois flottant, dans toute la partie orientale de la mer.

Des années plus tard, j'appris de la bouche d'Ulysse que mon père, Thespis, était à bord de l'un des vaisseaux qui disparurent dans cette tempête, et qu'il périt en mer, comme beaucoup d'autres. Les jours suivants, un par un, les navires rescapés revinrent péniblement dans le port d'Aulis, d'où ils étaient partis neuf ans plus tôt.

L'autel d'Aulis

Une femme qui hait et méprise son père et son époux a toutes les chances de vouloir leur être supérieure. Clytemnestre pouvait bien paraître occupée à donner à la maison d'Atrée un héritier et deux filles; sa volonté et sa vive intelligence étaient entièrement consacrées à mieux gérer les affaires du puissant royaume de son époux.

Les massives murailles de Mycènes se dressent sur un piton rocheux qui commande les cols montagneux reliant des plaines fertiles. Pendant des siècles, des brigands y avaient exercé leurs talents, avant que les Atrides ne s'emparent de cette place forte, à partir de laquelle ils bâtirent leur empire. Tributs et fruits des pillages inondèrent la cité à mesure que grandissait leur puissance, et Agamemnon ne se vantait pas en déclarant à Clytemnestre qu'il était le plus riche des rois grecs. Mais c'était un homme de guerre, porté à l'usage brutal de la force, qui avait peu de goût pour la morne routine de l'administration; son épouse, dès son arrivée à Mycènes, vit qu'une bonne part de la richesse dont il se targuait disparaissait, suite à une gestion médiocre mais surtout à la corruption. Elle suggéra à son époux de faire espionner certains de ses principaux ministres et de ses collecteurs d'impôts – qui peu de temps après perdirent à la fois leur poste et leur vie.

Afin de leur trouver des successeurs, Agamemnon s'en remit aux conseils de son épouse, et fut impressionné du considérable accroissement de ses revenus. Par la suite, il en vint à se fier à son jugement sur d'autres questions, et bientôt l'appareil d'État fut, dans les faits, sous le contrôle de Clytemnestre.

L'épouse d'Agamemnon ne s'était jamais sentie très à l'aise dans le lugubre palais royal de Mycènes, dont les pièces exposées à tous les vents avaient été la scène de meurtres, de trahisons, et même, chuchotait-on, de festins cannibales. Quand elle s'en était plainte à son mari, il avait répondu que l'argent était rare et qu'il avait autre chose à faire que de le gaspiller en luxes inutiles. Bien que furieuse, elle eut l'habileté de n'en rien montrer. Et lorsque le couple apprit qu'Hélène et Ménélas rénovaient la cité de Sparte, Clytemnestre se contenta de laisser entendre que Ménélas surclassait son aîné, et que tout le monde le savait. Agamemnon se hâta alors de lui accorder carte blanche.

Maçons, architectes, sculpteurs et peintres furent mis au travail, des plans conçus et approuvés sous la rigoureuse supervision de la reine. D'énormes quantités de porphyre spartiate parvinrent à Mycènes, ainsi que du marbre rose ou vert extrait des carrières d'Attique. En moins de deux ans, la cité devint une splendeur que tous les royaumes de Grèce voulaient imiter, et qui impressionnait fort les ambassadeurs venus de pays lointains.

Agamemnon était d'autant plus ravi de l'œuvre de sa femme qu'il pouvait s'en attribuer le mérite. Son pouvoir militaire ne cessait de croître ; les accords commerciaux qu'il avait conclus s'étendaient désormais à toute la Grèce et à ses îles ; et toutes ces cités payaient leur tribut au roi de Mycènes. Il en vint à croire un moment que la malédiction ancestrale frappant la maison d'Atrée était enfin levée. Les dieux approuvaient ce qui avait été accompli, et il restait beaucoup à faire. Mais le pouvoir est un appétit qui se nourrit de lui-même, et le Lion de Mycènes devait faire face à des dépenses croissantes – dont son épouse n'était pas la dernière responsable. Des raids à travers la partie orientale de la mer permettaient de s'emparer d'une partie de l'or, de l'argent, des esclaves et du bétail dont il avait besoin pour sa cour, ses vassaux et son armée. Toutefois, les dépenses menaçaient de dépasser les revenus, et Clytemnestre comprit qu'ils auraient tout à gagner à une guerre à l'étranger. Elle enviait les richesses de l'Asie, et savait, par ses espions comme par ses entretiens avec les délégations étrangères, que Troie était la porte donnant sur les trésors de l'Orient. Elle fut donc la première à convaincre Agamemnon qu'il lui fallait songer à s'emparer de la cité de Priam.

Unir Hélène et Ménélas était aussi une idée de Clytemnestre. Elle avait fait remarquer que, si un autre obtenait la main de la fille de Tyndare, Sparte pourrait menacer le pouvoir d'Agamemnon. Son plan avait réussi avec l'aide d'Ulysse. Les deux frères de Mycènes ayant épousé les deux sœurs de Sparte, et le fils de Clytemnestre, Oreste, devant plus tard faire de même avec la fille d'Hélène, Hermione, le couple royal pouvait attendre avec confiance le temps où la maison d'Atrée deviendrait enfin maîtresse du monde.

Puis Hélène s'était enfuie avec Pâris.

Au début, Clytemnestre en avait été furieuse : cela compromettait des ambitions mûries avec le plus grand soin. Il lui avait fallu un moment avant de pouvoir admettre qu'une partie de sa colère était, de nouveau, dictée par l'envie. D'où pouvait provenir cette passion si forte qu'on n'hésitait pas à parier sa vie sur elle ? Peut-être sa sœur, comme leur mère Léda, avait-elle été enlevée par un dieu. Et Clytemnestre restait là, à Mycènes, avec ses enfants, sous le fardeau de ses fastidieux devoirs d'épouse et de reine, attendant chaque jour avec impatience des nouvelles d'une guerre que sa sœur avait précipitée.

Elle ne s'était pas doutée que le conflit durerait si longtemps! Les années du serpent avaient passé très lentement au palais. Les rumeurs allaient et venaient, aux bonnes nouvelles succédaient les mauvaises. Les coffres de l'État se remplissaient d'un coup, suite au pillage d'une quelconque cité de la côte asiatique puis, comme la marée, ils se vidaient pour satisfaire les exigences d'une guerre aussi coûteuse qu'interminable. Tandis que son époux combattait de Thrace à la Lycie, sans que Troie parût prête à tomber, Clytemnestre, dominant désormais tous les rouages du pouvoir mycénien, attendait en restant aux aguets.

Un après-midi, elle s'efforçait d'écourter des négociations avec un vendeur de sésame venu de Mésopotamie, le dernier de ses nombreux visiteurs ce jour-là, et qu'elle comprenait à peine. L'homme était très bavard, et Clytemnestre pensait surtout aux rumeurs annonçant l'arrivée inattendue de la flotte grecque à Aulis. Le temps y était forcément pour quelque chose; on n'avait pas vu une telle tempête depuis des années, de violentes bourrasques soufflant sans arrêt depuis trois semaines. Mais on disait aussi, et c'était plus inquiétant, que les navires avaient été surpris alors qu'ils remontaient les côtes mysiennes, où l'armée grecque avait subi une lourde défaite. Thérandre, le chef des Béotiens, avait été tué, et tout le pays autour d'Aulis était en deuil. On racontait également qu'un autre héros, Philoctète, piqué au pied par un serpent, souffrait d'une infection si abjecte que personne n'osait l'approcher, et qu'il avait été abandonné au bon vouloir des dieux sur l'île de Lemnos. Quelques jours plus tôt, Nauplios, roi d'Eubée, avait fait parvenir à la reine un message l'assurant que les principaux chefs grecs, dont son fils Palamède et Agamemnon, étaient sains et saufs, bien que la situation demeurât confuse. Mais le Lion de Mycènes lui-même n'avait donné aucune nouvelle.

Tout cela était de très mauvais augure, et Clytemnestre se sentit de plus en plus irritée par les manières obséquieuses de son visiteur. Elle entendait dans la cour ses enfants répéter une pièce écrite par Oreste. Celui-ci tenait le rôle d'Achille, qu'il jugeait plus prestigieux que celui de son propre père, qu'incarnait le fils du grand prêtre du temple de Zeus. Comme d'habitude, les filles étaient réduites à jouer des Troyens efféminés – Iphigénie, âgée de douze ans, tenant le rôle de Priam, Électre celui de Pâris.

Puis cette dernière se querella avec Oreste, et tout paraissait voué à se terminer par des larmes. Clytemnestre allait se lever et congédier ce ridicule marchand, quand un héraut entra dans la salle et la salua. C'était un adjoint de Talthybios, il devait donc être porteur d'un message du roi. Mais pourquoi pas Talthybios lui-même ? Il aurait pu répondre à ses questions – à moins, bien sûr, que ce ne soit précisément la raison de son absence.

Le marchand fut renvoyé sans délai et Clytemnestre prit des mains du héraut un cylindre de bronze dont elle sortit une feuille de papier portant le sceau du roi. Si ce n'était pas son écriture, on ne pouvait se tromper au ton, toujours aussi péremptoire. Son contenu la stupéfia.

Iphigénie avait à peine cinq ans quand le père qu'elle aimait tant était parti pour Troie. Elle gardait le souvenir d'un homme de grande taille, très velu, qui parfois la prenait dans ses bras puissants. Cela faisait longtemps qu'il n'était plus là. Elle savait, comme tout le monde, qu'il était roi de toute la Grèce, et qu'un jour il reviendrait, couvert de gloire, avec tous les trésors de Troie, qui viendraient s'ajouter à des richesses déjà colossales. Mais Iphigénie avait du mal à imaginer une figure aussi imposante : c'était un peu comme de vouloir regarder le soleil en face.

Elle se disait que peut-être Oreste avait le même sentiment. Il était plus âgé, ses souvenirs devaient être plus précis ; il vantait sans arrêt les exploits de son père, bien que ces temps-ci il parût beaucoup plus intéressé par ceux d'Achille, « le plus grand guerrier que le monde eût jamais vu », disait-il. La terreur des Troyens, aussi courageux que beau, et qui vivrait à jamais dans la mémoire des hommes. D'ici un an ou deux, quand Oreste aurait l'âge de partir à la guerre, il se joindrait aux Myrmidons et, avec Patrocle, combattrait aux côtés d'Achille ; leur valeur inspirerait à l'armée grecque un tel enthousiasme que Troie tomberait sans tarder. Iphigénie, qui adorait son frère, était pleine d'admiration pour lui, et ne doutait nullement que les choses dussent se passer ainsi.

Elle l'écoutait, le cœur gonflé d'orgueil, et se demandait comment elle-même pourrait rendre service à la cause grecque. Elle aussi se croyait promise à un destin exceptionnel. Le monde ennuyeux des femmes – tisser, bavarder, avoir des enfants – n'était pas fait pour elle ; elle avait trop d'imagination pour cela. Au demeurant, sa propre mère ne prouvait-elle pas qu'une femme pouvait servir l'État aussi bien qu'un homme ? Iphigénie entendait bien faire de même, mais de telle sorte que les gens l'aimeraient, au lieu de la craindre. Elle serait comme Artémis, la déesse qu'elle chérissait, sœur vierge d'Apollon, et resterait pure, fière, et libre.

Elle pensait à tout cela dans la cour, affublée de la barbe grotesque censée lui donner l'allure du roi Priam, tout en écoutant Électre dire à Oreste qu'elle en avait assez de cette pièce stupide. Le différend était devenu querelle, sa sœur avait fondu en larmes, il n'y avait personne pour reprendre son rôle, Oreste était d'humeur exécrable, et Iphigénie se demandait ce qu'elle devait faire quand, chose surprenante, sa mère l'avait appelée du balcon pour lui dire de venir sur-le-champ. Et elle se retrouvait à attendre dans le vestibule, tandis que la reine conférait avec ses conseillers. La jeune fille avait de plus en plus peur, étant incapable de se souvenir avoir fait quoi que ce soit qui pût lui valoir des ennuis. Comment se préparer à affronter la fureur de sa mère?

Puis la haute porte s'ouvrit, les conseillers sortirent et lui dirent d'entrer. Ils la regardaient d'un air bizarre, comme si on avait parlé d'elle dans son dos et qu'ils aient cru à ce qu'on racontait.

Elle entra dans la grande pièce aux murs peints et aux piliers de marbre. Sa mère était au balcon, lui tournant le dos ; elle fit demi-tour en fronçant les sourcils, mais on ne lisait pas dans ses yeux la colère qu'Iphigénie redoutait.

— Ferme la porte, dit Clytemnestre, et assieds-toi.

Iphigénie obéit, en prenant soin de se taire et de baisser les yeux.

— Quel âge as-tu ?

— Je vais avoir treize ans.

— Oui, je me souviens… tu as fait ton offrande à Artémis voilà peu. Je crois donc qu'on peut désormais te considérer comme une femme. Mais occupée comme je l'étais, depuis que ton père est parti à la guerre, j'ai à peine eu le temps de te voir grandir. Lève-toi et tourne sur toi-même, que je te regarde… Tu as plus de chance qu'Électre ; elle ressemble à son père, mais tu as davantage de moi. Dans un an ou deux, tu seras une vraie beauté.

La reine soupira, comme si la beauté devait être un fardeau, puis dit :

— Rassieds-toi. J'ai quelque chose à te dire. J'ai reçu aujourd'hui un message de ton père. Il est en Grèce, dans le port d'Aulis, et veut que je t'envoie là-bas.

Iphigénie leva les yeux, stupéfaite, et sentit son cœur battre à tout rompre, mais sans savoir si c'était d'enthousiasme ou de crainte.

— Oreste et Électre viendront aussi ? demanda-t-elle, sans trop savoir que dire.

— Cela ne les concerne pas. Nous partirons toutes les deux, et bientôt. Il va donc falloir que tu te prépares. Tu vas te marier.

Iphigénie était si habituée à obéir sans discuter qu'elle ne comprit pas tout de suite ce que Clytemnestre venait de lui dire. Elle resta assise en silence, se demandant si elle n'allait pas s'évanouir. Puis elle pensa qu'un dieu devait être présent dans la pièce, car elle avait la chair de poule.

Sa mère, de son côté, réalisait que jamais sa fille n'avait songé au mariage.

— Tu n'as rien à dire ? finit-elle par demander. Tu ne veux donc pas savoir qui sera ton époux ?

— Si, chuchota Iphigénie, j'aimerais connaître son nom.

— Je pense que tu seras ravie. Bien entendu, ce que tu peux en penser n'a aucune importance ; ton père a décidé sans même prendre la peine de me consulter, et tes sentiments ne lui importent guère.

Clytemnestre ferma les yeux et, pour un instant, redevint une petite fille, du temps où son père Tyndare avait pris la même décision à son sujet. À sa grande surprise, et malgré le pouvoir dont elle disposait désormais, elle sentit plus fortement que jamais quelle souffrance inéluctable accompagnait la vie d'une femme. Elle et sa fille, cette étrangère rêveuse qu'elle connaissait à peine, se voyaient brusquement imposer le même destin : à la merci d'Agamemnon, sur cette question comme pour tout le reste.

Rouvrant les paupières, elle regarda de nouveau Iphigénie. De toute évidence, son époux avait été guidé par des considérations politiques, non par l'affection.

Clytemnestre était furieuse qu'il n'ait pas jugé bon de lui demander son avis, si furieuse qu'elle ne retenait sa colère que parce que l'enfant était là, et aurait fondu en larmes, par chagrin pour elles deux et devant l'injustice des choses. Peut-être Iphigénie avait-elle raison de garder le silence. Pourquoi gaspiller des mots qui ne serviraient à rien?

— Tu vas épouser Achille, dit-elle. Si les dieux te sont favorables, tu te montreras peut-être digne du nom que nous t'avons donné, et tu lui donneras des enfants vigoureux. Va; Marpessa t'aidera à préparer tes affaires. Nous partons pour Aulis dès demain.

Près de trois semaines s'étaient écoulées depuis que la flotte grecque avait trouvé refuge à Aulis. Agamemnon avait estimé qu'il en faudrait une de plus pour que les navires puissent de nouveau affronter la mer; ils partiraient alors en toute hâte vers Ténédos, en espérant y parvenir avant que Priam ne se rende compte que la garnison ne pouvait plus compter que sur elle-même. Il ne faudrait pas perdre de temps, mais c'était réalisable.

La bourrasque qui les avait amenés à Aulis refusait pourtant de disparaître. Le Lion de Mycènes se levait chaque matin à l'aube, espérant pouvoir lever l'ancre, mais les vents étaient toujours aussi violents: les mouettes elles-mêmes s'en abritaient de leur mieux. Ses hommes, trempés de pluie, s'enivraient en songeant à leurs femmes, qui n'étaient pas très loin de là. Mais les vagues venaient battre contre le mur du port, leur interdisant de prendre la mer.

Comme il fallait s'y attendre, quelqu'un ne tarda pas à murmurer que c'était là l'effet de la colère d'un dieu.

Calchas examina les présages et annonça qu'Artémis en était responsable; quelqu'un l'avait offensée. Le vent continuerait à souffler tant qu'elle ne serait pas apaisée. Palamède qui se tenait aux côtés d'Agamemnon, dont le visage était livide, chuchota :

— Le cerf! Il appartenait à la déesse!

L'incident survenu dans le bosquet avait été tenu secret, de peur d'accabler le moral déjà chancelant des troupes. Mais la vérité est la fille du Temps, et Agamemnon devait désormais en répondre aussi bien devant la déesse que devant ses hommes. Pour éviter le désastre, il fallait sur-le-champ offrir un sacrifice à Artémis. Là encore, Calchas fut chargé d'interroger les présages.

Quand il sortit de sa transe, il tremblait de tous ses membres ; la sueur coulait sur son front. Le devin n'ignorait pas qu'Agamemnon se méfiait de lui. Et voilà qu'il se retrouvait pris entre la colère du roi et celle de la divinité.

— Parle donc! s'exclama Ulysse. Qu'as-tu vu?

— Mère vierge de toutes les créatures sauvages, répondit Calchas d'une voix rauque, la divine Artémis a vu l'une d'elles tuée dans un bosquet sacré qui lui était consacré. C'est là un blasphème que seul un sacrifice peut effacer, et la vie d'un enfant du coupable doit lui être offerte en retour.

Comme les autres, Agamemnon resta pétrifié. Puis, l'air épouvanté, il regarda alternativement le devin et Palamède, comme pour chercher un signe de collusion entre eux.

— Non! s'écria-t-il. Cela est impossible!

Puis il fit demi-tour et sortit.

Mais l'examen des présages avait été mené devant trop de témoins, et nul ne pouvait nier ce qu'ils avaient révélé.

Ce soir-là, le roi s'enferma avec Ménélas, et les fantômes de la maison d'Atrée vinrent à leur rencontre : enfants assassinés, enfants meurtriers – choses innommables survenues du temps de leurs aïeux. Quoi que les deux frères aient pu faire pour apaiser le destin, on aurait bien dit que la malédiction passait d'une génération à l'autre, sans qu'on pût y échapper.

Agamemnon savait déjà lequel de ses enfants la déesse avait choisi. Iphigénie avait toujours eu quelque chose de la beauté d'Hélène, avec un peu des traits anguleux de sa mère. Il se souvint de la fillette qu'il avait laissée derrière lui, neuf ans plus tôt, quand elle était encore assez petite pour grimper sur les genoux du vieux Nestor. C'était la seule de ses enfants pour qui il eût une réelle affection, au point parfois de le distraire de tout ce qui comptait vraiment pour lui. Et tandis que Ménélas versait de nouveau du vin dans un gobelet d'or dérobé dans un quelconque palais de l'autre côté de la mer, son frère se sentit furieux de voir piétinés ses plus tendres sentiments.

Et Clytemnestre s'opposerait à une telle atrocité. Il lui avait déjà arraché un enfant, en ordonnant qu'il soit mis à mort. Jamais elle ne lui permettrait d'en tuer une autre, même si leur richesse et leur pouvoir en dépendaient. Ce n'était pas la mère la plus affectionnée du monde, mais si elle apprenait ce qu'on exigeait de lui, elle fuirait jusqu'en Scythie avec tous ses rejetons plutôt que de laisser commettre cette atrocité.

Et pourtant le vent hurlait toujours aux portes, les navires pourrissaient dans le port, la garnison de Ténédos attendait d'être secourue, et si la flotte ne venait pas à son secours, leur tête de pont tomberait ; toutes les années du serpent se seraient écoulées en vain.

Dans un cas comme dans l'autre, il ne voyait qu'un désastre dont il pourrait ne jamais se relever.

Cette nuit-là, Agamemnon but jusqu'à sombrer dans l'inconscience, et se réveilla avant l'aube, en sueur, au sortir d'un sommeil agité. Et malgré toutes ses ferventes prières, le vent demeurait toujours aussi fort.

Ses principaux alliés vinrent le rejoindre plus tard dans la matinée. Il sentit qu'ils avaient déjà discuté entre eux ; Palamède tint à ce que le roi fût informé de ce que les hommes du rang murmuraient. Quelques-uns avaient déjà déserté, mais les autres étaient prêts à se battre jusqu'à la victoire, du moins si la flotte ne s'attardait pas à Aulis. Dans le cas contraire, Agamemnon pourrait bien devoir affronter une mutinerie de grande ampleur. Certains chuchotaient déjà qu'il était responsable de cette situation ; s'il ne souhaitait pas apaiser la déesse et les conduire à Troie, alors ils étaient prêts à se donner un nouveau chef. Que comptait-il faire ?

Il fulmina contre l'injustice des hommes et des dieux. Apollon ne lui avait-il pas promis que, s'il tenait bon pendant neuf années, la victoire serait à lui la dixième ? N'avaient-ils pas tous vu le serpent ? La promesse du dieu ne les avait-elle pas soutenus pendant cette interminable campagne ? Fallait-il traiter Apollon de menteur ? Ou bien se méfier de ce douteux prêtre troyen ? Lui-même pouvait-il seulement compter sur la loyauté de ses généraux ?

Ils n'avaient pas l'air très à l'aise, ni très désireux de s'exprimer, à l'exception de Palamède, qui fit remarquer calmement que les deux oracles n'étaient pas contradictoires. Apollon avait promis la victoire ; mais il était le frère d'Artémis, et si jamais il était contraint de choisir entre sa sœur et un mortel, rien ne l'empêchait de revenir sur sa promesse. C'était aux hommes de gagner la faveur des dieux, non l'inverse. Et pour cela, il fallait offrir les sacrifices qui s'imposaient, au moment voulu.

Ulysse détourna la tête, révulsé :

— Le prince d'Eubée semble aussi disposé à croire les déclarations d'un traître troyen qu'à écouter les récriminations de nos hommes !

— J'ai simplement exposé au roi ce qu'il doit savoir, répliqua Palamède. Ma propre fidélité n'est pas en jeu. Oserais-tu suggérer le contraire?

— Allons, allons! intervint Nestor. Nous sommes tous accablés par cette situation. N'aggravons pas les choses!

— Qu'en dis-tu? demanda Agamemnon en se tournant vers Ulysse.

— Je dis que la querelle entre Grecs et Troyens a commencé du temps où Laomédon a offert sa propre fille en sacrifice! Ce qui ne lui a servi à rien! Je dis qu'en ce qui me concerne, je ne veux pas prendre part au meurtre d'un enfant!

— Et moi non plus, intervint Ajax.

— Je suis de l'opinion d'Ulysse et d'Ajax, dit Achille.

— Alors, il vous faudra discuter avec le vent! lança Palamède.

Ulysse lui jeta un regard furibond, se leva et quitta la pièce. Achille se dressa d'un bond et le suivit; Ajax et Diomède firent de même.

Agamemnon se tourna vers Nestor qui, la tête entre les mains, contemplait le sol:

— Qu'en dis-tu, vieil ami?

Le vieillard avait des yeux hagards:

— Pour la première fois de ma vie, je ne sais plus que dire. Les uns et les autres me semblent avoir également raison. Mais comment serait-ce possible?

— Ménélas?

— Mon cœur saigne pour toi, mon frère... mais...

— Mais?

— Je pense à ce que la guerre nous a déjà coûté au fil des années, aux hommes que nous avons laissés à Ténédos...

— Et aussi à la femme que tu as perdue?

Le roi de Sparte détourna le regard. Agamemnon eut un grognement de douleur si farouche que tous les autres sursautèrent. Il y eut un grand silence que seule interrompait la bourrasque au-dehors.

— Seul le roi peut consentir à un tel sacrifice, finit par dire Palamède. C'est à lui seul d'en décider.

— Facile à dire ! Tu n'as pas d'enfants !

Tous restèrent à écouter le vent, puis Nestor soupira :

— En de telles situations, il se peut que l'homme n'ait d'autre choix que de solliciter la clémence des dieux.

— Comment cela ? dit Agamemnon.

Nestor leva les bras au ciel :

— Si tu témoignes de ta volonté d'offrir le sacrifice en faisant venir ta fille ici, peut-être la déesse aura-t-elle pitié d'elle.

Agamemnon fut un instant envahi par l'espoir, mais il se rembrunit presque aussitôt :

— Jamais Clytemnestre n'y consentira ! Et comment pourrais-je traîner ma fille hurlante jusqu'à l'autel après l'avoir arrachée aux bras de sa mère ? C'est impossible !

Palamède sentit toutefois que le refus du roi n'était plus définitif, et se hâta d'intervenir :

— Alors, il nous faut trouver un prétexte.

— Comment cela ? demanda Nestor. Je ne te suis pas.

— Il nous faut trouver une raison de faire venir la reine ici avec l'enfant. Quel âge a ta fille ? dit-il en se tournant vers Agamemnon.

— Douze, treize ans... Je ne sais pas. Je ne m'en souviens pas.

— En tout cas, assez pour être donnée en mariage. Pourquoi ne pas le faire croire à ton épouse ? Pourquoi ne pas lui dire que tu veux que ta fille épouse Achille ?

Et Palamède sourit, émerveillé par sa propre ingéniosité.

Peut-être Iphigénie était-elle condamnée bien avant que son père ne commette un sacrilège dans le bosquet sacré d'Artémis. Peut-être même avant sa naissance, quand il fit exécuter l'enfant que Clytemnestre avait eu du roi Tantale. Les desseins des dieux sont si obscurs que peut-être même fut-elle condamnée dès la génération précédente, quand Atrée massacra les enfants de son frère Thyeste. Les plus sages d'entre nous sont de simples mortels, et personne ne peut connaître la réponse à ces questions. Je dirai simplement ceci : l'homme ne peut partir à la guerre, en quête de richesse et de pouvoir, sans perdre une partie de son âme. Alors, toutes sortes d'horreurs peuvent suivre.

Quand Iphigénie arriva à Aulis, toutes les femmes étaient épuisées après ce long voyage par gros temps. Les servantes qui l'accompagnaient la prirent à part dans l'appartement qui lui avait été réservé. Ne pensant qu'au lendemain, elle voulait prendre un bain et se reposer, afin de paraître à son avantage, et ne regrettait que de n'avoir pas pu voir son père – qui, lui dit-on, était très occupé par la direction de la guerre. Toutefois, quand Clytemnestre demanda à voir celui que son époux avait choisi pour leur fille, Agamemnon détourna les yeux ; il voulut parler, mais en vain. Il revint à Ménélas d'expliquer, tant bien que mal, quel cruel destin avait frappé le fils aîné d'Atrée.

Il y eut un instant de silence, puis la reine explosa d'une fureur encore pire que celle de la tempête qui sévissait dehors. Pleurant de rage, crachant des imprécations, elle aurait arraché les yeux d'Agamemnon si Ménélas ne l'avait pas retenue de force. Son époux restait là, tête basse, comme un homme attaché au pilori, attendant qu'elle s'apaise. Comme elle s'interrompait un instant pour reprendre haleine, il dit :

— Ne vois-tu pas que je suis déjà un homme mort, pour penser à accomplir un tel acte ?

Son regard était suppliant, mais elle n'eut que haine et dérision et lança, d'une voix glacée :

— Je serais heureuse de te voir mourir dans les souffrances, plutôt que te voir toucher un cheveu de ma fille de tes mains de boucher !

Si jamais il y avait eu entre eux quoi que ce soit qui ressemblât à de la tendresse, ils auraient peut-être trouvé un moyen d'échapper au piège que le destin leur tendait. Mais il n'en était rien, et plus elle le couvrait d'injures, plus il était prêt à commettre l'acte qu'elle voulait empêcher. Elle le vit dans ses yeux, le sentit dans son silence hostile.

Ménélas la tenait toujours, et la sentit fléchir. Les deux frères crurent que sa fureur s'était consumée d'elle-même, de désespoir. Mais dès que le roi de Sparte la lâcha, elle se précipita vers la porte pour sauver son enfant.

Dehors, les gardes l'attendaient.

Il est des bardes qui vous diront qu'Iphigénie ne fut pas sacrifiée à Aulis. Selon eux, Achille fut à ce point scandalisé qu'on se fût servi de son nom qu'il se hâta de venir en aide à la jeune fille. Comme Agamemnon levait le couteau, un coup de tonnerre déchira le ciel ; Achille tira son épée, arracha Iphigénie à l'autel et l'emmena. Certains disent qu'il la fit conduire en Scythie, où Artémis est la plus révérée des divinités. D'autres affirment qu'il l'épousa bel et bien, et que c'est elle, et non Déidameia, qui fut la mère de son fils.

Ce sont là de simples romances, qui n'osent pas regarder en face la cruauté des choses. Je crois ce qu'Ulysse, bien des années plus tard, me raconta : car il était présent et, bon gré mal gré, prit part aux choses sinistres qui s'accomplirent ce jour-là.

Réveillée par le vent, Iphigénie se leva, tout excitée. Les femmes du palais vinrent la baigner et la revêtirent d'une tunique couleur safran, avant de la coiffer. Mais sa mère demeurait invisible.

Au bout d'un moment, un vieillard aux cheveux d'argent entra dans la chambre et congédia les servantes. Souriant, il dit, d'une voix douce, un peu éraillée :

— Tu es très belle, aujourd'hui, mon enfant.

— Es-tu mon père ?

— Non. Tu ne te souviens pas de moi ? Je suis Nestor, roi de Pylos, et je te faisais sauter sur mes genoux quand je venais voir ton père à Mycènes. C'est moi qui t'ai envoyé ton petit poney thessalien... mais c'était il y a longtemps, tu as peut-être oublié.

— Je m'en souviens, Électre l'a eu après moi. Où est mon père ?

— Tu le verras bientôt, mon enfant. Mais il m'a demandé de te dire quelque chose avant.

— À propos de mon mariage ?

— D'une certaine façon, oui.

— Alors, est-ce que moi aussi je peux te demander quelque chose ?

— Bien sûr.

— Oreste dit qu'Achille est presque un dieu. C'est vrai ?

Nestor resta bouche bée et, au bout d'un moment, répondit avec difficulté :

— Tu ne l'épouseras pas aujourd'hui.

Le cœur d'Iphigénie battit avec violence : elle se sentit déçue, mais en même temps soulagée.

— Quand, alors ? Dois-je ôter cette robe ?

— Non, tu peux la garder. Il va se passer autre chose.

Nestor détourna les yeux en maudissant sa réputation d'éloquence. Mieux aurait valu que sa langue fût cousue avec du fil que de devoir dire ce qu'il était venu annoncer.

— Ma mère le sait ? demanda Iphigénie. Je ne sais pas si elle est heureuse ou non que je sois mariée.

— Oui. Mais je pensais à… ce que tu disais à propos d'Achille. Oui, Oreste a raison, c'est presque un dieu. Et c'est bien pourquoi ce qui t'arrivera aujourd'hui est encore meilleur. Tu ne seras pas donnée à Achille, mon enfant, mais à une divinité

— À une divinité ? Mais laquelle ?

— Artémis, mon enfant.

Iphigénie sourit :

— La divine Artémis est celle que j'aime le plus de tous les dieux ! Je serai sa prêtresse ?

Nestor la contempla en hochant la tête, comme le font les vieillards quand ils réfléchissent à la manière dont va le monde. Il la dévisagea et vit dans ses yeux quelque chose qui ressemblait à l'extase, qui donnait un sens à tout.

— Je l'ai toujours su, dit-elle. C'est pour ça que je n'étais pas sûre. Je voulais épouser Achille, bien qu'il soit presque un dieu, mais…

Elle eut un sourire timide :

— Ce que j'aimais le plus, c'était de danser pour Artémis. J'ai toujours su que je lui appartenais. Mais pourquoi mon père n'est-il pas venu me le dire ? Il avait peur que je sois déçue ? Il n'aurait pas dû !

Puis une autre pensée lui vint :

— Dans quel temple servirai-je la déesse ? Ici, à Aulis ?

— Oui, répondit Nestor d'une voix rauque, ici à Aulis. Mais tu ne comprends pas tout à fait, ajouta-t-il en fermant les yeux.

— Et quoi donc ? dit-elle, perplexe.

Il gardait les paupières closes et elle craignit qu'il ne se sentît pas bien.

— Quoi donc ? répéta-t-elle.

— C'est ta vie que la déesse réclame.

Elle sourit :

— Je le sais ! Je comprends. Une fois que je me serai vouée à la déesse, je ne pourrai plus revenir en arrière. Mais j'y suis prête, et je serai ravie de ne vivre que pour elle.

— Écoute-moi, mon enfant, dit-il d'un ton presque agacé. La déesse veut, non pas que tu vives, mais que tu meures pour elle. Tu seras offerte en sacrifice sur son autel, aujourd'hui même.

Une plume d'oie tombée de l'oreiller fut soulevée par le vent qui soufflait à travers les volets, flotta un instant, puis retomba sur le sol.

— Comprends-tu? reprit Nestor.

— Mais pourquoi? demanda-t-elle à voix basse. Pourquoi la déesse veut-elle que je meure?

— Pour... pour le bien de tous. C'est ce que ton père voulait que je t'explique.

Détournant les yeux, Nestor tenta de se reprendre :

— Entends-tu le vent dehors? Sais-tu depuis combien de semaines il dure? Il est celui d'Artémis et, tant qu'il soufflera, nos navires ne pourront prendre la mer. Et pourtant, l'issue de la guerre dépend du retour à Troie du roi et de ses troupes. S'il n'y arrive pas à temps, tout sera perdu. Beaucoup d'hommes mourront, nos ennemis triompheront, ton père sera humilié devant tous ses soldats. Et si cela se produit, il ne se passera que peu de temps avant qu'il ne perde son trône. Mycènes tombera entre les mains d'un autre prince, ton père mourra, et toute sa famille – ta mère, ton frère, ta sœur, toi – mourra avec lui. Telle est la terrible vérité de ce qui se passera si le vent ne cesse pas de souffler.

— Mais pourquoi Artémis est-elle si furieuse contre moi? demanda-t-elle.

De nouveau Nestor détourna la tête, incapable d'affronter l'innocence de ce regard.

— Il ne nous appartient pas de mettre en question la sagesse des dieux. Et une fois que nous savons quelle est leur volonté, il est de notre devoir de l'accepter. Ton

267

père est prêt à accomplir son devoir, mon enfant. Puis-je lui dire que tu es prête à accomplir le tien ?

Ce jour-là, toute l'armée se rassembla pour assister au sacrifice. On avait dressé un autel sur le quai, de façon à ce qu'il fût visible de toute la ville et des falaises environnantes, et que personne ne pût douter que le roi paierait sa dette à la déesse. Quelques jours plus tôt, les hommes étaient prêts à se mutiner ; ce jour-là, pourtant, ils attendirent dans un silence solennel, et aucun n'eut le moindre murmure quand leurs chefs se réunirent près de l'autel où Calchas faisait brûler de l'encens en invoquant la présence d'Artémis.
Agamemnon était au milieu d'eux, Ménélas à ses côtés. Il regardait, au-delà des navires, les brisants venus du détroit. L'île d'Eubée n'était qu'une brume lointaine, et Troie elle-même se trouvait à deux cents milles de là, au-delà de l'horizon. Le ciel turbulent retentissait du craquement des mâts.
Exposé au regard de milliers d'hommes, dont chacun pourrait un jour donner sa vie pour lui, le Lion de Mycènes eut l'impression d'être seul au monde.
Une procession amena Iphigénie du temple ; prêtres et prêtresses agitaient des encensoirs, des jeunes gens et des jeunes filles chantaient des hymnes à Artémis. Mais ils se turent en approchant de l'autel, et on n'entendit plus que le vent.
Une des femmes ôta le manteau dont on avait couvert Iphigénie pour la protéger du froid ; chacun put voir qu'on lui avait noué la peau d'un faon autour des épaules, et rassemblé sa chevelure au sommet de la tête, pour que son cou blanc soit à nu. Quand Ulysse parlait de ce jour, il disait que la jeune fille semblait sourire en marchant d'un pas ferme, tête haute, à travers la foule. Il crut d'abord que, dans son innocence, elle était heureuse de donner sa vie pour tous les

grands héros grecs et les milliers d'hommes qui l'entouraient. Plus tard, cependant, il se demanda si en fait elle n'écoutait pas la voix de la déesse. En tout cas, quand elle aperçut l'autel, elle se mit à trembler.

Agamemnon se débarrassa aussitôt de son propre manteau et parut devant sa fille, revêtu de tous ses ornements royaux. Iphigénie leva timidement les yeux et demanda, d'une voix si faible qu'il l'entendit à peine au milieu des hurlements du vent :

— Es-tu mon père ?

Il acquiesça de la tête en tremblant, contempla le jeune visage si beau. Peut-être aurait-il pu serrer sa fille dans ses bras ou l'embrasser, mais il dut sentir que ce qu'il allait faire le lui interdisait, et détourna les yeux. Deux hommes s'avancèrent, soulevèrent la jeune fille et la déposèrent sur l'autel. Quelqu'un lui fourra un mors de cheval dans la bouche et la bâillonna de la main. Un autre lui ramena la tête en arrière pour que le menton soit levé.

— Grande Artémis, s'écria Agamemnon, accepte cette offrande !

Et d'un coup rapide du couteau qu'on lui avait glissé dans la paume, il trancha la gorge de sa fille.

Puis il s'éloigna en toute hâte. Ses jambes tremblaient. Il y eut un moment de silence puis, par-dessus le fracas des vagues, alors que le vent semblait s'apaiser, monta la plainte d'une armée qui semblait contempler la mort pour la première fois.

La colère d'Achille

Le vent vira peu à peu. La flotte partit vers le large, ses navires empruntant le détroit d'Eubée. Tous ceux qui étaient à bord savaient que le sacrifice d'Iphigénie était la première mort de la phase ultime de la guerre, et qu'elle serait bientôt suivie de milliers d'autres.

La garnison de Ténédos était très affaiblie, à court de vivres, mais elle avait tenu bon. Ayant préservé sa tête de pont, Agamemnon se dit que le temps était venu de préparer l'assaut final. Mais, après des années d'impasse, il ne savait trop comment procéder. Avant même de s'embarquer, les chefs de l'expédition s'étaient vivement opposés entre eux sur cette question. Tout tournait autour de la neutralité des Dardaniens.

Depuis le début, le Lion de Mycènes avait écouté ceux qui disaient que la décision du roi Anchise de rester en dehors du conflit ne pouvait que tourner à l'avantage des Grecs. Ménélas et Ulysse faisaient ainsi valoir que prendre la cité serait beaucoup plus difficile si les Dardaniens se portaient à son secours. Palamède n'en était pas d'accord, et affirmait qu'au contraire Troie tomberait plus tôt si Agamemnon, ouvrant un nouveau front, attaquait par le sud, envahissant la Dardanie. Achille, Ajax et Diomède étaient portés à soutenir cette politique agressive, tandis que Nestor et Idoménée restaient indécis. Toutefois, après l'échec de son premier assaut frontal contre la cité, Agamemnon redoutait qu'un plan de campagne trop ambitieux ne menât au désastre. Les plus prudents l'avaient donc emporté, et les Grecs s'étaient donc efforcés avant tout d'empêcher les Troyens de sortir de la cité, tout en affaiblissant les alliés de Priam.

Mais le conflit venait d'entrer dans sa dixième année, le gros de l'armée était de retour à Ténédos, et le débat reprit avec une vigueur nouvelle.

Pourtant, Agamemnon hésitait toujours. Il semblait désormais n'être plus que son propre fantôme ; il n'était plus guidé par son ambition, mais par le seul entêtement. À parler franc, le souvenir de sa fille était présent dans chacune de ses pensées, comme une malédiction. Certes, le vent avait viré, la flotte repris la mer, mais le remords le consumait. Achille avait appris qu'on s'était servi de son nom pour attirer Iphigénie vers la mort qui l'attendait à Aulis, et le mépris qu'il avait toujours eu pour Agamemnon s'était transformé en haine.

Depuis lors, il n'avait joué pratiquement aucun rôle lors des conseils de guerre. Palamède était donc devenu le principal partisan d'une incursion en Dardanie. Mais le Lion de Mycènes se méfiait de plus en plus du prince d'Eubée. C'est lui qui avait informé les autres du sacrilège commis dans le bosquet d'Artémis. C'est lui qui avait réclamé le sacrifice d'Iphigénie avec le plus d'obstination. C'est lui qui avait trouvé le moyen de l'attirer à Aulis. Et c'est son nom que chuchotaient ceux qui auraient voulu donner un autre chef à l'armée grecque. Palamède était donc, de tous ses généraux, celui que le Lion de Mycènes redoutait et détestait le plus, et il ne tenait nullement à écouter ses conseils.

Un matin, après une nouvelle discussion stérile, Palamède sortit furieux de la réunion et s'en alla voir Achille pour se plaindre des atermoiements d'Agamemnon. Le fils de Pélée, contraint à l'inaction, appela

Patrocle et Phœnix pour tenir un conseil de guerre, puis ordonna à ses Myrmidons de monter à bord de leurs navires. Ils franchirent le détroit, atteignirent le rivage et s'avancèrent dans les prairies montagneuses de Dardanie. À la fin de la journée, ils avaient massacré les bouviers, mis en fuite les troupeaux, et saccagé la demeure royale de Lyrnessos.

Pris au dépourvu, Énée tenta de rassembler des forces pour repousser les assaillants, mais ses guerriers n'étaient pas de taille face aux redoutables Myrmidons. Les Dardaniens furent taillés en pièces, et le prince et son père eurent de la chance de pouvoir s'enfuir de Lyrnessos, qui fut brûlée, tandis que les hommes d'Achille revenaient triomphalement à Ténédos avec du bétail, des femmes et tout le butin qu'ils avaient pu emporter.

Quand le fils de Pélée se présenta devant Agamemnon pour lui offrir, conformément à la coutume, la part qui lui revenait, les soldats l'acclamaient déjà, comme s'il avait remporté une très grande victoire. Le roi n'eut donc pas d'autre choix que de féliciter le jeune insolent de son exploit, et de lui accorder, comme il le réclamait, le droit de se réserver Briséis, une belle jeune femme devenue sa captive.

Ce n'est qu'ensuite, lors d'un entretien avec Ulysse, qu'Agamemnon dut bien reconnaître que ce raid, entrepris sans son autorisation, allait relancer la guerre. Les Dardaniens combattraient désormais aux côtés de Troie ; pour atteindre la cité, il faudrait envahir leurs terres.

Le Lion de Mycènes lança donc quelques jours plus tard un assaut de grande ampleur. Archers et manieurs de frondes furent déployés pour tenir l'ennemi à distance tandis que le gros des troupes débarquait. Il y eut de violents combats pendant toute la journée. Au crépuscule, les navires grecs étaient au mouillage sur l'autre rive. Des troupes fraîches furent chargées de les défendre ; dans ce but, dès le lendemain, on édifia un rempart.

Voyant son armée s'installer, Agamemnon se dit que les choses s'étaient bien passées – mieux qu'il ne le redoutait, en tout cas, car il semblait affligé d'un pessimisme un peu agressif chaque fois qu'il devait prendre une décision. Palamède et Achille le pressèrent de fondre sur Troie sans attendre, mais le débarquement avait occasionné de lourdes pertes, et le roi rechignait à pousser sa chance trop loin. De plus, l'hiver serait bientôt là ; il ordonna donc de creuser des fortifications.

Une fois de plus, les soldats grecs s'enterrèrent. Troie, la ville qu'ils étaient venus prendre, était désormais assiégée.

Ce ne fut pas l'hiver le plus rude qu'ils aient enduré ; mais le vent chargé de neige qui soufflait à travers la plaine était suffisamment fort pour qu'ils contemplent avec colère les toits couverts de tuiles de la cité ennemie. Ses murailles semblaient imprenables, et tout le monde voyait que le prochain acte de la guerre se jouerait dans la plaine du Scamandre, entre Troie et le rivage, où se dressait le grand monticule funéraire du grand-père de Priam, le roi Ilos. Ou bien les Grecs y submergeraient leurs adversaires, avant de pouvoir vraiment assiéger la ville, ou bien ils seraient repoussés jusqu'à la mer, et leurs navires brûlés. Une telle catastrophe devait être évitée à tout prix ; aussi les hommes étaient-ils très occupés à creuser un fossé autour du camp, qu'ils fortifiaient par un solide rempart de bois, renforcé par des tours de guet, et muni de portes par lesquelles les chars pourraient s'élancer vers le champ de bataille.

Huttes et tentes s'entassaient dans cette ville improvisée, où les archers s'entraînaient sur des cibles, où les fantassins faisaient l'exercice. Mais, à mesure que l'hiver se faisait plus rude, déversant sur eux pluie, neige et grêle, les glaçant jusqu'aux os, les hommes ruminaient de plus en plus. Querelles et bagarres se firent plus fréquentes autour des feux de camp, certaines se terminant dans le sang.

Leurs chefs eux-mêmes n'étaient tenus que par un objectif commun. Agamemnon et Ménélas restaient ensemble, moroses et fréquemment ivres, mais dînaient avec plaisir en compagnie de leurs vieux amis Nestor, Ulysse, Ajax et Diomède. Idoménée préférait la compagnie de ses Crétois, Achille celle de Patrocle et des Myrmidons. Il s'était d'ailleurs attaché à sa jeune captive Briséis, première femme à laquelle il eût fait l'amour depuis son départ de Scyros ; elle avait d'abord eu peur de lui, puis avait été touchée de l'étonnante douceur qu'il lui témoignait. Chacun d'eux se sentait en sécurité dans les bras de l'autre, et Patrocle, qui se sentait très concerné par l'amour de son ami, fut surpris, et soulagé, de voir qu'Achille, si souvent d'humeur massacrante, trouvait réconfort et plaisir auprès de la jeune femme.

Palamède, quant à lui, était de plus en plus isolé. Bien que chacun eût du respect pour l'intelligence de l'autre, Ulysse et lui se détestaient depuis longtemps. Lors des conseils, ils s'étaient affrontés avec une vigueur que d'ordinaire on réserve aux combats. Ils n'en étaient encore jamais venus aux mains, mais cela faillit bien se produire vers le milieu de l'hiver, quand les réserves de blé du camp furent presque épuisées. Ulysse était revenu les mains vides, après avoir prospecté avec ses navires le long des côtes thraces. Il expliqua aux membres du conseil que, la récolte précédente ayant été mauvaise, les greniers de la région restaient vides.

— Ou peut-être, avait lancé Palamède, est-ce un nouvel exemple du peu d'enthousiasme d'Ulysse pour la guerre ? Peut-être préférerait-il être chez lui, à se remplir le ventre et à jouir de sa femme, plutôt que de remplir ses devoirs ici ?

Ulysse était, fort heureusement, sans arme ; il se leva d'un bond, saisit le prince d'Eubée à la gorge, et l'aurait étranglé si Diomède et Ajax n'avaient réussi à lui faire lâcher prise.

— Si tu es si sûr qu'on peut trouver du blé, s'écria le prince d'Ithaque, va donc en chercher toi-même ! Sinon, tais-toi en présence d'hommes qui valent beaucoup mieux que toi !

— En tout cas, il faut en trouver, dit Agamemnon, sinon nous serons bientôt à court. Palamède, je te conseille de relever le défi.

Le prince d'Eubée sortit du conseil en se tâtant le cou.

Avant de prendre la mer, il alla prier au temple d'Apollon à Thymbrée, lieu sacré considéré par les deux camps comme un terrain neutre, où ceux qui voulaient adorer le dieu pouvaient venir de l'une ou l'autre des lignes de front. Ce n'était pas la première fois qu'il s'y rendait, et ses dévotions semblèrent accueillies avec faveur : trois jours plus tard, ses vaisseaux revinrent chargés de blé.

Les soldats affamés entreprirent aussitôt de moudre le grain et d'allumer les fours, en acclamant Palamède. Ulysse trouva pourtant suspect que son adversaire ait réussi facilement là où lui-même avait échoué, et décida de faire part de ses soupçons à Agamemnon.

Je dois reconnaître que ce qui s'ensuivit n'est pas clair. Pour autant que j'aie réussi à les rassembler, les faits furent les suivants. Peu de temps après le retour de Palamède, un espion troyen fut découvert à l'intérieur du camp, une flèche dans le cœur. On trouva sur son corps un message du roi Priam, acceptant le prix fixé par le prince d'Eubée pour trahir les Grecs ; la somme devait lui être versée au temple d'Apollon.

Palamède fut aussitôt arrêté et conduit devant le conseil. Informé des accusations portées contre lui, il les nia avec fureur et affirma être victime de calomnies. Très calme, Ulysse déclara que la question pouvait facilement être élucidée. Agamemnon n'aurait qu'à envoyer au temple d'Apollon un homme de confiance qui affirmerait représenter Palamède. S'il revenait chargé de trésors, l'affaire serait entendue.

Et c'est bien ce qui se passa, en dépit des vigoureuses protestations d'innocence du prince d'Eubée. Les sacs remplis de monnaies troyennes furent présentés devant le front des troupes. Convaincu de trahison, Palamède fut lapidé par les soldats, mais ses dernières paroles convainquirent nombre d'entre eux qu'Ulysse et le Lion de Mycènes avaient bel et bien monté un complot contre lui :

— Vérité, s'écria-t-il, je te pleure, car tu es morte avant moi !

Ulysse lui-même ne parlait jamais de cette affaire autrement qu'en brèves formules méprisantes. Le prince d'Eubée était un traître, et avait eu la fin qu'il méritait. Ce qui semble être, apparemment du moins, la vérité.

Mais si elle est, comme on le dit souvent, la première victime des guerres, une chose, en tout cas, demeure certaine : la guerre de Troie fut peut-être une sanglante démonstration de violence masculine, mais les querelles avaient toujours pour objet une captive ou l'autre. En de tels moments, le statut d'un roi ne dépend plus seulement de sa richesse et de son pouvoir, mais aussi de la qualité des femmes dont il s'empare. Télamon enlève Hésione, et la guerre entre Troie et la Grèce commence. Clytemnestre est arrachée à Tantale, l'époux qu'elle aimait, et monte sur le trône mycénien. Hélène est enlevée par Thésée, puis par Pâris, et le monde prend feu. Briséis est capturée par Achille ; puis Agamemnon, comme pour prouver, lui aussi, sa virilité, lance une expédition contre une petite colonie thébaine, et s'empare de Chryséis, fille du prêtre d'Apollon dans cette ville. Ce fut le début d'une querelle qui faillit bien conduire toute l'armée au désastre.

Tout commença quand Chrysès, le père de la jeune femme, se présenta devant les portes du camp, portant le chapelet sacré des prêtres d'Apollon, ainsi que son bâton d'or. La dignité du vieillard et la protection divine dont il jouissait lui valurent d'être admis en présence du Lion de Mycènes, qu'il supplia avec éloquence de lui rendre sa fille contre rançon.

Il se montra si émouvant, et la somme proposée était si généreuse, que tout le monde pensait qu'il fallait lui accorder ce qu'il demandait. Mais Agamemnon n'avait cessé de boire les jours précédents, et il était d'humeur agressive. Il répondit donc à Chrysès que sa fille avait été capturée la lance à la main, affirma qu'il s'était pris d'affection pour elle et comptait la ramener à Mycènes, où elle prendrait place parmi les femmes du palais.

Chrysès le regarda et comprit qu'il ne servirait à rien de vouloir le raisonner. Il s'inclina avec une grande dignité et, sans mot dire, quitta le camp.

Quelques jours plus tard, la peste frappa. Au début, seuls les chiens et les mules furent touchés, mais bientôt l'épidémie passa d'une tente à l'autre. De plus en plus d'hommes furent atteints et moururent ; il régnait de jour et de nuit une odeur infecte de chair brûlée et de putréfaction mêlées.

Le dixième jour, Achille exerça son droit d'exiger une assemblée générale de toute l'armée. Tenant dans la main droite un sceptre sacré, il déclara qu'Apollon Sminthée, celui qui provoque la peste, devait avoir été offensé par la violation d'un serment ou un refus quelconque d'observer ses rites. Il fallait prendre les présages, pour voir ce qu'il convenait de faire afin d'apaiser le dieu courroucé, avant que les Grecs, décimés par la maladie, ne soient contraints de renoncer et de rentrer chez eux.

Il y eut un murmure général d'assentiment, puis Calchas déclara qu'il avait déjà interrogé les signes, mais ne divulguerait ce qu'il avait appris que si Achille jurait solennellement de le protéger de la fureur que ses révélations pourraient provoquer. Le fils de Pélée accepta, et le devin déclara alors que la peste était le résultat direct du refus d'Agamemnon de rendre sa fille au prêtre. Le dieu avait écouté celui-ci, et l'épidémie durerait tant que Chryséis ne serait pas restituée à son père, sans qu'il eût à payer aucune rançon.

Agamemnon se dressa d'un bond, le regard brûlant :

— Chaque fois que tu ouvres la bouche, lança-t-il à Calchas, c'est pour m'imposer un nouveau malheur! Es-tu donc incapable de me prédire la chance? J'en suis venu à maudire le jour où je t'ai admis auprès de moi !

Il aurait continué si, levant les yeux, il n'avait vu tous ses soldats le regarder fixement.

— Si j'ai refusé la rançon qu'on m'offrait pour cette fille, ce n'était pas pour défier le dieu, mais parce que je m'étais pris d'affection pour elle! C'est pourquoi je tiens à la garder !

Mais aucun des visages qu'il voyait devant lui ne trahissait la moindre sympathie, et il eut l'impression d'être un de ces ivrognes qu'on voit marmonner dans les rues en titubant.

— Toutefois, reprit-il, que faire quand un dieu est contre vous? Si la rendre à son père est le seul moyen de mettre un terme à la peste, alors elle sera libérée, bien entendu, et rendue à son père sans délai, sans que je réclame de rançon !

Il leur avait donné ce qu'ils voulaient: il n'y avait pas d'autre solution. C'est bien pourquoi, en ce moment, il les haïssait tous. Pourquoi donc, quoi qu'il fît, se retrouvait-il toujours dans la position du mauvais perdant? À combien de défaites de ce genre son pouvoir pourrait-il résister? Il devait quand même y avoir

279

un moyen de sortir de ce guêpier la tête haute... Puis son regard tomba sur Achille et il lut le mépris que trahissait le visage du jeune insolent.

Les hommes se dispersaient déjà quand Agamemnon reprit la parole :

— Mais il ne peut être juste que votre chef doive renoncer à sa part de butin quand d'autres se voient permettre de conserver la leur ! Si je dois rendre Chryséis en votre nom à tous, alors on doit m'accorder une autre femme en compensation.

De nouveau Achille s'avança :

— Que le roi réclame ce qui ne lui revient pas ne peut que provoquer de nouvelles rancœurs ! Tu es le seul concerné ! Obéis au dieu et rends cette fille à son père ! Une fois que Troie sera tombée, tu auras toutes les femmes que tu voudras !

C'en était trop.

— Depuis quand Achille a-t-il le droit de dire à son roi ce qu'il peut faire ou non ? Rentre chez toi si tu veux, avec tous tes navires ! Mais je veux une compensation pour ce que je perds, et si l'armée ne me donne pas satisfaction sur ce point, je m'emparerai d'une femme moi-même !

Agamemnon tremblait de rage en parlant. Achille soutint son regard, puis se tourna vers Patrocle avec une expression de mépris incrédule, qui montrait assez ce qu'il pensait de ce niais fanfaron qui les avait entraînés dans cette guerre.

Le Lion de Mycènes la remarqua, et son visage vira à l'écarlate :

— Tu ferais mieux de me témoigner plus de respect, fils de Pélée, ou sinon je pourrais bien faire usage de la femme que je t'ai permis de garder après le raid que tu as lancé sans mon consentement !

Toute la colère qui depuis des années couvait entre les deux hommes prit feu d'un seul coup.

— Quel chef es-tu donc ? rétorqua Achille. Comment peux-tu croire que quiconque te suivra sur le champ de bataille, s'il sait que tu t'empareras du butin qu'il s'est assuré ? Apollon m'est témoin que les Troyens ne m'ont porté aucun tort – pas plus qu'à tous ceux qui sont présents ici, ou peu s'en faut ! La vérité est que nous sommes entrés en guerre pour vous venir en aide, ton frère et toi. Et voilà que maintenant tu te retournes contre nous, en exigeant que nous cédions à ta cupidité ce qui nous revient de droit ! Tu oses même t'en prendre à moi, Achille, fils de Pélée, qui ai dès le début porté le poids des combats ! Sans mes Myrmidons et moi, tu serais encore à Ténédos ! J'en ai assez de combattre pour un sot ingrat, qui se fait l'ennemi de ses propres amis, et fait passer son orgueil avant le bien de l'armée ! À quoi bon souiller mon épée pour t'assurer du butin quand je n'aurai droit en retour qu'à des insultes ?

Agamemnon l'écouta, livide, sachant que son pouvoir était en jeu :

— Alors, hurla-t-il, reprends tes navires, rentre chez toi, et fais paître tes moutons à Scyros ! J'ai assez d'amis à mes côtés pour souffrir ton insolence un jour de plus ! Mais personne ne me défie impunément ! Je veillerai à ce que la femme que tu t'es attribuée me revienne ! L'armée verra qui est le plus puissant de nous deux, Achille le freluquet ou Agamemnon, roi de Grèce !

Fou de rage, Achille posa la main sur le pommeau de son épée, et allait la tirer de son fourreau pour se précipiter sur son adversaire quand une voix résonna en lui, si puissamment qu'il eut l'impression qu'une main invisible le retenait par les cheveux. C'était celle de la déesse Athéna, qui lui promettait qu'un jour il serait amplement dédommagé de cet outrage.

Il resta immobile un instant, les yeux écarquillés, pouvant à peine respirer, écoutant le chuchotement de la divinité. Puis il repoussa l'épée dans son fourreau, se tourna vers Agamemnon et lui arracha son sceptre :

— Tu n'es qu'un ivrogne et un couard, dit-il d'une voix froide et menaçante. Jamais tu n'as osé mener tes hommes à la bataille ; tu préfères bouder sous ta tente, et attendre que des hommes plus hardis que toi te rapportent du butin ! D'autres peuvent hésiter à se dresser contre toi, mais je jure par ce sceptre qu'un jour viendra où tu imploreras mon aide. Et alors nous verrons à quoi se réduit ta puissance, quand Hector se frayera un chemin à travers nos rangs, et que ton cœur de lâche sera rongé de remords à l'idée d'avoir insulté de cette façon le plus courageux de tes hommes !

Jetant le sceptre aux pieds d'Agamemnon, Achille allait s'éloigner quand Nestor, se levant, le saisit par le bras :

— Honte à vous deux, pauvres sots ! hurla le vieillard. Priam et les siens danseront de joie quand ils auront vent de tout ceci ! Je suis un vieillard, beaucoup plus âgé que vous deux, mais j'ai combattu avec des hommes bien meilleurs que vous, en mon temps ! Thésée et Pirithoos ont été mes frères d'armes : de grands rois, pasteurs de leurs peuples ! Personne ici n'aurait pu leur résister dans une bataille ! Et si des héros comme eux étaient prêts à écouter mes conseils, vous devriez en faire autant !

Il s'adressa à Agamemnon, qui tremblait de rage :

— Souviens-toi de ta dignité ! Tu as plus à perdre qu'une femme ! Et toi, Achille, renonce à ton agressivité ! Souviens-toi que le roi tire son autorité de Zeus lui-même ! Il mérite ton respect !

— Ce jeune voyou arrogant ne sait pas ce que ce mot veut dire ! lança le Lion de Mycènes.

— Parce que je ne vois rien en toi qui le mérite, pauvre ivrogne ! rétorqua Achille.

— Fils de Pélée, répondit Nestor, cette femme t'a été donnée de la main du roi lui-même. Il a le droit de te la reprendre.

Achille regarda les deux hommes avec le mépris que les jeunes gens ont pour la stupidité de leurs aînés :

— On voit ce que vaut la parole d'Agamemnon ! Très bien ! Que chacun en prenne bonne note ! Mais s'il essaie de m'arracher quoi que ce soit, je jure que ma lance sera noire de son sang !

Puis il s'éloigna sans mot dire, traversant les rangs des hommes silencieux, suivi de Patrocle qui paraissait aussi furieux que lui.

Cherchant à reprendre le contrôle de la situation, Agamemnon ordonna aussitôt à Ulysse de prendre la mer pour restituer Chryséis à son père, avec une généreuse offrande de bétail qui serait offert en sacrifice au dieu. Puis il se retira pour prendre un bain et présenter ses propres offrandes à Apollon, sur un autel proche du rivage. Mais il bouillonnait toujours de rage et, debout dans la fumée montant des cuissots de bœuf qu'on faisait rôtir, se dit qu'il perdrait toute autorité s'il ne contraignait pas Achille à se soumettre à sa volonté.

Deux heures plus tard, la jeune femme n'était toujours pas là. Convoquant ses hérauts, le roi leur dit de se rendre auprès d'Achille pour exiger qu'il leur cède Briséis sur-le-champ.

Ils le trouvèrent encore plein de fureur, là où les navires myrmidons avaient été tirés sur la plage. Patrocle était assis à ses côtés, jetant des pierres dans les vagues, encore incrédule de la manière dont on avait traité son ami. Les Myrmidons les entouraient, murmurant entre eux, et prirent un air mauvais en voyant arriver les envoyés du roi.

Conscient du caractère injuste de sa mission, Talthybios eut du mal à exposer les exigences de son maître. Mais Achille demanda à Patrocle de faire venir Briséis, et de la confier au héraut.

— Talthybios, tu m'en seras témoin devant les dieux ! J'ai fait ce que ce fou m'ordonne, mais plus jamais je

ne lèverai ma lance ou mon épée pour lui venir en aide !
Dis-lui de s'en souvenir quand son armée combattra
parmi nos navires pour sauver sa vie !

Briséis pleurait quand elle arriva. Achille l'avait toujours bien traitée, et chacun savait qu'elle ne pouvait
rien attendre d'Agamemnon, sinon des humiliations
continues. N'ayant aucun pouvoir sur son propre
destin, elle ne pourrait que prier les dieux de lui assurer leur protection. Les hérauts l'emmenèrent, tandis
qu'elle poussait des cris que le vent apporta à Achille.

Il tourna le dos et, pendant un long moment, contempla les vagues qui venaient se briser sur le rivage. Ses
yeux brûlaient de la colère d'un orgueil blessé, tandis
qu'il se souvenait de la gloire immortelle qu'il avait
espéré conquérir en prenant part à cette guerre ; et sa
haine pour Agamemnon était telle qu'il pouvait à peine
respirer. Les dieux lui avaient promis que s'il venait
combattre devant Troie, il aurait une vie brève, mais
glorieuse. Mais il avait dû subir l'ignominie des insultes
d'Agamemnon, et s'était de lui-même exclu de la
bataille. Quelle gloire pourrait lui valoir un tel isole-
ment ? Les dieux semblaient vraiment ignorer la justice
autant que les hommes.

Puis il songea à la voix d'Athéna, se souvint de ce
qu'elle lui avait dit. Sa vie était destinée à un but glorieux et, tôt ou tard, il serait vengé.

Un duel sous la pluie

Au bout de neuf longues années de guerre, l'armée d'Agamemnon venait tout juste de sortir d'un nouvel hiver, d'assister à la lapidation de Palamède, de subir une épidémie de peste, et de voir son champion humilié publiquement. Les murmures des mutins, qui s'étaient déjà fait entendre à Aulis, se firent plus forts encore, et trouvèrent un bruyant porte-parole en la personne d'un simple soldat nommé Thersite.

Ce fauteur de troubles querelleur était un lointain parent de Diomède. Pendant que la flotte était prisonnière à Aulis, il avait soutenu Palamède à cor et à cri. Il se pourrait bien que Thersite ait lancé la rumeur selon laquelle Agamemnon et Ulysse avaient conspiré contre le prince d'Eubée. En tout cas, son influence séditieuse se faisait sentir un peu plus chaque jour. Il donnait souvent des spectacles raillant les chefs de l'armée grecque. Les soldats du rang y assistaient en riant, applaudissaient, et en sortaient de plus en plus convaincus que la guerre contre Troie était mal commandée, et se révélerait, pour finir, parfaitement futile.

Seul un sot aurait pu croire qu'une armée où régnait un tel état d'esprit serait impatiente de se battre. Le Lion de Mycènes n'était pas le plus sagace des hommes, mais il n'avait rien d'un niais. Et, depuis la mort d'Iphigénie, il ne croyait plus guère à la victoire. Il fut donc stupéfait, un matin, de se réveiller brusquement, au sortir d'un rêve dans lequel les dieux lui avaient promis, sans équivoque possible, une victoire rapide.

Une silhouette ayant pris la forme de Nestor, son conseiller le plus écouté, lui avait demandé pourquoi il dormait alors que Zeus lui-même venait de lui ouvrir le chemin de Troie. Il le confia aux chefs de l'armée rassemblés en toute hâte : les Grecs devraient immédiatement prendre les armes, et profiter de la bonne volonté des dieux, car l'occasion de prendre la ville se présentait enfin.

Les autres l'écoutèrent dans un silence stupéfait. Ménélas lui-même fut sidéré par ce changement d'humeur brutal, car lui aussi avait souffert de l'irascibilité de son frère. Et le roi était là, marchant de long en large sous sa tente, rempli d'une confiance que rien ne semblait justifier en cette morne matinée ; un vent âpre chargé de pluie soufflait sur un camp à peine sorti de l'épidémie.

— Mais qu'avez-vous donc ? lança Agamemnon, furieux de les voir aussi perplexes. Vous ne croyez donc qu'aux mauvais présages ? Le vent a tourné, les dieux sont de nouveau avec nous ! C'est maintenant qu'il faut frapper !

Intérieurement, Nestor avait été très flatté qu'un dieu eût choisi de prendre son apparence pour se manifester en rêve. Il répondit donc :

— Je pense que chacun est aussi surpris que moi de tout ceci, et je dois reconnaître que... enfin... vu les circonstances, si qui que ce soit d'autre était venu m'annoncer un tel songe, j'aurais eu du mal à le prendre au sérieux. Mais c'est vraiment un jour extraordinaire : Zeus, le plus grand des dieux, a offert ce rêve à notre chef ! Comment refuser d'y croire ? Je dis qu'il faut rassembler nos troupes sans attendre, en sachant que les dieux nous sont désormais favorables.

— As-tu seulement vu ce qui se passe ici ? demanda Ulysse, qui ne pouvait en croire ses oreilles. Si jamais

tu leur demandes de prendre les armes et d'aller combattre, ils ont toutes les chances de partir en courant
vers nos navires! Certains sont encore malades, d'autres
prêts à se mutiner. Va donc écouter ce que cette gros-
sière fripouille de Thersite leur raconte! Il est évident
qu'ils ne sont pas prêts à la bataille.

Pris entre un rêve et une morne réalité, Ajax et Diomède se jetèrent des regards hésitants. Idoménée, tête
basse, fronçait les sourcils.

— Je ne peux donc compter que sur Nestor et mon
frère? s'écria le Lion de Mycènes. Je croyais avoir rassemblé des chefs, non des chiots! Et voyez ce qui se
passe: Palamède me trahit, Achille boude sous sa tente,
et maintenant mes meilleurs amis reculent quand j'ai le
plus besoin d'eux! Très bien! Rentrez chez vous, si
c'est ce que vous désirez! S'il le faut, je combattrai
seul! Au moins, je verrai si les dieux sont vraiment
avec moi!

— Mais personne n'a parlé de rentrer, répondit Ulysse
d'une voix douce, même si certains d'entre nous en
seraient tentés. Il nous faut simplement apprécier de
manière réaliste les circonstances qui nous sont imposées.

— Tu crois pouvoir en juger mieux que les dieux
eux-mêmes? Tu me pardonneras donc d'être d'un avis
différent. Et je n'entends pas perdre mon temps à écouter un bâtard comme Thersite!

Le roi fit signe à l'un de ses serviteurs de lui apporter son manteau et son bâton de commandement, puis
se tourna vers ses généraux:

— Avant de me dire d'être prudent, réfléchissez à
ceci. Nos espions nous ont appris que pendant l'hiver,
certains alliés asiatiques de Priam sont rentrés chez eux.
Nous avons donc l'avantage du nombre, et ce de
manière presque certaine. Oui, il y a encore des malades
au camp, mais la peste a pratiquement disparu depuis
que j'ai fait mon offrande à Apollon – et d'ailleurs nous

ne pouvons rester là indéfiniment à panser nos blessures. Nous avons déjà consacré neuf années – neuf années ! – à cette guerre, mais il a été prophétisé que Troie tomberait au cours de la dixième, et nous y sommes ! Les présages sont en notre faveur, et les dieux m'ont envoyé un rêve qui me donne la garantie de la victoire. Si vous êtes des hommes dignes d'en commander d'autres, vous sortirez d'ici pour rallier vos troupes ! Troie peut être à nous d'ici la fin de la journée, si du moins vous en avez le courage !

Les yeux d'Agamemnon brûlaient, il y avait dans sa voix une ferveur qu'aucun des membres de son conseil n'avait entendue depuis bien longtemps. Voir son frère témoigner d'un tel renouveau de passion pour la guerre enchanta Ménélas. Ajax et Diomède se rallièrent à lui et, plutôt que de diviser le conseil en un moment aussi crucial, Idoménée fit de même, en se bornant toutefois à acquiescer de la tête. Seul Ulysse sortit de la tente sans avoir été convaincu, priant Athéna pour qu'elle l'inspire.

Les neuf hérauts parcoururent le camp en appelant l'armée grecque à se rassembler. Quand tous furent là, à l'exception d'Achille et de ses Myrmidons, Agamemnon s'avança, portant le grand bâton forgé par Héphaïstos, donné par Zeus à Hermès, et ayant appartenu à Pélops et son fils Atrée. Lui-même s'en était emparé en montant sur le trône de Mycènes, et toute son autorité de roi de Grèce reposait sur ce bâton. Les hommes l'écoutèrent, avec une incrédulité mauvaise, proclamer son intention d'attaquer Troie le jour même ; lorsqu'il eut fini de parler, un grand silence tomba sur l'assemblée, que seuls rompaient les sifflements du vent.

Puis la voix railleuse de Thersite se fit entendre :

— Nous savons tous qu'Achille restera au lit en compagnie de Patrocle. Le grand roi entend-il nous accompagner dans cette expédition, ou bien chargera-t-il un pauvre diable de s'emparer du butin qui lui revient?

Il y eut de gros rires dans toute l'assistance.

Nestor se leva d'un bond et exigea le silence et le respect.

— Le respect? lança Thersite. Trouve-moi dans cette armée dix hommes qui en aient pour nos chefs, et je m'engage à piller Troie en leur compagnie!

Agamemnon eut l'impression que ses yeux se remplissaient de sang:

— Nous ne pouvons tous être rois! hurla-t-il. Zeus tout-puissant m'a donné l'autorité de commander cette armée, et je jure par sa foudre que j'entends la mener à la victoire aujourd'hui même!

— Ou bien nous pourrions tous rentrer à la maison! s'écria Thersite.

Les rires, cette fois, se firent plus bruyants. Encouragé, il dit:

— En ce qui me concerne, j'en ai assez de parcourir la côte d'Asie en tous sens pour remplir tes coffres du fruit de nos pillages! Et vous autres?

Ceux qui l'entouraient l'approuvèrent bruyamment, comme d'autres ici ou là, mais la plupart des soldats étaient aussi surpris que leurs chefs de la confiance retrouvée du Lion de Mycènes, et les rebelles ne constituaient qu'une minorité.

— Écoutons Ulysse! lança une voix, vite reprise par d'autres. Qu'a-t-il à dire?

Les soldats du rang avaient toujours eu estime et affection pour le prince d'Ithaque, bien qu'il se gardât, à l'inverse de Palamède, de trop fraterniser avec eux. Mais il imposait le respect. Ils aimaient son allure de pirate, l'équité dont il faisait preuve quand il réglait de mesquines disputes entre ses hommes. Les partisans du prince d'Eubée se méfiaient toujours de lui, mais Palamède était mort, et presque tous avaient pris part à sa lapidation. Ulysse restait le seul à pouvoir leur dire que faire.

Il se leva, attendit que la foule s'apaise, et allait commencer quand Thersite s'écria :

— Palamède a fait confiance à ce tondeur de moutons d'Ithaque, et voyez le résultat ! Prenez garde, vous autres, sinon il vous tondra aussi !

Quand les rires eurent pris fin, Ulysse dit :

— Thersite a l'esprit agile ! Comme la langue, d'ailleurs ! Je lui promets que s'il ne peut lui apprendre les bonnes manières, je la lui arracherai ! Pour ce qui est de rentrer, c'est une idée assez raisonnable. Les plaisirs du lit de ma femme me manquent autant qu'à vous, croyez-moi ! Je repartirais pour Ithaque dès demain, si je pensais que c'est une bonne idée. Mais j'ai entendu mes moutons bêler de meilleurs arguments que le grossier personnage, là-bas. Pensez-y ! Vous avez déjà consacré neuf années, aussi longues que terribles, à cette guerre. Vous avez vu vos camarades mourir au combat, ou victimes de la peste. Vous avez obtenu du butin, et ceux d'entre vous qui ne l'ont pas gaspillé aux dés ou avec des femmes rentreront chez eux plus riches qu'ils n'étaient venus. Mais de l'autre côté de ces remparts se trouve la cité la plus riche d'Asie, pleine de trésors, prête à tomber ! Vous étiez tous à Aulis, vous avez vu le serpent dévorer les moineaux d'Aphrodite, et nous annoncer dix ans de guerre ! C'est l'âge de mon fils Télémaque, et ces années ont été aussi longues pour moi que pour vous ! Mais croyez-vous que je vais les gaspiller en rentrant chez moi avant que la tâche soit achevée ? Revenir les mains vides, alors qu'avec un peu de patience et de courage, je pourrais m'assurer une part appréciable de tous les trésors de l'Asie ? Vous voulez savoir ce que j'ai à dire, alors écoutez-moi : nous sommes dans la dixième année de guerre, les dieux nous ont promis la victoire. Faites donc comme moi, prenez votre casque et votre lance, et suivons tous notre roi jusqu'aux portes de Troie !

Sa voix avait gagné en puissance à mesure qu'il sentait les hommes fléchir, et la fin de son discours fut saluée par des acclamations. Tendant le sceptre à Nestor, Ulysse se retira, en se demandant s'il avait bien fait.

Mais le vieux roi de Pyros, tirant parti de ce qui venait d'être dit, rappela aux soldats que, lors de leur premier départ d'Aulis, voilà bien longtemps, Zeus avait lancé sa foudre pour les accompagner. Lui aussi fut vivement applaudi et, quand Agamemnon vint donner ses ordres, l'humeur de tous avait changé. Entouré de ses généraux, il sacrifia un bœuf à Zeus ; les grains de blé sacré furent répandus, les libations versées puis, tandis que la fumée montait de l'autel, le roi offrit une prière au Seigneur de l'Olympe pour qu'il empêche le soleil de se coucher jusqu'à ce que l'armée de Priam soit vaincue. Puis les portes du camp furent ouvertes, et l'armée grecque s'avança dans la plaine.

Ce jour-là, les sommets des montagnes idéennes étaient couverts d'épais nuages dont tombait une lourde pluie. Elle vint balayer les visages des hommes qui, tête basse, marchaient en silence, au milieu des tintements de harnais, des chocs métalliques, des crissements des justaucorps de cuir. Parvenant dans un vaste espace, ils entendirent brusquement un bruit effrayant, un peu semblable à celui d'un énorme vol de grues : c'était l'armée troyenne qui, sortant de la cité, venait vers eux en poussant des hurlements.

Les Grecs restèrent bouche bée devant l'importance des forces adverses, rangées le long de la crête de ce qu'on appelait la colline de l'Épine. Ulysse ordonna à son conducteur de char d'avancer, pour avoir une meilleure vue. Il aperçut une silhouette de haute taille, coiffée d'un casque à plumet, dans un char placé devant les lanciers occupant le centre de la ligne de front, et comprit que ce devait être Hector. Il reconnut également, à sa droite, Énée et ses Dardaniens ; plus loin, on distinguait les boucliers et les étendards des Phrygiens, des Mysiens, ainsi que les guerriers thraces à la chevelure nouée sur la tête. Lyciens, Cariens et Pélasges de Larissa occupaient le flanc gauche, avec d'autres, venus d'encore plus loin ; ainsi ces Paphlagoniens qui vivaient au sud de la mer Noire. D'un seul coup, les espoirs d'Agamemnon paraissaient aussi peu crédibles que son rêve.

Le vent soufflait, projetant dans les yeux des hommes une poussière dont la pluie n'était pas encore venue à bout. Regardant derrière lui, Ulysse sentit chez les Grecs une inquiétude sans doute semblable à celle des soldats de Priam. Même sans Achille et ses Myrmidons, dont l'absence se ferait sans doute cruellement sentir, les lignes de front étaient solides et, une fois la bataille commencée, les troupes du Lion de Mycènes n'auraient pas d'autre choix que d'avancer, car elles étaient dos à la mer.

Ulysse fit faire demi-tour à son char et s'en alla rejoindre Agamemnon et Idoménée, qui conféraient au milieu de leurs forces.

— Ils ont l'avantage d'être placés plus haut que nous ! dit-il. Hector ne va certainement pas s'approcher, aussi ferions-nous mieux de serrer les dents et d'aller le chercher.

— Je vais faire avancer les archers locriens en premier, répondit le roi, et Idoménée fera de même avec les siens.

— Le brouillard se lève, intervint le roi de Crète. Cela devrait nous permettre d'être un peu à couvert.

— Ensuite, nous nous lancerons en priant ! lança Ulysse. Bonne chasse !

Il allait s'éloigner quand Agamemnon s'écria :

— Qu'est-ce que c'est que ça ?

Les trois hommes s'efforcèrent, à travers la pluie, de voir jusqu'aux lignes troyennes, où un char descendait la crête à vive allure, sous les acclamations. Il était tiré par deux chevaux noirs ornés de crêtes écarlates assorties au grand casque à plumet du conducteur. Vêtu d'une peau de panthère, un arc dans le dos, il portait une épée dans le baudrier rouge vif jeté en travers de sa poitrine, et deux lances étaient fixées sur le rebord de son engin.

— On dirait bien qu'il veut se faire un nom! lança le roi. Qui est-ce?

Personne ne put lui répondre. Puis un second char sortit des lignes troyennes pour suivre le premier. Au pied de la colline, tous deux s'arrêtèrent et il y eut un bref échange entre les conducteurs avant qu'ils n'avancent lentement, côte à côte, à travers la plaine.

— Le second, c'est Hector, dit Ulysse. Je viens juste de le voir rassembler ses forces au centre.

Derrière lui, il y eut un grand bruit : quittant le détachement spartiate, le chariot de Ménélas s'arrêta à la hauteur des trois hommes. Il y avait dans ses yeux une ardeur farouche :

— C'est Pâris qui conduit le char aux chevaux noirs! hurla-t-il. Je le reconnaîtrais n'importe où! Mon frère, je crois que mon heure est venue!

Agamemnon hocha la tête, sans quitter du regard les deux chars ennemis.

Pâris arrêta le sien à une cinquantaine de mètres des chefs grecs, mais Hector s'approcha plus près. Il y eut un cri dans les lignes grecques, et un lanceur de fronde lui jeta une pierre qui manqua son but mais effraya ses chevaux. Une autre suivit, plus proche.

— Arrêtez! s'écria le Lion de Mycènes. C'est un prince troyen! Témoignez-lui un peu de courtoisie avant que nous puissions le traîner dans la poussière!

Hector repoussa son casque, de manière à être reconnu :

— Ai-je l'honneur de parler à Agamemnon, fils d'Atrée, Lion de Mycènes et roi de Grèce?

— En effet!

— Alors, je te souhaite la bienvenue. Je suis heureux que tu aies enfin trouvé la volonté de confronter tes forces aux miennes.

Il parcourut du regard l'étendue des lignes grecques et ajouta en souriant :

— Mais je regrette d'être privé du plaisir de la compagnie d'Achille!

— Il te manque plus qu'à moi! rétorqua Agamemnon. Mais je suis venu ici pour me battre, non pour échanger de belles paroles! Dis ce que tu as à dire, et finissons-en!

— Très bien! Mon frère, le noble prince Pâris, est ici derrière moi, prêt à affronter n'importe lequel de tes champions, afin de régler ce conflit une fois pour toutes. Il concède que ses actions sont la cause de notre querelle, et ne souhaite nullement voir tant d'hommes de valeur mourir inutilement par sa faute. Convenons donc que toutes nos troupes déposent les armes pendant que le duel aura lieu, et que celui qui l'emportera pourra garder Hélène, tandis que les autres jureront sur leur sang d'honorer un pacte de paix et d'amitié!

Agamemnon s'appuya contre son char, et allait répondre qu'il n'avait certainement pas amené toute la Grèce ici pour assister à un simple duel, quand Ménélas s'écria :

— Mon heure est venue, mon frère! Laisse-moi accepter ce défi! J'en ai le droit!

L'aîné des Atrides ne s'intéressait nullement à quelque pacte de paix que ce fût, mais il lui était impossible de refuser au roi de Sparte le droit de chercher vengeance. Il hocha la tête, et Ménélas s'avança sur son char.

— Hector, s'écria-t-il, tu me connais depuis longtemps! Nous nous sommes rencontrés en de meilleurs temps ! J'ai rompu le pain et partagé le vin en ta compagnie, et nous avons adoré les dieux ensemble ! Si tu es, comme je le crois, un homme intègre, tu reconnaîtras que je suis l'offensé dans cette querelle. Ma confiance a été trompée, mon hospitalité bafouée ! Et le traître derrière toi blêmit en entendant mes paroles !

Ménélas jeta à Pâris un regard mauvais, puis parut oublier son existence :

— Ce que tu dis est vrai, reprit-il. Une seule mort suffit, et les dieux l'ont déjà condamnée. Lui et moi réglerons bientôt nos comptes une fois pour toutes. Quand je serai devant son corps sans vie, alors peut-être pourrons-nous reparler d'amitié.

Agamemnon voulut intervenir, mais Ménélas leva la main pour l'en empêcher :

— Fais venir deux moutons pour le sacrifice ! lança-t-il à Hector. Un bélier noir et une brebis blanche ! Nous ferons de même. Puis va chercher ton père, le roi Priam, qu'il prête serment sur notre accord, car j'ai des raisons de ne pas croire ses fils sur parole !

Un murmure monta des deux armées. Hector et Pâris se retirèrent, un héraut partit auprès de Priam, les moutons furent attachés, conducteurs de char et archers quittèrent les premiers rangs, tandis que les fantassins abaissaient leurs lances et leurs boucliers.

Hélène avait passé bien des années d'exil difficiles dans les murs de Troie, mais jamais elle n'avait eu le cœur aussi lourd que lorsque, du haut des remparts de la porte Scée, elle vit Pâris faire avancer son char à travers la plaine en direction de l'armée grecque.

Un peu plus tôt, elle l'avait supplié de n'en rien faire. Mais, comme d'habitude, il avait ignoré ses plaintes, car son orgueil était plus sensible aux railleries de ses frères que son cœur aux sentiments compliqués d'Hélène. Ce qui rendait les choses plus difficiles encore, c'est que, bien qu'il l'adorât, Pâris ne pouvait tout simplement pas comprendre pourquoi elle ne voulait pas qu'il allât triompher de l'homme à qui il l'avait arrachée autrefois.

Pour elle, toutes ces années n'avaient nullement été ce rêve d'amour qui l'avait attirée hors de Sparte : elle avait vite compris qu'elle était une étrangère dans la cité, où certains la vénéraient, mais où beaucoup d'autres la couvraient d'injures. Fort heureusement, Æthra était là pour lui tenir compagnie ; et le roi Priam semblait aussi ensorcelé par sa beauté que son fils. Il semblait mieux la comprendre, sans doute parce qu'il savait assez ce qu'était la souffrance pour deviner ses blessures secrètes. Elle était envahie de remords chaque fois qu'elle pensait à l'enfant qu'elle avait abandonnée, et qui devait désormais être plus âgée qu'elle-même lorsqu'elle avait été enlevée par Pirithoos et Thésée. Jamais elle ne pourrait être vraiment heureuse à Troie, et Priam le savait.

Pâris, quant à lui, ne pouvait comprendre tout cela. Dès le départ, il s'était enfermé dans son propre rêve, en fonction duquel il voyait tout le reste. Hélène y avait été attirée avec lui, découvrant une vie d'une intensité qu'elle ignorait jusque-là. C'était comme si l'amour les avait fait entrer dans un royaume au-delà de la vie quotidienne, un royaume dont les paysages se reflétaient dans les eaux bleues qu'ils avaient traversées, dans l'enchantement parfumé du temple d'Aphrodite à Chypre, dans les dunes égyptiennes, où l'adoration passionnée que chacun portait à l'autre avait semblé ne faire qu'un avec l'amour éternel entre Isis et Osiris. Mais ensuite, ils étaient revenus à Troie et, une fois passée la griserie de leur entrée triomphale dans la cité, le monde semblait s'être refermé sur eux. Comment aurait-il pu en être autrement, quand il était en guerre et que leur amour en était la cause ?

Car vivre à Troie, ces dernières années, était devenu plus difficile que les Grecs qui campaient aux portes de la cité n'auraient pu s'en douter. À mesure que les villes de leurs alliés étaient attaquées et brûlées, les Troyens perdaient à la fois des sources de ravitaillement et des marchés pour leurs produits. Les prix montaient depuis le début de la guerre, le luxe auquel le peuple s'était habitué devenait inaccessible. La nourriture était rationnée, l'inquiétude grandissait. Quand les Grecs débarquèrent en Dardanie, Troie fut prise de panique. Pâris et Hélène, qui avaient un moment incarné sa grandeur, devinrent progressivement le symbole de ses malheurs. Ils se retrouvèrent isolés, et leur amour avait perdu l'intensité extatique d'une passion illicite, sans qu'ils trouvent un autre moyen d'exister. Il leur devint difficile de ne pas s'en rendre mutuellement responsables.

Il y avait des nuits où ils reposaient côte à côte, sans rien dire, comme des prisonniers condamnés pour un crime qu'ils ne pouvaient regretter. Certains matins, Hélène, après avoir pleuré la perte de sa fille, s'éveillait pour voir un étranger endormi à ses côtés, et se demandait comment elle avait pu croire qu'il était juste de mettre le monde entier en danger rien que pour être avec lui, pour le suivre, pour sentir leurs corps se confondre.

Et ce jour-là, tandis qu'elle le voyait s'avancer pour combattre Ménélas jusqu'à la mort, Hélène eut l'impression que son amour et sa tendresse allaient se réduire à la violence des deux hommes qu'elle aimait le plus au monde. Elle comprit que le mari qu'elle avait abandonné devait désormais la haïr, tandis que celui qu'elle avait suivi venait de quitter leur chambre, furieux, parce qu'elle était incapable de prier pour sa victoire.

Le roi Priam était sur les remparts au côté d'Hélène. Ces derniers temps, ce n'était plus qu'un vieillard, qui avait vu disparaître peu à peu la confiance avec laquelle il s'était préparé à affronter les Grecs. Comme Agamemnon, il avait rêvé d'un conflit rapide, mais la longue guerre d'usure imposée par ses adversaires avait épuisé ses forces et vidé ses coffres. L'humeur du vieux roi était devenue de plus en plus noire ; il était hanté par de sombres souvenirs de jeunesse et se réveillait souvent en sursaut, se rappelant que les prêtres d'Apollon, comme sa fille à demi folle Cassandre, avaient prophétisé la ruine de sa cité. Il revoyait aussi le corps de son père Laomédon, tué par Héraclès dans la citadelle d'Ilion, tandis que le palais brûlait et que les femmes hurlaient.

Il avait demandé à Hélène de venir le rejoindre sur les remparts ce matin-là, car sa présence consolait toujours son esprit harassé. Il lui demanda de lui désigner les chefs grecs, qui pour lui n'étaient que de simples noms. Mais la gravité de la situation ne tarda pas à lui apparaître. Il ne voyait pas simplement Agamemnon, Ménélas, Ajax, Diomède et Ulysse, si redoutables qu'ils parussent en armure : il était épouvanté par l'énormité de la foule de soldats anonymes qui les entourait. Des milliers de guerriers venus de toute la Grèce, et bien au-delà, dans le but d'abattre les hautes murailles de la cité, de massacrer son peuple et de piller jusqu'à ses dernières richesses. Ce qui lui avait demandé des années de patience, d'habileté et de persévérance pourrait être réduit, en une seule journée, à un amas de cendres fumantes.

Priam avait pourtant prié les dieux, fait des offrandes, et lui aussi avait rassemblé des forces considérables. Des nouvelles réconfortantes lui étaient parvenues : le camp des Grecs était ravagé par la maladie, les troupes d'Agamemnon perdaient espoir. Tout le monde à Troie s'était réjoui d'apprendre qu'Achille, ce féroce tueur dont le nom suffisait à faire trembler les plus braves, s'était retiré sous sa tente. Ce jour-là, le vieux roi était donc partagé entre l'espoir et l'inquiétude.

Puis un héraut vint lui annoncer que la question serait réglée par un combat singulier entre Pâris et

Ménélas. Il ne s'y attendait nullement : personne ne lui avait rien dit de tel. Priam se fiait davantage à l'importance de ses forces et à la solidité de ses murailles qu'au courage et la valeur de son fils. Celui-là même qui avait provoqué la guerre pensait sans doute pouvoir lui donner une conclusion rapide.

Priam se tourna vers Hélène et vit qu'elle tremblait :

— Savais-tu tout cela ?

— Je le redoutais, chuchota-t-elle. Je l'ai craint depuis le début.

Le roi convoqua Anténor :

— Comment empêcher cette folie ? demanda-t-il. Notre armée a l'avantage du terrain, et il y a de bonnes chances pour que nous l'emportions. Mais si Pâris sort vaincu de ce combat singulier... Cela n'a pas de sens !

— C'est une question qu'il revient aux dieux de trancher, répondit Anténor d'un air grave.

— Je sais que tu n'aimes guère Pâris !

Le conseiller du roi resta impassible :

— Mais personne ne peut douter de mon amour pour toi et ma cité. Si Pâris a déjà accepté le défi, nous ne pouvons le contraindre à se déjuger sans en être aussi humiliés que lui. Les Grecs seront encouragés par ce qu'ils prendront pour une lâcheté, et nos troupes en seront démoralisées. Je sens que les dieux sont à l'œuvre. Que cette guerre finisse comme elle a commencé – du fait de ton fils.

Agamemnon et ses généraux virent Priam sortir à cheval par la porte Scée ; monté sur un char, Anténor l'accompagnait. Il traversa les lignes troyennes sous les vivats de ses hommes, non sans s'arrêter un instant pour discuter avec le chef d'une compagnie d'archers, puis avec Hector et Pâris, dont les chars suivirent le sien. Après quoi, il s'avança dans la plaine avec l'un de ses hérauts, en direction de l'endroit où se dressait l'étendard d'Agamemnon, qui battait dans le vent.

Les deux rois s'avancèrent jusqu'à l'endroit du sacrifice, où les moutons étaient attachés, et se dévisagèrent un moment, sachant que le fardeau de la royauté rendait chacun plus proche de l'autre que des milliers d'hommes qui les regardaient. Priam paraissait plus vieux et plus las que le Lion de Mycènes ne l'aurait cru ; et celui-ci, songea le monarque troyen, devait être aussi lent d'esprit que puissant de corps. Pourtant, chacun savait que l'autre pouvait mettre un terme à son règne comme à sa vie, ce qui inspira aux deux hommes, pendant quelques instants de silence, un respect mutuel, bien que de mauvais gré.

— Nos hérauts ont défini les termes du combat. Les approuves-tu ? demanda Agamemnon.

Voyant Priam hocher la tête, il ajouta :

— Alors, célébrons les rites !

Les deux rois descendirent de leurs chars. On leur versa de l'eau sur les mains, puis Agamemnon s'empara d'un mouton, trancha quelques boucles de son front et les tendit à Talthybios, qui les distribua à ceux qui les entouraient. Le Lion de Mycènes leva ensuite la tête et les bras vers le ciel :

— Père Zeus, s'écria-t-il, ô toi le plus grand et le plus glorieux des dieux, toi qui veilles sur le destin des hommes, je t'appelle en ce jour, comme j'en appelle au grand Soleil qui voit toutes choses, et à la Terre et aux fleuves de la Terre, aux pouvoirs du monde souterrain où les hommes répondent de leurs paroles. Sois témoin du serment que nous allons prononcer devant toi, et veille à ce qu'il soit respecté. Si Pâris tue Ménélas au cours de ce combat, qu'il garde Hélène et toutes ses richesses, et nous, de notre côté, nous quitterons Troie et la laisserons en paix. Mais si mon frère Ménélas l'emporte sur Pâris, alors les Troyens devront lui rendre son épouse et ses richesses, et dédommager l'armée grecque, que les générations futures sachent quel est le prix de la trahison et s'en souviennent à jamais. De plus, si Pâris meurt et que le roi Priam s'abstient de toute réparation, alors je resterai ici avec mon armée et combattrai jusqu'à ce que cela soit fait. Je le jure solennellement.

Baissant les bras, il jeta les yeux sur Priam, qui soutint son regard et dit simplement :

— Je le jure aussi.

Les hérauts remirent sur pied les moutons qui bêlaient bruyamment. Les deux rois leur tranchèrent la gorge, du sang chaud tomba sur le sol, où il se mêla aussitôt aux libations de vin :

— Que la cervelle de quiconque viole ce serment se répande à terre comme ce vin, jusqu'à la seconde génération ! s'écria Agamemnon.

Puis Priam et lui prièrent en silence.

Ménélas regarda Pâris, comme pour le jauger. Le Troyen semblait avoir pris du poids depuis toutes ces années. Son visage paraissait plus mou, ses joues et sa mâchoire bouffies. Le roi de Sparte reprit confiance, mais son adversaire resta impassible et refusa de croiser son regard.

Priam se tourna vers Agamemnon :

— Je sens le poids des années, et n'ai aucune envie de voir ces hommes se battre jusqu'à la mort. Je vais rentrer dans ma cité, certain que les dieux immortels savent déjà qui, de mon fils ou de ton frère, achèvera bientôt sa destinée.

Puis, levant le bras pour saluer le Lion de Mycènes, il remonta sur son char, et Anténor et lui repartirent à toute allure vers Troie.

Pendant que les hérauts nettoyaient le terrain et mesuraient la distance à laquelle les lances seraient jetées, Ulysse déposa deux bouts de papier dans son casque – un pour chaque combattant –, puis se dirigea vers Hector, qui prit le casque et le secoua jusqu'à ce que l'un d'eux en tombe. Ulysse se pencha pour le ramasser, l'examina de près et s'écria :

— Le droit de projeter sa lance le premier revient à Pâris !

La pluie se mit à tomber de plus en plus fort tandis que le fils de Priam et le roi de Sparte, au milieu de leurs partisans, ôtaient leur manteau, acceptaient avec joie l'eau et le vin qu'on leur offrait, tout en ajustant leur armure. Puis les fils d'Atrée s'étreignirent, ceux de Priam firent de même. Chaque combattant se coiffa de son casque et prit position, l'épée au côté, bouclier dans une main et longue lance dans l'autre. Il y eut des cris d'encouragement venus des deux côtés de la ligne de front, puis on n'entendit plus que le sifflement du vent.

Pâris soupesa sa lance, fit jouer ses muscles et tâta le sol du pied. Toute la trajectoire de sa vie semblait se diriger vers ce moment fatidique ; il exposa sa joue au vent, en tentant d'en estimer la force. Chuchotant une prière à Aphrodite, il leva les yeux pour fixer la silhouette en armure dont quelques mètres seulement le séparaient. Le visage de Ménélas, comme son opulente chevelure rousse, étaient dissimulés sous le casque de bronze, mais Pâris n'avait aucune peine à s'en souvenir ; comme de son rire, à Troie ou en Dardanie, quand ils étaient encore amis ; comme de son tablier sanglant, lors des cérémonies de purification dans le temple d'Athéna à Sparte. La fureur accumulée pendant toutes ces années devait s'être transformée en haine. Et comment le lui reprocher ? Qui pourrait blâmer l'un ou l'autre d'aimer Hélène ? Peut-être, songea Pâris dont le cœur battait, n'étaient-ils tous trois que des jouets entre les mains des dieux qui, en ce moment même, devaient les contempler du mont Ida, pour les voir affronter ce qu'eux-mêmes ne connaîtraient jamais : la peur de la mort.

D'un seul mouvement très fluide, Pâris leva le bouclier qu'il avait sur le bras gauche, porta tout le poids de son corps sur sa jambe droite, banda ses muscles. La longue lance fendit l'air en bourdonnant, monta vers le ciel puis retomba, et vint briser sa pointe de bronze contre le bouclier du roi de Sparte, qui frémit un instant sous le choc avant d'éclater de rire, certain désormais de ne pas s'être trompé en sentant dans le vent l'odeur de la victoire.

Respirant profondément, il eut une prière à l'adresse de Zeus tout-puissant, pour qu'il lui rende enfin justice face à l'homme qui l'avait si cruellement trompé. Puis il concentra tous ses sens sur la silhouette qui lui faisait face et projeta sa lance de toutes ses forces.

L'arme se planta dans le bouclier de Pâris, qu'elle traversa de part en part. Elle aurait même pu briser les plaques de bronze lui protégeant la poitrine s'il n'avait eu le réflexe de se jeter de côté, si bien que la pointe ne fit que déchirer sa tunique et lui lacérer la peau, qui se mit à saigner. Déséquilibré, le fils de Priam vit que la lance était plantée trop profondément dans le bouclier, et n'eut d'autre ressource que de le jeter à terre, tandis que Ménélas se précipitait vers lui, l'épée à la main.

Aucun des deux n'entendit le cri qui monta des deux armées. Aucun des deux ne se rendait compte que la pluie tombait de plus en plus fort, que la brume les entourait peu à peu. Pâris esquiva Ménélas qui arrivait à sa hauteur et, frénétiquement, tira l'épée ; mais son adversaire fit volte-face en toute hâte et, d'un grand coup de bouclier, faillit bien le faire tomber. Le vent apporta les cris venus des lignes de front : mais il pleuvait à verse sur toute la plaine, à tel point que, de loin, il devenait difficile de voir quoi que ce soit. Pâris était désormais sur la défensive ; il parvint à deux ou trois reprises à parer les coups de Ménélas, mais celui-ci, d'un nouveau coup de bouclier, le repoussa brutalement en arrière. Levant son épée, il l'abattit, avec une force prodigieuse, sur le casque de Pâris, où elle rebondit avant de se briser net.

Presque assommé par le choc, Pâris se redressa avec peine. Maudissant sa malchance, Ménélas lui jeta son arme désormais inutile, saisit son adversaire par le plumet de son casque, le souleva puis, lâchant son bouclier, le précipita à terre et se jeta sur lui. Les deux hommes se battirent un moment dans la boue, comme des chiens. Puis le roi de Sparte se redressa, et l'on vit qu'il avait saisi la jugulaire de son ennemi, qu'il traînait vers les lignes grecques.

Le ciel s'ouvrit, comme si les clameurs venues des rangs hellènes avaient déchiré les nuages, et un véritable déluge se mit à tomber. Le ciel livide parut clignoter, les chevaux hennissaient et tremblaient. Le monde n'était plus qu'une vaste étendue liquide ; pendant un moment, les deux armées ne purent se voir. Puis Ménélas glissa dans la boue, perdit l'équilibre et chuta lourdement, avant de contempler d'un air incrédule la jugulaire de cuir finement ouvragé qui lui était restée dans la main.

À demi étranglé, en sang, Pâris se releva avec peine. Avant que Ménélas puisse faire de même, il fit volteface et courut vers les lignes troyennes, en cherchant l'endroit où il avait laissé son char.

Plus tard, on dit que, pour des raisons que lui seul connaissait, Zeus devait avoir permis à Aphrodite d'envoyer cet orage ; seule une intervention divine pouvait avoir protégé Pâris de la mort qui l'attendait si Ménélas avait réussi à le traîner jusqu'à un lieu où il aurait trouvé une arme. Certains prétendent également qu'il y avait là une certaine justice : Zeus avait répondu à la prière de Ménélas de triompher de son ennemi, et

Aphrodite sauvé son fervent adorateur. Mais la vérité est que, si bien des hommes avaient espéré avec ferveur qu'un combat singulier pourrait mettre un terme à la guerre, aucun d'entre eux n'avait vraiment cru qu'Agamemnon, voyant son frère étendu mort dans la boue, aurait accepté de rentrer chez lui, ni que Priam, si son fils avait été tué, aurait pu accepter de donner les richesses contenues dans ses coffres.

Il semblait donc que, comme les mortels, les dieux fussent décidés à la guerre. Car, sinon, comment expliquer que l'orage se soit aussi vite dirigé vers la mer, ne laissant derrière lui qu'une lumière jaune sinistre, dans laquelle on voyait Ménélas, arpentant le champ de bataille en hurlant que Pâris, ce lâche, devait revenir l'affronter?

Tout n'était pas terminé. Un archer nommé Pandoros sortit des rangs troyens et, bandant son arme faite de cornes de bouquetin, tira une flèche sur le cadet des fils d'Atrée, qui n'échappa à la mort que parce qu'elle fut déviée par sa boucle de ceinture, si bien qu'elle avait perdu beaucoup de sa force quand elle perça le justaucorps de cuir pour se planter dans sa chair.

Agamemnon vit son frère chanceler et tomber. Scandalisé par cette violation de la trêve, il fit appeler son chirurgien, fouetta ses chevaux et se rendit à toute allure auprès de Ménélas, qui perdait tant de sang que l'un et autre crurent que la blessure était mortelle. Le Lion de Mycènes resta là, hurlant de chagrin et de rage, maudissant les Troyens et jurant de se venger. Pourtant, son frère, s'étant un peu remis du choc, sonda la plaie de ses doigts et comprit qu'aucun organe vital n'était touché. C'est à ce moment que survint Machaon, le chirurgien du roi, accompagné de soldats qui prirent position autour du blessé. Mettant la blessure à nu, il la nettoyait après en avoir ôté la flèche quand Agamemnon, levant les yeux, vit que l'armée troyenne se préparait à attaquer.

Il entreprit aussitôt de rallier ses forces. Tous ses généraux étaient prêts, sauf Diomède de Tirynthe, dont les hommes étaient très loin sur la ligne de front et n'avaient pas vu ce qui venait de se passer. Il se rendit auprès d'eux en toute hâte, et les deux armées entrèrent en collision au milieu des cris poussés de part et d'autre.

Antiloque, fils de Nestor, fut le premier Grec à frapper : sa lance vint se planter dans le front d'un Troyen en armure. En face, Antiphas lança en direction d'Ajax un javelot qui manqua sa cible, mais toucha un autre homme au bas-ventre. Puis le sang se mit à couler de partout ; les Grecs étaient si furieux que Ménélas ait été blessé que leur rage leur permit de repousser les Troyens jusqu'à la colline.

Voyant cela, Hector fit passer son char au premier rang, rappelant à ses guerriers qu'Achille était absent du champ de bataille. Ses cris leur redonnèrent courage, et la plaine devint le royaume d'Arès, le dieu de la guerre, dont les deux fils Phobos et Déimos, la Peur et la Panique, hurlaient à ses côtés. Les hommes s'affairaient à leur tâche sanglante, frappant de leur épée, repoussant les coups de leur bouclier, ou tombaient à genoux en retenant leurs entrailles, et en poussant un dernier cri tandis que l'obscurité se refermait autour d'eux.

Ce jour-là, Agamemnon et Idoménée firent la preuve de leur valeur sur le champ de bataille. Mais lorsque les soldats, pansant leurs blessures, évoquèrent les nobles actions de la journée, tout le monde convint que Diomède s'était le plus brillamment distingué par ses prouesses et sa férocité : son chariot avait foncé tout droit sur les lignes troyennes, y semant la panique. Blessé à l'épaule par une autre flèche de Pandaros, il demanda qu'on la lui arrache, pria Athéna et poursuivit son chemin sanglant, massacrant conducteurs de chars et guerriers à pied.

Énée vit que ce furieux assaut pouvait provoquer la panique chez ses Dardaniens ; il fit monter Pandaros sur son char, et tous deux se précipitèrent vers Diomède. Mais celui-ci, averti par le cri d'un de ses compagnons, fit un écart, si bien que la lance projetée par Pandaros rebondit sur son bouclier, puis sur sa cuirasse. Comme le char d'Énée passait à sa hauteur, le prince de Tirynthe lança la sienne, qui se planta dans la gorge de Pandaros, lui trancha la langue et le fit tomber à terre. Arrêtant ses chevaux, le fils d'Anchise courut vers son ami. Diomède, sautant à bas de son char, s'empara d'une lourde pierre qu'il jeta sur Énée qui, touché à la hanche, faillit défaillir de douleur. Il serait sans doute mort si le mouvement de la bataille ne l'avait pas séparé de son assaillant.

Il survint pendant l'affrontement des choses si fortes, si étranges, que les combattants sentirent la présence des dieux parmi eux. Certains dirent qu'Aphrodite bondit pour protéger son fils de son propre corps, si bien qu'elle reçut un coup de lance de Diomède alors qu'elle cherchait à mettre Énée à l'abri. D'autres affirment qu'alors Arès vint la sauver, la jetant dans son char et l'emmenant loin des combats, là où sa mère Dioné pourrait la réconforter et soigner sa blessure. Diomède, pendant ce temps, avait continué à se battre avec fureur, cherchant toujours à rejoindre Énée ; mais il en avait été empêché par Apollon, qui le prévint du danger menaçant tout mortel qui ose prendre les armes contre les dieux.

Il ne fait aucun doute qu'à cet instant, le cours de la bataille parut osciller. Diomède se battait si farouchement qu'on dit plus tard qu'il aurait taillé Arès en pièces si celui-ci était venu l'affronter. Mais Hector tint bon au centre, et les flancs de l'armée troyenne trouvèrent la force suffisante pour repousser les Grecs. C'est ainsi que l'affrontement dura toute la journée, l'avantage passant de l'un à l'autre camp le long de la ligne de front.

Ménélas était revenu sur le champ de bataille, sans vouloir tenir compte de sa blessure, et poursuivait un jeune guerrier nommé Adrestos. Une des roues du char de celui-ci heurta un buisson de tamarins ; l'engin fit une embardée, se renversa, l'essieu se brisa, et le Troyen fut projeté à terre. Ménélas sauta à bas de son propre char, lance à la main, mais Adrestos le saisit par les genoux et le supplia de lui accorder la vie sauve, en promettant que son père paierait une fortune pour racheter son fils. Ménélas allait appeler un de ses hommes pour conduire le prisonnier jusqu'aux navires grecs, quand Agamemnon survint et demanda à son frère quelles bontés les Troyens avaient pu lui témoigner pour qu'il eût la faiblesse d'épargner celui-là :

— À quoi bon une rançon, quand bientôt tu pourras t'emparer de la fortune de toute la famille ? Achève-le !

Ménélas repoussa Adrestos et contemplait le jeune homme terrifié quand Agamemnon leva sa lance et la lui planta dans le corps. Le Lion de Mycènes, posant un pied sur son ventre, arracha l'arme et se tourna vers ses hommes pour leur hurler d'avancer.

En fin de journée, les deux camps étant épuisés, les combats se calmèrent. Voulant redonner du cœur aux Troyens, Hector s'avança entre les lignes et défia les Grecs de l'affronter en combat singulier ; mais sa réputation de guerrier était si terrifiante que personne n'osa se présenter. Ménélas l'aurait fait, mais il en fut empêché par son frère ; et Nestor fustigea la jeune génération pour son manque de courage. Piqués au vif, neuf hommes s'avancèrent, dont Diomède, qui souffrait de plus en plus de son épaule. On tira au sort qui aurait l'honneur de combattre Hector, et Ajax, prince de Salamine et fils de Télamon, fut choisi.

La journée prit donc fin comme elle avait commencé, par un combat entre deux hommes au milieu des lignes. Mais cette fois, il fut plus équilibré. Chacun fut blessé, mais refusa d'accorder la victoire à l'autre, si bien qu'ils continuèrent à s'affronter, en haletant, jusqu'au crépuscule. C'est alors que les deux hérauts présents – Talthybios du côté grec, Idaéos du côté troyen – convinrent de s'avancer pour séparer les deux adversaires épuisés.

— De toute évidence, dit Idaéos, vous êtes tous deux aimés de Zeus. Cessez de vous battre, la nuit viendra bientôt.

— C'est Hector qui a lancé le défi, répondit Ajax en hoquetant. Je ne baisserai mon épée que si j'ai sa parole.

Hector n'hésita qu'un instant avant d'ôter son casque :

— Nous aurons le temps de savoir lequel de nous deux est le meilleur, mais ce que dit Idaéos est vrai. Notre duel a été long et ardu, on n'y voit plus guère, et nous sommes tous deux trop las pour combattre. Convenons d'en rester là.

Ajax acquiesça de la tête, et les deux hommes, animés par un respect mutuel, échangèrent un sourire.

— Échangeons des cadeaux pour honorer les prouesses de l'autre, dit Hector, qu'on puisse dire que nous avons bien combattu sans jamais quitter le champ de bataille en vaincus.

Le prince de Salamine ayant accepté avec enthousiasme, le fils de Priam lui fit don de l'épée avec laquelle, plusieurs heures durant, il avait tenté de le tuer. Ajax en examina le pommeau d'argent superbement sculpté, puis défit son baudrier écarlate et le tendit au prince troyen. Chacun repartit vers son camp, sans se douter du rôle que les cadeaux qu'ils venaient d'échanger joueraient plus tard dans leur propre mort.

Une offre de paix

Hector savait qu'il avait bien failli perdre le combat lorsqu'il revint dans la cité après son duel avec Ajax. Ses épaules étaient douloureuses, le sang lui coulait des genoux, et il craignait fort que l'armée troyenne ne pût endurer encore beaucoup de journées comme celle-ci. Il n'avait pas réussi à lui faire repousser les Grecs jusqu'à leurs navires ; et si ceux-ci avaient reculé, c'était en témoignant d'une telle férocité que bien des femmes rassemblées sous le chêne à la porte de la cité chercheraient en vain leur époux, leur fils ou leur père parmi les guerriers revenant du champ de bataille. Dans les rues, le chagrin se lisait sur tous les visages, et ce n'était pourtant que le premier jour de combat que Troie eût connu depuis longtemps.

Quand il se retourna pour voir milans et vautours se rassembler au-dessus des corps abandonnés dans la plaine, Hector eut le cœur lourd à la pensée qu'en ce jour la faveur des dieux était passée du côté des envahisseurs grecs. Ils avaient appelé Athéna à l'aide et elle leur avait répondu.

Il fallait faire quelque chose pour restaurer l'équilibre.

Il alla d'abord rassurer son épouse Andromaque, et réconforta son jeune fils Astyanax qui, effrayé de voir son père couvert de sang et de plaies, se mit à trembler quand, portant toujours son casque à plumet, il se pencha pour l'embrasser. Ensuite, il prit un bain

311

puis, traversant la citadelle d'Ilion, se rendit au temple d'Athéna.

La prêtresse en était Théano, l'épouse d'Anténor. Elle avait été belle autrefois. Mais, au fil des années, son visage s'était durci. Elle regarda Hector faire ses offrandes et verser des libations, écouta ses ferventes prières à la déesse pour qu'elle renonce à exercer sa colère sur la cité, mais le choqua par sa réponse :

— La divine Athéna ne t'écoutera pas, pas plus qu'elle n'a écouté ta mère cet après-midi. Pour le moment, elle est sourde à nos plaintes.

Hector, agenouillé, leva la tête pour croiser ses yeux froids :

— J'ai senti son pouvoir s'exercer contre nous dans la plaine. On aurait dit que c'était elle qui conduisait le char de Diomède. Qu'avons-nous fait pour l'offenser, qu'elle se tourne ainsi contre nous ?

— Pourquoi nous écouterait-elle, quand nous témoignons fidélité à celui qui l'a insultée ?

— Tu veux parler de mon frère Pâris ?

— Lui seul a provoqué la fureur d'Athéna contre la cité !

— Je sais que tu ne l'aimes guère depuis la mort de ton fils. Comment pourrait-il en être autrement ?

— Mon cœur n'a que haine pour lui, répondit-elle d'une voix aussi calme que tranchante. Elle ne me quittera jamais, et je ne songe pas à le nier. Mais le tort qu'il m'a causé n'a rien à voir. C'est entre Pâris et la déesse elle-même. Il s'est attiré son inimitié, je ne sais pas pourquoi ; peut-être parce qu'il a dénigré ses rites. Cette hostilité s'étend à notre cité, et cela continuera jusqu'à ce qu'il répare ses torts envers Athéna. Il ne suffit pas que ta mère, toi ou le roi Priam lui-même lui fassiez des offrandes. Pâris est le seul responsable de nos maux. Il a négligé le service de la déesse et ri de sa puissance. Qu'il en paie le prix.

Pâris était retourné en ville humilié, en état de choc. Il ne voyait plus que de manière confuse. Il saignait à l'endroit où la lance lui avait déchiré le flanc. Tout son corps lui faisait mal. L'énorme silence qui régnait parmi les forces troyennes, tandis qu'elles s'ouvraient devant lui pour le laisser passer, l'avait rempli de honte.

Le même silence l'attendait là où les femmes s'étaient rassemblées près de la porte Scée. Les roues de son char résonnèrent sur les pavés de la rue vide menant à la citadelle. La pluie lui tombait sur le visage, lui coulait des cheveux, si bien qu'il était impossible de voir qu'il pleurait ; mais c'est bien en larmes qu'il entra dans la demeure silencieuse où il vivait désormais avec Hélène. Ôtant son plastron de cuirasse et ses jambières, il les laissa tomber sur le sol, puis se jeta sur leur lit, sans même penser à la boue qui lui couvrait les membres.

Une esclave venue s'occuper de lui fut sèchement renvoyée.

Dans la chambre aux murs peints, le silence qui l'entourait se fit toujours plus fort, jusqu'à ce qu'il se rende compte que la pluie avait cessé. À travers la fenêtre filtrait une lumière qui éclairait la grande tapisserie où Arès et Aphrodite étaient étendus dans les bras l'un de l'autre. Dehors, dans l'amandier, un oiseau se mit à chanter.

Pâris s'était enfui du lieu de sa défaite en ayant sauvé sa vie, mais pas grand-chose d'autre. Son orgueil était en ruine, comme son honneur, et ses nerfs en loques ; à tel point qu'il sursauta quand un cri, venu du lointain champ de bataille, se mit à frémir dans le vent. D'habitude, il serait grimpé sur le toit pour voir ce qui se passait, mais il savait déjà que, quoi que ce fût, les hommes qui combattaient dans la plaine le condamnaient à la honte. Il songea à la peau de panthère dont il s'était revêtu le matin : elle devait être quelque part, perdue dans la boue. Mieux aurait valu qu'il restât là-bas pour mourir. Pourquoi ne l'avait-il pas fait ? Pourquoi ?

Il sentait encore la sueur de Ménélas, il entendait ses grognements mauvais. Il voyait ses yeux farouches et méprisants à travers l'étroite fente du casque de bronze. Puis, quand il avait été traîné sur le sol, pris à la gorge, suffoquant presque, le monde avait semblé se refermer autour de lui, se réduire à un lieu sans air d'où il ne pourrait voir, éternellement, que la menace et le dégoût qu'on lisait sur le visage du roi de Sparte.

Quand la jugulaire s'était rompue, qu'il s'était retrouvé libre, sa seule et unique pensée avait été de fuir. Il s'était mis à courir sans plus s'arrêter. Et désormais, il le savait, il courrait pour le restant de ses jours.

Pendant ce temps, Hélène tenait compagnie au roi Priam dans la salle du trône déserte où il s'était installé, ne pouvant, pas plus qu'elle, supporter d'assister au duel. Tous deux étaient restés silencieux, chacun perdu dans ses pensées, mais trouvant un certain réconfort dans la présence de l'autre.

Du lointain vacarme des deux armées suivant le combat des deux hommes, ils n'entendaient qu'un vague écho, un peu semblable au murmure de la mer. Puis les fenêtres s'étaient assombries, et le bruit de la pluie venant battre sur les tuiles avait tout recouvert. Ils s'étaient regardés. Priam avait été tenté de dire qu'il avait donné des ordres aux termes desquels, si son fils était tué, il ne serait pas permis à Ménélas de quitter le champ de bataille en triomphe. Il aurait voulu expliquer à Hélène que, si ses deux époux mouraient, lui-même prendrait soin d'elle jusqu'à ce qu'il disparaisse. Mais il craignit qu'elle ne s'en effraie ; aussi se contenta-t-il d'attendre, comme elle, de savoir quel destin la sagesse des dieux avait choisi pour eux.

Puis Cassandre était arrivée dans la pièce, livide, échevelée, trempée de pluie. Elle riait et serrait les plis de sa robe, comme si elle avait couru sous l'orage. Priam et Hélène la regardèrent avec inquiétude : en de tels moments, ils n'avaient aucune envie de voir cette fille à demi folle.

— Sentez-vous l'odeur de la fumée qui entoure le palais ? Elle viendra bientôt ! Il brûlera ! Hélène et moi attendrons de voir qui s'emparera de nous ! Père, ne t'ai-je pas prévenu ? Ne t'ai-je pas dit que jamais tu n'aurais dû accueillir le fils de l'ourse ? Quel misérable ! Il fuit le champ de bataille, sans casque ni bouclier, ni peau de panthère ! L'enfant chéri d'Aphrodite, en larmes, va s'en venir chercher le réconfort auprès d'une putain spartiate !

— Et Ménélas ? demanda Priam, impassible.

— Victime de la trahison ! Mais toujours vivant, malgré vos manigances. Et les dieux ne seront pas dupés, père ! Cette ville a déjà été incendiée, elle le sera de nouveau. Bientôt, le fils cadet d'Atrée entrera dans cette salle pour réclamer ce qui lui appartient.

Cassandre se tourna vers Hélène :

— Te montreras-tu soumise ? Je pense que oui. Et lui sera trop heureux d'y croire, comme un chien qui ravale son propre vomi !

Elle sortit sans attendre la réponse. Hélène et Priam se regardèrent, chacun révulsé par la duplicité de l'autre révélée au grand jour.

— Qu'as-tu fait ? demanda-t-elle. As-tu donc veillé à ce que tous deux meurent ? Troie ignore-t-elle donc ce qu'est l'honneur ?

Le roi leva les bras au ciel, comme pour dire que c'était là quelque chose qu'on ne trouvait plus nulle part.

Hélène se leva :

— Il faut que je me rende auprès de mon époux !

Mais elle-même ne savait trop de quel homme elle voulait parler. Elle n'avait plus nulle part où aller, et commençait à s'en rendre compte.

Quand elle entra dans la chambre de leur demeure, que Pâris avait meublée pour elle de tous les trésors de l'Orient, Hélène le trouva allongé sur le lit. Détournant les yeux, elle se couvrit les épaules d'un châle, comme si elle avait froid. Pâris ouvrit la bouche mais ne put dire mot.

— Hélicè me dit qu'elle t'a proposé de te préparer un bain, mais que tu as refusé ? Dois-je la rappeler, ou veux-tu rester tel que tu es ?

Il ne répondit rien.

— Je crois qu'il faut soigner tes blessures.

— Il en est une que tu es seule à pouvoir guérir.

— Il en est que personne ne peut guérir !

Lui tournant le dos, elle se dirigea vers la fenêtre, d'où elle écouta le lointain fracas de la bataille. À une telle distance, il n'était guère plus fort que les cris de la foule pendant des jeux ; et pourtant des hommes combattaient et mouraient là-bas, et tous deux savaient que leur amour – triste, épuisé, désormais presque éteint – en était la cause.

Pourtant, en ce moment, c'est à peine s'il pensait à elle. Ce qu'il venait de dire sur cette blessure inguérissable lui avait rappelé Œnone. Il se souvenait de ce qu'elle lui avait dit le jour où, quittant ses montagnes, il était parti pour Troie. Elle l'avait mis en garde : un jour, il subirait une blessure qu'elle seule pourrait guérir. Ces paroles le taraudaient et, l'espace d'un instant, il crut s'être trompé, avoir adressé son appel à une autre.

Car désormais, cette femme lui était presque aussi étrangère que l'enfant qui, autrefois, avait chassé les voleurs de bétail avec ses flèches. À l'époque, on l'avait

316

appelé Alexandre, le protecteur des hommes. Qui aurait pu croire que ce jeune garçon finirait dans la peau d'un homme vaincu, étendu sur un lit de soie, dans une chambre parfumée de la demeure royale d'une cité qui, peut-être, brûlerait bientôt, parce qu'une ourse l'avait allaité et qu'il n'avait grandi que pour trahir un ami ?

Tout cela était si déprimant qu'il ne pouvait plus, comme autrefois, lire les pensées de la femme qui se tenait près de la fenêtre, à regarder dans la plaine.

— Pourquoi ne me demandes-tu rien ? finit-il par dire.

— Parles-en, si tu veux, répondit-elle.

Pâris leva les yeux vers la fenêtre :

— Il y avait tant de haine en lui... J'ai croisé son regard, je me suis vu tel qu'il doit me voir, et j'ai eu un tel sentiment d'avoir mal agi envers lui que je n'ai pu faire face.

Elle le dévisagea un instant avant de lui tourner le dos :

— Je pense que si tu l'avais tué, cela m'aurait tuée aussi.

— Tout ce que j'ai fait, dit-il, perplexe, c'était pour toi.

Hélène fit volte-face pour le regarder et vit qu'il disait la vérité. Tous deux étaient seuls au monde, exilés à jamais dans leur propre passion. Elle se sentit envahie par la pitié – pour lui, pour Ménélas, pour elle-même, pour tous ceux qui avaient jamais cru que l'amour pourrait les guider dans un monde dont il est absent.

— Viens, dit-elle. Le bain est prêt, je m'occuperai de tes blessures.

Elle l'y conduisit, congédiant les esclaves prêtes à le servir : ni lui ni elle ne pouvaient supporter la compagnie des autres. Il resta étendu, les yeux clos, dans l'eau tiède, tandis qu'elle lui lavait bras et jambes. Puis ils revinrent dans leur chambre, s'allongèrent sur le lit et Pâris, quand il vit qu'elle pleurait, fondit également en larmes.

Tendant la main pour lui caresser les cheveux, il dit :

— Te souviens-tu de notre petit royaume de Kranaé, où nous étions seuls, tous les deux ? C'était le royaume du cœur. Nous ne sommes ni de Sparte ni de Troie, nous sommes de Kranaé, et nous ne serons des traîtres que si nous trahissons ce lieu, où il n'y a pas d'armée, pas de querelle. Nous n'avons pas choisi le fracas des armes, et nous n'en sommes pas responsables.

Il la prit dans ses bras, elle ferma les yeux avant de poser la tête sur sa poitrine et, bien que tous deux aient su que chacune de leurs paroles était démentie par un monde pris dans un conflit mortel, ils se donnèrent une fois de plus à Aphrodite. Et, pour la dernière fois, ils revinrent dans leur petite île perdue, dans le royaume du cœur.

Hector les réveilla. Les esclaves lui avaient dit qu'ils étaient dans leur chambre, aussi frappa-t-il à la porte jusqu'à ce que Pâris vienne ouvrir. Son frère le dévisagea avec un mépris incrédule :

— Ainsi donc, il ne te suffit pas de faire étalage de ta lâcheté devant toute l'armée ! Il faut en plus que tu t'accordes les plaisirs du lit pendant que des hommes combattent et meurent en ton nom, pour ta cause !

Hector était le seul de ses frères pour lequel Pâris ait jamais eu une véritable affection. Il avait redouté plus que tout d'avoir à croiser son regard, mais cela lui était d'autant plus pénible qu'on lisait le même mépris dans les yeux d'Hélène. Il aurait mieux valu mourir des mains de Ménélas.

— Pardonne-moi, mon frère, balbutia-t-il. Tout le monde n'a pas ta force.

— Tu n'es plus mon frère – du moins tant que tu n'auras pas prouvé sur le champ de bataille que tu es aussi viril que tu sembles l'être au lit !

— Hector, intervint Hélène, ne pourrais-tu pas entrer pour nous parler en privé ?

318

— Il n'en est pas question ! lança Hector. La cité pleure la mort de nombre de ses fils, et les corps de certains d'entre eux jonchent encore la plaine ! Je n'ai pas le temps de bavarder ! Mais je dirai simplement ceci : s'il te reste le moindre orgueil, dis donc à ton bien-aimé de venir sur l'heure dans la chambre du conseil, pour s'expliquer en homme devant des hommes ! Dis-lui aussi qu'il est inutile de se présenter à ma vue tant qu'il ne sera pas prêt à se joindre à ceux qui n'ont pas peur de combattre – et pour une plus noble cause que de vous aimer pendant que nous mourons !

Comme Pâris avançait dans le couloir donnant sur la chambre du conseil, il entendit des voix qui se querellaient, mais elles se turent quand il entra. Tous les princes et les nobles de Troie étaient là, accompagnés de leurs principaux alliés. Conscient du regard méprisant d'Hector, de la froideur d'Énée, avec qui il n'avait plus échangé que quelques mots depuis leur retour de Sparte, il traversa la pièce au sol de marbre pour venir s'asseoir à gauche du trône où Priam était assis, l'air grave, le menton appuyé sur une main. Pâris le salua et le roi lui fit signe de se lever. Le fils de Priam dut alors affronter la foule des visages hostiles.

— Pardonnez mon retard, dit-il. Aujourd'hui, je n'étais pas moi-même. Et personne ici ne peut me faire honte plus que moi. N'hésitez donc pas à me fustiger.

Il y eut des murmures que Priam fit taire :

— Anténor, tu viens d'entendre mon fils. Parle franchement.

Le conseiller s'avança, tenant le sceptre réservé à celui qui prenait la parole :

— Troyens, Dardaniens, alliés fidèles, nous avons combattu bravement aujourd'hui, et ensemble nous avons résisté au premier assaut de l'armée grecque. Mais nous en connaissons le prix : beaucoup d'hommes

319

ne reviendront pas de la plaine, bien d'autres sont trop gravement blessés pour combattre encore, et demain, nombre de survivants mourront. Combien de temps pourrons-nous endurer de telles pertes ? Et pour quelle cause ? Ne nous y trompons pas, nous n'affrontons pas que des mortels, mais aussi les dieux. Athéna est contre nous, comme Héra ; et Apollon lui-même, qui a toujours été révéré à Troie, nous a prévenus voilà longtemps que la cité périrait si l'on permettait à quelqu'un qui est parmi nous de vivre.

Ses paroles furent accueillies par un silence pensif. Anténor reprit d'une voix plus basse, pleine de ferveur :

— On n'a tenu aucun compte de cet avertissement, et j'ai des raisons de le regretter ! Tous ici savent que mon épouse et moi n'avons pas la moindre affection pour Pâris. Nous savons également qu'il a trahi l'amitié, violé les lois de l'hospitalité et la sainteté du mariage, ce qui nous a valu de longues années de guerre. Et pourtant, ce n'est pas pour cela que je m'oppose à sa présence ici. Je le fais pour le bien de la cité, je le fais parce que c'est ce que les dieux exigent. Il aurait dû mourir voilà bien des années, quand Apollon l'a exigé. Il aurait pu mourir honorablement aujourd'hui, s'il avait eu le courage d'accepter le destin qui l'attendait. Le voilà maintenant réfugié dans nos murs, et tant que cela lui sera permis, tant qu'il ne sera pas entre les mains de l'armée grecque, celle-ci viendra frapper à nos portes et ne nous laissera pas de repos.

Le conseiller se tut un instant et reprit d'une voix forte :

— Par conséquent, qu'il leur soit livré ! Livrons Pâris a celui qu'il a trompé, et devant lequel il a fui ! Et qu'il emmène avec lui la Spartiate, et toutes ses richesses ! Car sa trahison a fait de nous tous des traîtres ! Un pacte d'amitié a été brisé voilà bien des années, et par lui ! Une trêve a été rompue aujourd'hui, et par lui ! Le bon droit n'est plus dans notre camp, et ceux qui combattent sans pouvoir s'en réclamer encourent la colère des dieux.

La voix d'Anténor tremblait. Il regarda Priam, qui contemplait le plafond comme si ses pensées étaient ailleurs :

— Mais si le seigneur mon roi trouve trop difficile de livrer son fils aux mains de ses ennemis, qu'il soit au moins séparé d'Hélène et de ses richesses. Rendons à Ménélas ce qui lui appartient de droit, et mettons un terme aux longues souffrances de la guerre !

Puis le conseiller alla reprendre sa place, et ses amis se rassemblèrent autour de lui avec des murmures approbateurs. Pâris attendit un instant de voir si quelqu'un allait se lever pour prendre sa défense ; mais comme personne n'en avait manifestement l'intention, il s'avança, au milieu d'un grand silence.

— Mon père, mes amis, dit-il, il y a bien des vérités dans ce qu'Anténor vient de dire, et je me reconnais coupable des accusations qu'il a portées contre moi. Il est vrai que je suis responsable de la mort de son fils, que je n'ai cessé de regretter. Il est vrai que j'ai trahi l'amitié, violé les lois de l'hospitalité quand j'étais à Sparte, et que, ce faisant, j'ai provoqué cette longue guerre. Je ne nie rien de tout cela, et si vous pensez que ma vie peut le racheter, je la remets entre vos mains, pour que vous puissiez me livrer à la vengeance des fils d'Atrée.

Il tendit les mains, comme pour montrer qu'il était sans armes et vulnérable :

— Je me bornerai à dire ceci pour ma défense. En premier lieu, cette guerre s'annonçait depuis longtemps. Il se peut que mes actions aient été l'étincelle qui a provoqué l'incendie, mais cela faisait des années que le bois mort avait été rassemblé. Et il y a parmi vous des gens qui attendaient ce conflit avec plus d'impatience que moi. En second lieu, comme chacun sait, il y a d'autres divinités qu'Athéna et Héra, si grands que soient leurs pouvoirs, et ce que j'ai accompli l'a été au nom d'une autre déesse aussi puissante qu'elles. Le roi Anchise vous dira que lorsqu'un homme met sa vie au service d'Aphrodite, il n'est plus libre d'agir comme les autres. C'est elle qui agit à travers lui ; et si ses actes sont parfois d'un pouvoir redoutable, ils sont inspirés par la force de l'amour, qui est à lui-même sa propre loi. Elle a son tribunal, devant lequel je suis innocent de tous les crimes, sinon celui de ne pas assez aimer. Mais que personne ne doute que l'amour que j'ai pour Hélène soit si grand que jamais je ne le trahirai. Si vous le désirez, prenez ma vie, prenez mes richesses, et offrez-les aux Grecs ; je n'y ferai aucune objection. Mais jamais je ne céderai ma femme à un autre.

Il y avait tant de passion dans sa voix que, pendant de longues secondes, un silence tendu régna dans la salle. Puis, à la grande surprise de Pâris, Déiphobe se leva et dit :

— Je suis du côté de mon frère sur cette question.

À côté de lui, Antiphas hocha la tête.

Anténor fronça les sourcils. Toute l'assemblée eut des murmures incertains. Puis Priam se leva :

— J'ai entendu les paroles de mon conseiller, comme celles de mes fils. Maintenant, écoutez-moi ! Cette nuit, comme d'habitude, nous monterons la garde sur nos remparts. Demain, le héraut Idaéos se rendra au camp des Grecs et leur transmettra l'offre de Pâris de rendre à Ménélas le trésor de Sparte – mais pas Hélène. À cette somme, il ajoutera la plus grosse part de sa propre fortune, à titre de réparation. Si le fils d'Atrée accepte, tout ira bien. Sinon, nous continuerons à combattre, et laisserons les dieux choisir entre nous.

Et on en resta là, bien que personne dans l'assistance ne crût que la question pût être résolue de cette façon. Hector quitta le conseil très abattu, et revint dans les appartements qu'il occupait au palais. Andromaque l'attendait avec impatience et, rien qu'à voir son visage, sut que la guerre allait se poursuivre. Elle s'en prit à Pâris, mais son époux la fit taire :

— Il a bien parlé, et il ne souhaite pas être séparé de la femme qu'il aime – comme je le ferais à sa place, après tout.

— Il va donc s'accrocher à elle, même si vous devez mourir pour eux ? N'ai-je donc pas assez souffert de cette guerre ? Mon père a été tué par Achille lors de l'attaque contre Thèbes, tous mes frères sont morts avec lui ! Dois-je maintenant perdre mon époux, mon fils doit-il perdre son père pour Pâris et sa Spartiate ?

— La guerre ne s'est jamais réduite à Hélène.

— Non, rétorqua Andromaque d'un ton accusateur. Elle a toujours été l'effet de l'appétit de pouvoir et du goût de la violence des hommes. Les femmes – Hélène, moi, n'importe qui – ne sont jamais que des prises de guerre ! Et il n'y aurait jamais eu de conflit si vous autres, les hommes, n'étiez à ce point désireux de vous battre ! Vous êtes tous amoureux de la guerre, vous prenez plaisir à ses cruautés, vous préférez prouver votre virilité en tuant plutôt qu'en vous souciant de l'amour d'une femme !

Il fut blessé de ces paroles ; elle secoua tristement la tête :

— N'as-tu pas vu ton fils frémir en t'apercevant, ce matin, en tenue de bataille ? Vous avez tous été enfants autrefois, et pourtant aucun d'entre vous ne sera satisfait tant qu'il n'aura pas transformé les siens en adorateurs de la violence. Vous êtes tous des sots ! Pâris peut bien avoir été aveuglé par l'amour, ceux qui combattent et meurent en son nom sont bien plus niais que lui !

— Et que veux-tu que je fasse ? Que je m'enfuie pour sauver ma vie, comme il l'a fait aujourd'hui ?

— Et pourquoi pas ? Ta vie n'est pas qu'à toi, elle m'appartient aussi, elle appartient à ton fils ! Ou bien t'est-il plus facile de mourir pour Pâris que de vivre pour nous ?

— Rien n'est facile. Et si jamais je meurs, ce ne sera pas pour Pâris, mais pour empêcher les Grecs de franchir nos portes. Cette guerre s'impose à nous, que je le veuille ou non. J'ai tenté deux fois de l'empêcher – d'abord en pressant Pâris d'accepter un combat singulier, et ce soir même au conseil. Mais on dirait que ce n'est pas la volonté des dieux. Que puis-je faire ?

Hector se mit à marcher de long en large :

— Ma plus grande crainte est qu'Agamemnon et sa horde n'envahissent nos rues et nos maisons, qu'un Grec quelconque ne tue mon fils et ne te réduise en esclavage. Plutôt que de laisser faire, je combattrai tant qu'il faudra !

— Mais pourquoi dois-tu te battre à l'endroit le plus exposé ? Faut-il toujours que tu sois en première ligne, à échanger des coups avec leurs conducteurs de char et leurs lanciers ?

Il secoua la tête :

— Non, c'est impossible ! Les Grecs seraient trop ravis de dire : « Regardez le fameux héros Hector, caché sur les remparts au milieu des femmes ! » Et comment pourrais-je exiger des autres qu'ils combattent avec bravoure, s'ils constatent que je reste à l'abri ? Les dieux savent que je ne souhaite que vivre en paix avec toi, voir mon fils grandir pour devenir quelqu'un de meilleur que moi. Mais pour cela, je dois assumer le destin qui m'est imposé.

Il prit Andromaque dans ses bras et dit tendrement :

— J'aurai plus de force pour cela si je n'ai pas à combattre avec toi.

Le lendemain matin, le héraut Idaéos se présenta devant le conseil d'Agamemnon pour informer les chefs grecs que Pâris, sans vouloir rendre Hélène, était prêt à verser, en compensation, le plus gros de sa fortune. Les fils d'Atrée échangèrent un regard et refusèrent aussitôt.

Encore animé par ses hauts faits sur le champ de bataille, Diomède lança :

— Les Troyens ne nous feraient pas une telle proposition s'ils ne redoutaient pas que leur destin ne soit scellé ! Pourquoi nous satisfaire de ce que Pâris daigne nous offrir, quand bientôt Troie sera à nous ?

— Tu vois quelle est notre réponse, dit le Lion de Mycènes à Idaéos.

— Très bien, répondit celui-ci, mais ne sous-estimez pas nos capacités de résistance. Par ailleurs, le roi Priam fait remarquer que de nombreux morts sont restés sur le champ de bataille. Il propose une journée de trêve, que les deux camps puissent leur rendre les honneurs.

Agamemnon accepta, et des chariots furent envoyés pour ramasser les corps qui jonchaient la plaine. Le ciel resta noir toute la journée, à cause de la fumée qui montait des bûchers funéraires. L'odeur de chair brûlée prenait à la gorge. Mais les Grecs surent tirer parti de cette suspension des hostilités en renforçant les fortifications dressées pour défendre leurs navires ; et quand les Troyens s'en aperçurent, ils se dirent qu'il n'y avait aucun espoir de sauver la ville, sinon en rejetant les envahisseurs à la mer.

Le lendemain à l'aube, de gros nuages vinrent en tourbillonnant depuis le mont Ida. Les deux camps s'affrontèrent toute la matinée, en subissant de lourdes pertes sans qu'aucun ne gagne beaucoup de terrain. Puis, vers midi, éclata un orage, si proche du champ de bataille que les coups de tonnerre étaient assourdissants. La foudre tomba dans les rangs grecs, terrorisant les hommes comme les chevaux ; les Troyens eux-mêmes en furent un moment ahuris, mais Hector se mit à hurler :

— Zeus a parlé ! Zeus est avec nous ! et il fit avancer ses forces pour tirer parti de la confusion régnant dans le camp adverse.

Le centre grec fut enfoncé et recula, en dépit des hurlements d'Agamemnon. Puis Idoménée céda du terrain à son tour, et bientôt les hommes, paniqués, s'enfuirent en courant. Avant que le char du vieux Nestor ait pu faire demi-tour, Pâris lança une flèche qui tua net l'un de ses chevaux ; l'engin se renversa. Le roi de Pylos aurait été un homme mort si Diomède n'avait vu le char d'Hector s'avancer vers le vieillard ; projetant sa lance, il atteignit le conducteur en pleine poitrine et, tandis qu'Hector s'efforçait de reprendre les rênes, prit Nestor avec lui et le mit à l'abri. Mais, autour d'eux, la ligne de front s'était rompue ; ils n'eurent pas d'autre choix que de se joindre aux fuyards, tandis qu'Hector les accablait d'insultes. Arrivant près du rempart, ils entendirent le Lion de Mycènes hurler des malédictions et aboyer des ordres. Ajax et Teucer furent parmi les premiers à lui obéir, le premier couvrant son frère d'un grand bouclier en peau de bœuf, tandis que le second lançait ses flèches sur les Troyens. Plusieurs d'entre eux tombèrent, et leurs compagnons hésitèrent, mais l'élan de ceux qui se trouvaient derrière eux était tel que les Grecs furent contraints de reculer une nouvelle fois. Seuls le rempart et le fossé entourant le camp les empêchèrent de connaître une défaite complète.

Une fois à couvert, pourtant, leurs chefs parvinrent à endiguer la panique, et à les convaincre de défendre les portes du camp. Tout l'après-midi, les guerriers se battirent et moururent dans la boue. La tuerie ne cessa que lorsqu'il ne fit plus assez clair pour qu'Hector puisse voir quelle était l'avancée de ses troupes ; il décida de mettre un terme au combat, pour soulager ses hommes épuisés.

Mais les succès de la journée les avaient grisés, comme la présence d'Hector parmi eux ; il leur promit la victoire pour le lendemain et donna l'ordre à l'armée de camper dans la plaine, pour que les Grecs soient pris entre le rempart et leurs navires. Cette nuit-là, les assiégeants devinrent ainsi les assiégés, et les hommes de garde dans les tours de guet virent des centaines de feux de camp luire dans la pénombre, en sachant qu'une cinquantaine d'hommes était réunie autour de chacun d'eux, et qu'à l'aube, l'armée grecque pourrait bien se retrouver prise au piège.

Le prix de l'honneur

Ses navires avaient été tirés sur la plage très à l'ouest de la ligne de front, loin de la bataille, mais Achille savait parfaitement que l'armée grecque avait échappé au désastre de justesse. Le soir, il ne fut donc pas surpris de voir arriver Phœnix, accompagné d'Ulysse et d'Ajax, qui voulaient lui parler. Le fils de Pélée se leva aussitôt pour les accueillir :

— Cela fait un certain temps que je n'ai plus de visiteurs ! Et je suis ravi de vous revoir tous les deux. Venez, buvons un peu de vin !

Puis il eut un sourire espiègle :

— Vous devez mourir de faim, après une journée pareille ! Pourquoi ne pas dîner avec nous ?

Les deux hommes se mirent à l'aise dans la cabane au toit de chaume qu'Achille occupait avec Patrocle. Des morceaux de viande grillaient sur des brochettes au-dessus du feu, et Patrocle y jeta la part qui revenait rituellement aux dieux. Ils mangèrent, remplirent de nouveau leurs coupes, puis Ulysse dit :

— Je pense qu'il est inutile de t'expliquer la raison de notre visite.

Achille se contenta de hausser les épaules et de boire un peu de vin.

— Bon, soupira le prince d'Ithaque, je serai franc. Nous sommes en plein chaos. Si nous n'avions pas réussi à tenir jusqu'à la nuit, nous aurions été balayés.

Tu dois avoir constaté que l'armée d'Hector contrôle toute la plaine entre notre camp et la cité. Il attend l'aube avec impatience. Quand elle sera là, il y a de bonnes chances pour qu'il nous rejette à la mer.

Achille ne répondit rien. Patrocle, tête dans les mains, écoutait avec attention, mais sans rien révéler de ses sentiments. À la lumière du feu, Ulysse vit que le vieux Phœnix se tirait sur la barbe. Ajax commençait à s'agiter.

— Il y a deux nuits, poursuivit-il, notre chef vénéré a fait un rêve, dans lequel Zeus en personne lui a promis une victoire rapide ; depuis, il prend tous les risques. Nous avons subi de lourdes pertes hier, et encore plus aujourd'hui. Et comme si cela ne suffisait pas, la foudre est tombée dans nos lignes cet après-midi. Les Troyens en ont conclu que Zeus était avec eux, et nous avons perdu beaucoup d'hommes dans la panique qui a suivi. Agamemnon, tu n'en seras pas surpris, en a été totalement abasourdi : Nestor et Diomède ont dû se donner beaucoup de mal pour l'empêcher d'ordonner la retraite vers nos navires, ce qui se serait soldé par un massacre auquel Hector était prêt.

Achille remuait les cendres du feu avec une brochette ; il eut un petit sourire pincé. Dehors, on entendait les vagues qui venaient battre le rivage.

— Le moral des troupes est donc plus bas que jamais, et une seule chose est capable de le relever. Il faut que tu reviennes combattre parmi nous.

— Je croyais m'être bien fait comprendre, répondit Achille en lui jetant un regard froid.

— En effet, mais les choses peuvent changer. Une telle querelle est inutile. Agamemnon commence à changer d'opinion, il est prêt à céder. Briséis te reviendra sans qu'il l'ait touchée – en tout cas, il le jure. Sept autres femmes qu'il a prises à Lesbos viendront avec elle. S'y ajouteront dix talents d'or et douze chevaux de prix. Si cela ne suffit pas à guérir ton orgueil blessé, il veut faire de toi son gendre quand nous serons rentrés. Tu pourras choisir parmi les filles qui lui restent, et ton épouse aura une dot énorme, dont la possession de sept villes avec toutes leurs terres, leurs troupeaux et leur bétail.

— Je vois qu'Agamemnon use toujours aussi librement de mon nom quand il veut marier ses filles, répondit Achille en détournant les yeux.

Ulysse avait pensé que cet élément de la proposition était peu judicieux; il leva les bras au ciel pour exprimer son embarras. Ajax intervint:

— Penses-y, cousin. Tout cela est à toi si tu le désires. Tout ce que le roi demande en retour, c'est que tu reviennes combattre parmi nous.

— Faut-il qu'il soit désespéré! Croit-il que je suis un esclave qu'on peut acheter et vendre?

— Bien sûr que non!

— S'il y a un genre d'homme que je déteste plus que tout, c'est celui qui pense une chose et en fait une autre. Je serai donc franc avec toi, contrairement à lui. Ulysse, c'est toi qui m'as amené ici. Tu sais tout ce que j'ai fait pour la cause grecque. Tu sais de combien de batailles j'ai changé le cours, combien de cités sont tombées devant moi, combien de butins j'ai rapportés pour les jeter aux pieds d'Agamemnon. Tu sais aussi quelle récompense cela m'a valu! J'ai été humilié devant toute l'armée, on m'a arraché la femme que j'aime! Je l'ai capturée, c'est vrai, mais elle m'est chère, et sa perte est aussi grave pour moi que l'insulte faite à mon honneur!

Il jeta à Ulysse un regard farouche:

— Les fils d'Atrée ont-ils oublié pourquoi nous les avons accompagnés dans cette pitoyable entreprise? Pour aider l'un d'entre eux à récupérer la femme qu'on lui avait volée! J'ai eu l'occasion de voir le Lion de Mycènes sous son vrai jour : un niais, menteur et ingrat.

— Il a bien des défauts, convint Ulysse, je ne le nierai pas. Mais nous en avons tous, et c'est bien pourquoi nous avons besoin les uns des autres : pour compenser nos faiblesses.

— Alors, s'il veut sauver ses navires, qu'il s'en remette à toi et aux autres chefs. Mes amis et moi reprenons la mer demain. Avec un peu de chance, trois jours nous suffiront pour parvenir en Thessalie. Va donc dire à ton roi que c'est lui qui a rompu son serment envers moi et que, même s'il m'offrait tous les trésors de l'Égypte, je refuserais de le servir. Je ne suis pas quelqu'un qu'on puisse corrompre.

Ulysse soupira :

— Je lui ai expliqué que c'était précisément ce que tu dirais, et je suis heureux de voir que j'avais raison. Mais n'oublies-tu pas quelque chose? N'es-tu pas venu à Troie en quête de gloire? Ce serait dommage de repartir sans en avoir acquis davantage.

— Tout n'est pas perdu. Ne me demande pas de souiller celle que j'ai conquise en combattant aux côtés d'Agamemnon. Je rentre chez moi et, si vous êtes sages, vous feriez mieux de me suivre.

Des restes de graisse crépitaient dans le feu, et le vent faisait battre le rideau de cuir placé sur la porte. À part cela, il n'y avait plus que le silence.

Ulysse avait su dès le début que les choses se passeraient ainsi, et qu'Achille avait aussi peu de chances d'accepter l'offre d'Agamemnon que celui-ci de considérer favorablement la proposition faite la veille par Priam. Il jura intérieurement à l'idée d'être entouré d'entêtés qui préféraient voir le monde prendre feu plutôt que de reconnaître leurs torts.

Le fils de Pélée et le Lion de Mycènes étaient bien dignes l'un de l'autre, et témoignaient d'une égale stupidité. Pour autant, il fallait éviter le désastre, et Ulysse ne trouvait pas de faille dans l'armure qui défendait l'orgueil d'Achille.

À sa grande surprise, Phœnix prit la parole :

— Seigneur Achille, dit le vieux Myrmidon, je t'ai écouté et j'ai gardé le silence. Mais je te connais, je t'aime depuis que tu étais enfant, et je crois que cela me donne le droit de prendre la parole. Je comprends ta colère, je l'ai partagée avec toi. Mais il faut bien qu'elle s'apaise un jour.

— Phœnix, répondit Achille, ce n'est pas le moment !

Mais le vieil homme ne se laissa pas démonter :

— Il faut être prudent quand on refuse les excuses qui vous sont faites. C'est offenser les dieux, et s'attirer un destin dangereux. Je crois que tu devrais moins penser à ta haine pour Agamemnon, et davantage à ton amour pour tes amis. Reprends place à leurs côtés, et ils te donneront plus de gloire que le Lion de Mycènes n'en aura jamais.

Ulysse, voyant dans les yeux d'Achille une lueur d'irritation, mais aussi d'incertitude, se hâta d'intervenir :

— À parler franc, je n'ai guère plus de respect pour Agamemnon que toi, mais Phœnix a raison : reviens te battre pour tes amis, non pour lui, et ils t'honoreront comme un dieu.

— Phœnix ferait bien de se souvenir que peu m'importe la bonne opinion des Grecs, et que son devoir est de m'obéir.

Ulysse regarda Patrocle, qui détourna les yeux, mal à l'aise.

— Je comprends ta position, dit-il à Achille, mais c'est quand même dommage. S'il y a jamais eu une occasion d'acquérir une gloire immortelle, c'est bien maintenant, alors qu'Hector croit que personne dans les rangs de l'armée grecque n'osera l'affronter.

Achille parut hésiter ; l'espace d'un instant, le prince d'Ithaque crut l'avoir convaincu. Sans doute le jeune homme se souvenait-il de la prophétie affirmant que s'il combattait devant Troie, il mourrait jeune, mais que sa gloire serait immortelle. Puis il fronça les sourcils :

— J'ai dit ce que j'ai dit, et je ne lèverai l'épée contre Hector que s'il s'en prend à mes Myrmidons et à mes navires.

Ajax, resté silencieux jusque-là, n'y tint plus :

— Ulysse, viens donc ! Nous perdons notre temps ! Nous ferions mieux de penser aux dispositions à prendre, maintenant qu'Achille nous fait défaut !

Il se leva et secoua la tête :

— Fils de Pélée, je t'ai toujours admiré, mais ton entêtement me sidère. Même en cas de meurtre, il est d'usage d'accepter un dédommagement en argent ! Et voilà que, pour une stupide querelle à propos d'une femme, tu tournes le dos à tes amis et refuses d'entendre raison ! Je préfère mourir vaincu, mais en combattant, que de rester ici un moment de plus !

Il y eut un long silence, puis Ulysse et Ajax s'en furent annoncer au roi l'échec de leur mission.

L'offre d'Agamemnon était si généreuse qu'il n'avait pas songé un instant qu'Achille pourrait la repousser ; il resta sans voix en apprenant son refus. Mais quand Diomède lui reprocha ses concessions à l'intransigeance du jeune homme, il entra en fureur : que vienne la bataille, et il montrerait à cet arrogant freluquet comment un vrai guerrier se comporte quand les chances sont contre lui !

Les événements survenus pendant la nuit le mirent de meilleure humeur. Un éclaireur troyen fut capturé et, avant de lui trancher la gorge, on réussit à lui extorquer des informations fort utiles : à la tête d'un petit groupe,

Ulysse lança un raid sur un endroit mal gardé des lignes ennemies et, pénétrant dans un enclos, s'empara des chevaux thraces qui y étaient rassemblés. Quand, le lendemain, le Lion de Mycènes se prépara à la bataille, ce fut donc en sachant que la mobilité de l'ennemi avait été significativement réduite. Mais il savait également que sa situation était à ce point désespérée que seule une violente contre-attaque lui permettrait de s'en sortir. Pour donner du courage à ses troupes, il lança donc son char droit vers les lignes troyennes, avec une audace éperdue.

S'étant frayé un chemin à travers les lanciers ennemis, il croisa un char dans lequel Isos, bâtard du roi Priam, conduisait Antiphas. Il abattit le premier d'un coup de lance, puis donna au second un coup d'épée d'une telle violence qu'il le fit tomber à terre. Et il continua d'avancer, comme s'il était persuadé d'être invulnérable, tandis que ses fantassins le suivaient ; ils chassèrent les Troyens de la colline, les repoussant vers la cité, avant qu'Hector ne parvienne à rallier ses hommes. Les Grecs étaient désormais en vue de la porte Scée, et Agamemnon sentait la victoire toute proche, quand il reçut un coup de lance au bras.

Pendant un moment, il parut insensible à sa blessure : il abattit son assaillant et continua d'avancer, frappant les ennemis qui l'entouraient. Puis ses muscles parurent se figer et il ordonna à son conducteur de char de battre en retraite, hurlant à ses hommes de continuer à combattre ; son ardeur les avait poussés en avant, mais leur courage disparut quand ils virent leur chef se retirer. Encourageant ses guerriers de la voix, Hector lança une contre-attaque si vigoureuse que, presque partout, les Grecs furent repoussés à travers la plaine.

Ils se mirent à courir, trébuchant, jetant leurs boucliers. Sautant à bas de son char, Ulysse tenta de les arrêter près du mont funéraire d'Ilos. Il fut rejoint par Diomède qui, apercevant Hector, projeta sa lance, dont la pointe frappa le casque du fils de Priam avec une violence qui faillit l'assommer. Là encore, la bataille aurait pu basculer, mais Pâris était là. Bandant son arc, il tira une flèche qu'il crut un instant perdue avant d'entendre Diomède hurler de douleur : elle l'avait atteinte au pied, le clouant au sol. Ulysse bondit pour le protéger, tandis que Diomède, après s'être libéré, se dirigeait en boitant vers son char.

Le prince d'Ithaque se retrouva, avec un petit groupe d'hommes, isolé au milieu des Troyens, et se battit comme un lion pour les tenir à distance. Il en avait déjà abattu cinq quand la pointe d'une lance, traversant son bouclier, pénétra son armure et lui entailla le flanc. Grimaçant de douleur, il parvint à arracher l'arme, mais fut contraint de reculer. Son cousin Sinon se hâta de venir lui prêter main-forte ; et Ménélas, qui avait pris le commandement des Mycéniens du flanc gauche après le départ de son frère, voyant ce qui se passait, vint au secours d'Ulysse, qu'il fit monter sur son char tandis qu'Ajax et Teucer repoussaient les Troyens.

Trois des chefs grecs venaient d'être mis hors de combat ; les hommes qui les entouraient perdirent courage. Ajax tint bon tant qu'il put, mais ses adversaires étaient bien supérieurs en nombre. Regardant autour de lui, il constata que l'armée grecque serait bientôt repoussée au-delà du fossé et du rempart. Jamais, de toute la guerre, leur position n'avait été aussi désespérée.

Sachant que, si les forces d'Agamemnon étaient mises en déroute, il leur faudrait combattre pour défendre leurs navires, les Myrmidons avaient suivi de près la bataille, depuis l'extrémité ouest du rempart. Quand Achille vit Hector faire avancer son char à toute allure, il décida d'envoyer Patrocle voir de plus près ce qui se passait.

336

Heureux d'avoir une occasion d'agir, ce dernier courut le long de la plage jusqu'au logis de Nestor, où le vieillard s'efforçait de soigner Machaon, le chirurgien, qui saignait abondamment après avoir reçu une flèche dans la cuisse.

— C'est Pâris qui l'a touché, expliqua le vieillard, mais j'ai réussi à le sortir de là. Agamemnon, Diomède et Ulysse ont eux aussi été blessés. Ajax tente de retenir les Troyens, mais ceux-ci seront bientôt à nos portes ! Nul doute que ton ami sera ravi de l'apprendre !

À ce moment, il y eut de grands cris à la porte du camp, que des hommes paniqués franchirent à toute allure. Certains couraient même jusqu'aux navires, bien que leurs chefs aient tenté de les faire monter sur le rempart. Nestor regarda Patrocle, qui était livide :

— Hector est sans doute tout près du fossé. Nous avons besoin de ton aide, fils de Ménœtios ! Ton père était un de mes amis, et je sais qu'il serait mort de honte de te voir rester là, sans rien faire, pendant que tes camarades se font tuer. Nous avons besoin des Myrmidons ! Va voir Achille, dis-lui ce qui se passe ! Si tu lui parles, il t'écoutera. S'il ne vient pas nous aider sur l'heure, il le regrettera toute sa vie !

Patrocle n'était resté en dehors des combats que par fidélité à Achille. Quand Ulysse et Ajax étaient venus voir ce dernier, il avait tenu sa langue mais, comme Phœnix, il croyait que bien d'autres choses étaient en jeu qu'un orgueil blessé. Il savait que nombre de Myrmidons voulaient repartir au combat ; et de surcroît, il n'oubliait pas que, contrairement à Achille, il avait prêté serment à Sparte, comme les autres prétendants. Aussi se sentait-il déchiré.

Il donna donc au roi de Pylos sa parole qu'il ferait tout son possible pour persuader le fils de Pélée de reprendre la tête de ses hommes, et repartit en courant.

Peu après son départ, Agamemnon, Ulysse et Diomède arrivèrent chez Nestor, pour voir quelle était la situation. Tous trois souffraient de leurs blessures et, quand le Lion de Mycènes apprit à quel point les choses se dégradaient, ses nerfs le lâchèrent une fois de plus : les autres l'écoutèrent en silence hurler que les dieux étaient contre eux, et qu'ils devraient faire tout ce qu'ils pourraient pour éviter l'anéantissement :

— Nous devrions au moins remettre à la mer la première ligne de vaisseaux. Ils pourront rester au large de la côte jusqu'à ce que nous puissions voir comment les choses évoluent.

— Si nos hommes s'en rendent compte, répondit Ulysse, ils vont paniquer, et les Troyens les balaieront.

— Je n'ai pas combattu ici pendant dix ans pour finir par abandonner mes amis ! lança Diomède.

— Et moi non plus ! s'écria Nestor.

Agamemnon se détourna, tenant son bras blessé et gardant les yeux fixés sur les navires.

Un peu plus tôt, il avait cru qu'enfin il l'emportait : il voyait sa gloire devant lui, comme une torche qui lui aurait fait signe. Bien des hommes de valeur étaient morts devant ses yeux. Il avait vu leurs chars renversés, il les avait entendus, incrédules, pousser des cris d'agonie. Puis une lance venue de nulle part l'avait frappé et, de nouveau, il s'était retrouvé face à la ruine. Où qu'il se tournât, on aurait dit qu'il était pris au piège, contraint d'affronter l'ennemi, ou ses propres généraux, ou les dieux eux-mêmes. Il se serait mis à hurler comme un taureau blessé si la vue des trois hommes qui le regardaient fixement ne l'en avait dissuadé.

— Ces navires sont pleins de butin ! s'exclama-t-il. Si nous pouvons les mettre à l'abri, nous pourrons poursuivre la lutte !

Le mépris de ses compagnons lui fit détourner les yeux :

— Si quelqu'un a un meilleur plan, je serai ravi de l'examiner !

— Il n'y a qu'une voie honorable, répondit Diomède, c'est de nous battre, comme le font Ménélas et Ajax. Nous sommes blessés et ne pouvons plus faire grand-chose, sinon nous montrer sur le rempart, pour encourager les autres par notre présence. Et si la volonté des dieux est que nous perdions, nous mourrons avec nos hommes entre les Troyens et la mer !

Pendant ce temps, on fermait les deux battants de la porte du camp, pour empêcher Hector d'y pénétrer. Beaucoup de Grecs restèrent dehors et, désespérés, très inférieurs en nombre, furent taillés en pièces. Les assaillants se mirent à ébranler la porte, qui tint bon ; puis Hector, plein de rage, souleva une énorme pierre qu'il projeta contre elle. L'une des charnières céda, et le battant faiblit suffisamment pour que les Troyens puissent s'acharner dessus. Quelques instants plus tard, la porte s'ouvrit. Hector la franchit sous les cris de triomphe, suivi par ses hommes. Les Grecs reculèrent alors précipitamment puis, très vite, se mirent à courir vers leurs navires.

Un détachement d'archers locriens avait été placé près de ceux-ci, pour constituer une ligne de défense : ils lâchèrent une volée de flèches qui arrêta net les assaillants. Mais Hector n'avait pas été touché, et lança à ses hommes des encouragements qui les décidèrent à charger de nouveau. Idoménée, Ménélas et Ajax regroupèrent leurs troupes de leur mieux pour leur faire face, et l'espace compris entre le rempart et les vaisseaux parut trembler sous les convulsions de milliers d'hommes.

Cœur battant, Achille suivait la bataille depuis la poupe de son navire, en sachant parfaitement que ses Myrmidons lui jetaient des regards furtifs, tant ils souffraient de rester là sans rien faire. Il entendit, venu de très loin sur la plage, un cri d'épouvante poussé par les Troyens – sans doute un de leurs héros venait-il de mordre la poussière. Mais, dans une telle masse d'hommes se battant au corps à corps, il était impossible d'en savoir davantage. Puis il vit Patrocle venir vers lui en courant, la tunique tachée de sang. Quand il arriva, ses yeux étaient baignés de larmes :

— Les Grecs vont succomber ! Diomède, Ulysse et Agamemnon sont tous trois blessés, et je viens juste de panser la blessure de mon ami Eurypylos, touché à la jambe par une flèche. Mais il voulait repartir combattre !

Achille tourna les yeux vers la bataille : les Troyens, qui paraissaient s'être repris, attaquaient les navires tirés sur le sable comme si chacun d'eux était une citadelle.

— Eurypylos a toujours été brave, dit le fils de Pélée d'une voix dépourvue d'émotion.

— Il m'a fait honte ! s'écria Patrocle. Achille, au nom des dieux, on a besoin de nous ! Si nous ne venons pas à leur aide, les Grecs seront repoussés à la mer, et c'est déjà ce qui se passe !

Comme Achille restait impassible, Patrocle se mit en fureur :

— Je suis ton ami, j'ai souffert comme toi de voir ton orgueil humilié ! Et depuis, j'ai soutenu ta colère obstinée comme je t'ai soutenu autrefois dans la bataille ! Mais je ne me déshonorerai pas pour toi !

Achille ne répondit rien.

— Que t'arrive-t-il ? lança Patrocle. Est-ce ton orgueil qui t'empêche de prendre part au combat, ou bien as-tu perdu courage ?

— Tu sais pourquoi je ne veux pas combattre, et mes raisons sont justes ! hurla Achille, furieux.

— Oh que oui ! Tu en tireras bien des satisfactions quand tous tes amis seront morts, et que les gens diront : « C'est Achille, fils de Pélée, qui aurait pu être un grand héros, mais qui n'a pas voulu combattre avec ses camarades à Troie, si bien que la guerre a été perdue et que beaucoup d'hommes sont morts ! »

Détournant la tête, Achille vit que Phœnix et les Myrmidons le regardaient en silence, d'un air de reproche.

À ce moment, le vent balayant la plage leur apporta un grand cri de détresse : tous se tournèrent pour voir le premier navire grec prendre feu. Les flammes montèrent dans le ciel gris, la proue fut entourée de fumée, des hommes hurlèrent.

— Et voilà ! s'écria Patrocle. Je vais rejoindre la bataille, et je crois que tes Myrmidons m'accompagneront. Prends notre tête, Achille !

Celui-ci le regarda et se souvint du jour de leur première rencontre, dans les montagnes de Thessalie, quand ils s'étaient querellés sous un prétexte futile, et battus jusqu'à en avoir le nez en sang. Jamais plus ils ne s'étaient chamaillés ; au besoin, ils auraient affronté le monde entier. Mais c'était bien lui qui, désormais, se dressait entre eux.

— J'ai juré que je ne combattrais plus pour Agamemnon, répondit Achille. Mais il ne sera pas dit que je me suis placé entre un homme et son honneur ! Pars au combat, Patrocle. Emmène autant de mes hommes que tu voudras, et que les dieux soient avec vous tous !

— C'est toi que les Troyens redoutent ! lança Patrocle. Si tu ne viens pas avec moi, au moins prête-moi ton armure, qu'Hector et ses frères croient que le fils de Pélée est revenu sur le champ de bataille !

Achille eut un sourire contraint. Son rêve, en fait, aurait été qu'Agamemnon et ses troupes soient obligés de remonter dans les navires, si bien que lui, Patrocle et les Myrmidons seraient restés seuls à prendre la cité – exploit que les poètes auraient chanté jusqu'à la fin des temps.

Il éleva la voix pour que tout le monde l'entende :

— Prends mon armure, prends mon char et mes chevaux, mène mes hommes au combat, et fais pour nous deux ce que j'aurais aimé être libre de faire ! Chasse les Troyens et, cela fait, reviens vers moi !

Achille se tourna vers les Myrmidons :

— Et vous, allez combattre comme vous auriez combattu pour moi, et donnez à mon ami une grande victoire !

À la fin de cette terrible journée, c'est à voix basse que les hommes évoquèrent les grandes actions dont ils avaient été témoins. Les Grecs combattant près des navires avaient entendu les cris des Myrmidons venus à leur aide. Patrocle s'était jeté sur les lanciers paéoniens, tuant leur roi ; croyant qu'Achille était de retour, ils perdirent courage et reculèrent, ce qui marqua le début d'une retraite confuse vite transformée en déroute. Ménélas, Ajax et Idoménée profitèrent de l'occasion pour faire avancer leurs troupes.

Après avoir manqué de peu d'incendier la flotte grecque, les Troyens s'enfuirent en toute hâte par la porte qu'ils avaient enfoncée. Ils avaient combattu toute la journée, et ils étaient trop las pour rivaliser avec les Myrmidons qui se ruaient sur eux. En quelques minutes, le fossé au-delà du camp devint un enfer où s'entassaient hommes qui hurlaient, chars détruits et chevaux mourants.

Monté sur un char conduit par Automédon, Patrocle mena la charge, massacrant quiconque passait à sa portée, semant la terreur chez l'adversaire. Dans la confusion qui s'ensuivit, Sarpédon fut le seul à oser l'affronter. Il projeta sa lance, manquant son adversaire mais touchant au cou l'un de ses chevaux, qui tomba pendant que les autres se cabraient en hennissant. Automédon réussit à trancher les rênes de l'animal mourant et s'efforça de garder le contrôle de l'engin, tandis que Sarpédon tombait, atteint en pleine poitrine par la lance de Patrocle. Hector lui-même ne put retenir ses troupes, qui coururent frénétiquement se réfugier derrière les murs de la cité.

Quand il fut capable de réfléchir, après avoir entendu le compte rendu de la mort de son ami, Achille comprit ce qui s'était passé. Il avait lui-même mené trop de charges de ce genre pour ignorer que, face à une masse confuse de guerriers qui vous fuient, on a la tête qui tourne, tant on est ivre de l'ardeur du combat. En un tel moment, alors même que la mort est toute proche, on peut commencer à se sentir immortel, et croire, comme sans doute Patrocle, que tout est possible. C'est ainsi que, sans tenir compte des instructions d'Achille, selon lesquelles il devait s'en tenir à repousser l'ennemi en dehors du camp, le fils de Ménœtios marcha sur Troie comme s'il pouvait prendre la ville à lui seul.

Il sauta à bas de son char près d'un vieux figuier, là où les murailles de la ville étaient les plus exposées. Trois fois, sous les jets de projectiles des Troyens, il tenta d'escalader les parois, trois fois il fut repoussé. Il se remettait à peine de sa dernière chute quand Hector sortit par la porte Scée pour lancer une contre-attaque, et vint droit vers lui.

Dans la faible lumière du crépuscule, Patrocle vit les chevaux foncer dans sa direction. Il ramassa une pierre qu'il jeta au conducteur de char d'Hector, avec une telle précision qu'il l'atteignit en pleine tête. Mais le fils de Priam sauta à terre au même moment, et les deux héros s'affrontèrent un moment avant que le tourbillon des hommes qui combattaient autour d'eux ne les sépare.

Ménélas, qui venait de tuer un ennemi, leva les yeux et aperçut Patrocle à quelques mètres ; il le vit lever les bras, comme s'il avait été frappé dans le dos. Pourtant, personne n'était près de lui ; si bien que, plus

343

tard, les hommes dirent qu'il avait été poussé par Apollon. Il perdit son casque, qui roula sous les sabots des chevaux paniqués, puis se redressa en secouant la tête, l'air stupéfait. Un fantassin dardanien, s'approchant par derrière, lui planta sa lance entre les épaules, mais fut abattu avant d'avoir pu frapper de nouveau.

Le frère d'Agamemnon vit Patrocle tomber lentement sur le sol, puis tenter de se redresser. Ses yeux déjà vitreux durent, pendant quelques secondes, discerner la silhouette d'Hector qui s'approchait. Le fils de Priam leva sa lance et la planta dans le ventre du blessé.

Près d'une heure plus tard, Achille contemplait la baie quand il vit quelqu'un courir sur la plage. Tout l'après-midi, il avait eu le cœur lourd ; ses craintes n'avaient fait que croître avec la tombée du jour. Lorsqu'il vit le visage décomposé du fils de Nestor, Antiloque, il sut aussitôt ce que l'autre allait lui dire.

Il crut que le sol allait se dérober sous ses pieds. La voix d'Antiloque, qui sanglotait, semblait lui parvenir de très loin, comme déformée par le vent. Patrocle était mort. Frappé d'un coup de lance dans le dos. Puis achevé par Hector. On le dépouillait de son armure quand Ajax et Diomède étaient venus défendre le corps, bien décidés à ne pas céder un pouce de terrain. C'est à ce moment qu'on avait dit à Antiloque de courir prévenir le fils de Pélée, si bien qu'il ignorait ce qui s'était passé ensuite. Mais Patrocle était mort.

Les jambes d'Achille cédèrent sous lui, il tomba à genoux. Bras croisés, poings crispés sur les épaules, il se balança d'avant en arrière, comme pour bercer quelque chose qu'il serrait contre sa poitrine. Puis il ouvrit les mains et ramassa du sable qu'il se versa sur les cheveux et sur le cou.

Des cris et des sanglots résonnèrent autour de lui ; pendant un moment, il fut le seul à rester silencieux. Puis il sentit monter dans sa gorge un cri primitif qui devint un hurlement d'angoisse. Achille, fils de Pélée, brûleur de villes, tueur d'hommes, venait enfin d'apprendre quel est le prix de l'honneur.

Les dieux en guerre

Le corps de Patrocle n'aurait peut-être jamais été retrouvé si Achille n'avait pas rassemblé la force de faire de son chagrin un rituel de violence sauvage. Au crépuscule, entendant le vacarme de la bataille se rapprocher, il grimpa dans l'une des tours de guet du camp. Partout dans la plaine, les Grecs battaient en retraite, une fois de plus repoussés vers leurs navires par des Troyens à qui la mort de Patrocle avait redonné espoir. C'est à peine s'il put discerner les silhouettes d'Ajax et de Ménélas, combattant avec l'énergie du désespoir, refusant de céder le moindre pouce de terrain là où l'affrontement était le plus violent ; et Achille comprit qu'ils défendaient la dépouille de son ami.

Il poussa un cri si fort qu'il surmonta le fracas des armes, et se fit entendre de tous les combattants. C'était un simple appel : « Hector ! » et quand il le répéta, plus fort encore, les hommes qui s'affrontaient autour du cadavre de Patrocle levèrent les yeux pour voir d'où il venait. Ils aperçurent, en haut d'une tour, une silhouette dont les derniers rayons du soleil illuminaient la chevelure blonde.

Le nom d'Achille courut aussitôt dans les deux camps, et la bataille s'arrêta net. Le cri du fils de Pélée résonna une troisième fois, comme la voix d'un dieu, et de nouveau le cours des affrontements changea : Hector fut contraint de céder du terrain et, dans les ultimes lueurs du soir, Ménélas et Ajax ramenèrent au camp le cadavre de Patrocle.

Hector l'avait déjà dépouillé de l'armure d'Achille. Ils lui ôtèrent sa tunique ensanglantée, lavèrent le corps souillé de sang et de boue, l'enduisirent d'huile d'olive, couvrirent ses blessures d'onguent, avant de le déposer dans une bière couverte d'un drap et d'un manteau blanc. Achille et ses Myrmidons se rassemblèrent autour de lui et, toute la nuit, les hommes vinrent le saluer en pleurant.

Ménélas et Ajax expliquèrent au fils de Pélée que son ami s'était vaillamment battu, qu'il avait mené la charge contre l'ennemi, et qu'eux-mêmes avaient défendu la dépouille pour qu'Hector ne puisse s'en emparer. Achille les écouta sans mot dire, comme s'il était trop loin pour que leurs paroles l'atteignent ; il resta pareillement silencieux quand Ulysse vint le trouver pour le réconforter de son mieux.

Il passa la nuit à contempler le corps de son ami, songeant aux innombrables fois où ils avaient combattu côte à côte, ravis de voir l'ennemi fuir devant eux, avant de laver et de bander leurs blessures une fois le combat terminé. Il y avait eu un temps où Achille, abattu par la fièvre, avait passé des journées perdu dans son délire, pour s'éveiller un matin et voir le visage de Patrocle, plein d'angoisse, puis brusquement soulagé. Il y avait eu aussi des jours perdus, quand pour une raison ou une autre, Agamemnon perdait l'envie de combattre, et pendant lesquels les deux amis donnaient libre cours au mépris qu'ils éprouvaient pour lui, ou se retiraient avec des femmes pour chanter, danser, faire l'amour, animés de la certitude qu'aucun d'eux ne vivrait très longtemps et désireux de ne rien perdre du temps qui passait.

De tels souvenirs ne faisaient qu'aviver son chagrin, et augmenter sa fureur. Achille ne fut plus alors animé que d'une seule volonté. Du temps où, enfant, il suivait l'enseignement de Chiron, bien des destins restaient possibles pour lui. Il chantait d'une voix superbe, il aurait pu devenir barde et glorifier les exploits des autres. Il avait acquis le don de guérir, connaissait les pouvoirs de toutes les herbes médicinales, si bien qu'il aurait pu passer sa vie à soigner les blessures plutôt qu'à les provoquer, à sauver des vies plutôt qu'à y mettre un terme. C'était un bon danseur, un grand chasseur et, si Ulysse ne l'avait pas convaincu de prendre part à cette orgie de violence qu'était la guerre de Troie, il aurait pu passer une vie paisible à Scyros dans les bras de son premier amour, Déidameia, qui désormais voyait grandir leur fils Pyrrhos.

Car Achille avait aussi l'art de l'amour. Il avait aimé son père comme sa mère, au point d'être déchiré entre les deux ; sa femme et son fils, mais la vie l'avait séparé d'eux ; et sa captive Briséis, qui lui avait été arrachée. Et il avait aimé plus que tout Patrocle, qui désormais était mort. Son cœur n'était plus qu'un paysage désolé où l'amour n'avait plus sa place. Il deviendrait donc ce que le monde avait toujours voulu qu'il fût ; puis il en terminerait une bonne fois pour toutes.

Cette nuit-là, la pluie se mit à tomber, et ne cessa plus de la journée suivante.

Sans avoir fermé l'œil un seul instant, Achille se leva, puis sortit d'un coffre l'armure de bronze que sa mère lui avait offerte. Un habile artisan au service d'Héphaïstos l'avait ornée d'or et d'argent ; le casque était surmonté d'un plumet doré. Et le bouclier, lui aussi cadeau de Thétis, portait un grand cercle au milieu duquel étaient gravées des images du fleuve Océan qui entoure le monde, du soleil, de la lune et des étoiles, et surtout de la vie que sa mère aurait voulu lui voir mener. La guerre n'y était qu'une activité parmi beaucoup d'autres : on y voyait les hommes labourer, récolter, s'occuper du bétail, danser et faire de la musique.

Cette armure n'était destinée qu'à des usages cérémoniels, non à la guerre, et Achille s'était plus d'une fois imaginé la portant lors de son entrée triomphale dans Troie. Mais Patrocle avait emporté l'armure de guerre dans la plaine, et Hector l'en avait dépouillé. Achille en était donc revêtu quand il sortit et se dirigea vers l'endroit où Agamemnon et ses généraux tenaient conseil, sous un auvent dressé pour les protéger de la pluie. Tous étaient accablés par la mort de Patrocle, par l'échec de ses efforts en vue d'écraser les Troyens. Ils avaient peu dormi, certains souffraient de leurs blessures, aucun n'avait guère le cœur à retourner combattre. Ils virent donc approcher le fils de Pélée avec un mélange de crainte respectueuse et d'inquiétude. Agamemnon, toujours affecté par le coup de lance reçu au bras, osa à peine le regarder.

— Fils d'Atrée, dit Achille, il me semble que personne n'a mieux profité de notre querelle qu'Hector et ses Troyens, et il est grand temps que nous y mettions un terme. Convoque les troupes en armes, et laisse-moi voir si l'ennemi osera affronter ma lance.

Au-delà des navires, le matin n'était qu'une brume pluvieuse et grise, où se mêlaient le ciel et la mer. Quelque part, un cheval hennit. On entendait les marteaux des charpentiers et des forgerons s'efforçant de réparer les chars.

Agamemnon, le bras en écharpe, se leva avec lenteur et dit, d'une voix forte, pour que chacun l'entende :

— Je sais que certains d'entre vous me rendent responsable de cette querelle, mais je crois que, le jour où j'ai dépouillé Achille de ce qui lui revenait, Zeus, le Destin et les Furies m'avaient obscurci l'esprit. Et quand les dieux décident d'agir ainsi, que peut faire un mortel pour les en empêcher ? Je me rends compte aujourd'hui qu'ils aveuglaient mon jugement, et je tiens à réparer ma faute.

Il se tourna vers Achille, sans vraiment le regarder :

— Tu auras tout ce qui t'avait été promis par Ulysse quand il est venu te voir. Mes serviteurs vont l'apporter des navires et le déposer devant toi.

Il allait en donner l'ordre quand le fils de Pélée lança :

— Cela peut attendre ! Nous avons à résoudre des problèmes autrement urgents ! Pendant que nous palabrons, les Troyens sont prêts à attaquer. Il nous faut aller les affronter.

Le Lion de Mycènes grommela, se rassit dans son fauteuil et, blême, jeta un regard à Ulysse, debout à côté de lui, qui s'appuyait sur un manche de lance pour sentir un peu moins sa blessure.

— Achille, dit le prince d'Ithaque, il est bon de te revoir parmi nous. Mais les hommes sont encore las de la bataille d'hier, et ils n'ont même pas mangé. Nous aurons le temps de combattre ; pourquoi ne laisses-tu pas Agamemnon déposer ses cadeaux devant toi, que nous puissions saluer votre réconciliation par une fête ?

— Je ne songe pas à manger alors que mon ami Patrocle est mort, et que les corps de nos camarades gisent encore dans la plaine. Que les hommes combattent d'abord, ils se restaureront ensuite. Ils me suivront !

Mais il ne put convaincre les autres généraux ; aussi se retira-t-il pendant qu'ils se repaissaient de la chair du sanglier qu'Agamemnon avait offert à Zeus. La matinée était bien avancée quand on attela les chevaux aux chars ; lançant son cri de guerre, le fils de Pélée mena la charge des Grecs à travers la plaine.

Il y avait eu, pendant cette guerre, des moments où l'équilibre entre les deux camps semblait si définitif que les bardes assistant aux combats affirmaient que Zeus avait interdit aux dieux de venir en aide à l'un ou l'autre camp. En ce jour, pourtant, la violence se déchaîna sur le champ de bataille avec une telle sauvagerie qu'il devint clair que les immortels étaient entrés en guerre. Ils étaient présents dans les lourds nuages chargés d'éclairs, dans la pluie battante, dans les cris que poussaient les combattants pour s'encourager les uns les autres, dans les prières qu'ils balbutiaient en voyant approcher la mort.

Mais Achille ne pensa pas un seul instant aux dieux. Il était bien au-delà de la réflexion, dans le domaine de l'action pure, irréfléchie, où il ne se souciait plus que d'avancer au milieu des Troyens à la recherche d'Hector. Vingt hommes tombèrent sous ses coups dès le premier assaut. Soudain, il se trouva face à Énée, qui fut l'un des rares à oser l'affronter et lui jeta sa lance. Elle frappa le bouclier, mais sans le pénétrer, et le fils d'Anchise aurait connu le même sort que les précédentes victimes du fils de Pélée si les hasards des combats ne l'avaient séparé de son adversaire. Celui-ci aperçut un jeune Troyen, à peine sorti de l'enfance, qui lui jetait un regard inquiet. C'était Polydoros, fils cadet de Priam et l'un de ses nombreux bâtards, venu se battre malgré l'opposition de son père. Faisant volteface en toute hâte, il chercha à s'enfuir, mais la lance d'Achille fut plus rapide que lui : elle l'atteignit dans le dos et l'allongea dans la boue.

Hector, à vingt mètres à peine, vit mourir le jeune garçon. Abandonnant toute prudence, il fendit la foule des combattants pour faire face au fils de Pélée. Il y eut à ce moment un grand coup de tonnerre qui résonna dans le ciel, et la pluie se mit à tomber encore plus dru, avec la force d'un torrent. L'orage était tel qu'aucun des deux combattants ne pouvait voir l'autre clairement.

Achille poussa un cri terrifiant pour appeler ses Myrmidons à repousser les Troyens jusqu'à la cité. Ils obéirent aussitôt, et leurs adversaires s'enfuirent en direction du gué qui, franchissant le Scamandre, leur permettrait de regagner Troie. Mais il était étroit, et tant d'hommes s'efforçaient de le traverser en même temps, terrorisés par le fils de Pélée, que certains, plongeant dans des eaux plus profondes, furent emportés par le fleuve.

Voyant cela, Achille ordonna à ses soldats d'encercler l'ennemi, ce qu'ils firent sans perdre de temps, à l'intérieur d'un méandre du Scamandre. Leurs adversaires étaient des Cariens – ils partent à la bataille couverts de bijoux en or, comme des femmes – qui n'avaient d'autre choix que de se jeter dans les eaux du fleuve ou d'affronter les épées des Myrmidons.

Achille mena l'assaut contre eux. Le monde voulait qu'il fût un tueur ; il s'acquitta de sa tâche sans perdre de temps, avec l'habileté consommée d'un boucher. Les hommes n'étaient plus que des sacs d'air et de sang qui éclataient devant lui et mouraient. Le bruit de leur trépas se confondait pour lui avec le grondement du Scamandre ; il était trop perdu dans une transe meurtrière pour ressentir la moindre haine. On aurait dit que son armure s'était animée et s'avançait de sa propre volonté.

Comme il se dirigeait vers la rive du fleuve, un guerrier tombé dans la boue s'agita à ses pieds. Achille le reconnut : c'était Lycaon, fils de Priam, qui lui avait déjà échappé. Cette fois, il ne pourrait pas s'enfuir. Comme il levait son épée, le jeune homme implora sa grâce :

— Personne ne sera épargné ! répondit Achille. Patrocle ne l'a pas été, et je ne le serai pas non plus quand mon temps viendra ! Le monde n'est plus qu'un champ de bataille ! Sois courageux !

Il le frappa au cou puis, du pied, repoussa le corps dans le fleuve et le vit disparaître dans les eaux brunes.

Le massacre continua donc. Achille devait être couvert d'un manteau d'invincibilité tant il passa facilement à travers les lances et les épées sans recevoir la moindre blessure. Mais les morts et les mourants s'entassaient autour de lui ; les seuls survivants s'efforçaient d'échapper à la noyade en gagnant des rochers se dressant dans le fleuve. Comme si chaque vie était un obstacle à faire disparaître avant d'affronter Hector, Achille entra dans le fleuve et avait déjà tué trois hommes quand il se rendit compte que le courant était si fort qu'il pourrait bien perdre l'équilibre.

À plusieurs milles de là, dans les montagnes idéennes, un barrage formé d'arbres abattus par l'orage venait de céder, et les eaux se précipitaient à toute allure entre les rives du fleuve, avec une telle puissance qu'elles entraînaient de lourds rochers avec elles.

Entendant rugir le fleuve, Achille leva les yeux vers l'amont et vit une muraille blanche se ruer vers lui. Comme il gagnait la rive, une main surgie de l'eau le saisit par le poignet. Luttant pour se libérer, il vit un homme barbu et musclé qui le contemplait. Puis les flots s'abattirent sur eux, emportant l'homme et Achille dans un monde peuplé d'ombres brunes, dont chacune semblait vouloir les retenir sous l'eau jusqu'à ce que leurs poumons soient vides d'air.

Le fils de Pélée eut soudain l'impression d'être avec sa mère, dans le royaume marin des Néréides ; lorsque Thétis lui demanda pourquoi il pleurait tant, il répondit que la mort de Patrocle avait rendu futile son propre rêve de gloire, et que cette mort ne pourrait être vengée que par celle d'Hector.

— Mais une fois qu'il ne sera plus, dit-elle, toi aussi tu devras disparaître !

Il allait répondre que rien ne pourrait mieux le satisfaire quand soudain il reprit conscience, recrachant de l'eau brunâtre. Levant les yeux, il vit Phœnix lui jeter un regard inquiet. Une double pensée lui traversa l'esprit : il était vivant, et Hector aussi.

Le roi Priam avait assisté à la déroute de son armée depuis les murailles de Troie, et vu tomber nombre de ses guerriers avant même l'assaut d'Achille et de ses Myrmidons, qui massacrèrent les Cariens au bord du fleuve. Son vieux cœur fut accablé par la vue des torrents d'eau balayant les corps au milieu d'un chaos d'arbres, de pierres et de chars brisés. Il avait donné l'ordre d'ouvrir les portes, pour que ceux qui avaient échappé à la furie du fils de Pélée puissent se réfugier derrière les murailles de la cité, où ils s'étaient regroupés comme des moutons qu'on enferme dans un enclos, sans même s'arrêter pour prendre soin des blessés. Mais Hector était resté dehors, et le roi devina que le plus noble de ses fils se demandait sans doute s'il devait, lui aussi, abandonner le champ de bataille, ou y demeurer pour affronter l'homme qui avait semé une telle terreur dans les rangs troyens.

Au fil des années, Priam s'était réveillé plus d'une fois en pleine nuit pour s'interroger : n'était-ce pas une folie que de risquer toutes les richesses de son royaume, et les vies de ses fils, dans une guerre aussi brutale ? Mais maintenant, et pour la première fois, il entrevoyait la possibilité d'une défaite complète. Achille étant revenu sur le champ de bataille, seul Hector pouvait rallier les forces troyennes pour défendre la cité. Il ne fallait pas qu'il y perde la vie.

Priam se tourna vers Déiphobe, atteint d'une blessure au bras qui saignait encore, et lui ordonna de faire venir la reine sur le rempart. Hector était sur son char, à l'entrée du chemin menant à la porte Scée.

L'orage avait enfin éclaté ; au-delà, dans toute la plaine, près des rives inondées du Scamandre, milans et vautours s'affairaient au milieu des morts. L'armée grecque profitait d'une accalmie des combats pour se regrouper et évacuer les blessés. Qu'une journée qui avait si bien commencé puisse si vite déboucher sur une telle catastrophe paraissait incompréhensible au vieux roi ; appelant Hector, il lui demanda de revenir derrière les murailles :

— Le jour n'a pas pris fin, répondit son fils. Bientôt, ils reviendront !

— Je le sais ! Mais j'ai déjà perdu assez de fils ! Je ne peux me permettre d'en voir disparaître d'autres, et surtout pas toi, sur qui reposent tous nos espoirs !

Sans répondre, Hector contempla la plaine, menton levé, comme s'il reniflait le vent qui ébouriffait le plumet de son casque et, bien qu'il parût impassible, ses pensées se bousculaient. Un peu plus tôt, l'assaut d'Achille et de ses Myrmidons avait ébranlé ses lignes, et ses capitaines lui avaient conseillé une retraite ordonnée, de façon à pouvoir s'abriter derrière les murailles de la ville. Mais les succès de la veille lui avaient échauffé le sang ; il avait préféré combattre, et les résultats désastreux d'une telle décision n'étaient désormais que trop clairs.

Son orgueil renâclait à la pensée de se replier derrière les murailles de la cité, où il devrait subir les récriminations de ceux et celles qui, suite à sa folie, avaient perdu époux, frères, fils ou amis. Mieux valait rester sur place, devant la porte Scée, pour affronter le fils de Pélée, car Hector était certain qu'il était encore sur le champ de bataille et viendrait bientôt venger la mort de son ami Patrocle.

Son père l'appelait toujours, mais il ne bougea pas. Le ciel était redevenu bleu, il tombait sur la plaine cette lumière limpide qui suit souvent l'orage. Au-dessus des montagnes, Iris, la déesse de l'arc-en-ciel, faisait miroiter son voile parmi des nuages en lambeaux.

Puis Hector entendit la voix angoissée de sa mère qui le suppliait de rentrer dans la cité :

— Pense à ta femme et à ton fils ! s'écria-t-elle. Moi qui t'ai donné la vie, dois-je la voir disparaître sous les coups d'Achille ? Je t'en prie, reviens, que nous puissions refermer les portes de la cité !

Hector hésita, songeant à son épouse, regrettant la paix que tous deux avaient connue autrefois. Sans doute les Grecs étaient-ils aussi las du sang que les Troyens. Les deux camps avaient subi de terribles pertes, et Troie n'était toujours pas tombée ; elle était imprenable, et impossible à affamer. Si donc il se dépouillait de son armure, et s'avançait sans armes vers Achille, offrant de rendre Hélène à Ménélas, et de verser la moitié du trésor de Troie, peut-être les Grecs accepteraient-ils ?

Mais le fils de Pélée semblait avoir perdu l'esprit, et les Grecs ne s'en iraient pas, maintenant qu'il était de retour à leur tête, assoiffé de massacre. Et il ne cesserait de se battre que si Hector ou lui-même mourait. Telle était la brutale réalité. Quand le fils de Priam leva les yeux, il vit les lignes s'ouvrir devant le char d'Achille, qui s'avança dans la plaine, suivi de ses Myrmidons.

— Hector, lança Déiphobe, il nous faut fermer les portes !

Il acquiesça de la tête. Ses chevaux s'agitèrent nerveusement. Il entendit une autre voix, celle de Pâris, à cause de qui tout avait commencé, et resta immobile. Puis il y eut derrière lui de grands bruits, des ordres qu'on lançait, de brèves querelles. La porte Scée se referma sur ses énormes charnières de bronze, dans un grand crissement de poutres.

Il était désormais seul entre la cité et la plaine, à travers laquelle Achille, seul aussi, s'avançait.

Hector songea qu'il était étrange que le destin d'un homme fût fixé dès sa naissance, sans qu'il pût le connaître jusqu'à ce que les dieux immortels ne le déploient devant lui. Il avait révéré les divinités, honoré ses parents, aimé sa femme et son fils, servi sa ville, combattu ses ennemis avec courage. Et pourtant, tout cela pourrait disparaître avec lui dans quelques instants.

Il vit Achille brandir sa lance, puis les rayons du soleil firent étinceler son casque et son bouclier, comme si l'homme qui s'avançait vers lui, monté sur son char, était plus qu'un simple mortel.

Le cœur d'Hector se mit à battre avec violence ; il comprit trop tard qu'il n'était pas encore prêt à mourir. Mais la porte Scée était close et, s'il hurlait qu'on la rouvre, il serait frappé dans le dos, comme son frère Polydoros. Il ne pouvait plus que combattre ou s'enfuir.

Fouettant ses chevaux, Hector s'éloigna en direction du vieux figuier au pied des murailles. Des clameurs méprisantes montèrent des rangs des Myrmidons tandis qu'il longeait les murs de la cité.

Ils en firent trois fois le tour. Le monde entier semblait tournoyer autour d'eux : les reflets sombres de l'Hellespont, la baie où les Grecs avaient tiré leurs navires sur la plage, la petite île de Ténédos, les rives du Scamandre jonchées de cadavres, les crêtes couvertes de nuages des montagnes idéennes, d'où les dieux suivaient la scène. Comme ils venaient de dépasser la porte Scée, Hector jeta un coup d'œil derrière lui, constatant qu'Achille se rapprochait. À ce moment, son char heurta une pierre et se renversa, l'essieu brisé.

Hector se redressa péniblement, cherchant ses armes. Du sang coulait de sa bouche, car il s'était mordu la langue lors du choc. Achille mit pied à terre, tenant sa longue lance. Le fils de Priam leva la sienne, tout en serrant la courroie de son bouclier.

Le fils de Pélée s'arrêta à quelques mètres. Sous le casque de bronze, son visage demeurait presque invisible, à l'exception de ses yeux gris, fixés sur leur proie.

— Finissons-en! s'écria Hector. Mais jure avec moi que le vainqueur traitera avec respect le corps du vaincu.

Il n'y eut aucune réponse.

Hector allait poursuivre mais, avec les sens aiguisés de celui qui craint pour sa vie, il vit les muscles d'Achille se crisper, et se baissa aussitôt; la lance passa au-dessus de sa tête et alla se planter dans le sol en vibrant avec violence.

— Que les dieux me soient plus favorables! dit Hector en s'avançant de côté pour éviter d'avoir le soleil dans les yeux.

Lorsque le fils de Priam projeta sa lance, elle vint heurter à grand bruit le bouclier de son adversaire, mais il avait été si bien forgé qu'elle ne put le traverser.

Achille le jeta aussitôt à terre, tandis qu'Hector tirait l'épée. Au même moment, il se rendit compte que son mouvement tournant avait ramené le fils de Pélée tout près de la lance qu'il avait jetée; d'un bond, il se précipita vers son adversaire, mais pas assez vite pour empêcher Achille de se saisir de l'arme et d'en diriger la pointe vers le seul point faible de l'armure qu'Hector avait prise à Patrocle. Puis, d'une brève torsion des poignets, il la ressortit, et vit Hector s'effondrer sur le sol, un flot de sang lui sortant d'une blessure au cou.

Le fils de Priam tomba à genoux, plus s'affala, face contre terre. D'un coup de pied, Achille le retourna, pour contempler son visage de mourant. Les yeux étaient déjà vitreux, mais Hector eut encore la force de demander que son corps fasse l'objet d'une rançon.

— Tu aurais exposé la tête de Patrocle sur les murailles de Troie si ses amis n'avaient pas défendu sa dépouille! lança Achille d'une voix sans pitié. Alors, ne me réclame pas de faveurs, Hector ! Il m'est agréable de penser que jamais ton père ne te reverra.

Hector n'entendit rien, son esprit se mêlant déjà au crépuscule ensanglanté qui se refermait sur lui. Quelques instants plus tard, après un soupir rauque, la vie le quitta.

Levant la tête, Achille hurla vers le ciel.

Du haut des murailles, Priam, s'arrachant les cheveux, vit les Myrmidons planter leurs lances dans le corps de son fils. Hécube donnait libre cours à sa douleur et, sur les remparts, les Troyens, en état de choc, virent Hector dépouillé de son armure.

Repoussant ses hommes, Achille s'empara du baudrier qui avait appartenu à Ajax, le noua autour des chevilles du corps mutilé qu'il attacha à son char, dans lequel il bondit, et lança ses chevaux au grand galop pour faire le tour des murailles de la cité, traînant derrière lui la dépouille d'Hector, dont la tête tressautait contre les pierres.

Ce soir-là, quand il revint vers le camp des Grecs, Achille détacha le cadavre de son adversaire et le jeta près de la bière où reposait Patrocle. Mais il avait moins l'impression d'être un chasseur de retour avec sa proie qu'un enfant tentant gauchement de réparer une faute irrémédiable.

Il s'effondra en larmes sur le corps de son ami.

Quelques instants plus tard, Phœnix s'approcha et, lui posant doucement la main sur l'épaule, lui demanda de venir prendre le bain qu'on lui avait préparé, avant de dîner avec Agamemnon et ses généraux. Mais le fils de Pélée le repoussa, puis alla s'asseoir, seul, au bord du rivage, pour regarder fixement la mer.

Elle était aussi noire que le ciel, où l'on n'apercevait que de rares étoiles. Le chagrin d'Achille était tel qu'il ressemblait à un gouffre où il aurait jeté la dépouille d'Hector, comme celles des innombrables hommes qu'il avait tués, un gouffre qui ne serait pas rempli tant qu'il n'aurait pas exterminé toute l'armée troyenne. Il n'y avait plus que la douleur, et plus rien ne changerait jamais.

Le corps de Patrocle fut brûlé le lendemain. Chaque Myrmidon se coupa une mèche de cheveux qu'il plaça sur la dépouille, tandis qu'Achille faisait de même, déposant la sienne dans la paume du mort. Ceux qui l'entouraient comprirent alors qu'il n'escomptait plus revenir vivant de Troie.

Une torche fut jetée sur l'immense bûcher. Mais, ce matin-là, il n'y avait pas de vent, et le bois était encore mouillé de pluie ; il y eut bien quelques flammes hésitantes, mais le feu refusa de prendre.

Au désespoir, Achille contempla l'immense holocauste préparé pour Patrocle, dont le corps sans vie était encore à mi-chemin entre le monde de la lumière et celui des ombres. On s'efforça de nouveau de l'enflammer, en vain. Pleurant de rage, le fils de Pélée demanda à tous, sauf à ses Myrmidons, de quitter les lieux. Puis il s'assit à côté du bûcher, en priant Apollon pour qu'il lui vienne en aide. Au bout d'un moment, il se rendit dans la cabane qu'il avait occupée avec Patrocle, et en revint avec une coupe d'or à poignées, qu'il remplit de vin ; puis il se tourna vers le nord pour faire une libation à Borée, puis vers l'ouest pour en offrir une à Zéphyr. Ayant demandé à ces dieux du vent de souffler sur les flammes, il attendit, toute la journée, qu'ils répondent à ses prières.

Vers le soir, une brise venue de la mer se leva. On jeta une nouvelle torche dans le bûcher, et cette fois les flammes s'élevèrent, dévorant l'huile jetée sur le bois. La chair des animaux offerts en sacrifice se mit à grésiller, leur graisse à fondre en crépitant. Un pilier de fumée noire monta vers le ciel avant de se dissiper sous l'effet du vent, projetant sur toute la plaine des étincelles brûlantes.

Une fois le feu éteint et les cendres refroidies, ils rassemblèrent les restes de Patrocle et les déposèrent dans une urne d'or scellée. Achille la prit et la déposa chez lui, en attendant le jour où ses propres cendres viendraient se mêler à celles de son ami. Puis les Grecs dressèrent un lit de pierres à l'emplacement du bûcher, avant d'y entasser de la terre pour en faire un monument à la mémoire du disparu.

Le fils de Pélée annonça que les jeux funéraires donnés en l'honneur de Patrocle donneraient lieu à des prix magnifiques. Mais c'est avec indifférence qu'il vit les candidats courir, lutter, tirer à l'arc ou projeter leurs lances. Même la présence de Briséis, qu'Agamemnon lui avait rendue, ne lui offrait plus le moindre réconfort, car elle lui rappelait trop le temps que tous deux avaient passé avec Patrocle ; et Achille se croyait désormais incapable d'aimer. Il rendit donc sa liberté à la jeune femme, et la renvoya, en larmes, parmi son peuple. Les nuits, il dormait seul, et les matins, dans un rituel de vengeance de plus en plus futile, il traînait le corps d'Hector autour du mont funéraire de Patrocle. Mais son chagrin ne s'apaisait pas.

Puis, une nuit, il rêva que le fantôme de Patrocle contemplait tendrement les restes démembrés d'Hector, comme s'il le pleurait ; Achille tendit la main pour toucher son ami, mais se rendit compte que c'était le cadavre de son adversaire qu'il serrait contre lui.

Il se réveilla en hurlant.

Le lendemain, il décida de se rendre au sanctuaire d'Apollon Thymbrée, pour le supplier de se montrer compatissant envers l'ombre de Patrocle. Laocoon, fils d'Anténor, était le prêtre du dieu ; Achille lui parla à peine, mais il dut trouver un certain réconfort dans le silence paisible qui régnait dans le temple, car il y revint une deuxième fois.

À sa troisième visite, il vit une jeune Troyenne, d'une quinzaine d'années, dont le vêtement montrait qu'elle était prêtresse, et qui, pendant qu'il faisait ses offrandes, le regarda d'un air inquiet.

— Voici Polyxène, dit Laocoon un peu timidement. Elle sert le dieu et voudrait te parler.

Achille hésita. Il était venu là par goût de la solitude, et ne désirait parler qu'au dieu, non à une jeune femme qui était peut-être la sœur ou la fille d'un de ceux qu'il avait tués.

— Tu es Achille, fils de Pélée? demanda-t-elle d'une voix tremblante.

Il hocha la tête et détourna les yeux.

— C'est toi qui as tué mon frère Hector?

Il resta immobile, bien qu'il eût l'impression d'être transpercé de lances.

— Tu es la fille du roi Priam?

Elle acquiesça d'un signe de tête. Il dit d'une voix rauque :

— Si tu es venue pour me maudire, sache que ma vie l'est déjà. Rien de ce que tu pourrais dire n'ajouterait à ma souffrance.

Il avait une dizaine d'années de plus qu'elle, et son simple nom l'avait terrifiée depuis son enfance ; pourtant, elle eut l'impression de découvrir quelqu'un auquel elle ne s'attendait pas. Toute férocité avait disparu de son visage, qui paraissait sans vie. Ses cheveux blonds grisonnaient déjà par endroits, il semblait émaner de lui comme une aura de désespoir comme jamais elle n'en avait rencontré. Ce jour-là, Polyxène s'était rendue au temple en tremblant, espérant au mieux pouvoir lui inspirer un lointain sentiment de honte. Mais elle avait de moins en moins peur et, peut-être à cause de la

363

présence du dieu en ce lieu sacré, fut sidérée de ressentir quelque chose qui ressemblait à de la pitié.

— Tu pleures l'ami que tu as perdu, dit-elle.

Il ne put que hocher la tête, tant son chagrin l'accablait de nouveau.

— Comme je pleure le frère que j'aimais.

Achille n'osait plus la regarder ; il fut tenté de faire demi-tour, de quitter le temple pour gagner la plaine et s'y couvrir la tête de poussière, comme lorsqu'il avait appris la mort de Patrocle. Mais il était incapable de bouger.

Et il ne pourrait indéfiniment éviter de croiser son regard.

Il se dit que c'était sans doute la fille cadette du roi Priam, qu'elle n'était qu'une enfant quand la guerre avait commencé. Combien de filles avaient grandi sans rien connaître d'autre ? Il se souvint d'Iphigénie, venue à Aulis en croyant qu'elle allait l'épouser, pour découvrir qu'elle allait mourir. Déidameia lui revint aussi à l'esprit, tenant leur fils dans ses bras ; il se rappela la fête des bergers à Scyros, pendant laquelle, habillé en fille, il avait dansé pour la déesse. Que se serait-il passé s'il était né femme ? Au lieu de devenir un tueur, aurait-il été condamné, comme elles, à attendre en sachant qu'un jour un inconnu empestant la sueur et le sang pénétrerait de force dans leurs maisons ?

Dans un cas comme dans l'autre, on aurait dit qu'en définitive, tout se réduisait à un inévitable chagrin.

— Tu n'es pas celui que je croyais trouver, dit Polyxène.

— Je ne suis pas celui que je croyais être.

— Mais le divin Apollon sait qui tu es. C'est en son nom que je viens te demander quelque chose.

— Alors adresse ta demande au dieu, non à moi. Je ne sais plus qui je suis.

— Mais tu connais ton chagrin. Et mon père connaît le sien. Tu pleures un ami, il pleure un fils. Vous êtes ennemis, je le sais. Mais, dans la douleur, vous ne faites qu'un.

Le cœur d'Achille battit avec violence ; il savait ce qu'elle allait lui demander.

Tout se fit en secret. Sans en prévenir Agamemnon, Talthybios rencontra Idaéos, le héraut de Priam, au temple d'Apollon, sous l'égide d'Hermès, messager des dieux, et tous deux conclurent un accord. La mission aurait pu se révéler impossible si les deux armées n'avaient été heureuses de l'accalmie des combats, et si les navires d'Achille n'avaient pas été situés tout au bout de la plage, à un endroit où seuls les Myrmidons montaient la garde. Par une nuit sans lune, un chariot pouvait traverser la plaine sans être vu.

Le fils de Pélée venait juste de dîner avec Phœnix et Automédon quand on lui annonça l'arrivée d'Idaéos.

— Qu'il entre ! dit-il.

Mais le héraut troyen n'était pas seul ; il pénétra dans la pièce derrière une silhouette un peu voûtée, dont le visage était dissimulé sous un lourd capuchon. Idaéos lui ôta son manteau : Achille et ses compagnons, bouche bée, virent que c'était Priam.

Le vieux roi resta quelques instants indécis, en se tirant sur la barbe. Automédon voulut se lever mais, sachant qu'il allait tirer l'épée, Achille l'en empêcha d'un geste. Priam leva les mains pour qu'ils puissent voir qu'il était sans armes.

— Pouvons-nous parler seuls ? demanda-t-il en faisant signe à Idaéos de se retirer.

Achille fit de même ; le jeune guerrier et le vieux roi restèrent à se regarder, mal à l'aise.

— Je ne m'attendais pas à cela, dit le fils de Pélée.

— Moi non plus. Mais quand un dieu l'ordonne, un mortel doit obéir. Ma vie n'a plus aucune valeur, maintenant que tu as tué mon fils. Je voulais surtout être sûr que notre accord serait respecté.

Achille se raidit :

— Je suis un homme de parole. J'ai juré devant Athéna de tuer ton fils, et je l'ai fait. J'ai dit à ta fille que je rendrais son corps, et ce sera fait. Je ne suis pas un Troyen dont on peut mettre l'honneur en doute.

La haine du vieillard pour celui qui avait tué son fils resurgit d'un coup, et Achille sentit que, s'il en avait eu le pouvoir, Priam aurait tenté de le tuer à son tour. Et lui-même se serait emparé de la main usée tenant une arme pour lui plonger celle-ci dans le cœur. Mais cet instant passa, et tous deux restèrent à se regarder, en sachant que, quels que fussent leurs propres désirs, les dieux étaient plus forts qu'eux.

Priam soupira et secoua la tête. Achille leva les mains, comme pris de remords, et vit qu'elles tremblaient. Puis le vieux roi, s'avançant, tomba à genoux.

— Pardonne-moi ma faiblesse, et pense à ton propre père. Lui et moi devons être à peu près du même âge. Lui aussi n'a plus pour perspective que la mort. Pourtant, il a une consolation qui me manque : un fils qui le soutiendra dans sa vieillesse.

— Toi aussi tu as des fils, dont le traître Pâris, et il y en a d'autres.

— Mais le meilleur d'entre eux, le seul sur qui je pouvais compter, n'est plus.

— Hector a été tué en combat loyal. Je n'ai pas sa mort sur la conscience, et les Filles de la Nuit ne viennent pas me tourmenter.

Priam baissa la tête, puis stupéfia Achille en lui prenant la main dans les siennes, avant d'y poser ses lèvres.

— J'ai fait ce qu'aucun homme n'a jamais fait, dit-il. J'ai baisé la main qui a tué mon fils. Désormais, tu peux te montrer miséricordieux, fils de Pélée, et me rendre son corps.

Achille se mit à trembler :

— Lève-toi, je t'en prie !

Penser à son père lui avait rendu le cœur lourd, et Achille était pris d'une agitation confuse qui lui permettait à peine de respirer. Aidant le roi à se redresser, il dit :

— Tu es d'un grand courage pour avoir pris le risque de venir ici. Et tu as beaucoup souffert. Viens t'asseoir auprès de moi, tu dois être las. Nous pourrons parler un moment.

Il s'exprimait d'une voix douce, son offre était sincère, mais l'orgueil du vieillard parut s'en offusquer :

— Je ne peux y penser, alors que le corps d'Hector est toujours sans sépulture. Il y a dans le chariot qui attend dehors une fortune qui tiendra lieu de rançon. Prends-la, et laisse-moi repartir avec mon fils.

Achille se raidit à son tour :

— Crois-tu être seul à pleurer ? Ce n'est pas le cas, je te l'assure ! Et je doute que mon père voie jamais mon corps, comme tu vas pouvoir contempler celui de ton fils. Alors, ne me fais pas l'insulte de croire que je puisse penser à percevoir une rançon. Elle ne servira qu'à dédommager ceux qui m'ont suivi de leurs peines. Mais je souffre comme toi, roi de Troie. Tu pleures Hector, je pleure l'ami que ton fils a tué. Toi et moi sommes égaux devant le chagrin. Nous devrions nous témoigner respect et courtoisie.

Pris au dépourvu, Priam ne trouva rien à répondre. Puis, d'un seul coup, l'épuisement le submergea. Achille le devina à la pâleur de son visage :

— Pardonne-moi, chuchota le roi. C'est mon chagrin qui parlait, pas moi.

Achille le fit asseoir, et le vieillard resta là, la tête dans les mains.

— Jamais je n'aurais tué Hector comme je l'ai fait s'il n'avait pas porté mon armure. J'en connaissais le point faible. Quand j'ai projeté ma lance, c'est comme si je l'avais plantée en moi-même. Et si j'ai insulté le corps de ton fils, c'est parce que je hais le mien, parce qu'il a survécu, alors qu'il ne devrait plus être que cendres ; je serais avec Patrocle et Hector parmi les ombres. C'est moi qui devrais te demander de me pardonner, roi Priam, mais je ne suis pas de ceux qui supplient.

Des larmes silencieuses coulaient sur le visage du vieil homme, et Achille se rendit compte que lui-même pleurait aussi.

Au bout d'un moment, le fils de Pélée sortit et donna l'ordre que le corps d'Hector soit baigné et enduit d'huile, puis vêtu d'une tunique et enveloppé dans un manteau, que son père ne soit pas contraint de voir ses blessures. Puis il revint persuader le roi de manger un peu en sa compagnie, avant de reposer son corps usé sur le lit, et de traverser la plaine pour rentrer à Troie.

Cette nuit-là, Achille ne dormit pas, et il réveilla Priam avant l'aube, de façon à ce qu'il puisse quitter le camp sans être découvert. Il l'aida également à monter dans le chariot. Idaéos vint s'asseoir à côté du souverain et, prenant les rênes, s'apprêtait à fouetter les mules quand Achille dit :

— Combien de temps prendront les funérailles ?

— Je ne sais pas, répondit Priam. Il va falloir rassembler le bois nécessaire au bûcher funéraire.

— Dis à tes hommes qu'ils peuvent se rendre librement dans les montagnes pour en chercher ; nos guerriers ne viendront pas les provoquer. Et je te promets que la mémoire de ton fils sera honorée parmi nous.

— Alors, sache que nous le pleurerons pendant dix jours. Ensuite, nous accomplirons les rites. Le douzième jour, nous serons de nouveau prêts à nous battre.

— Tu as ma parole que les Grecs ne reprendront pas le combat avant cette date.

Se penchant, Priam tendit une main que le fils de Pélée serra avec ferveur. Puis Idaéos fit avancer les mules. Le vieux roi ne regarda pas en arrière, mais Achille resta longtemps à le voir s'éloigner lentement, dans les premières lueurs de l'aube, au milieu de la brume qui montait du fleuve.

Meurtre devant le temple

Hélène fut réveillée à l'aube par les cris de Cassandre, sur la place devant le palais. À côté d'elle, Pâris s'agita, sans sortir de son sommeil ; son souffle empestait le vin et le pavot.

Doucement, pour ne pas le déranger, elle sortit du lit, enfila un peignoir pour se protéger de la froidure de l'aube et alla jusqu'à la fenêtre. Cassandre sanglotait en grimaçant, on aurait dit une danseuse accomplissant un rite. Un chariot était arrêté à côté d'elle, et Hélène, stupéfaite, vit Idaéos aider le roi Priam à en descendre. Ce n'est qu'alors qu'elle aperçut à l'arrière une forme humaine recouverte d'un manteau, et qu'elle sut que le corps mutilé d'Hector était revenu à Troie.

Elle aurait voulu pleurer, mais ne put y parvenir, bien que son cœur semblât prêt à se briser. Des gens sortaient dans la rue, parfois à peine vêtus. Les femmes reprirent une fois de plus leurs lamentations funèbres. Sans doute Andromaque, d'un moment à l'autre, arriverait-elle en courant de la demeure où elle s'était enfermée depuis la mort de son mari. Hécube serait là aussi, avec Polyxène pour la réconforter. Troie n'était plus désormais que la cité du chagrin, un chagrin dont Hélène se sentait responsable, et elle ne désirait rien tant que de plonger dans l'oubli où Pâris se réfugiait de plus en plus souvent depuis qu'il avait assisté à la mort d'Hector.

Malgré le bruit qui régnait au-dehors, il sommeillait toujours, ce qu'elle ne put supporter. Traversant la pièce, elle arracha le drap. Il se couvrit aussitôt les épaules des mains, comme pour se protéger du froid, secoua la tête, mais n'ouvrit les paupières que lorsqu'elle le gifla, comme elle l'avait fait autrefois, à Sparte, voilà une éternité.

Il sortit enfin de son rêve, les yeux ronds.

— Ton frère est revenu te hanter, dit-elle avant de se détourner.

Il entendit les lamentations dans la rue et comprit ce qui se passait.

— On dirait que ton père a eu le courage de faire ce que tu n'as pas osé, dit Hélène en s'asseyant devant sa coiffeuse, contemplant avec dégoût le visage de Pâris reflété dans son miroir de bronze. Il est allé voir Achille et l'a convaincu de lui restituer le corps d'Hector, reprit-elle. Au cours de toutes ces années, il n'est arrivé qu'une fois que ton frère me fasse des reproches — et pourtant ma simple présence mettait la cité en danger. Et on dirait bien que maintenant qu'il est mort, tout ce qui était noble a disparu de Troie.

— Et combien de temps faudra-t-il pour que tu disparaisses aussi? dit-il d'un ton cruel comme jamais elle n'en avait entendu. Chaque matin, je suis stupéfait que tu sois encore là, que tu ne te sois pas enfuie pour aller implorer la pitié de Ménélas! Il t'a été si facile de le trahir, pourquoi ne pas recommencer avec moi?

Hélène le regarda, abasourdie, stupéfaite de la haine qu'elle lisait dans ses yeux et dans sa voix. Était-il possible qu'ils aient commencé à se haïr? Que l'amour qui les unissait ait pu finir par se dévorer lui-même? Comment avaient-ils pu tomber aussi bas?

Dehors, les femmes se lamentaient toujours. Pâris se détourna, s'enfermant dans le silence. Se contemplant dans le miroir, Hélène fut épouvantée d'y découvrir une inconnue au regard glacé.

Pendant dix jours, la cité pleura son héros défunt. Le onzième, on éleva un mont funéraire autour de l'urne d'or contenant ses cendres.

Pendant toute cette période, les Grecs laissèrent les Troyens en paix, étant par ailleurs trop occupés à panser leurs blessures et à se préparer à ce qui, espéraient-ils, serait l'assaut final contre Troie. Hector, son champion, était mort, le moral des assiégés devait être au plus bas. La guerre devait forcément approcher de sa fin.

C'est du moins ce que se disaient les guerriers en se préparant, une fois de plus, au combat. Mais c'était compter sans la volonté indomptable de Priam qui, même perdu dans son chagrin, avait pris ses dispositions. Lors de la trêve, des messagers s'étaient mêlés aux hommes partis chercher du bois dans les montagnes. C'est ainsi qu'ils s'étaient rendus auprès du demi-frère du souverain, le roi Tithonos de Suse, en Assyrie, pour le supplier de fournir enfin l'assistance qu'il avait promise. La réponse arriva par pigeon voyageur, et Priam fit aussitôt savoir qu'une armée d'Éthiopiens venus d'Arménie traversait la Phrygie pour se rendre à Troie, sous le commandement de Memnon, un guerrier noir qu'on disait être l'homme le plus beau de la terre.

La guerre reprit donc, mais les deux armées éprouvaient une profonde lassitude. Achille lui-même ne combattait plus avec cette ferveur qui avait semé la terreur chez les Troyens ; certains de ses amis en vinrent à croire qu'il ne cherchait plus rien d'autre que sa propre mort.

On ne le vit qu'une fois animé de cette fureur meurtrière qui l'avait saisi après la mort de Patrocle. Elle était dirigée contre un seul homme, de surcroît membre de l'armée grecque. Le fils de Pélée revenait au camp à l'issue d'une journée de combat quand il vit Thersite, armé de sa lance, arracher les yeux de Penthésilée, la reine des Amazones, qui avait été tuée ce jour-là. Furieux, il sauta à bas de son char et, d'un coup de bouclier, le fit tomber à terre. Quelques instants plus tard, Diomède, trouvant Achille en larmes près du corps de la guerrière, lui reprocha de verser des larmes pour une ennemie. Les deux hommes en seraient venus aux mains si leurs amis ne les avaient pas séparés, mais leur animosité n'en resta pas là. Achille apprit que Diomède avait ordonné à Thersite de jeter le cadavre de Penthésilée dans le Scamandre, et s'en alla le récupérer. Il venait juste de le sortir de l'eau, et nettoyait de son manteau la boue qui couvrait le visage de la défunte reine, quand Thersite lança que le fils de Pélée devait vraiment être aux abois pour vouloir se satisfaire sur le cadavre d'une barbare.

Achille lui fendit le crâne d'un coup d'épée si violent que les dents jaillirent de la bouche de Thersite. Ulcéré par ce meurtre, car c'était l'un de ses lointains parents, Diomède fut encore plus scandalisé d'apprendre qu'Achille avait ordonné à ses Myrmidons d'enterrer la reine avec tous les honneurs.

Deux jours plus tard, Memnon et ses hommes arrivèrent à Troie et, après de violents combats, parvinrent à entrer dans la ville. Les hautes murailles de celle-ci commencèrent à paraître plus imprenables que jamais aux Grecs. Les querelles entre eux se faisaient plus fréquentes et plus acrimonieuses. Diomède proclama qu'accorder une trêve aux Troyens avait été une folie : il aurait fallu profiter de l'avantage qu'offrait la mort d'Hector. Achille ne voulut pas lui répondre, mais Ajax défendit son cousin, dont il admirait l'impitoyable courage depuis la boucherie au bord du Scamandre. Comme toujours, Nestor s'efforça de réconcilier les deux parties, tandis qu'Idoménée et ses Crétois s'irritaient de ces altercations et qu'Ulysse, épuisé, rêvait de rentrer chez lui.

Achille se mit à passer de plus en plus de temps au temple d'Apollon à Thymbrée, en espérant qu'il pourrait de nouveau y rencontrer Polyxène, qui lui paraissait la seule personne encore intègre dans ce monde corrompu. Mais il revint plusieurs fois de suite sans la voir, et à chaque fois en éprouvait d'autant plus de désir ; il finit par demander au prêtre pourquoi on ne voyait plus la jeune fille.

— Son père le roi pense qu'il est trop dangereux pour elle de quitter la ville, répondit Laocoon, mal à l'aise.

— Et si je donne ma parole qu'il ne lui arrivera aucun mal ?

— Le fils de Pélée peut-il s'engager au nom de toute l'armée grecque ?

— Je parle en mon nom. Ma parole est une protection suffisante.

— Dans ce cas, si jamais je parle à Polyxène, que dois-je répondre si elle me demande pourquoi le fils de Pélée veut la voir ?

— Dis-lui que c'est parce qu'elle et moi sommes unis par le chagrin.

Déconcerté par l'innocence inattendue de cet homme qui le terrifiait, Laocoon hocha la tête :

— Reviens demain. J'en parlerai avec le roi, et je verrai ce qu'il est possible de faire. Maintenant, fais tes offrandes au dieu, fils de Pélée.

Mais il y avait à l'œuvre, autour d'Achille, des forces dont il ignorait tout. Diomède ne lui avait toujours pas pardonné le meurtre de Thersite et, un soir, s'en alla trouver Ulysse, pour lui demander s'il ne trouvait pas bizarre qu'Achille, comme Palamède avant lui, passât de plus en plus de temps près de l'autel d'Apollon Thymbréen.

— Le prince d'Eubée était un traître, répondit le prince d'Ithaque. Ce n'est pas le cas d'Achille.

— Comment peux-tu en être si sûr?

— Palamède avait l'esprit subtil, mais retors. Celui d'Achille est aussi droit que la lance que lui a offerte son père. Qu'est-ce qui te fait penser le contraire?

— Ne trouves-tu pas étrange qu'il ait tenu à accorder tout ce temps aux Troyens pour pleurer Hector, au lieu de fondre sur eux à la tête de ses Myrmidons?

Et de fait, la chose avait paru si surprenante à Ulysse qu'il s'en était ouvert à Achille. Celui-ci avait répondu par des lieux communs: les guerriers se devaient d'honorer les héros, quel que soit leur camp... Mais ses yeux n'osaient croiser ceux d'Ulysse qui, en insistant beaucoup, avait fini par apprendre la visite secrète de Priam. Stupéfait, il avait accepté de n'en rien dire aux autres, mais savoir qu'il y avait entre Troie et les Myrmidons des voies de communication secrètes le laissait mal à l'aise. La question de Diomède le perturbait d'autant plus qu'il n'ignorait rien de l'hostilité entre les deux hommes.

— Veux-tu laisser entendre, répondit-il d'un ton sec, qu'Achille compte établir une paix séparée avec les Troyens?

Diomède marmonna qu'il n'en serait pas surpris, tant Achille témoignait désormais de peu d'enthousiasme pour le combat.

— Oserais-tu le lui dire en face? demanda Ulysse. Ajax lui-même te romprait les os s'il t'entendait affirmer que son héros est un traître.

— Je ne vais pas jusque-là! Je fais simplement remarquer que ces fréquentes visites au temple d'Apollon ne peuvent qu'alimenter les soupçons. Il me semble me souvenir que certains niaient que Palamède fût un traître pendant que tu exposais des inquiétudes analogues.

— Et que comptes-tu faire? demanda Ulysse, que ce rappel mettait mal à l'aise.

— J'ai pensé qu'il serait judicieux de garder l'œil sur lui la prochaine fois qu'il se rendra au temple. N'en es-tu pas d'accord?

Le prince d'Ithaque haussa les épaules:

— Achille a autant de chances d'être un traître que toi! Mais vas-y, si cela peut t'apaiser. Je pense toutefois qu'Ajax et moi devrions t'accompagner. Il n'est d'ailleurs pas utile de l'informer de tes soupçons. Nous lui dirons simplement qu'Achille nous paraît prendre des risques inutiles en se rendant là-bas, et que nous pourrions lui prêter main-forte en cas de besoin.

Le lendemain, quand le fils de Pélée partit vers le temple, il fut donc suivi par les trois hommes, qui prirent soin, toutefois, de rester à bonne distance, afin qu'il ne se doute pas de leur présence. Il entra dans la fraîcheur du sanctuaire, versa son obole, et attendit plus longtemps qu'il ne l'aurait désiré.

Laocoon finit par faire son apparition:

— La personne que tu désires voir est là, dit-il, mais l'idée de te revoir lui inspire quelque inquiétude.

— Elle n'a nul besoin d'avoir peur; je veux simplement lui parler un moment.

Le prêtre hocha la tête et se retira. Achille se remit à attendre, en se demandant ce qui l'avait conduit dans ce temple. Comment imaginer que la jeune fille pourrait jamais voir avec bonté celui qui avait tué son frère? De quoi rêvait-il donc? Que pourrait-il dire qu'elle acceptât d'entendre? Il allait se lever pour partir quand il y eut un léger bruit derrière la porte intérieure du temple, et Polyxène apparut, vêtue d'une robe bleu pâle. Mains croisées, elle contempla longuement le sol de marbre.

— Merci d'être venue, dit Achille d'une voix rauque.

— Je ne comprends pas pourquoi tu désires me voir, répondit-elle sans lever les yeux.

— Pour parler un peu. Certaines choses pèsent sur mon esprit.

— La mort de mon frère ? Il était noble de ta part de nous rendre son corps, ajouta-t-elle d'un ton froid.

Elle croisa enfin son regard, et il n'y vit que peur et hostilité.

— Mais tu aurais préféré que je meure à sa place.

Elle ne répondit rien et se tourna vers la statue d'Apollon.

— Hector et moi étions ennemis, reprit-il. Ne crois-tu pas qu'il m'aurait tué, si les dieux avaient été avec lui ?

— J'en suis certaine. Mais il avait de bonnes raisons de le faire. Personne ne t'a demandé de venir ici pour attaquer notre cité.

— Mon ami Ménélas a de bonnes raisons aussi.

Polyxène se contenta de hausser les épaules et de détourner le regard. N'ayant aucune envie d'arguer avec elle, il dit :

— C'est un destin amer qui a dressé la Grèce contre Troie. Et je pense vraiment qu'il doit y avoir un grand amour entre Pâris et Hélène pour qu'ils soient prêts à plonger le monde dans la guerre, rien que pour lui.

Elle parut surprise, mais resta silencieuse.

— Je sais que tu ne dois voir en moi qu'un homme qui verse le sang. Comment pourrait-il en être autrement ? Mais depuis la mort de mon ami Patrocle, ma vie n'a plus de sens. Polyxène, je suis las de tuer. Je suis las d'un monde qui me prend tout ce que j'aime pour que je puisse devenir l'instrument de la haine. Je ne désire plus vivre ainsi.

Elle regarda autour d'elle d'un air inquiet, comme si cette franchise dépouillée la prenait au dépourvu, et qu'elle ne sût que faire.

— Alors, pars, dit-elle. Quitte Troie. Laisse-nous vivre en paix.

— Je le ferais dès demain si j'étais libre. Mais j'ai une dette d'honneur envers mes amis.

— Si bien que tu resteras ici et poursuivras tes meurtres. Et les gens que tu tueras seront mes amis.

Il était si préoccupé de ce qu'il allait dire qu'il parut ne pas l'entendre :

— Si j'étais libre… répéta-t-il, je te demanderais de venir avec moi.

Elle le regarda, stupéfaite. Était-il fou ? Comment pourrait-elle ressentir autre chose que de la crainte face à l'homme qui avait tué son frère, et tant d'autres ? Pourtant, il paraissait totalement vulnérable.

Polyxène leva les yeux vers la statue du dieu, au visage si serein, qui présidait en silence à leur rencontre. C'est lui qui parla à travers elle :

— Ce ne peut être moi que tu désires. Je crois que c'est ton âme que tu as perdue, et que tu cherches.

Il fronça les sourcils, comprenant comment la jeune fille devait le voir : une figure pathétique en quête d'amour auprès de ceux qui, de tous les peuples de la terre, avaient le plus de raisons de le craindre et de le haïr. Lui aussi regarda la statue d'Apollon, mais en vain. Il était seul en terre étrangère, trop loin de ses propres amis pour qu'ils puissent le comprendre. Ses actes l'avaient à jamais exilé de la communauté humaine dont il avait senti l'existence lors de sa rencontre avec Priam, et qu'il avait rêvé de retrouver en présence de la jeune fille.

Achille posa les yeux sur elle et la vit frémir sous son regard. De toute évidence, elle voulait ardemment être délivrée de sa présence. Mais alors, pourquoi était-elle venue ? Peu importe : il ne l'importunerait pas davantage. Il fit volte-face et traversa la salle au sol de marbre.

Il atteignait l'entrée quand Polyxène lança son nom, une seule fois, d'un ton farouche, comme si elle avait peur. Il voulut faire demi-tour, mais il avait bien vu que toute parole serait inutile et, secouant la tête, il sortit du temple.

Il était en haut des marches quand la flèche lui traversa la jambe. Il sursauta, comme si on venait de lui décocher un coup de pied, mais ne tomba pas tout de suite. Ce n'est que lorsqu'il se pencha pour voir ce qui l'avait touché qu'il perdit l'équilibre et chuta, comme un ivrogne, tout du long de l'escalier de marbre.

D'où ils étaient, cachés dans l'ombre d'un bosquet voisin du temple, les trois Grecs crurent d'abord qu'il avait fait un faux pas mais, comme ils se précipitaient vers lui, ils virent la flèche plantée dans son mollet droit.

— Trahison ! hurla Ajax.

Il arriva en bas des marches au moment où, en haut, apparaissaient deux hommes, dont l'un portait un arc. Voyant Ulysse et Diomède arriver en courant, ils s'enfuirent pour se réfugier dans le temple.

Ajax et Diomède en montèrent les marches en courant pour les rattraper, en leur hurlant de venir se battre, tandis qu'Ulysse se penchait vers Achille, qui regardait fixement la flèche, l'air stupéfait.

— Tu as eu de la chance qu'il ait mal visé, dit-il. Sa main a dû trembler à l'idée qu'il visait le fils de Pélée !

— Je ne comprends pas, dit Achille, perplexe. Que faites-vous ici ?

Ulysse sortit le couteau qu'il portait à la ceinture :

— Ajax s'inquiétait de te voir venir ici seul, il craignait que quelque chose ne t'arrive. Je vais te trouver un bâton que tu mordras pendant que j'ôterai cette flèche.

Achille ayant acquiescé de la tête, le prince d'Ithaque repartit vers le bosquet où il brisa une branche, revint, s'assit sur les marches à côté de son ami et tailla dans sa propre tunique une bande d'étoffe pour couvrir la blessure une fois la flèche enlevée.

— Tu aurais été un peu plus haut, il t'aurait touché à la fesse ! lança-t-il. Allons-y ! Mords cette branche.

Achille eut un sourire contraint, secoua la tête et, tendant la main, arracha la flèche lui-même. Il y eut un flot de sang qu'Ulysse, en jurant, s'efforça d'arrêter avec le bout de tissu.

— Toi et ton orgueil ! s'écria-t-il.

Mais, regardant son ami, il vit que ses yeux se troublaient, et que son sourire pâlissait peu à peu.

— Le poison, chuchota Achille. La flèche est empoisonnée.

Et il se mit à rire.

Ulysse contempla la blessure, horrifié puis, de la pointe de son couteau, l'entailla pour faire couler plus de sang, en espérant que cela chasserait le poison. Achille frémit de douleur, puis eut un pauvre sourire et se laissa tomber contre les marches où il resta étendu, un bras le long du corps, l'autre levé vers le ciel, qui lui donnait l'impression de tournoyer autour de lui. Il marmonna quelque chose d'indistinct. Ulysse, se rapprochant, ne comprit que :

— Apollon qui tire de loin m'a abattu aussi.

— Rien n'est perdu, répondit le prince d'Ithaque, en larmes. Nous allons te conduire à Machaon, il te remettra sur pied !

— Te souviens-tu de ce qu'Apollon a dit en tuant le dragon Typhaon ? dit Achille, qui semblait ne pas avoir entendu. *Maintenant, pourris sur le sol qui nourrit les mortels. Tu ne vivras plus pour leur imposer tes monstruosités.*

Il eut un petit rire puis pencha la tête, comme pour voir quelqu'un approcher.

Effrayé, Ulysse le pressait de tenir bon quand Ajax et Diomède sortirent du temple.

— Ils se sont enfuis ! s'écria le premier, rouge de colère. Un char les attendait ! Il y avait une femme avec eux. C'était un piège !

— C'est Pâris qui a tiré, ajouta le second en remettant son épée dans son fourreau. Je crois que l'autre était Déiphobe, mais je n'en suis pas sûr.

Ajax descendit les marches en courant :

— Comment va-t-il ? Tu as enlevé la flèche ?

— La pointe était empoisonnée, répondit Ulysse. Je crois qu'il va mourir.

Ajax le regarda d'un air incrédule, puis contempla le visage d'Achille et eut un cri d'angoisse. Se penchant, il prit la main de son cousin, mais la laissa retomber presque aussitôt.

Le fils de Télamon, qui s'était autrefois vanté de ne pas avoir besoin de l'aide des dieux, leva la tête vers le ciel et hurla des malédictions.

La nouvelle de la mort d'Achille provoqua dans les rues de Troie une jubilation générale.

Après celle d'Hector, tous s'étaient apprêtés à un siège ; même l'arrivée de Memnon et de ses Éthiopiens n'avait pas suffi à rassurer le peuple. Car, si leur aide était bienvenue, les Africains représentaient autant de bouches supplémentaires à nourrir. Mais maintenant que le fils de Pélée n'était plus, les Grecs devaient avoir perdu tout courage, et qu'ils renoncent à la lutte ne serait plus qu'une question de temps.

Pâris, la cause de tous les malheurs de Troie, venait de la sauver. Il avait fait ce qu'il fallait en ces temps de désespoir, et la cité était prête à l'acclamer en héros.

Et pourtant, alors même que, du haut de la citadelle d'Ilion, il souriait à la foule enthousiaste en compagnie de Priam et de Déiphobe, Pâris lui-même savait à quel point son triomphe était vain. Hélène avait refusé de le voir, comme de sortir de sa chambre, bien que le peuple eût réclamé sa présence. Anténor lui avait jeté un regard plein de mépris, et le visage de Priam, quand il fit demi-tour pour regagner le palais, paraissait fermé ; il demanda aux deux frères de le suivre pour discuter en privé.

— Pourquoi n'ai-je pas été informé de ce projet d'attaquer Achille ? demanda-t-il.

— Nous avons pensé que tu nous interdirais de risquer nos vies, répondit Déiphobe.

— Vous avez donc choisi d'agir sans mon consentement ?

— C'était pour le bien de la cité ! La suite des événements n'a-t-elle pas prouvé que nous avions raison ?

— Et cela justifiait la profanation du temple d'Apollon ? Le dieu a toujours protégé la ville ! Que crois-tu qu'il fera, maintenant qu'un meurtre a été commis dans son sanctuaire ?

— Nous avons attendu qu'Achille en sorte, intervint Pâris. C'est moi qui ai tiré.

— Tu n'as pas osé l'affronter d'homme à homme ?

Pâris fut pris de colère :

— Dois-je te rappeler que même ton bien-aimé Hector s'est enfui devant Achille ? Tu devrais être heureux qu'il soit vengé.

— Ne prononce pas ces deux noms, tu les souilles ! Une flèche empoisonnée tirée par derrière ! Ta main tremblait-elle, pour que tu aies si mal visé ?

— Elle lui serait entrée dans le cœur si Polyxène ne m'avait pas heurté le bras.

— J'ai parlé avec elle, dit le roi d'une voix tremblante. Elle et Laocoon m'ont tout appris de cette action honteuse. Mes fils n'ont-ils donc plus d'honneur, pour se servir de leur sœur de cette façon ?

— Et alors ? lança Déiphobe. Achille est mort. C'est ce qui compte.

— Ah bon ? C'est là tout ce que t'ont appris toutes ces années de guerre ? Il fut un temps où j'étais fier de mes fils. Il fut un temps où je croyais que nous avions le bon droit pour nous, si bien que les dieux nous permettraient de l'emporter. Et voyez ce que vous êtes devenus ! J'ai trouvé répugnant de devoir me prêter à cette mascarade devant le peuple.

— Préférerais-tu qu'Achille ait vécu assez longtemps pour brûler ta ville ? grommela Déiphobe. Peut-être aurais-tu aimé qu'il soit ton fils ?

— J'aurais simplement voulu que les miens soient des hommes tels que lui. Maintenant, disparaissez de ma vue ! J'ai à pleurer la mort de l'honneur en ce monde.

Hélène peignait ses longs cheveux près de la fenêtre, et Æthra, désormais très vieille, travaillait à une tapisserie, à l'autre bout de la pièce, quand Pâris entra.

— Pourquoi n'es-tu pas venue quand le peuple t'a réclamée ? demanda-t-il.

— Je n'avais aucune envie de partager ta honte, dit-elle d'une voix douce.

— La cité me faisait un grand honneur !

— Elle ignore ce que savent les femmes du palais.

Pâris jeta un regard mauvais à Æthra :

— Laisse-nous !

— Reste ! lança Hélène.

La vieille femme hésita, ne sachant que faire.

— De toute évidence, le héros de Troie pense que nous lui manquons de respect, reprit Hélène. D'après toi, comment pourrions-nous honorer l'homme qui a tué Achille ?

Pâris se rendit compte qu'elle avait bu.

— S'il y a quelque chose de honteux dans ce que j'ai fait, tu en as ta part ! C'était pour te protéger !

Elle ne pouvait nier que ce fût vrai : ils étaient désormais unis dans la honte, comme autrefois dans l'amour. Un amour qui la retenait toujours, bien qu'elle luttât contre lui. Mais Pâris ne vit que son regard froid et détourna les yeux, blessé, avant de contempler tout autour de lui les beaux objets qu'ils avaient réunis ensemble – des choses venues de Chypre et d'Égypte, des cadeaux offerts par des amis ou des admirateurs dispersés dans tout l'Orient, des meubles qu'ils avaient

384

commandés aux meilleurs artisans de Troie. Autant de souvenirs d'un amour désormais défunt, qui autrefois avait rempli chaque instant de leurs vies. Il avait voulu simplement pouvoir l'adorer, comme il adorait Aphrodite. Pourtant, sans qu'il sût pourquoi, sans qu'il s'en rendît compte, il l'avait perdue en chemin, et ne voyait pas comment il pourrait jamais la reconquérir.

— Il fut un temps où tu étais fière de m'aimer, dit-il.

— Il fut un temps… commença-t-elle, avant de secouer la tête, n'ayant ni le désir ni la volonté de se quereller avec lui.

— Dis ce que tu voulais dire.

Elle le regarda, sans reproche ni mépris, le regard plein d'un regret infini :

— Je le ferais, si j'avais le moindre espoir.

— Et tu n'en as plus aucun, dit-il d'une voix accusatrice.

Mais les yeux de Pâris étaient ceux d'un homme qui passe en jugement et espère être acquitté. Ne voulant pas rendre de sentence, Hélène s'appuya contre la fenêtre et ferma les yeux.

Il vit sa chevelure noire briller dans la lumière. Elle se taisait toujours, et c'était comme si l'un d'eux, elle ou lui, dérivait à jamais, irrémédiablement perdu pour l'autre.

Pâris eut un regard hésitant à l'adresse d'Æthra, qui baissa les yeux sur son ouvrage. Et quand, de nouveau, il regarda Hélène, il eut l'impression que la lumière l'avait changée en statue de marbre, plus belle que jamais, mais désormais privée de la parole comme de passion, et qui n'attendait plus que la fin du jour.

Agamemnon se demanda un moment si son armée se relèverait jamais de la mort d'Achille. Elle pleurait la mort de son champion, et même l'ardeur avec laquelle les hommes prirent part aux jeux funéraires ne pouvait dissimuler la désolation générale. Des vétérans endurcis, qui des années durant avaient contemplé la mort en face, semblaient anéantis. Le fils de Pélée avait semblé aussi proche qu'un mortel peut l'être d'un dieu : jamais il n'avait craint pour sa vie, il fauchait celle des autres avec l'indifférence résolue d'un immortel, avec qui ses adorateurs finissaient par le confondre. Il leur paraissait incroyable qu'il fût tombé, sans gloire, sous la flèche d'un assassin, dans un lieu sacré. Tous les généraux du Lion de Mycènes, Diomède compris, restaient sous le choc, incrédules ; le chagrin d'Ajax ne connaissait pas de bornes.

Il était caché dans le bosquet, mangeant des figues, quand son cousin avait été abattu, à quelques mètres de lui, et ne pouvait se le pardonner. Il l'avait transporté seul jusqu'au camp mais, le temps qu'il dépose son précieux fardeau, Achille était mort, ce qui rendait son propre remords d'autant plus intolérable.

Au chagrin succéda vite la fureur. Hurlant que le plus grand héros du monde avait été tué par traîtrise, et que son ombre réclamait vengeance, Ajax s'avança dans la plaine et se mit à pourchasser, avec une terrifiante sauvagerie, tout Troyen ayant le malheur de croiser son chemin.

La guerre avait déjà éprouvé les nerfs de bien des hommes : certains erraient dans le camp en tremblant et en pleurant, d'autres se glissaient à bord d'un navire de ravitaillement pour rentrer en Grèce. Mais la folie d'Ajax passa d'abord pour une volonté farouche de se battre ; on disait qu'il voulait rendre hommage à la mémoire d'Achille en suivant son exemple. Mais lorsqu'un jour il revint au camp avec un collier d'oreilles coupées, Ulysse se mit à craindre pour sa santé mentale.

Le dernier jour des rites funéraires d'Achille, ses cendres furent mêlées à celles de Patrocle, et l'urne d'or qui les contenait enterrée sous un monticule édifié sur les hauteurs dominant l'Hellespont. Les jeux funéraires étaient terminés, il ne restait plus qu'à décider qui hériterait de la merveilleuse armure offerte par Thétis à son fils.

La décision revenait à Agamemnon, ce qui lui fut difficile, car tous ses généraux la convoitaient, à la fois pour elle-même, et parce que c'était un souvenir de celui qui l'avait portée. Le Lion de Mycènes jugea bon de choisir entre les trois hommes présents lors de la mort d'Achille, et d'offrir l'armure à Ulysse – celui des trois dont il avait le plus besoin.

Cela parut inacceptable à Ajax. N'avait-il pas cherché à rattraper les meurtriers de son cousin ? N'avait-il pas ramené son corps dans ses bras ? Ses exploits depuis la mort d'Achille ne montraient-ils pas qu'il était son véritable héritier, et la terreur des Troyens ? L'armure lui revenait de plein droit : si le fils de Pélée vivait encore, Agamemnon n'aurait pas osé la déshonorer en l'offrant à quelqu'un d'autre.

Mais le Lion de Mycènes avait fait son choix et refusa d'en changer.

Teucer lui-même ne put consoler Ajax de cette nouvelle perte. Hurlant qu'il n'y avait plus de justice, pas plus chez les hommes que chez les dieux, il quitta le conseil dans une colère noire.

Calchas déclara qu'Athéna l'avait frappé de folie pour avoir trop souvent insulté les dieux, et conseilla à Teucer de veiller à ce qu'il soit confiné dans son logement jusqu'à ce que la raison lui revînt. Mais Ulysse pensait simplement qu'Ajax, comme beaucoup d'autres, ne pouvait plus supporter les tensions imposées par la guerre.

En tout cas, on le découvrit, cette nuit-là, agitant son épée dans l'enclos où on avait rassemblé le bétail et les moutons pris aux Dardaniens. Les animaux poussaient des cris pendant qu'il les abattait, en hurlant des malédictions à l'adresse d'Agamemnon et d'Ulysse. Personne n'osa l'approcher ; il finit par tomber d'épuisement.

Il revint à lui non sur le champ de bataille, comme il l'avait cru, mais sous un ciel obscur, au milieu d'un amas sanglant de bœufs et de moutons. Refusant toute assistance, il se leva et s'éloigna en titubant. Comme Teucer l'appelait, il hurla qu'Athéna lui ordonnait de se laver dans la mer du sang qu'il avait versé. Mais quand il parvint sur le rivage, l'obscurité qui l'entourait dut se confondre avec la noirceur qui régnait en son âme ; prenant l'épée qu'Hector lui avait offerte, il la planta en terre et se précipita sur la pointe.

Une nouvelle querelle éclata sur la question de savoir que faire du corps. Teucer voulait qu'on lui rendît tous les honneurs dus à un grand guerrier ; mais Ajax était mort de sa propre main, et Ménélas disait qu'il fallait laisser sa dépouille là où elle était, à la merci des vautours et des milans. Fils de Télamon, vieil ami d'Agamemnon, Teucer alla donc porter l'affaire devant le Lion de Mycènes ; mais celui-ci, craignant d'offenser les dieux, ne parvint pas à se décider. Ulysse le pressa d'autoriser les rites funéraires, offrant même de les organiser – proposition que Teucer repoussa avec hauteur. La question fut finalement résolue par Calchas, qui déclara qu'en se suicidant, Ajax avait perdu le droit à un bûcher funéraire, mais que son corps pouvait être inhumé dans un cercueil, et non abandonné aux oiseaux de proie.

Le temps que les funérailles prennent fin, Agamemnon avait une fois de plus cédé à l'abattement. Hector disparu, il avait cru qu'enfin la guerre allait tourner à son avantage. Mais après l'assassinat d'Achille et la folie d'Ajax, tout semblait de nouveau partir à vau-l'eau. Pire encore, l'armée troyenne avait reçu le secours des Éthiopiens, et les murailles de la cité semblaient plus imprenables que jamais. Le roi sollicita donc les conseils d'Ulysse, tout en demandant à Calchas d'examiner les présages.

Le devin lui apporta des nouvelles encourageantes : par son acte sacrilège, Pâris avait encouru la colère d'Apollon, et Troie ne pourrait plus compter longtemps sur le soutien des dieux. Pour qu'elle tombe, cependant, deux choses étaient nécessaires :

— En premier lieu, il faut qu'un autre guerrier prenne la tête des Myrmidons. Il nous faut faire venir Pyrrhos, le fils que Déidameia a donné à Achille. Il est à Scyros.

— Il a à peine douze ans ! objecta Diomède.

— Il est fils d'Achille et petit-fils de Pélée, intervint Phœnix. Les Myrmidons le suivront.

— Alors, qu'on aille le chercher, dit Agamemnon, qui se tourna vers Calchas. Quoi d'autre ?

— Troie est déjà tombée face à Héraclès. Elle tombera de nouveau si l'on retrouve son arc.

— Et où est-il ?

— Pas loin d'ici : à Lemnos, où Philoctète soigne toujours sa blessure.

Agamemnon se souvint de la puanteur abjecte qui s'en dégageait :

— Mais acceptera-t-il de se séparer de l'arc ?

— J'en doute, répondit le devin, mais nous pouvons sans doute endurer l'odeur, si cela permet de faire tomber la ville !

L'île de Lemnos n'est qu'à une cinquantaine de milles de la côte troyenne ; le navire ramenant Philoctète fut donc le premier à revenir. Sa blessure suppurait toujours, mais Agamemnon ordonna immédiatement à son chirurgien et à son médecin de s'en occuper, et leur intervention permit d'espérer que le patient retrouverait l'usage de sa jambe.

Ulysse et Ménélas vinrent rendre visite à Philoctète. Après qu'ils eurent bavardé un moment, le prince d'Ithaque prit l'arc d'Héraclès et l'examina avant de dire :

— Nous nous demandions si tu étais toujours aussi habile au maniement de cette arme.

Philoctète sourit :

— Donne à ma jambe un jour ou deux de guérison en plus, et je vous montrerai.

— Excellent ! s'écria Ménélas. Tu sais que Pâris se flatte d'être un grand archer. Nous avons pensé que tu pourrais le provoquer en duel.

— Crois-tu que ce lâche osera m'affronter ?

— Il est désormais l'aîné des fils qui restent à Priam, dit Ulysse. Et le héros de Troie ! Il ne pourra pas refuser.

Pâris buvait, seul, lorsqu'un héraut vint lui annoncer qu'il y avait, devant les murailles de la cité, quelqu'un venu le provoquer en duel. Quand il demanda de qui il s'agissait, l'autre répondit simplement que l'homme était porteur d'un grand arc et d'un carquois rempli de flèches ; personne ne l'avait jamais vu. Puis Déiphobe arriva :

— C'est Philoctète, le meilleur de leurs archers. Il possède l'arc d'Héraclès. Il va falloir que tu l'affrontes.

Il avait dit ces mots avec un petit sourire. Son frère et lui avaient combattu ensemble dans la plaine, et préparé l'assassinat d'Achille, mais Pâris savait que Déiphobe ne lui avait jamais vraiment pardonné de lui avoir brisé le nez, voilà bien longtemps, lorsqu'il était arrivé de ses montagnes.

Pâris se leva et s'apprêtait à prendre son arc lorsqu'il vit qu'Hélène était là, juste derrière son frère. Celui-ci, il le savait, l'avait désirée dès le début, mais elle s'était toujours tenue à distance, et ne parlait jamais de lui qu'avec mépris. Mais cela semblait avoir changé, et Pâris sentit, entre Déiphobe et lui, une tension nouvelle, une animosité presque sensuelle ; le désespoir d'Hélène et le désir de son frère semblaient se mêler, et Pâris se sentit à la fois révulsé et humilié.

Hélène gardait les yeux baissés, sans rien dire, comme pour attendre de voir ce qu'il allait faire.

Pâris n'avait plus aucune envie de se battre et de tuer, mais cette guerre, qu'il avait provoquée, paraissait ne jamais vouloir le lâcher. Sans dire un mot, il fit demi-tour et se mit en quête de son arc.

Moins de vingt minutes plus tard, ses serviteurs le ramenèrent dans sa chambre. Il avait perdu l'œil droit, crevé par une flèche qui avait rebondi sur son armure. Une deuxième était plantée dans sa cuisse, une autre sous ses côtes, sur le flanc droit. Les chirurgiens hésitèrent à l'ôter, si bien qu'il resta là, à voir son père et sa mère pleurer, tandis qu'il tentait de les réconforter d'un sourire las.

Hélène s'approcha du lit et se contraignit à le regarder. Il était borgne, on avait bandé sa jambe pour arrêter le flot de sang, et il y avait encore, planté dans son torse, une flèche si mince que jamais on n'aurait pu croire qu'elle risquait de provoquer sa mort. Elle craignit de s'évanouir. Il sourit :

— On dirait bien que tu avais raison. Il n'y a plus d'espoir pour nous.

Elle resta longtemps assise à côté du lit, tenant sa main dans les siennes, sans pouvoir parler, car elle était envahie par une angoisse si absolue, si insupportable, qu'elle en était consumée.

Et lui ne trouvait aucun réconfort dans sa présence, car chaque fois qu'il la regardait, cela lui rappelait l'énormité de ce qu'il avait perdu. Au bout d'un moment, par respect pour elle, il dit :

— Laisse-moi seul, maintenant. Nous avons souffert ensemble suffisamment longtemps.

Le crépuscule arriva, on alluma les lampes à huile. Sa mère et ses suivantes étaient les seules à gémir autour de son lit. Il mettait si longtemps à mourir qu'il s'en effraya. Il errait parmi ses souvenirs, comme un chasseur perdu dans une forêt obscure qui cherche à en sortir pour retrouver la lumière. Puis une pensée lui vint, et avec elle une lueur d'espoir. Tendant la main, Pâris saisit celle de sa mère :

— Énée ! Fais venir Énée !

Le temps passa, le soir céda la place à la nuit. Le fils d'Anchise arriva enfin, et vint près du lit, mal à l'aise. Rassemblant ses dernières forces, Pâris dit, d'une voix qui n'était plus qu'un murmure :

— Nous avons été amis autrefois, toi et moi, et si cette amitié n'est plus, c'est ma faute. Je te supplie de me pardonner.

— L'homme doit suivre son destin, répondit Énée, bouleversé. Tu étais soumis au pouvoir de la déesse, comme mon père autrefois.

Pâris s'efforça de sourire :

— Et vois comme elle nous aveugle ! Qui aurait cru qu'un bouvier dardanien puisse provoquer tant de désordres dans le monde ? Il me faut te demander quelque chose. Te souviens-tu de la jeune femme que tu as vue à l'autel d'Apollon, à Smynthée, quand Ménélas est allé y faire des offrandes ? Elle s'appelle Œnone. Elle m'a aimé, autrefois, et m'a dit que si jamais j'étais blessé, je devrais demander qu'on aille la chercher... qu'elle avait le pouvoir de me guérir.

Énée hocha la tête d'un air peu convaincu. Pâris voulut en dire davantage et se mit à tousser, crachant du sang.

— Reste tranquille ! dit le fils d'Anchise.

— Me l'amèneras-tu ? répondit Pâris en prenant sa main.

— C'était il y a longtemps.

— Son amour était plus sincère que le mien. Elle viendra, je le sais. Elle viendra.

Pâris parvint à passer la nuit, puis la journée qui suivit. Mais, la plupart du temps, il était en plein délire et, quand Hélène survint auprès de lui, il ne la reconnut pas.

Énée revint vers le soir, seul, et un regard suffit à Pâris pour comprendre que son dernier espoir l'avait abandonné.

— Elle n'est pas venue ?

Énée fit non de la tête.

— Elle n'a rien dit ?

Le fils d'Anchise n'osait pas transmettre les paroles de la jeune femme, et s'apprêtait à dire qu'il n'avait pu la retrouver, quand il comprit que Pâris verrait aussitôt qu'il mentait. Il resta donc là, sans parler.

Après un ultime hoquet de sang mêlé de salive, Pâris se tourna vers le mur et mourut.

Quelques heures plus tard, bourrelée de remords à l'idée d'avoir laissé son orgueil triompher de sa compassion, Œnone arriva devant les murs de Troie. Les gardes refusèrent d'ouvrir les portes et, comme elle expliquait pourquoi elle était venue, lui dirent qu'il était trop tard.

Un cheval pour Athéna

Pyrrhos, le fils d'Achille, arriva à Troie : il avait douze ans, il était plein d'une vigueur juvénile, et presque assez grand pour endosser l'armure de son père. Il redonna courage aux Myrmidons, qui le rebaptisèrent Néoptolème, « le nouveau guerrier ». Agamemnon se dit que la chance lui souriait de nouveau ; les Grecs repartirent sur le champ de bataille et les deux armées se livrèrent des affrontements sanglants qui ne débouchèrent sur rien.

Puis, de nouveau, le vent apporta la pluie dans la plaine, tout en agitant la mer au point que les navires de ravitaillement ne pouvaient plus décharger leur cargaison. Misérables et trempés, les Grecs se blottirent autour des feux de camp en grommelant. Seul le temps exécrable retint nombre d'entre eux de repartir.

Un après-midi, il y eut une brève escarmouche avec un petit groupe de Dardaniens qui se rendirent étonnamment vite. Leur chef, qui affirmait être un parent d'Énée, contacta Ulysse. Il était porteur d'un message d'Anténor proposant l'ouverture de négociations secrètes, et fixant un rendez-vous au temple d'Apollon Thymbréen.

— Nous autres Grecs avons de bonnes raisons de ne pas croire au caractère sacré du lieu, dit le prince d'Ithaque.

— Mais tu dois te souvenir qu'Anténor en a d'aussi bonnes de haïr celui qui a violé la sainteté du temple

395

– dont le prêtre est par ailleurs son propre fils. Laocoon ne savait rien de ce que Pâris et Déiphobe préparaient, et leur sacrilège l'a scandalisé. Anténor te
rappelle par ailleurs que tu as été son hôte, et qu'il ne
l'oublie pas. Je viens en otage, sur ma propre vie, mais
je suis certain d'être libéré une fois que tu auras parlé
avec lui.

Accompagné de son cousin Sinon, Ulysse se rendit
donc au temple où Achille avait été assassiné. Anténor
l'y attendait, seul et sans armes. Les deux hommes par-
lèrent longuement. Le conseiller du roi apprit à son
interlocuteur que Priam était désormais un homme
brisé, qui n'avait plus le goût de s'intéresser aux affaires
d'État. Déiphobe assurait le commandement des forces
troyennes.

— Mais il y a beaucoup de dissensions dans la cité,
ajouta-t-il. Nombre d'entre nous désespèrent de voir la
guerre prendre fin, et je ne suis pas le seul à penser
qu'Hélène devrait être rendue à Ménélas, dans le cadre
d'un traité de paix immédiate. Énée et son père sont
de mon avis ; trop de Dardaniens sont déjà morts dans
un conflit dont ils ne voulaient pas. Mais Déiphobe est
l'héritier du trône, et il compte de nombreux partisans.

Anténor détourna les yeux :

— Il faut aussi que tu saches qu'Hélène vit avec
lui – et qu'il refusera de la céder. Il est toujours persuadé de pouvoir gagner cette guerre. Il fait confiance
à l'efficacité de nos murailles et croit que jamais vos
troupes ne pourront endurer un nouvel hiver.

— Il se pourrait qu'il ait raison, répondit Ulysse.
Mais il se passera encore bien des semaines d'ici là, et
nous ne manquerons pas de temps pour des bouche-
ries inutiles.

— Nous sommes des hommes raisonnables. Ne pouvons-nous pas nous entendre ?

— J'ai depuis longtemps cessé de croire à la raison humaine, soupira le prince d'Ithaque.

Mais ils poursuivirent leurs discussions, évoquant les conditions d'un possible armistice. Quand Ulysse quitta le temple, il avait promis de faire ce qu'il pourrait pour mettre un terme à la guerre.

— Nos espions avaient raison, lui dit Sinon comme ils remontaient sur leur char. Apparemment, Anténor et les Dardaniens pensent plus à la survie qu'à la victoire.

— Espérons qu'il subsiste dans nos rangs un peu de bon sens du même ordre, répondit Ulysse en souriant. Sinon, nous ne rentrerons jamais à Ithaque !

Ménélas avait été tellement outré d'apprendre qu'Hélène vivait avec Déiphobe qu'il garda un silence morose lors du conseil pendant lequel le prince d'Ithaque exposa ce qu'il avait appris. Les divisions entre les Troyens et leurs alliés reproduisaient presque exactement celles qui se développaient entre les chefs de l'armée grecque. Ulysse et Idoménée étaient prêts à conclure un accord raisonnable, mais Diomède pensait que ce serait pure folie que d'avoir combattu tant d'années pour renoncer à prendre la ville. Néoptolème se déclara d'accord avec lui. Parlant d'un air à la fois grave et implacable, qui rappelait tout à fait son père, il dit qu'il ne comptait pas quitter Troie avant que tous ceux qui avaient conspiré pour assassiner Achille ne soient morts.

Ulysse l'écouta, le cœur lourd, en pensant à son propre fils, Télémaque, qui devait avoir à peu près le même âge, et qui peut-être serait, lui aussi, entraîné dans ce conflit. Le vieux Nestor s'efforçait une fois de plus de ménager les deux camps : cette guerre était futile, mais aucun des héros de sa jeunesse n'aurait accepté qu'elle se terminât autrement que par une victoire complète. Agamemnon suivait les débats de loin, perdu dans les vapeurs d'alcool. La colère montait de toutes parts : il ne faudrait pas longtemps pour qu'on en vînt aux coups.

Puis Ménélas leva les yeux :

— Cette guerre a commencé par une insulte envers ma personne ! À Sparte, vous avez tous juré devant Poséidon de défendre mes droits, et vous êtes toujours liés par ce serment, dit-il d'une voix lourde de menaces. J'espère bien que vous le respecterez !

Agamemnon lui-même fut surpris de sa véhémence :

— Tu veux toujours qu'elle te revienne ? demanda-t-il en tentant de ne pas avoir l'air trop incrédule.

— Je veux que Déiphobe meure. Je veux voir brûler cette ville.

Il y eut un long silence.

— Vous avez entendu mon frère, finit par dire le Lion de Mycènes. Cette guerre se poursuivra.

Cette nuit-là, Ulysse s'éveilla d'un cauchemar sanglant, en se demandant s'il ne devenait pas fou, lui aussi. Puis il en comprit la cause : Ménélas lui avait rappelé le pénible souvenir du serment qu'il avait prononcé à Sparte. Pour autant qu'il sache, personne n'y pensait plus depuis des années. C'était ainsi que la guerre avait commencé. Mais, depuis longtemps, elle n'obéissait plus qu'à sa propre logique, parfaitement délirante, et tout le monde en était prisonnier. Et pourtant, alors même qu'ils auraient pu négocier un moyen de sortir de ce long cauchemar, Ménélas avait réveillé un vieux spectre.

Ulysse se souvint de son rêve en frissonnant. Il voyait les débris sanglants du cheval qu'on avait sacrifié se dresser, et l'animal reprendre forme peu à peu ; puis, un par un, tous les chefs grecs étaient contraints d'entrer dans son ventre jusqu'à ce que tous y fussent enfermés.

Il secoua la tête pour chasser cette image atroce, puis rêvassa longuement, songeant à son épouse, se souvenant de leur départ pour Ithaque, heureux de laisser derrière eux le vacarme du monde, ne souhaitant que vivre ensemble sur leur petite île rocheuse. Puis Ménélas et Palamède étaient arrivés, et avec eux le souvenir du cheval démembré.

Palamède, Ajax, Patrocle – qui tous trois avaient prêté serment sur les débris sanglants de l'animal – étaient morts. Ils erraient désormais en compagnie d'Achille, d'Hector et de Pâris dans les champs d'asphodèles du pays des ombres. Et lui-même semblait toujours victime de la malédiction du cheval.

Ulysse mourait d'envie de revoir sa femme, de sentir dans ses bras le poids léger de son corps, de respirer son odeur d'herbe. Il devait bien, quelque part, exister encore un monde qui n'empestât pas la sueur, la violence et la crainte, un monde où on pourrait penser à autre chose qu'à tuer ou mourir.

Très las, redoutant de ne jamais revoir Pénélope et leur fils, le prince d'Ithaque se leva pour entamer une nouvelle journée de guerre.

Il pensait encore à son rêve quand Ménélas vint le voir, accompagné d'un petit homme à la barbe grise, au regard rusé, et qui boitait.

— Voici Prylis, dit le roi de Sparte. Il est maréchal-ferrant chez les Lapithes. Il m'a soumis une idée intéressante dont j'aimerais discuter avec toi.

Ulysse n'y tenait guère, mais il convia les deux hommes à s'asseoir :

— De quoi s'agit-il ?

— D'un moyen de gagner la guerre, répondit Ménélas en souriant.

— Je suis prêt à écouter tout ce qui pourrait me permettre de rentrer chez moi.

Flatté de retenir l'attention de deux hommes puissants, ce qui le rendait volubile, Prylis raconta avoir d'abord été pirate et mercenaire du temps de sa jeunesse. Il avait accompagné Pirithoos et Thésée jusque dans la mer Noire, mais la malchance avait voulu qu'il fût fait prisonnier et vendu en esclavage. Comme tous les Lapithes, il était familier des chevaux.

— C'est un étalon scythe qui m'a valu cette jambe ! Mais j'ai tenu bon, et il a fini par devenir très doux.

Il avait été vendu trois fois, toujours plus au sud, si bien qu'il était finalement passé au service d'un général de l'armée d'un peuple guerrier qu'on appelait les Assyriens, installé entre le Tigre et l'Euphrate, dans une cité qu'on appelait Babylone.

Ulysse en avait entendu parler, en effet. Mais où tout cela menait-il ?

Grands guerriers, les Assyriens avaient aussi inventé des machines de guerre comme on n'en avait jamais vu en Grèce ou en Crète. Ils s'en servaient contre des cités fortifiées semblables à Troie, et l'une d'elles l'avait particulièrement frappé, parce qu'on l'appelait le cheval. C'était comme une sorte de cabane montée sur roues, et couverte de peaux de cheval trempées dans l'eau, pour la protéger du feu. Les hommes placés en dessous la poussaient jusqu'à ce qu'ils soient aux portes de la ville qu'ils attaquaient, et ensuite les défonçaient avec un énorme bélier jusqu'à ce qu'elles cèdent. Si l'engin était suffisamment solide, on ne pouvait rien contre lui, même du haut des remparts.

Prylis avait vu une cité tomber de cette manière, et il en aurait dit davantage si Ménélas ne l'avait interrompu :

— Il ne nous est sans doute pas impossible de construire une machine de ce genre ?

Sinon, le cousin d'Ulysse, avait tout écouté avec le plus vif intérêt :

— Ça ne devrait pas être trop difficile ; le bois ne manque pas dans les montagnes, et nous pouvons sacrifier quelques chevaux.

— Troie pourrait être à nous dans la semaine! s'exclama Ménélas. Qu'en penses-tu?

Ulysse réfléchit. Cela faisait des années qu'il se demandait comment franchir les massives murailles de Troie. Pourtant, jamais il n'avait eu une telle idée. Était-il possible que ce soit aussi simple?

Puis il vit la difficulté.

— Il faut prendre en compte le site sur lequel Troie est bâtie. Pour que le bélier puisse en défoncer les portes, l'engin doit d'abord s'en approcher. Les Troyens sont encore assez forts pour nous tenir à distance avec leurs chars et leurs fantassins. Et même dans le cas contraire, comment faire monter une pente aussi raide à une machine de bois très lourde? Il faudrait la tirer, non la pousser, ce qui n'est pas possible, à cause des soldats postés sur les remparts. C'est une idée intéressante, mais elle restera impraticable tant que les Troyens ne seront pas beaucoup plus affaiblis qu'ils ne le sont aujourd'hui.

Prylis parut déçu. Ménélas tenta de discuter un moment, mais il suffisait aux deux hommes de regarder les murailles de la cité, dressées au sommet de la crête, pour comprendre que l'objection était sans réplique.

Ulysse posa la main sur l'épaule du Lapithe:

— Qui sait, ami, il se peut qu'un jour ton idée nous soit utile. Mais, d'ici là, beaucoup de durs combats seront nécessaires.

Il lança un regard désabusé à Ménélas:

— Si bien sûr nous en avons encore la force!

Cette nuit-là, il eut un autre rêve. La déesse Athéna vint vers lui, en armure et casquée, portant un bâton d'or. Il la contempla, plein d'une crainte respectueuse, et vit que ses yeux gris le regardaient d'un air déçu. Pénélope et Télémaque étaient derrière elle, comme des otages qu'il ne pouvait atteindre.

— Tu as offert un cheval à Poséidon, Ulysse, dit la déesse. Pourquoi pas à moi?

Il s'éveilla brusquement et, ne pouvant se rendormir, resta allongé à réfléchir.

Il songea de nouveau à ce que Prylis lui avait raconté de la machine de guerre assyrienne, sans voir de moyen de contourner ses propres objections. Une fois de plus, il maudit le vieil Éaque de Salamine, qui avait fait du si bon travail en rebâtissant les murs de Troie. Il ferma les yeux et chercha le sommeil.

Puis il se souvint de l'autre rêve, revit les généraux grecs grimpant dans le ventre du cheval sacrifié à Poséidon. L'horreur de cette image lui interdit de se rendormir; se levant, il marcha jusqu'au rivage, où les brisants venaient se jeter. Quand les premières lueurs de l'aube parurent dans un ciel turbulent, le cheval des Assyriens et celui du dieu de la mer s'étaient fondus en un seul, et Ulysse savait désormais que faire.

Plusieurs semaines plus tard, tandis qu'une brise venue de l'est balayait la plaine, les guetteurs de la citadelle d'Ilion se frottèrent les yeux, stupéfaits, quand vint une aube grise. À part la vague odeur de fumée de feux presque éteints, il n'y avait nul signe d'activité autour du camp des Grecs. Les navires aux proues incurvées qu'ils avaient tirés sur la plage avaient disparu, sans qu'on puisse en apercevoir aucun dans les eaux de l'Hellespont.

Les deux hommes se regardèrent, incrédules. Puis l'un d'eux dit à voix haute ce que chacun pensait:

— Ils sont partis! Les Grecs sont partis!

Déiphobe dormait quand deux de ses frères cadets, Capys et Thymœtès, vinrent le réveiller. La tête lourde, encore furieux d'avoir découvert, la veille au soir, qu'Hélène était trop assommée par l'opium pour être une bonne partenaire de lit, il eut peine à croire ce qu'ils étaient venus lui annoncer.

— Vous êtes sûrs ? Ce pourrait être un stratagème des Grecs pour nous attirer hors des murailles.

— Les éclaireurs disent que non, répondit Thymœtès. Il n'y a personne dans le camp, les navires sont partis. On dirait bien qu'ils ont profité du beau temps pour rentrer chez eux.

Déiphobe eut un petit rire :

— Ne vous avais-je pas dit qu'ils n'oseraient pas passer un hiver de plus ici ? Nous les avons vaincus au nom des dieux, nous les avons vaincus !

— Il y a quand même quelque chose d'étrange, intervint Capys.

— Et quoi donc ?

— Ils ont laissé quelque chose derrière eux, sur la plage. Les éclaireurs disent que c'est un grand cheval de bois.

— Un cheval de bois ? Comment cela ?

— Une sorte d'énorme statue qui a la forme d'un cheval. Les éclaireurs n'ont jamais rien vu de tel, ils disent qu'il porte une inscription, mais aucun d'entre eux ne sait lire. Nous comptions aller voir, et nous nous sommes dit que tu aimerais te rendre compte par toi-même.

Hélène avait vaguement entendu les voix à la porte de la chambre. Quand Déiphobe revint après s'être habillé, elle lui demanda ce qui se passait.

— On dirait bien que tes amis grecs ont enfin compris.

— Comment ?

— Leur camp est vide, et leurs navires ont disparu.

Il vit ses yeux, d'abord incrédules, se remplir de crainte :

— La nouvelle n'est pas à ton goût ? Peut-être espérais-tu que Ménélas pourrait arriver jusqu'ici et te ramener à Sparte ?

Elle détourna la tête. Il comprit qu'il avait touché juste :

— Tu n'es vraiment qu'une putain déloyale, dit-il. Mais je crains que tu ne doives réfléchir un peu.

Il sortit.

Hélène fut accablée à l'idée de devoir passer le reste de ses jours dans cette cité. Elle entendait le murmure dans les rues à mesure que les gens sortaient de chez eux. Une femme entonna l'une de ces chansons grâce auxquelles les putains de Troie aguichaient les Grecs du haut des remparts, et d'autres se joignirent à elle. Partout les gens riaient et poussaient des cris.

Ce devait donc être vrai. Ménélas et Agamemnon s'étaient lassés de cette interminable guerre. Ils étaient repartis en Grèce, la laissant seule parmi les Troyens. La panique la saisit. Elle voyait sans peine ce qui l'attendait. À mesure que le temps, le vin et l'opium détruiraient sa beauté déjà fatiguée, Déiphobe se lasserait d'elle et la jetterait dehors. Elle devrait survivre de son mieux, passant de main en main, car il y aurait toujours quelqu'un pour se vanter d'avoir pris son plaisir avec Hélène de Troie.

Elle se leva en frissonnant, alla jusqu'à la fenêtre. Dans la plaine, les gens couraient déjà jusqu'à ce qui restait du camp grec, pour y danser de joie.

Le peuple de la cité avait pendant dix ans subi les épreuves d'une guerre dont elle était la cause, et maintenant les épreuves étaient enfin terminées. Mais Pâris était mort, comme Hector, comme Antiphas, Polydoros et d'innombrables autres. Le roi Priam était un homme brisé, que le chagrin avait comme anéanti. Les gens chantaient, dansaient, s'enivraient, parce qu'ils avaient survécu ; ils ne se réveilleraient plus chaque matin en se demandant s'ils seraient morts d'ici la fin de la journée.

La guerre avait pris fin, sans avoir été gagnée ou perdue. Elle s'était simplement arrêtée. Et, désormais, celle qui en avait été la cause était déjà oubliée dans le soulagement stupéfait qui suivait.

Elle était seule avec sa terreur.

Au-delà du rempart de bois, le camp n'était plus qu'un misérable amas de cabanes incendiées, de chars brisés, d'objets divers, de restes de nourriture que les vautours et les chiens errants se disputaient déjà. Le long de la plage, une fumée crasseuse montait dans le ciel, au-dessus des traces que les quilles des navires avaient laissées dans le sable en reprenant la mer. Les restes calcinés de l'un d'eux, brûlé quand Hector avait envahi le camp, étaient encore là. Dans la chaleur croissante du matin, la brise emportait une farouche puanteur venue des latrines.

Au-dessus de tout cela se dressait l'énigmatique silhouette du cheval.

Il se dressait sur ses pattes trapues, dont chacune avait la dimension d'une poutre de grange. Ceux qui l'avaient créé – charpentiers ou constructeurs de navire – les avaient habilement jointes aux hanches et aux épaules, entre lesquelles le ventre s'incurvait comme un tonneau. La queue tombait jusqu'à la plate-forme sur laquelle il était installé, sans doute pour faire contrepoids au cou tendu en avant et à la longue tête, à la crinière sculptée, qui se dressait à près de dix mètres de haut. Le tout avait une vigueur de lignes qui animait l'énorme masse de bois. Et sa taille imposa le silence un moment, comme si ce cheval s'était échappé d'un enclos du royaume des dieux pour jeter son ombre majestueuse sur le monde des mortels.

Une inscription était gravée sur son flanc. Priam, qui avait tenu à se faire transporter sur place en litière, la lut à voix haute :

Offert à la divine Athéna pour qu'elle nous accorde un voyage de retour paisible.

Souriant, il se tourna vers Déiphobe :

— On dirait bien que tu as raison. Les Grecs sont enfin partis !

Puis les larmes lui vinrent aux yeux :

— Si seulement mon fils Hector avait vécu assez longtemps pour voir ce jour !

Agacé que le vieillard pense encore au mort, alors que lui-même aurait dû se voir attribuer le mérite de cette heure de triomphe, Déiphobe détourna les yeux et vit Capys contempler le cheval d'un air soupçonneux.

— Pourquoi donc laissent-ils derrière eux quelque chose d'aussi inattendu ?

— C'est une offrande à la déesse : les Grecs ont toujours cherché assistance et protection auprès d'Athéna.

— Alors, il ne faut pas s'y fier ! Je crois que nous devrions le brûler en offrande, et nettoyer le rivage de la moindre de leurs traces.

Il y eut autour de lui un murmure d'assentiment général. Quel meilleur moyen d'oublier définitivement ces longues années de guerre que de faire un immense feu de joie dans lequel le cheval disparaîtrait, avec les autres épaves polluant la plage ?

— Mais le cheval appartient à la déesse, objecta Thymœtès. Ne serait-ce pas sacrilège de profaner ce qui est à elle ?

Priam leva les yeux pour contempler l'énorme tête :

— En tout cas, c'est une chose superbe, dit-il d'un ton hésitant.

— Et c'est l'emblème de notre triomphe ! s'écria Déiphobe en sautant sur la plate-forme. Il se peut que la divine Athéna accorde aux Grecs de rentrer à bon port. Mais, en tout cas, elle leur a refusé la victoire ici ! Je crois que nous devrions conserver ce cheval, et le mettre à l'abri derrière les murs de notre cité, que les enfants de nos enfants puissent le voir et se souviennent que nous avons combattu pour eux !

L'humeur de la foule changea aussitôt.

Tout redevenait possible.

Déiphobe se tourna vers son vieux père, qui acquiesça de la tête :

— Les dieux nous ont favorisés, dit Priam, et nous devrions leur en être reconnaissants. Emmenons cette idole jusqu'au temple d'Athéna, et nous la lui offrirons.

Mais c'était plus facile à dire qu'à faire. On arracha des rondins au rempart de bois ; au prix d'énormes efforts, la plate-forme fut soulevée, et ils furent glissés en dessous. De grosses cordes semées de nœuds furent attachées au cou du cheval, et deux rangées d'hommes s'en emparèrent pour le conduire vers la porte du camp, désormais détruite.

Mais il était monstrueusement lourd et, à mesure que le soleil montait dans le ciel, la chaleur se fit accablante. Il avançait gauchement sur ses rouleaux et, sur ce sol inégal, il ne progressait qu'avec une grande lenteur. Bien des hommes furent blessés en se précipitant pour mettre en place les rondins. À chaque montée, le cheval se faisait plus lourd ; à chaque descente, il fallait le retenir de l'arrière. C'est seulement en milieu d'après-midi, après des efforts soutenus d'équipes qui se succédaient, qu'il se retrouva au pied de la rampe menant à la porte Scée. Il était déjà évident que jamais ils ne pourraient le traîner jusque là-haut sans mettre en place un système efficace de treuils et de poulies. Et même s'ils réussissaient, il leur faudrait démolir les créneaux du parapet au-dessus de la porte pour laisser passer la tête.

Depuis un certain temps, nombre de haleurs avaient commencé à grommeler que tout cela était délirant, et n'en valait pas la peine. Déiphobe était bien résolu à faire entrer le cheval dans la cité, à titre de symbole de sa puissance, et son zèle avait enflammé les autres.

Mais, désormais, lui-même était découragé par l'ampleur des efforts nécessaires.

— Nous aurions dû le brûler dès le début, comme je l'ai dit ! lança Capys à son frère.

— Ou nous aurions simplement pu le laisser dans la plaine, ajouta Thymœtès.

Les bras de Déiphobe lui faisaient mal, à force d'avoir tiré sur les cordes. Il se dit que ses frères avaient peut-être raison. Et pourtant, l'amener jusqu'ici pour renoncer au dernier moment...

Il cherchait encore à se décider quand il discerna un mouvement au-delà du cheval, et des murmures dans la foule. Se redressant, il vit Laocoon s'avancer à la tête d'un petit groupe de Dardaniens qui poussaient un prisonnier devant eux. Depuis le meurtre sacrilège d'Achille à la sortie du temple, une profonde inimitié opposait le fils de Priam au prêtre, dont le visage était impassible.

— Ce Grec a été découvert alors qu'il rôdait près du temple d'Apollon.

L'homme fut poussé vers Déiphobe, devant lequel il resta immobile, les yeux baissés. Sale, échevelé, les poignets entravés, il craignait manifestement pour sa vie. Interrogé, il déclara qu'il s'appelait Sinon, qu'il était d'Ithaque et avait fui le camp grec la nuit précédente.

— Et pourquoi ? demanda Déiphobe.

— Parce qu'ils voulaient m'offrir en sacrifice aux vents. Voilà des semaines qu'ils voulaient rentrer, mais le temps était défavorable. Calchas a dit qu'ils devaient offrir un sacrifice humain, et Ulysse a veillé à ce que le sort me désigne.

— Ulysse ? Il vient d'Ithaque, pourtant, comme toi ! Il t'en voulait ?

— Il avait peur de moi, parce que j'étais le seul à savoir comment il avait pris Palamède au piège, afin de le faire passer pour un traître. Il cherchait un moyen de se débarrasser de moi avant de rentrer.

— Et pourtant te voilà.

— C'est seulement parce que j'ai eu de la chance. Hier soir, ils préparaient l'autel quand le vent a viré, et ils se sont tous précipités vers les navires. J'ai profité de la confusion pour m'enfuir.

Déiphobe ne paraissait pas convaincu :

— Si tout ce que tu dis est vrai, pourquoi ne pas être allé voir Agamemnon pour lui raconter ce que tu savais sur Ulysse ?

— Parce qu'il ne voulait pas le savoir, répondit Sinon en haussant les épaules. Comme les autres ! Après tout, ils ont pris part à la lapidation de Palamède, et n'avaient aucune envie d'apprendre qu'il était innocent. Le seul qui s'en préoccupe encore, c'est son père, le roi Nauplios, qui se vengerait s'il avait des preuves. Ulysse ne l'ignore pas, c'est pourquoi il voulait que je me taise.

Tout cela correspondait bien à ce que Déiphobe savait du prince d'Ithaque et de son esprit retors. Il conféra à voix basse avec ses frères.

— Et que faisais-tu au temple d'Apollon ? demanda Capys.

— J'ai pensé que c'était le meilleur endroit pour me cacher en attendant que les navires soient partis. Ensuite, j'aurais regagné la Grèce en franchissant le détroit, pour aller à Eubée informer le roi Nauplios.

À ce moment, Anténor, qui se tenait sur le rempart à côté de Priam, lança :

— Parle-nous donc de ce cheval !

— C'est une idée de Calchas ! Après avoir examiné les présages, il nous a dit qu'Athéna se détournait de nous. Achille avait toujours été son favori, et toute chance de prendre Troie avait disparu avec lui. Selon lui, la situation était si mauvaise que pour pouvoir rentrer, il faudrait offrir un important sacrifice à la déesse.

— Mais pourquoi un cheval ? demanda Capys.

— C'est une idée qu'Ulysse a eue en rêve. La guerre a commencé à Sparte par le sacrifice d'un cheval à Poséidon, il faudrait y mettre un terme en en offrant un à Athéna, ici, à Troie.

— Et pourquoi pas un vrai? lança Anténor.

Sinon lui jeta un regard méprisant:

— Après qu'il y en eut tant de tués? Cela n'aurait eu aucune valeur!

Furieux du ton qu'il prenait, Déiphobe le gifla et dit:

— Je veux en savoir davantage!

— Je ne sais que dire. Calchas a sans doute examiné les présages une fois de plus, car il a expliqué que la déesse voulait qu'on lui élève une idole.

— Pourquoi est-il si grand? s'enquit Capys.

— Pour que vous ne puissiez pas l'emmener jusqu'à la cité, évidemment. Calchas disait que vous consacreriez le cheval dans le temple d'Athéna, afin de vous gagner ses faveurs. Dans ce cas, la situation pourrait s'inverser, et Troie aurait tôt fait d'envahir la Grèce.

La foule qui les entourait l'écoutait avec la plus grande attention, et beaucoup de gens discutaient entre eux. Mais ils se turent quand Laocoon prit la parole:

— Pourquoi devrions-nous croire un mot de ce que cet homme raconte? Cela m'a tout l'air d'un mensonge concocté par Ulysse! Les Grecs ne m'ont jamais frappé par leur piété. Je les redoute, même quand ils nous offrent des présents!

— Tu dis la vérité! lança une voix de femme du haut des remparts.

Levant les yeux, Déiphobe aperçut Cassandre:

— Ce cheval nous apportera la destruction! La mort est dans son ventre! Crois-moi, mon frère, Ménélas est juste au-dessus de toi! Je te vois étendu dans une mare de sang!

— Qu'on l'emmène ! hurla Déiphobe, exaspéré.

Puis, convaincu que Laocoon tentait de le priver de son moment de triomphe, il se tourna vers lui :

— Chacun sait que tu ne m'aimes guère ! Tu n'as jamais été chaud partisan de cette guerre, du moins pas avant qu'elle ne soit terminée ! Tu aurais dû témoigner plus tôt de ton hostilité aux Grecs !

— Je dis ce que le dieu me demande de dire.

— Alors, va donc le prier de nous offrir des présages plus favorables !

— Laocoon parle avec sagesse ! s'écria Anténor. Il faut l'écouter !

— Mon fils a plus de courage ! répondit Priam, qui était à côté de lui.

Une autre voix se joignit à la discussion :

— Mon père Anchise et moi partageons le sentiment d'Anténor, intervint Énée.

Redoutant que ces divergences d'opinion ne se retournent contre lui, Déiphobe s'adressa à la foule entourant le cheval :

— Vous avez entendu ce que vient de dire ce Grec ! Il n'a aucune raison d'aimer Ulysse et les autres chefs, il ne nous a tout raconté que parce qu'il a été capturé là où il se cachait ! Que mon cousin Énée pense ce qu'il veut. Nous autres Troyens savons que les Dardaniens ne voulaient pas de cette guerre, et ne sont venus à notre aide que quand Achille s'en est pris à eux ! S'ils ne veulent pas se joindre à nous en ce jour de fête, qu'ils rentrent chez eux ! Quant à ma sœur, nul n'ignore qu'elle est folle et voit le mal partout. Cette journée est celle de notre triomphe ! Les Grecs ont compris que nous étions plus forts qu'eux ! Traînons le cheval jusque dans la cité, et la divine Athéna nous sourira pour toujours !

Il leva les yeux vers la muraille :

— N'ai-je pas raison, père ?

— Mon fils dit la vérité! s'écria Priam. La déesse a refusé aux Grecs la victoire qu'ils désiraient, et il nous faut l'honorer!

Se tournant vers Énée, il ajouta :

— Vous autres Dardaniens avez combattu bravement à nos côtés. Ne voulez-vous pas partager cette victoire avec nous?

— Mon père est âgé, répondit le fils d'Anchise, et ni lui ni moi n'avons de raison de nous réjouir à l'issue d'une guerre qui n'a été ni gagnée, ni perdue, et qui a causé de grandes souffrances. Nous rentrerons dans nos montagnes et laisserons Troie triompher à sa guise.

— Comme tu voudras, répondit Priam en lui tournant le dos.

Puis il baissa les yeux pour regarder Déiphobe. Celui-ci n'avait ni la noblesse d'Hector, ni le charme de Pâris, et son père n'avait jamais eu beaucoup d'affection pour lui. Mais le destin avait voulu qu'il menât les Troyens jusqu'à la fin de cette terrible guerre, et Priam n'entendait pas le priver de son moment de gloire.

— Qu'on abatte le rempart de la porte Scée! lança-t-il. Que le cheval d'Athéna entre dans la cité!

Les oreilles et les narines de celui-ci avaient été évidées pour permettre de respirer aux vingt-trois guerriers grecs, maintenus à l'intérieur par des lanières de cuir sur les bancs de bois contenus dans son ventre. Vêtus de simples pagnes et osant à peine respirer, ils avaient suivi la discussion avec appréhension, redoutant qu'à tout moment les Troyens ne renversent le cheval ou n'y mettent le feu.

À côté d'Ulysse, sur le banc situé juste au-dessus de la trappe secrète qui permettait d'entrer et de sortir, se trouvait Épéios, corpulent Phocien qui, depuis des années, était le porteur d'eau de la maison d'Atrée — confortable sinécure, bien qu'en fait ce fût un artisan accompli. C'est lui qui avait conçu le cheval et supervisé sa construction. Si, comme tous ceux qui l'entouraient, il ne s'était pas vidé les entrailles avant de grimper dans l'animal, il n'aurait pas manqué de s'oublier, tant sa terreur était grande. Il avait supplié qu'on le laisse à l'écart, mais il était le seul à pouvoir manœuvrer les ingénieuses charnières commandant la trappe et la dissimulant : il avait donc été contraint, l'épée dans les reins, de prendre part à l'expédition. Dernier entré dans le cheval, il serait le premier à en sortir, et cette idée le terrifiait. Si bien qu'Ulysse avait déjà dû, plus d'une fois, le frapper sur la bouche pour interrompre ses jérémiades.

Pourtant, les choses se présentaient bien. Ulysse et Ménélas avaient tous deux poussé un soupir de soulagement à l'arrivée de Sinon : ils finissaient par craindre que leur mission ne connût une fin désastreuse. Et le prince d'Ithaque avait été particulièrement satisfait d'entendre Laocoon, Anténor et Énée manœuvrer Déiphobe en faisant part de leurs soupçons, même si c'était là une stratégie un peu hasardeuse : dire la vérité pour mieux tromper l'adversaire est toujours un peu risqué.

Ils entendirent Énée et ses Dardaniens quitter la ville, puis de grands cris et des bruits de marteaux et de leviers : les Troyens démolissaient la porte qui avait résisté aux Grecs dix ans durant. Le vacarme permit aux hommes enfermés dans le cheval d'échapper un peu au silence qui leur était imposé, de détendre leurs muscles crispés, et de boire une ou deux gorgées de leur maigre ration d'eau, tout en sachant que bientôt le cheval allait repartir.

Près d'une heure plus tard, ils entendirent des cris, suivis d'un bruit de maçonnerie qui s'effondre : le linteau de pierre au-dessus de la porte venait de tomber. Quelques instants plus tard, des hommes grimpèrent

413

sur le cheval pour attacher de nouvelles cordes à son cou et à sa croupe ; il y eut des crissements de poulies, le craquement d'un treuil, et il se mit à remonter lentement la côte menant à la cité, en tressautant.

Seules les lanières de cuir qui les maintenaient en place leur permirent de ne pas tomber de leurs bancs quand le ventre du cheval heurta la muraille, alors qu'ils franchissaient la porte. Dehors, il y eut des discussions pour savoir comment élargir l'ouverture. Mais Déiphobe, ayant réussi à faire rentrer son trophée dans la cité, ne semblait plus s'inquiéter d'endommager les murailles ; de nouveaux fragments de maçonnerie tombèrent. Un rouleau coincé fut libéré avec difficulté, et le cheval s'avança à travers la ville.

La nuit était tombée quand le roi Priam mit un terme aux rites d'offrande à Athéna, devant le temple qui lui était consacré dans la citadelle d'Ilion. Hormis la voix du souverain lui-même et de Théano, épouse d'Anténor et prêtresse de la déesse, la cérémonie s'était déroulée dans le plus grand silence, tandis que les Troyens, épuisés, méditaient sur les longues années d'une guerre qui leur avait imposé tant de souffrances.

Une obscurité complète régnait dans le ventre de l'animal. Ne pouvant dire un mot, ni voir les autres, chacun des vingt-trois guerriers était prisonnier de ses inquiétudes et de ses propres pensées. Puis on entendit de la musique, et la foule entonna un hymne de louange à Athéna, que les Grecs eux-mêmes avaient chanté tant de fois pour la déesse aux yeux pers, qui veille sur ceux qui partent à la guerre, préside aux batailles et à la destruction des villes, avant de protéger ceux qui reviennent.

« Adieu, déesse, accorde-nous bonheur et bonne fortune, nous nous souviendrons de toi dans un autre chant », psalmodiaient les Troyens, oublieux des difficultés qu'ils avaient rencontrées toute la journée, et qui ne leur vaudraient que mort et destruction. Puis la musique se fit plus gaie : il y eut des cris, des applaudissements, des hommes grimpèrent sur le cheval pour le couronner de guirlandes, des enfants vinrent jouer autour de ses sabots.

Confinés dans une obscurité brûlante, les Grecs sentirent une odeur de viande rôtie et de poisson grillé qui vint se mêler à celle de leur sueur ; ils frémirent en pensant à la nourriture et au vin qui, tout près de là, disparaissaient dans d'autres estomacs. Après des années de privations, princes, prêtres, prostituées et esclaves s'abandonnaient aux excès. La paix était revenue, la prospérité suivrait bientôt. En attendant, hommes et femmes allaient manger, boire, danser, et se livrer aux plaisirs de l'amour jusqu'à ce qu'ils tombent d'épuisement. Cela dura des heures, pendant lesquelles ce fut la fête dans toute la ville. Puis tout s'apaisa peu à peu, les gens commencèrent à rentrer chez eux – ou à s'endormir, complètement ivres, là où ils étaient tombés.

À l'intérieur du cheval, tous attendaient avec impatience ; mais une bruyante bande de fêtards sévissait encore à l'autre bout de la place, chantant un refrain obscène fort populaire dans l'armée troyenne, où Ulysse, Ménélas, Diomède et Idoménée avaient droit à des insultes particulièrement grossières. Ils n'avaient jamais eu l'occasion d'en entendre aussi clairement les paroles, et rongèrent leur frein d'un air sombre.

Ils se crispèrent en entendant quelqu'un grimper sur la plate-forme en dessous d'eux, puis une voix de femme.

— Es-tu venu me ramener ? chuchota-t-elle. C'est pour cela que tu es là, non ? Pour me ramener ?

Chacun pensa un instant que la question lui était destinée, puis ils comprirent que la femme était ivre et parlait au cheval.

— Il fut un temps, poursuivit-elle, où tous les princes de Grèce ont juré, sur la dépouille d'un cheval, qu'ils me protégeraient et m'honoreraient. Mais regarde-moi ! Regarde ce que je suis devenue ! Pas étonnant qu'ils ne se soucient plus de ce qui peut m'arriver ! Ils sont tous sur le chemin du retour, et nous ont laissés ici, toi et moi, dans cette horrible cité ! Il n'y a plus que toi qui puisses m'emmener !

Chacun des hommes dans le cheval eut le cœur serré, et Diomède et Idoménée, qui se trouvaient de chaque côté de Ménélas, durent l'empêcher de se dresser d'un bond, tant il était bouleversé. Tous sursautèrent de nouveau quand une autre voix se fit entendre :

— Hélène, où es-tu ? Qu'est-ce que tu fais là-bas ? Allez, rentre, il se fait tard.

C'était Déiphobe. Des ivrognes chantant non loin de là éclatèrent de rire.

— Dors, si tu y tiens ! lança Hélène. Je reste avec le cheval !

— Déiphobe t'offrira une meilleure chevauchée ! lança un des fêtards, au milieu de gros rires.

Il y eut des pas traînants, et Hélène protesta :

— Laisse-moi tranquille ! Je veux rester ici !

Mais Déiphobe l'entraîna et, à l'intérieur du cheval, tous gardèrent un profond silence.

Près d'une heure passa avant qu'ils n'entendent la voix d'Anténor :

— Il est temps ! La cité est endormie, vous pouvez sortir.

Ulysse ordonna à Épéios d'ouvrir la trappe tandis que les autres défaisaient les lanières de cuir pour s'emparer de leurs armes et de leurs armures. L'homme avait si peur que ses mains tremblaient ; il lui fallut du temps pour manœuvrer les charnières. Mais la trappe s'ouvrit enfin, et une bouffée d'air frais entra, tandis qu'Épéios laissait tomber l'échelle de corde. Poussé par Ulysse, il descendit et resta là, tremblant toujours.

Le prince d'Ithaque le suivit, prit la main d'Anténor et se tourna pour contempler la plaine, où un feu allumé par Sinon brillait dans l'obscurité depuis le mont funéraire d'Achille. Sachant que la flotte d'Agamemnon devait revenir de Ténédos, Ulysse sourit :

— Souviens-toi bien de peindre le signe du cheval sur ta porte ! Puis reste chez toi avec ta famille. Dès demain, tu seras roi de Troie.

Les autres descendirent un par un, étirèrent leurs membres crispés, et respirèrent à pleins poumons. Ulysse eut un geste de la main en direction des ivrognes endormis non loin de là, puis passa un doigt en travers de sa gorge. Néoptolème et trois autres eurent tôt fait de s'en occuper, tandis qu'Idoménée menait un autre groupe en direction de la porte Scée. Les Troyens l'avaient refermée tant bien que mal, mais les sentinelles étaient aussi ivres que le reste de la ville, et dormaient à poings fermés.

Elles ne sortirent jamais de leur sommeil. Quelques minutes suffirent pour que la porte s'ouvre de nouveau, attendant la ruée de l'armée grecque descendue des navires, et qui se ruait déjà à travers la plaine. Une lune estivale sortit du nuage noir qui l'avait dissimulée un moment, illuminant palais, temples et rues de la cité condamnée.

Il y a peu de choses plus terribles que la mise à sac d'une ville. Toute sa splendeur de pierre et de marbre perd en un instant sa valeur, comme la dignité des femmes qu'on viole, le courage des hommes qui tombent sous les coups d'épée, l'innocence des enfants dont on fait éclater la tête contre un mur.

Et, s'il est plus facile de prendre plaisir à détruire brutalement la beauté que de se donner le mal de la créer,

417

d'anéantir ce que les autres ont fait, au lieu de produire soi-même quelque chose de merveilleux, alors il est surprenant que les cités ne tombent pas plus souvent.

Car une fois que le massacre a commencé, il libère le mal. Et lorsqu'il est terminé, les hommes en restent hébétés et incrédules.

L'autel de Zeus se dressait sous un laurier, dans la cour du palais de Priam. C'est là qu'Hécube rassembla ses filles pour se mettre sous la protection du dieu, lorsque tous furent réveillés par le fracas de l'invasion, les cris et les hurlements dans les rues. Si frêle qu'il fût, Priam voulait prendre sa lance pour repousser les Grecs, mais la reine l'en empêcha, en disant que c'était pure folie. Ils restèrent donc sous l'arbre, tremblants. Puis Néoptolème entra, revêtu de l'armure d'or de son père et suivi d'un groupe de Myrmidons.

Un des fils du roi, Capys, tenta de défendre ses parents et fut aussitôt taillé en pièces. Hurlant de rage impuissante, Priam voulut ramasser la lance qu'il avait laissée tomber, mais deux Myrmidons s'emparèrent de lui ; levant les yeux, il fut stupéfait de la jeunesse du guerrier en armure d'or qui le contemplait avec mépris. Le roi était en chemise de nuit ; brusquement honteux d'être vu ainsi, il baissa la tête et vit la mare de sang où Capys était étendu, dans une position si grotesque que le vieux roi crut que tout cela n'était qu'une aberration de son esprit épuisé. Mais il entendait les femmes geindre autour de lui, et son épouse, si elle gardait sa dignité coutumière, était prise d'une terreur mortelle.

Pendant un moment, il ne se passa rien. Priam commença à croire que le jeune garçon en armure était impressionné de les avoir capturés, et ne savait trop que faire d'eux. Il en fut quelque peu réconforté, et cherchait le moyen de regagner un peu de sa dignité quand Néoptolème fit un signe, sans dire mot – mais les Myrmidons comprirent. Hécube resta bouche bée tandis que deux d'entre eux contraignaient son époux à se mettre à genoux. Puis, avec une agilité de danseur, le fils d'Achille s'avança, leva l'épée qui avait appartenu à son père et, d'un seul coup, lui trancha la tête.

Les femmes qui hurlaient autour du cadavre décapité furent rapidement envoyées rejoindre celles qu'on avait rassemblées sur la place où se dressait le cheval de bois. Cassandre et Andromaque n'étaient pas du nombre.

La première n'avait pas dormi de la nuit. Elle était restée allongée sur son lit, envahie d'hallucinations que lui inspiraient ses pouvoirs prophétiques. C'est pourquoi, lorsque les Grecs envahirent la ville en poussant des cris qui tirèrent les habitants de Troie de leur sommeil, elle en fut presque soulagée. Les visions cauchemardesques qui l'avaient si longtemps tourmentée sortirent enfin de son esprit ; elle n'était pas folle, en fin de compte, mais simplement détentrice d'un pouvoir terrible qui l'avait menée au bord de la démence.

Sa première pensée, pourtant, ne fut pas de songer à sa propre sécurité, mais de remercier les dieux.

À peine vêtue d'une chemise de nuit, elle courut dans les couloirs du palais avant de sortir dans une cour vide et de franchir une porte que seuls les prêtres empruntaient pour entrer dans le temple d'Athéna. Elle entendait, venus des alentours du cheval, des cris d'hommes, des plaintes de femmes et d'enfants ; mais dans le sanctuaire régnait une paix sacrée. Cassandre se prosterna devant le Palladium, la très vieille image de bois de la déesse, qui était chargée de son pouvoir et portait en elle l'âme secrète de Troie.

C'était la raison pour laquelle les Grecs voulaient depuis longtemps s'en emparer ; c'était l'une de leurs priorités quand ils fondirent sur la ville. La fille de Priam priait à peine depuis quelques instants quand la porte du temple s'ouvrit toute grande ; un groupe de guerriers lourdement armés entra à grands pas. Ils étaient dirigés par un Locrien nommé Aias, qui avait la réputation d'être un des meilleurs manieurs de lance de toute l'armée grecque. Sachant que quiconque s'emparerait du Palladium en serait largement récompensé, il avait conduit ses hommes au temple en pensant qu'il serait vide. Il se heurta à une jeune femme assez belle, aux yeux farouches, aux abondants cheveux noirs. Il ignorait qui elle était et ne s'en préoccupait guère.

— Cet endroit est sacré pour Athéna ! hurla Cassandre. Votre présence impure est un sacrilège ! Craignez sa colère !

Il éclata de rire :

— Athéna est de notre côté ! lança-t-il en tendant la main pour ouvrir sa chemise de nuit.

Elle recula et courut vers le Palladium.

Les Locriens l'entourèrent.

— Toi le premier, Aias ! s'écria l'un d'eux.

Il s'avança en lui faisant signe de s'approcher. Cassandre tourna la tête et lui cracha au visage. Puis elle serra ses bras nus autour de l'idole de bois, ferma les yeux et se mit à psalmodier un mélange de prières et d'imprécations. Aias regarda ses hommes, eut un petit rire et leva un pan de sa chemise de nuit.

À demi nue, Cassandre s'accrochait toujours au Palladium quand Agamemnon, entouré de ses gardes du corps, entra brusquement dans le temple et vit qu'Aias s'apprêtait à violer la jeune femme :

— Que se passe-t-il ici, au nom d'Hadès ? hurla-t-il. Tu veux nous attirer la vengeance de la déesse ?

S'avançant, il s'empara d'Aias et le bourra de coups de pied, le projetant au milieu du petit groupe de Locriens, qui s'enfuit aussitôt.

Le Lion de Mycènes contempla la jeune femme presque nue et lui leva le menton pour voir son visage.

Les yeux qui croisèrent les siens étaient chargés de haine.

— Qui es-tu ? demanda-t-il.

— Cassandre.

— La fille du roi Priam ?

— Et prêtresse de la déesse.

Il sourit de sa fureur, puis se tourna vers Talthybios :

— Celle-là me revient. Qu'on la conduise sur la place.

Ayant donné des ordres pour que le Palladium soit démonté avec soin, il quitta le temple pour prendre part au pillage de la ville, mais jura en entrant dans les rues : une épaisse fumée montait d'un quartier situé dans la partie basse de la cité, là où étaient concentrés les ateliers textiles. Grimpant sur le socle d'une statue de marbre pour mieux voir, Agamemnon vit les flammes lécher le toit d'un entrepôt. Sautant à terre, il hurla qu'il fallait arrêter l'incendie, sinon Troie tout entière brûlerait avant qu'ils aient eu le temps de la piller. Il aboya des ordres en maudissant ses hommes, trop envahis par la frénésie du meurtre pour écouter ce qu'il disait.

Ayant laissé un garde veiller sur le corps décapité de Priam, Néoptolème conduisit ses Myrmidons vers la demeure où avait vécu Hector. Il y trouva Andromaque qui attendait en réconfortant ses servantes terrifiées ; son fils Astyanax était à côté d'elle.

L'une des femmes hurla en voyant entrer les soldats, et se jeta aux pieds de sa maîtresse, dont elle enlaça les genoux en versant des torrents de larmes.

— Tais-toi, Clymène, dit Andromaque en se penchant pour poser une main sur sa tête.

Mais elle ne quittait pas des yeux le jeune guerrier vêtu d'une armure d'or qu'elle reconnut sans peine, et qui semblait un peu trop grande pour lui. Il ôta son casque, s'essuya le front d'une main ensanglantée, et lui sourit.

Néoptolème regarda autour de lui, comme quelqu'un qui jauge une propriété qu'il achètera peut-être, examinant les meubles somptueux, les tentures coûteuses, les superbes peintures murales représentant des scènes de fêtes en forêt.

— Je vois que le noble Hector aimait vivre dans le luxe, dit-il d'un ton léger, presque amical.

Comme Andromaque ne répondait pas, il la regarda fixement :

— Reconnais-tu cette armure ?

Trop fière pour trahir sa peur, Andromaque acquiesça de la tête.

— Elle a appartenu à mon père. Tu comprendras donc que j'estime que tu me reviens de droit. Tu seras maintenue sous bonne garde ici jusqu'à la répartition du butin.

— Et mes femmes ? demanda-t-elle.

Il haussa les épaules :

— Elles peuvent rester ici avec toi. Mes Myrmidons veilleront à ce qu'il ne leur arrive rien de fâcheux.

Il sourit en entendant leurs soupirs de soulagement.

Stupéfaite d'être traitée avec tant de courtoisie, Andromaque dit d'une voix qui tremblait un peu :

— Je vois que le fils d'Achille est aussi noble que son père.

Néoptolème eut un petit signe de tête, parut vouloir faire demi-tour, comme s'il s'en allait, puis la regarda :

— Il reste toutefois un minime problème : ton fils.

Elle saisit aussitôt Astyanax, qui était en chemise de nuit :

— Ce n'est qu'un enfant ! Il est encore plus jeune que toi !

Andromaque comprit aussitôt qu'elle avait eu tort de dire cela.

— Laisse-moi le regarder de plus près, dit Néoptolème.

Âgé de six ans à peine, tremblant, mais sachant qu'il était entouré d'hommes qui avaient tué son père, l'enfant répondit :

— Tu me vois bien !

— En effet, dit le fils d'Achille en souriant. Et c'est bien ce à quoi je m'attendais.

— C'est un enfant ! s'écria Andromaque. Un petit enfant !

— Certes, mais comme ma présence ici le montre assez, les petits enfants deviennent des guerriers qui cherchent à se venger de ceux qui ont tué leur père. C'est bien ce que tu ferais, n'est-ce pas, Astyanax ?

— Si j'avais une épée, je te montrerais !

— Je n'en doute pas. Mais tu n'en as pas, et il ne sera pas dit que Néoptolème a frappé un enfant de la sienne. Viens avec moi, ajouta-t-il en tendant la main.

Comme Andromaque voulait protéger son fils, Néoptolème le saisit par une oreille et l'attira vers lui.

— Où l'emmènes-tu ? hurla-t-elle.

— Je veux simplement lui montrer la tombe de mon père.

Les Myrmidons s'avancèrent pour retenir Andromaque, tandis que le fils d'Achille conduisait l'enfant jusqu'à un balcon donnant sur la citadelle d'Ilion. Des cris hideux venaient de la place, où les femmes voyaient leur mari, leurs pères, leurs frères et leurs fils traînés hors des endroits où ils se cachaient pour être torturés et tués par les Grecs hilares.

De la main gauche, Néoptolème désigna, au-delà des murailles, le mont funéraire où le feu allumé par Sinon brûlait toujours.

— Tu le vois ? demanda-t-il. C'est là que mon père est enterré.

Puis, de la main droite, il souleva l'enfant et le jeta du haut du balcon.

Bien avant tout cela – bien avant qu'Astyanax ne meure, qu'Andromaque, Cassandre et Hécube ne soient conduites, comme du bétail, sur la place, bien avant

423

que Priam ne soit décapité – Ménélas était entré dans la cité en ne pensant qu'à une chose. Sachant de quoi il s'agissait, Agamemnon avait ordonné à Ulysse de veiller de près sur son frère. C'est ainsi que les deux hommes se mirent en quête de la demeure que Pâris avait fait construire pour Hélène, et que Déiphobe occupait désormais. Un petit groupe de guerriers spartiates les suivait.

Anténor leur avait donné les renseignements nécessaires, et l'endroit ne fut pas difficile à trouver. Mais, comme convenu, ils attendirent dans la cour un moment, jusqu'à ce qu'ils soient informés que Diomède et ses hommes avaient réussi à contrôler toutes les entrées du vaste entrepôt où Memnon et ses hommes étaient logés. Ils y resteraient enfermés jusqu'à ce que tous les trésors de Troie aient été pillés, puis le bâtiment serait incendié, comme le reste de la cité.

Pendant qu'ils attendaient, Ulysse grimpa sur un parapet d'où l'on avait vue sur la mer. Sous la lueur changeante de la lune, il discerna les ombres des navires grecs se dirigeant vers la plage. La ville était silencieuse. Ils avaient eu de la chance.

Un message arriva : tout était en place. Ménélas poussa la grille à tout hasard, pensant qu'elle était verrouillée, mais elle s'ouvrit toute grande.

La demeure était d'une splendeur égale à celle du palais de Priam : deux étages, avec des balcons d'où l'on pouvait apercevoir les montagnes idéennes au sud, et la mer au nord. L'air embaumait les jasmins et les lys, les arbres en fleurs.

Dès qu'ils entrèrent, ils virent les intendants et les servantes, endormis sur le sol, comme si des maraudeurs s'étaient déjà occupés d'eux. Sachant que les forces grecques n'étaient pas encore arrivées et qu'il était trop tôt pour courir des risques, Ulysse fit signe de tuer tous ceux qu'ils rencontreraient. Les hommes qui l'accompagnaient fouillèrent chaque chambre et tranchèrent les gorges en silence.

S'avançant prudemment, Ménélas arriva enfin devant la porte qui donnait sur la chambre à coucher. Seul Ulysse était à ses côtés. Le roi de Sparte hésita un moment. Tous deux se regardèrent ; ils tremblaient un peu, tant ils avaient l'impression de commettre une sorte de sacrilège.

Ménélas posa la main sur la poignée d'or et ouvrit la porte.

La lumière de la lune filtrait à travers les minces rideaux recouvrant la fenêtre. À l'autre bout de la pièce, par-delà un plancher poli, se trouvait le grand lit. Une lampe à huile avait été posée sur un trépied, juste à côté. À sa maigre lumière ils aperçurent les énormes silhouettes d'Arès et d'Aphrodite s'étreignant, sur l'immense tapisserie qui couvrait le mur. Une lourde odeur d'encens flottait dans l'air.

Déiphobe était étendu sur le dos, nu, bouche ouverte, ronflant. Hélène dormait, les genoux repliés sous le drap froissé. Sa chevelure avait gardé ce noir luisant dont Ménélas se souvenait si bien ; mais il ne pouvait voir son visage. Retenant son souffle, il s'approcha du lit.

Ulysse resta près de la porte, qu'il ferma, puis garda l'épée en main tandis que Ménélas contournait le lit pour parvenir près d'Hélène. Il ôta son casque et le posa doucement sur le sol. Puis, se redressant, il tendit la main, la posa sur l'épaule de la femme endormie et la secoua doucement. Hélène s'agita.

Ulysse l'entendit pousser un faible cri. Puis elle dut sentir la pointe de l'épée que Ménélas avait posée sur son cou, tandis qu'il lui fermait la bouche de l'autre main.

Les ronflements de Déiphobe rompaient seuls le silence.

Comme les silhouettes figées d'une allégorie murale, l'époux trompé et la femme infidèle se regardèrent pour la première fois depuis plus de dix ans, et c'est seulement quand il fut certain qu'elle se tairait que Ménélas ôta sa main. Se redressant, il revint de l'autre côté du lit, un index dressé pour qu'elle reste où elle était, blottie dans les draps, les yeux écarquillés.

Ménélas s'empara d'un napperon taché de vin, posé à côté d'un rince-doigts en argent, sur une table de nuit. Avec un petit ricanement moqueur, il le poussa fermement dans la bouche grande ouverte de Déiphobe. Celui-ci se réveilla brusquement, ne pouvant plus respirer, et vit un homme en armure qui le maintenait fermement. Au même moment, Ménélas lui décocha un coup de genou dans le bas-ventre.

— Sais-tu qui je suis? chuchota-t-il.

Déiphobe hocha la tête, les yeux pleins de terreur.

— Tu as pris ce qui m'appartient, dit Ménélas. Il est temps que tu paies pour cela.

Se redressant, il leva son épée et, tenant le pommeau comme si c'était une dague, planta la lame dans le ventre de Déiphobe, et la tourna à trois reprises avant de la ressortir.

Fou de douleur, Déiphobe leva les deux mains pour saisir celle qui maintenait toujours le napperon dans sa bouche. Il y eut un flot de sang qui lui fit écarquiller les yeux, et ses pieds battirent follement en un vain effort pour se libérer.

Ménélas maintint son emprise jusqu'à ce que les yeux de son adversaire deviennent vitreux et qu'on n'entende plus son souffle. Puis, avec un soupir de dégoût, il se releva. Le napperon tomba de la bouche de Déiphobe, suivi d'un filet de sang.

Ménélas le regarda, comme furieux que cela ait pris si peu de temps. Il se leva, s'arrêta puis, comme s'il se souvenait du contact impur de son adversaire, prit son bras gauche inerte et se mit à en taillader le poignet de la pointe de son épée. La main tomba sur le lit.

Ménélas la contempla, puis la jeta à travers la pièce. Levant de nouveau son arme, il la planta dans le visage du mort ; les os craquèrent. Haletant, il contempla son œuvre, s'essuya la bouche d'un revers de main, et resta là à se balancer d'un pied sur l'autre.

Aspergée de sang, Hélène geignait comme une enfant, la tête entre ses mains. Elle serra le drap contre elle en voyant que Ménélas la regardait.

Comme Ulysse, tous deux sursautent en entendant, d'un seul coup, de grands cris percer le silence de la nuit : l'armée grecque vient d'entrer dans la cité endormie. Bientôt, Troie retentira de hurlements qui se répercuteront à jamais dans les abîmes du temps. Mais dans la chambre règne un silence de mauvais augure. Ménélas contemple la femme qui a brisé son cœur et son âme ; depuis le jour où elle l'a quitté, il a été incapable de faire l'amour à une autre.

Elle a le visage constellé de taches noires. Ses yeux, qui ont la couleur de la mer à midi, sont remplis de terreur. Leur profondeur l'attirait tant, quand elle le regardait avec cette tendresse dont il ne s'était jamais senti tout à fait digne...

C'est la femme qu'il a aimée de tout son cœur. Autrefois, il s'était efforcé de tout faire pour la rendre heureuse. Son cœur frémit à l'idée qu'elle l'a abandonné pendant qu'il avait le dos tourné, pour entrer dans le lit de Pâris. Pire encore, il pense à Déiphobe, et il sent dans la pièce l'odeur du vin, du sexe et de l'encens.

Sa main se crispe sur son épée. C'est bien ce qu'il désire depuis si longtemps : la prendre au piège dans ce lit, lui faire payer dans le sang toutes les insultes qu'il a subies, tous les amis qui sont morts par sa faute, toutes les larmes qu'il a versées pour elle.

Près de la porte, Ulysse entend Ménélas geindre faiblement en levant son épée, et voit la lueur de la lampe à huile se refléter sur la lame. Il entend le souffle court d'Hélène qui regarde fixement son mari, comme de très loin, d'une région où sa terreur l'a exilée. Puis il arrive quelque chose de si parfaitement évident que sa simplicité n'a d'égale que sa beauté. Hélène, comme pour consentir au sacrifice, laisse tomber le drap qu'elle serrait contre elle, dénudant son cou, sa gorge, ses épaules, puis sa poitrine.

Ménélas est juste au-dessus d'elle. Le temps passe. Dehors, dans la partie basse de la ville, un incendie court d'une maison à l'autre, ajoutant encore à la confusion et à l'épouvante. Des hurlements retentissent dans toutes les rues. Dans le ciel, les étoiles disparaissent les unes après les autres, comme les hommes et les femmes sous les coups d'épée. Le massacre vient à peine de commencer, mais on dirait que jamais il ne prendra fin.

Ménélas finit par baisser la main qui tient l'épée. Celle-ci tombe sur le sol et, quelques instants plus tard, comme un homme qui a lutté trop longtemps avec son destin et ne sait plus ce qu'il pourrait faire, il s'assoit sur le lit à côté d'Hélène et se met à pleurer.

Le phantasme

Tout ceci s'est passé il y a bien longtemps, et les hommes et les femmes dont la guerre de Troie a commandé le destin ont depuis abandonné leur forme mortelle pour entrer dans le royaume de la légende. Même nous, qui nous souvenons d'eux tels qu'ils furent, ne pouvons avoir encore beaucoup à vivre. Nos souvenirs s'effacent avec le passage du temps, et qu'est-ce que la mémoire elle-même, sinon un acte d'imagination?

D'autres raconteront donc cette histoire de manière différente, et si certains disent ceci et d'autres cela, c'est tout aussi vrai de la querelle survenue hier dans une taverne. Car s'il est des bardes pour penser que le divin Apollon, si soucieux d'ordre et d'harmonie, veille sur notre art, je suis de ceux qui pensent qu'Hermès n'est jamais très loin, nous jouant des tours subtils et faisant danser les ombres.

C'est pourquoi toutes ces histoires vivront et changeront aussi longtemps qu'il y aura des bardes pour les raconter, et quiconque affirme détenir la vérité sur la guerre de Troie n'est qu'un sot victime de sa propre vanité. Je me suis pourtant offusqué quelquefois de récits particulièrement fantaisistes qui m'étaient parvenus aux oreilles, et le plus saugrenu d'entre eux est celui qui voudrait nous faire croire que jamais Hélène ne s'est rendue à Troie.

Je l'ai entendu de la bouche d'un commerçant égyptien, lequel affirmait qu'on le racontait souvent autour des marais salants de Canope, à l'embouchure du Nil, où les deux amants débarquèrent au cours de leur voyage à travers la mer Égée. Selon cette histoire, deux des serviteurs de Pâris s'enfuirent lors de leur arrivée au port et cherchèrent refuge dans un temple où les esclaves fugitifs ont le droit de se mettre à l'abri. C'est de là qu'ils firent savoir que le fils de Priam avait enlevé Hélène contre sa volonté. Quand le roi Protéos, à Memphis, eut connaissance de ces accusations, il ordonna que Pâris soit arrêté ; puis, après avoir été longuement interrogé, il fut expulsé d'Égypte. Son trésor fut confisqué, et Hélène détenue à Memphis jusqu'à ce que Ménélas puisse venir pour la ramener à Sparte.

Ma première réaction fut de trouver cette histoire absurde. Hélène avait bel et bien vécu à Troie ; Ulysse l'y avait vue. Après la guerre, Télémaque s'était rendu à Sparte, où elle avait repris la vie commune avec Ménélas. Il les avait entendus tous deux raconter ce qui s'était passé. Comment croire à ce récit incohérent et tendancieux ?

L'Égyptien avait toutefois une explication de la divergence entre ma version des faits et la sienne. Selon lui, la véritable Hélène était restée à Memphis pendant toute la guerre, et celle que Pâris avait ramenée à Troie était un simple phantasme : une chimère si puissante face aux esprits des hommes qu'ils la confondaient avec la réalité.

L'Égyptien défendait sa vérité avec une telle conviction que toutes mes protestations furent inutiles. Les faits ne correspondaient pas, et on n'y pouvait rien, bien que nous ne puissions avoir raison tous les deux. Pourtant, plus j'y réfléchis, plus j'en viens à me demander si, après tout, il n'y avait pas une part de vérité poétique dans l'histoire de mon interlocuteur.

Il me semble en effet tout à fait possible que la jeune fille un peu sauvage qui devint plus tard reine de Sparte, puis partit avec Pâris pour Troie, n'avait rien de commun avec celle qui vivait dans la fiévreuse imagination du fils de Priam. Il rêvait d'Hélène bien avant de l'avoir rencontrée, et c'est du rêve qu'il était amoureux. Et si ce rêve était à ce point passionné qu'il ne s'en éveilla que lorsqu'il était trop tard, alors l'Hélène qu'il emmena à Troie était bel et bien un phantasme. Et dans ce cas, personne ne l'aurait su plus clairement qu'Hélène elle-même.

Et cela ne s'arrête pas là, car c'est manifestement un phantasme qui nous pousse à la guerre : rêve de pouvoir, de richesse ou de gloire, ou crainte que les autres soient des créatures hostiles qui nous veulent du mal. Et il ne fait aucun doute que les causes de la guerre de Troie doivent avoir paru de simples phantasmes à tous ceux qui pleuraient sur les ruines de la cité — comme à ceux qui, revenus en vainqueurs, découvrirent que leurs épreuves ne faisaient que commencer.

Mais c'est là une autre histoire que, par loyauté envers Ulysse, et dans l'espoir que ma part de vérité survivra au passage du temps, moi, Phémios, barde d'Ithaque, je viendrai un jour à raconter. Car, dans le royaume des mortels, seuls les récits sont plus forts que la mort, et le dieu que je sers exige de moi cette tâche supplémentaire.

CHEZ LE MÊME ÉDITEUR

Gerald Messadié
L'ŒIL DE NÉFERTITI

ORAGES SUR LE NIL : TOME 1

Auprès de son époux Akhen-Aton, la reine Néfertiti avait cru au bonheur. Jusqu'au jour où était apparu Semenkherê. Tel le serpent Apopis, il avait séduit le roi par la fraîcheur de ses quinze ans. Il était devenu son favori, Puis il avait obtenu le titre de régent. La reine n'avait pas été disgraciée, simplement oubliée. Car de ses flancs, désormais stériles, n'était né aucun héritier mâle...

Mais voici qu'Akhen-Aton a entrepris son grand voyage vers l'Horizon lointain. L'adorateur du Disque solaire n'est plus. Gouverneurs, scribes, propriétaires terriens, chefs militaires... Tous sont venus lui rendre un dernier hommage – même les prêtres de Thèbes et de Memphis. Leurs dieux, pourtant, avaient été bannis par le monarque défunt...

Le pouvoir est à portée de main. C'est par la force que Néfertiti s'en emparera. Et si la force n'y suffit pas, son œil maléfique fera le reste. Aux Prêtres, aux généraux, même à son père le vieil Aÿ, elle fera boire le vin acre de sa colère...

Dépossédé de son empire, ses provinces abandonnées au pillage, ses finances asséchées, sa cour livrée à une véritable guerre de succession, le royaume des Deux Terres menace de s'écrouler. Démasquant la vérité sous la légende dorée, *L'Œil de Néfertiti* ouvre une trilogie consacrée à une période éclatante et tragique du royaume des pharaons, du crépuscule d'Aton à l'avènement de Tout-Ankh-Aman.

Romancier (L'Homme qui devint Dieu, *4 vol., Robert Laffont, 1988-1995 ;* Jeanne de l'Estoille, *3 vol.* L'Archipel, 2003), *historien (*Moïse, Lattès, 1998*) et essayiste traduit dans le monde entier, Gerald Messadié évoque avec réalisme et vigueur, dans ce premier volet de sa nouvelle trilogie* Orages sur le Nil, *la querelle dynastique suscitée par la mort d'Akhen-Aton, introducteur d'un culte monothéiste dans l'Égypte du XIVe avant J.-C.*

> « S'appuyant sur des faits historiques établis et des preuves archéologiques négligées, Gerald Messadié démasque la vérité sous la légende dorée, et retrace l'histoire d'une fronde qui faillit gagner jusqu'au petit peuple de l'Égypte ancienne, ici restitué comme elle l'a rarement été. »   (Libération Champagne)

ISBN 2-84187-454-0 / 50-2732-1 / 396 p. / 19,95 €

Gerald Messadié
LES MASQUES DE TOUTANKHAMON

ORAGES SUR LE NIL : TOME 2

Tout-Ankh-Amon n'a pas dix ans lorsque le roi, son demi-frère bien-aimé, est assassiné. Par le jeu des rivalités entre les clergés, l'armée et Aÿ, grand seigneur de province et père de la défunte reine Néfertiti, le voilà propulsé à la tête d'un empire menacé de dislocation.

L'autorité royale rétablie, le pays devrait retrouver l'harmonie. Pourtant les luttes pour la conquête du pouvoir reprennent de plus belle. La jeunesse et la fragilité de Tout-Ankh-Amon font de lui une proie facile pour ceux qui convoitent son trône. Néanmoins, l'enfant-roi a des ressources insoupçonnées. Et fait preuve d'une étonnante maturité en rétablissant l'ancien culte d'Amon dans le royaume des Deux Terres.

Mais, saisi d'un délire mystique, le roi fait ériger dans le pays des statues de dieux modelées à son image. Cette fois, le sacrilège est inacceptable. La jeune reine Ankhensep-Aton, son épouse, assiste impuissante au grondement de l'orage qui se prépare... Trop jeune, trop audacieux, Tout-Ankh-Amon pourra-t-il braver les foudres du clergé ?

ISBN 2-84187-564-4 / H 50-2878-2 / 374 p. / 19,95 €

Gerald Messadié
LE TRIOMPHE DE SETH

ORAGES SUR LE NIL : TOME 3

Après des années d'intrigues, le vieille Aÿ, père de Néfertiti, tient enfin l'objet de ses rêves : la couronne des Deux Terres. La princesse Ankhensep-Amon, veuve du pharaon Tout-Ankh-Amon, devient ainsi reine pour la seconde fois. Mais une reine sans pouvoir, contrainte de partager le trône avec un homme qui a précipité la mort de l'être qu'elle a tendrement aimé.

À l'instar du Dieu Seth, meurtrier mais sauveur du monde, un assassin occupe le trône.

L'heure n'est pas à l'amertume : le royaume d'Égypte, affaibli, a besoin d'un monarque fort. Or, Aÿ doit faire face aux complots de son rival de toujours, le général Horemheb, soutenu par une grande partie de l'armée. Bientôt, la lignée royale ne comptant aucun héritier mâle, Ankhensep-Amon n'a d'autre choix que d'écrire au roi des Hittites voisins une lettre pathétique...

ISBN 2-84187-565-2 / H 50-2879-0 / 374 p. / 19,95 €

Steven Pressfield
LES MURAILLES DE FEU
LE RÉCIT DE LA BATAILLE DES THERMOPYLES,
LA PLUS ÉPIQUE DES CONFRONTATIONS
DE L'ANTIQUITÉ

480 avant J.-C. Les armées de l'Empire perse, conduites par le roi Xerxès, traversent l'Hellespont, actuel détroit des Dardanelles. Leur but : envahir la Grèce, l'ennemi de toujours, et asservir son peuple. Près de deux cent mille hommes s'apprêtent ainsi à déferler sur Sparte.

La nouvelle sème l'effroi : l'armée perse est dix fois plus puissante que celle des Grecs. Pour retarder son approche, le roi Léonidas dépêche trois cents soldats. Dans le défilé des Thermopyles, surplombant à pic la mer Égée, ils vont écrire l'une des pages les plus sanglantes et les plus héroïques de l'histoire antique.

Racontée par un survivant, c'est cette bataille – et, au-delà, toute l'histoire et la vie quotidienne de Sparte – que fait vivre Steven Pressfield dans ce roman « traversé par un formidable souffle d'authenticité » *(The NewYork Times)*.

« À chaque page, des scènes d'anthologie, des personnages inoubliables. »

Kirkus Review

« Un roman d'une puissance exceptionnelle. »
Pat Conroy, auteur du *Prince des Marées*

« Un récit à la fois flamboyant et bouleversant. Un grand livre. »

(France Soir)

Traduit de l'américain par Gerald Messadié
ISBN 2-84187-315-3 / 50-2550-7 / 432 p. / 21,50 €

Colleen McCullough
LE CHEVAL DE TROIE

Priam, roi de Troie, refusant de donner à Hercule la récompense promise pour avoir tué le lion qui dévorait ses chevaux...

Pâris, son fils, enlevant Hélène, épouse du roi Ménélas...

Deux affronts que seul le sang peut laver.

C'est le début d'une guerre qui, dix ans durant, décimera Grecs et Troyens – jusqu'à ce qu'« Ulysse aux Mille Ruses » imagine le stratagème du cheval de bois pour s'introduire dans la Cité.

Avec la rigueur d'une historienne et la passion d'une romancière, Colleen McCullough dépeint les tourments des humains manipulés par les dieux, les combats et les amours contrariées des héros de *L'Iliade*. Soldat et roi, princesse et servante, demi-dieu et monstre mythique, tous prennent la parole tour à tour pour raconter *leur* guerre de Troie – ce qui confère à son récit une vivacité et une modernité saisissantes.

Interne en médecine en Angleterre, Colleen McCullough décide, à 40 ans, de se consacrer entièrement à l'écriture après le succès des Oiseaux se cachent pour mourir *(Belfond, 1977). Depuis quinze ans, elle travaille à une fresque historique, « Les Maîtres de Rome », dont quatre volumes ont paru aux éditions de l'Archipel. Elle vit dans l'île de Norfolk, au large de l'Australie.*

« Une polyphonie brillamment construite, grâce à laquelle l'auteur redonne vie et actualité à un récit vieux de trois mille ans. »

(Libération Champagne)

Traduit de l'anglais par André Dommergues
ISBN 2-84187-198-3 / 50-2377-5 / 396 p. / 21,50 €

Cet ouvrage a été composé
par Atlant' Communication
aux Sables-d'Olonne (Vendée)

Impression réalisée sur CAMERON par

BRODARD & TAUPIN

GROUPE CPI

La Flèche (Sarthe)
en avril 2004
pour le compte des Éditions de l'Archipel
département éditorial
de la S.A.R.L. Écriture-Communication

Imprimé en France
N° d'édition : 684 – N° d'impression : 23744
Dépôt légal : mai 2004